LE DONJON DE NAHEULBEUK
L'Orbe de Xaraz

**Du même auteur
*aux Éditions J'ai lu***

Le donjon de Naheulbeuk :
1. La Couette de l'Oubli, *J'ai lu* 9045

JOHN LANG

LE DONJON DE NAHEULBEUK

L'Orbe de Xaraz

Texte et cartes
© John Lang, 2009

Site officiel de l'auteur :
http://www.penofchaos.com/donjon/

Illustrations intérieures :
© Marion Poinsot, 2009
Les graphismes de la bande dessinée Le Donjon de Naheulbeuk *ont été utilisés avec l'aimable autorisation des éditions Clair de lune*
© Éditions Octobre, 2009

I

Les collines d'Altrouille

Ils couraient.

Un ranger au regard d'acier, une elfe agile et rusée, un ogre impitoyable, un barbare brutal, une magicienne aux cheveux de feu et un nain comme les autres. L'équipe semblait hétéroclite aux yeux d'un ignorant, mais quiconque avait la moindre notion du métier d'aventurier ne pouvait qu'applaudir cette extraordinaire complémentarité. Dans une équipe, on avait besoin d'un certain nombre de talents. Sur le sac à dos du pseudo-chef de groupe s'accrochait désespérément un minuscule invité : le gnome des forêts du Nord.

Ils couraient depuis déjà quinze bonnes minutes, et il leur semblait qu'ils avaient passé leur vie à fuir. Fuir devant les parents fâchés, devant le cousin méchant, devant le marchand de bonbons énervé, devant les créanciers, devant les créatures sauvages, puis devant les monstres, et récemment devant les fonctionnaires zélés, les pirates d'eau douce et les cultistes avides de vengeance. Fuir, pour sauver leur misérable peau, en se demandant si ça en valait vraiment la peine.

Car en fait, qu'est-ce qu'on y gagnait au juste ? Rester en vie, d'accord... Mais ensuite ? Il fallait se rendre à l'évidence, certains habitants de la Terre de Fangh n'étaient pas nés pour avoir une belle vie ni pour recevoir la gratitude de leurs semblables. Nos compagnons avaient sauvé le monde la veille au soir et personne n'en saurait jamais rien. Si la justice avait vraiment existé, ils auraient mérité une statue dorée, un tapis rouge, un château cossu dans la plus grande cité de la Terre de Fangh, des coffres tellement bourrés de pièces d'or qu'on ne pourrait pas les fermer, et de jeunes serviteurs souriants pour repasser leurs lacets et masser leur dos fatigué par l'aventure.

Au lieu de ça, ils couraient. Derrière eux marchait, la bave aux lèvres et l'œil bête, un géant des collines d'Altrouille.

Il faut reconnaître que, d'une certaine façon, la bonne fortune était du côté des aventuriers. Les géants ne se déplacent qu'en marchant, même lorsqu'ils essaient d'attraper des individus de petite taille pour les réduire en miettes. Ils accélèrent à peine quand quelqu'un leur a planté une lance rudimentaire dans la cuisse, pour tenter de les stopper. Autant essayer d'arrêter un bulldozer avec un cure-dents. Les géants marchent, c'est vrai, mais l'allonge de leurs grosses jambes torses peut largement compenser la course d'un aventurier de base chargé d'un sac.
— Il est toujours là ? hurla le rôdeur en se retournant.
— Évidemment ! vitupéra la Magicienne. C'est pas le genre à laisser tomber !
— Magnez-vous la rondelle ! grogna le Nain. Le voilà !
— Irkidoula ! couina Gluby, le gnome des forêts du Nord.
Personne ne savait ce que ça voulait dire, mais c'était facile à replacer dans le contexte.

La grosse tête dodelinante du géant se matérialisa au sommet de la colline. La nature accidentée du terrain était une aubaine, et permettait d'échapper à la vue du poursuivant par intermittence. C'était une particularité de la région, mais malheureusement ça ne durait jamais assez longtemps. Le géant lorgna en direction du petit groupe et lança une sorte de râle caverneux en griffant l'air de ses mains larges comme des carrioles. La compagnie en profita pour prendre un virage le long d'un monticule rocheux surmonté d'arbres. Ils disparurent à nouveau du champ de vision de la brute, qui éructa de plus belle.

— Y a une grotte là-bas ! cria l'Elfe.

Elle désignait une ouverture sombre un peu plus loin dans le flanc d'un gros talus rocailleux.

Le Ranger accéléra en gémissant :

— Génial ! On va pouvoir se planquer !

Il distança le reste du groupe, sauta par-dessus le tronc d'un arbre mort, écarta en hâte quelques racines molles qui obstruaient la cavité, et s'écroula dans la poussière et les branchages au moment où les autres le rejoignaient. Ils se bousculèrent, se piétinèrent et se poussèrent sur quelques mètres vers le fond de la grotte, en s'assurant de ne pas regarder derrière eux. L'Ogre râla, car les stalactites lui rentraient dans le crâne. Puis, sur un ordre de la Magicienne, ils se turent et s'enlisèrent dans un silence moite, rythmé par les sifflements de leurs expirations et le bruit des pas du géant. Chaque secousse provoquait une onde de choc qui remontait dans la poitrine, comme l'aurait fait la pulsation cardiaque sortie du cœur titanesque d'un improbable dieu des souterrains.

Les pas s'approchèrent, inexorablement, jusqu'à ce qu'un dernier son plus fort que les autres marque le début d'une période de calme aussi malsaine qu'un sourire de hyène.

Quelques cailloux dévalèrent une pente.

Le silence se fit plus pesant. Les aventuriers ne voyaient rien de neuf en inspectant la sortie, mais tous savaient que le gros pied du géant s'était arrêté à quelques mètres de la grotte. Il restait à savoir s'il avait vu la caverne, ou bien s'il était juste occupé à scruter les alentours pour tenter de les débusquer. Et surtout, était-il assez malin pour penser à chercher une ouverture au ras du sol ?

Les odeurs de crasse vinassée du Nain, et celles plus animales du Barbare et de l'Ogre occupaient déjà tout l'espace vital, exacerbées par la chaleur des corps. L'Elfe fronça son joli nez, et pensa qu'il était sans doute malvenu de faire un commentaire sur l'hygiène de ses camarades, vu qu'on n'avait pas le droit de parler. Au fond du refuge, ses compagnons ne pouvaient distinguer que les contours de leurs silhouettes, et le reflet des yeux et des gouttes de sueur qui coulaient de leur nez. L'Elfe en revanche voyait tout de façon nette, car sa formidable vision elfique s'était déjà accoutumée à la pénombre. Elle observa le Nain, qui semblait avoir retrouvé une partie de son calme, et se sentait dans son élément sous terre. Il jetait des regards inquiets vers l'extérieur et flattait la roche d'une main négligente comme s'il venait de retrouver un animal familier. La Magicienne s'éventait avec son chapeau d'une main, et de l'autre tirait sur les parties de sa robe qui collaient à sa peau. Elle remettait de l'ordre dans ses pensées. Le Barbare semblait très agacé et ne montrait aucun signe de fatigue ou d'essoufflement. Il gardait un œil sur l'ouverture de la caverne, et la main sur la poignée d'une de ses épées. Compressé contre une paroi par l'Ogre, le Ranger se trouvait coincé avec le nez à hauteur de l'aisselle du monstre. Sa situation olfacto-géographique n'était pas enviable. Il grimaçait et se contorsionnait pour essayer de savoir ce qui se passait dehors, tremblait des genoux et profitait de l'obscurité pour laisser libre cours à sa panique. Il ignorait que l'Elfe pouvait le voir, et se questionnait encore sur la validité de sa position de chef du groupe.

Le son d'un pas lourd et maladroit résonna dans le sol, une fois de plus. Un jeu d'ombres vers l'entrée de la grotte, et l'obscurité se fit plus dense. Le pied du géant se trouvait maintenant très près de l'ouverture, et son corps occultait la lumière, du haut de ses douze mètres vingt-deux. Les aventuriers bloquèrent leur respiration, écarquillèrent les yeux dans l'espoir de découvrir si ce mouvement signifiait leur arrêt de mort.

Le géant gronda, mais il ne se passa rien. Il stagnait simplement devant l'entrée, il était impossible de savoir ce qu'il pouvait bien y faire. Un autre mouvement dehors provoqua la chute de cailloux et de mottes de terre.

Le rôdeur inspira, et suffoqua dans la bouffée de sueur d'ogre qui lui monta au nez. Son corps voulait tousser, mais son instinct de survie le lui interdisait. Puis quelque chose tira sur la jambe gauche de son pantalon, quelque chose de faible mais d'insistant. Il sursauta, et entendit Gluby baragouiner. Il agita sa jambe dans l'espoir de lui faire lâcher prise, mais c'était peine perdue. Il tenta de s'en dégager d'un léger coup de pied latéral, et entendit la petite créature couiner faiblement. Le gnome s'accrocha derechef à ses basques et tira sur l'étoffe, comme s'il ne s'était rien passé.

BULLETIN CÉRÉBRAL DU RANGER

Mais c'est pas possible, quelle guigne ! On se retrouve là, comme des grosses pintades ! Coincés par un géant brutal, en plein milieu d'un territoire hostile. Et bon sang, qu'est-ce que ça pue, un ogre ! Et l'autre petit crétin, il va me lâcher ? On a bien failli sortir des collines aussi facilement qu'on était arrivés… On aurait mieux fait de se téléporter, tiens ! Il vaut mieux se récupérer des bras et des jambes en plus que se faire écraser par un salopard de géant baveux. C'est encore la faute du Nain, ça m'énerve ! Et le gnome là… Il commence à me chauffer à tirer sur mon falzar, comme si c'était le moment. Tiens mais… J'y pense… Il a peut-être quelque chose à nous montrer ? On dirait qu'il veut qu'on avance vers le cul-de-sac.

11

Usant de précautions, l'aventurier se dégagea de son recoin derrière l'Ogre, ce qui eut pour effet de provoquer une série de grognements de la part de ce dernier. Il s'écorcha l'oreille sur une stalactite et s'enfonça le coin d'un roc dans l'articulation du genou, mordit sa manche pour éviter de crier sa douleur. Se baissant, il heurta son front contre une nouvelle arête rocheuse, et maudit intérieurement toute la race humaine et son problème de vision diurne. Il arrivait avec peine à distinguer les contours de Gluby, mais il était clair que celui-ci voulait l'attirer plus loin dans la cavité. Il suivit la créature en clopinant, pour découvrir que la grotte ne s'arrêtait pas là, mais qu'un recoin permettait de passer derrière un énorme bloc de roche, et qu'on pouvait s'y faufiler plus loin sous le talus. Ce serait juste pour l'Ogre, mais ça pouvait marcher. Il rejoignit ses camarades et leur fit part de sa trouvaille en chuchotant :

— J'ai vu un genre de sortie là-bas... On va se tirer d'ici !
— Sans faire de bruit ! murmura la Magicienne en louchant vers le Nain.

Ils s'exécutèrent. Ils firent passer l'Ogre en dernier, et celui-ci fut obligé de lâcher son sac à dos pour pouvoir se glisser entre les deux blocs. De l'autre côté, c'était le noir quasi complet, mais une fois la compagnie rassemblée, la Magicienne alluma son bâton, et une lueur bleue les aveugla. Surpris, le Barbare recula vivement et planta son coude dans l'œil du Nain, qui hurla et lui rendit un coup de pied, par réflexe.

— Mais ça suffit oui ? chuchota la Magicienne.
— C'est lui qu'a commencé ! maugréa le courtaud.
— Hmmm, lâcha le Barbare en lui jetant un regard mauvais.

Ils prêtèrent l'oreille, pour savoir si le cri du Nain avait été entendu par le géant, mais rien ne semblait plus bouger dehors. La sortie de la grotte se trouvait par ailleurs masquée derrière un mur de deux mètres d'épaisseur. Ils s'enfoncèrent vers l'inconnu, dans un couloir naturel juste assez large pour laisser passer l'Ogre.

— Si vous voulez mon avis, murmura le Ranger, ce géant est à moitié sourdingue.

— C'est pas étonnant, grogna le Nain. Vu qu'il passe son temps à gueuler, ça doit lui flinguer les esgourdes !

Un cri rauque et passablement étouffé leur parvint depuis l'extérieur, suivi d'un gros pas lourd.

— Voyez, insista le nabot. C'est bien ce que je disais !

— Mais chut ! geignit l'Elfe.

Ils avancèrent encore de quelques mètres, et furent obligés de passer dans un conduit plus large mais moins haut. Le Nain souriait bêtement, alors que tous les autres grognaient en râpant leurs coudes et leurs genoux sur la paroi granuleuse. Il aimait bien ça, lui, les rochers. C'était une partie de sa vie.

Après un virage, ils débouchèrent dans une cavité de taille moyenne, qui avait sans aucun doute abrité des ours ou des loups, il y a longtemps. Des ossements de petits animaux jonchaient l'entrée, alors qu'une vieille litière de feuilles et de branchages desséchés occupait le reste de la surface. Il y avait de la place pour toute l'équipe, et une modeste ouverture dans le plafond diffusait une lumière faible mais suffisante. La Magicienne fit un geste pour éteindre son bâton, ils posèrent leurs sacs et s'installèrent pour prendre une pause.

— On peut parler maintenant ? grogna le Barbare.

— Pas de problème, garantit le Nain. Le géant ne pourra pas nous entendre à travers cette épaisseur de roche ! Et je m'y connais moi ! Faut dire que j'ai grandi dans les mines de Jambfer, c'était pas le même type de masse rocheuse, mais...

— C'est bon, on a compris ! trancha la Magicienne.

— En tout cas, je suis vraiment soulagée, soupira l'Elfe. Ce géant est horrible !

— Ouaip, c'est pas comme ceux qu'on voit dans les foires, ajouta le Ranger. C'est un vrai monstre ! Un titan !

Le Nain grommela :

— Moi, j'en reviens pas d'un truc, c'est qu'on a encore failli crever !

La Magicienne le gratifia d'un regard noir. Puis un silence gênant s'installa, où chacun rumina ses pensées. Gluby s'approcha d'un mur, et fit le poirier. C'était sa manière à lui de se détendre. Il observa ses nouveaux amis, à l'envers. Ils ressemblaient effectivement, de loin, aux membres d'un groupe tel qu'on le décrivait dans les légendes.

Le Ranger était persuadé d'être le chef de cette compagnie. Il était de taille moyenne, de corpulence moyenne, et d'intelligence tout aussi moyenne. Il émanait de lui un étrange charisme, mais il était difficile de savoir si c'était son regard d'acier ou son discours prétentieux qui en était la cause. En aventurier polyvalent, il se positionnait à mi-chemin entre le stratège, le chasseur et le voleur, et parvenait à faire croire qu'il avait toutes ces compétences par la seule force de sa conviction personnelle. Il massait à présent son front endolori par un précédent contact viril avec une partie saillante de rocher.

L'Elfe représentait à la fois le beau peuple et le beau sexe, avec toute la simplicité que lui conférait son innocence. Élevée dans un cocon de suavité familiale au milieu des arbres débonnaires, elle ignorait tout de l'effet que pouvaient produire son corps et son sourire sur les esprits vils et retors des hommes, et vivait donc en parfaite harmonie avec elle-même. Comme tous ses congénères, elle se pavanait dans un ensemble aux couleurs sylvestres et printanières, et voulait mettre au service de la communauté ses talents innés pour l'archerie. Elle connaissait également tout de la nature, sauf les détails concernant la reproduction. Pour l'heure, le front soucieux sous ses longs cheveux blonds, elle essayait d'éradiquer la tache de boue sur sa jupe verte, après avoir oublié jusqu'à l'existence du géant qui menaçait leurs vies quelques minutes plus tôt. Elle avait pour cela relevé son vêtement bien plus haut que la morale commune ne pourrait jamais l'approuver.

Ce genre de spectacle n'échappait jamais au Barbare. Il reluquait discrètement par-dessous sa tignasse en friche, en triturant sans y penser un morceau de bois sec. Il lui venait toujours d'étranges pensées quand il regardait l'Elfe, mais elles n'étaient pas dignes d'un brave de sa trempe. Il était un chasseur de terres de Kwzprtt, un vrai guerrier ! Chevelu, bourru, musclé, batailleur. Son destin était de parcourir le monde en quête de gloire et de conquête, si besoin en s'y frayant un chemin à coups d'épée. Il devait connaître le secret de l'acier, combattre les minotaures en riant à gorge déployée, bouter le feu à des chaumières, lancer des tables sur ses ennemis, traverser les ravins au bout d'une corde, et finir la nuit dans une taverne, avec une fille sur chaque jambe le cas échéant. Mais fricoter avec une Elfe, ça, c'était mal. Quelqu'un pourrait l'apprendre à son village, et il serait possible qu'on ne veuille plus lui adresser la parole, et qu'on raconte des blagues à son sujet pendant la veillée, autour du feu, pendant plusieurs générations. Et puis quand il finirait par mourir, son dieu Crôm le chasserait du paradis des guerriers, à coups de mandales.

Plongée dans son livre sous un rai de lumière grise, la Magicienne s'efforçait d'en savoir plus sur les géants. Elle était du genre à penser que tout problème a une solution, et contrairement au chef du groupe, qu'il ne se règle pas forcément par la fuite, mais par l'analyse rigoureuse des facteurs en présence et la confrontation avec les possibilités que lui offrait son art. C'était une fille énergique et rousse comme un feu de forêt. Elle était aussi très instruite, et n'avait jamais compris pourquoi les autres aventuriers ne pouvaient saisir les subtilités de son jargon technique. Sa jeunesse se trouvait démentie par une voix éraillée, conséquence d'un accident magique ayant définitivement ruiné ses cordes vocales au cours de son apprentissage. Sa spécialité ne faisait pas dans le détail, puisqu'elle avait opté pour la magie de combat. C'était rien de moins que l'art guerrier le plus meurtrier de toute la Terre de Fangh, surtout quand on considérait l'anomalie statistique suivante : en matière de décès liés à la magie de combat, plus de quarante-deux pour cent des victimes n'étaient pas des ennemis du jeteur de sorts, mais des alliés. La Magicienne disposait en outre d'un atout plutôt rare dans sa profession : elle s'était liée d'amitié avec un ogre.

Ce dernier par ailleurs, au lieu de réfléchir au moment présent comme ses camarades, farfouillait dans son sac à la recherche de quelque chose à manger. C'était sa préoccupation principale, tant et si bien qu'on arrivait souvent à le considérer comme un canidé. Mais il cachait une certaine forme de sensibilité, un grand sens de l'humour et un talent redoutable pour frapper les gens à l'aide de toutes sortes d'objets, quand ses grandes mains ne suffisaient pas. Il sentait fort, mais finalement pas plus que les pieds du Barbare. Il mangeait beaucoup, mais transportait quatre fois plus de provisions que les autres. Il parlait dans un dialecte incompréhensible, ce qui n'était pas gênant dans la mesure où il n'avait souvent rien à dire. Il pouvait écarter les gêneurs, apporter son soutien dans les manœuvres de négociation commerciale par l'utilisation de ses gros yeux menaçants, et transporter les livres de l'érudite dans sa grande besace difforme. Et il râlait moins que la moyenne des autres, tant qu'on ne voulait pas s'en prendre à son repas. C'était finalement un bon compagnon de route.

Le Nain en revanche n'était pas de la même trempe. Il affirmait avoir simplement du caractère, pourtant tout le monde s'accordait à le définir comme l'exemple vivant du type chiant. Il n'aimait personne d'autre que ses amis les Nains. On finissait par penser qu'il n'était heureux que sous une montagne, avec de la bière et des pièces d'or. Il n'était jamais d'accord avec personne, même quand les gens étaient de son avis. Et pourtant, il était parti à l'aventure, et il avait rejoint cette compagnie hétéroclite, dans le seul but de récolter de l'or et de gagner en expérience. Comme la plupart des représentants de son peuple, il était petit et trapu, le visage à moitié mangé par une pilosité fournie, ses yeux dissimulés derrière d'énormes sourcils. Vêtu de pièces d'armure de cuir et de métal, il produisait en se déplaçant le même bruit qu'un marchand d'ustensiles de cuisine. Il faut préciser qu'il charriait habituellement dans son sac à dos démesuré un maximum d'objets récupérés au fil des voyages, qu'il espérait vendre au marché pour augmenter son pécule. Malgré tout c'était un guerrier robuste, spécialisé dans le maniement de la hache.

Ladite compagnie n'avait pas de véritable nom. C'était un sujet délicat qui avait soulevé de nombreuses discussions, et pour l'heure ils étaient connus en Terre de Fangh comme « des types bizarres », des « renégats » ou bien les « Fiers de Hache ». Cette dernière dénomination n'était pas facile à expliquer, mais elle arrangeait bien le courtaud, et agaçait prodigieusement les autres. C'était un jeu de mots, à ce qu'on disait.

Gluby quitta son appui le long du mur, marcha sur les mains et vint s'asseoir au milieu du groupe. Il se sentait bien avec ces gens, malgré l'ambiance bizarre qui régnait au sein de la communauté. Le gnome comprenait difficilement leurs conversations, mais il était bien mieux ici qu'avec son précédent maître, l'odieux Gontran Théogal, qui l'avait pris à son service pendant des années dans le seul but de lui couper une jambe et de plonger le monde dans les ténèbres de l'oubli. Il s'approchait parfois de l'Ogre, mais se sentait comme un poulet rôti lorsqu'il était à portée de ses mains titanesques. La grande créature boulottait aussi bien la viande morte que celle qui remuait encore.

— Bon alors, on va rester là combien de temps ? s'insurgea l'Elfe. On a déjà passé la nuit dernière dans une grotte, alors ça commence à bien faire !
Le Nain ricana :
— Moi, je trouve qu'on est très bien ici ! Pour une fois qu'on n'est pas dans la forêt !
— C'est quand même moins confortable que le sanctuaire de Swimaf, observa la Magicienne en soupirant.

Le rôdeur se redressa, et fit partir la poussière de sa cape d'un revers de la main. Il savait que le moment était venu de jouer son rôle de dirigeant :

— L'un de nous devrait aller voir si le géant est toujours là.
— Ça me va, convint la Magicienne. On t'attend !
— Hey, mais pourquoi moi ? protesta le volontaire désigné.

Le Nain en profita pour lui rappeler qu'il était selon ses propres termes le « spécialiste du déplacement silencieux ».

— Mais moi aussi, je sais bouger sans faire de bruit, gazouilla l'Elfe.
— Par le bouclier de Goltor, vous y allez tous les deux, et on sera débarrassés ! conclut le Nain.

Ainsi fut fait. Les éclaireurs disparurent quelques minutes, empruntant à nouveau le boyau qu'ils avaient pratiqué à l'aller. Mais ils n'avaient pas de torche, et sans le bâton de la Magicienne pour les guider, le Ranger était bien embêté.

— Heu... Tu vois quelque chose, toi ? chuchota-t-il à son équipière.

Celle-ci se retourna vers lui, et souffla :

— Mais bien sûr ! C'est vrai qu'on manque vraiment de lumière... Mais je vois le chemin quand même.
— Ah, lâcha l'aventurier, déçu par sa propre performance.
— Alors tu peux t'accrocher à ma ceinture, ajouta l'Elfe. Je vais passer devant.

Ils disparurent rapidement du champ de vision de leurs camarades. Le Ranger ne regretta pas son voyage au final, courbé en deux et suspendu à la jupe de l'archère, même si l'obscurité le privait d'un spectacle qu'il imaginait fort distrayant. La démarche était inutile, puisque le couloir rocheux n'offrait qu'une seule direction, et que ça ne l'empêchait pas de s'arracher la peau des coudes, des genoux et du crâne. Mais il se sentait bien, sans savoir pourquoi.

— Eh ben, moi je vais affûter ma hache de jet ! proclama le Nain comme s'il s'agissait d'un édit ministériel.

Il extirpa l'aiguisoir de son étui, dégagea l'arme de sa ceinture et se mit au travail sans plus attendre. La Magicienne était songeuse. Elle observa l'entrée du couloir sombre, puis frappa la paume de sa main :

— Mais c'est ballot! J'aurais pu lui filer une bague de lumière, il m'en reste encore deux !

Le Barbare lui jeta un regard suspicieux, comme si elle préparait un flan de courgettes en s'aidant d'une catapulte. Elle lui expliqua qu'elle avait acheté ces bijoux magiques pour une utilisation bien précise liée à la *Couronne de Téléportation de Groupe de l'Archimage Pronfyo*, et qu'on pouvait quand même les exploiter pour leur usage principal, à savoir donner de la lumière. Le chevelu soupira et détourna les yeux, préférant porter son attention sur les ossements d'un coyote qui traînaient au sol. Tout cela était bien trop technique pour lui.

Gluby fit quelques pirouettes pour se détendre, puis il s'accrocha au bout d'une racine qui pendait du plafond de la grotte. Il se livra à une série d'acrobaties grotesques.

Les éclaireurs furent bien vite de retour, la mine basse. Le Ranger grimaça en frottant son crâne :

— C'est mort ! Le géant s'est installé à côté de la grotte !

— On dirait vraiment qu'il attend qu'on sorte, témoigna l'Elfe.

— Je n'arrive pas à croire qu'il soit aussi malin, démentit la Magicienne. Le bestiaire de la Terre de Fangh précise qu'ils ont l'intelligence d'un enfant de deux ans ! Ils sont à peine capables de se fabriquer des pagnes !

— Oui, mais celui-là portait une veste, précisa l'Elfe.

— C'est vrai, et on dirait qu'elle a été taillée dans une voile de bateau, admit l'érudite.

— Eh bien ça veut quand même dire qu'il est un peu plus intelligent que les autres, non ?

Le rôdeur s'interposa :

— Je ne sais pas si ça peut nous sauver la vie de lancer des dissertations sur les habitudes vestimentaires des géants, mais je vous annonce que ça commence à me gonfler !

Le Nain aiguisait sa hache, et le monde autour de lui pouvait bien s'écrouler.

— On peut attendre encore un peu, proposa la Magicienne. De toute façon c'est bientôt l'heure de manger.

L'Ogre la fixa en mâchant quelque chose qu'il avait sorti de sa besace. Il n'attendait jamais une heure précise pour se nourrir, mais il avait compris le mot « manger ».

— On peut tuer le géant ! gronda le Barbare en levant son poing musculeux. Ça donne plein d'expérience !

— Mais tu as vu sa taille ? geignit l'Elfe. On ne sait même pas où taper !

Ils attendirent quelques secondes pour savoir si le Nain allait dire quelque chose de méchant à propos des facultés guerrières de l'archère. Mais il était trop absorbé par son ouvrage.

— Sa jambe a saigné quand j'ai envoyé ma lance, renchérit le chevelu. Si ça saigne, c'est qu'on peut le tuer !

— Ah, mais bien sûr ! railla le Ranger. Tout ce qu'il nous manque, c'est un stock de deux cent cinquante lances !

Le Barbare, qui n'était pas trop fort en second degré, fronça les sourcils :

— Heu... Et ça fait combien de doigts des deux mains ?

— Laisse tomber...

— On a toujours la possibilité de le blesser, ajouta la Magicienne. Mais le problème, c'est qu'il a beaucoup trop de points de vie. Si j'en crois le livre, il aurait trois fois plus de points que tous les membres du groupe réunis !

— Il faut frapper beaucoup ! s'entêta le Barbare.

L'érudite, le nez dans son livre, continua son exposé comme s'il n'avait rien dit :

— Il faut aussi prendre en compte le fait qu'un seul coup porté par un géant est fatal, dans une proportion égale à quatre-vingts pour cent pour une personne humaine normale, et quelque chose comme cinquante pour cent dans la mesure où l'aventurier bénéficie d'une constitution naturelle supérieure à la moyenne, comme ça pourrait être le cas pour le Barbare ou le Nain. Et avec l'apport d'une protection magique, on peut à la rigueur gagner dix pour cent, mais ça fait quand même un combat très risqué, si vous voulez mon avis. Et puis de toute façon le risque de fracture est considérable, il peut aller jusqu'à cent pour cent dans le cas où…

— Alors, on n'a juste pas de chance, coupa le Ranger qui n'avait pas tout compris. Et donc ça ne change rien au problème, on est coincés ici comme des rats d'égout dans… heu… dans un égout !

Le Nain remisa sa hache dans son étui, et questionna la Magicienne :

— Vous avez dit qu'on gagnait de l'expérience, si on tuait un mastard comme ça… Mais tu sais combien ?

La rouquine tourna la page de son bestiaire, et fit un rapide calcul mental. Puis ses yeux s'écarquillèrent :

— Par les tentacules de Gzor ! On gagne autant que si on tue vingt-cinq orques !

— Vingt-cinq orques ? s'exclamèrent une moitié des aventuriers.

— Bon sang de foutrache ! cria le Nain. On ne va pas passer à côté de ça quand même ?

Refermant son livre en soufflant, la Magicienne ajouta :

— Équipe conseillée pour affronter un géant : cinq aventuriers au moins, de niveau huit à douze.

— Niveau huit à douze ! gémit l'Elfe en retroussant sa lèvre inférieure.

— Avec deux archers.

— Tous ces trucs à compter, ça commence à m'énerver, gronda le Barbare.

— On est niveau trois, ajouta le Nain dans un élan didactique. Il faut donc s'ajouter autant de niveaux que tous les doigts d'une main pour dire qu'on est assez forts pour tuer un géant.

— On peut tuer un géant si on a trois mains ? questionna l'Elfe.

Le Barbare les regarda tous les deux alternativement et tira sur son collier en dents d'ours. Le Nain agita sa tête de droite à gauche, comme s'il essayait de se débarrasser de son casque, et bafouilla quelque imprécation à l'égard du peuple de la forêt.

— C'est bien ce que je dis depuis le début, soupira le Ranger en se pinçant l'arête du nez. Contre un géant, la seule chose à faire, c'est la fuite.

— Moi, je propose qu'on l'attaque immédiatement, avec un plan bien ficelé !

Les aventuriers firent mine de n'avoir pas entendu cette dernière réplique du courtaud. C'était la technique habituelle pour tenter de mettre fin à ses monologues, mais cela fonctionnait rarement. Ainsi donc, il développa :

— Mettons qu'on fabrique des pieux géants avec des grosses branches taillées en pointe avec ma hache, et qu'on les enfonce dans le sol après avoir creusé des trous ! On n'aura plus qu'à tendre une corde à hauteur de ses pieds, à une distance de dix mètres environ depuis l'endroit où on aura planté les pieux, ensuite on lui envoie quelqu'un pour l'insulter ou lui jeter des cailloux, pour qu'il s'énerve et qu'il commence une poursuite ! Comme il est gros et bête, il va se prendre les pieds dans la corde, et s'enfoncer les branches dans les yeux en tombant ! Ha ha !

L'assistance ne montra aucun engouement particulier pour le stratagème énoncé, ce qui fit râler son inventeur de plus belle.

Le Ranger décida qu'il était temps de manifester son autorité par une remarque acerbe :

— Et que va-t-il se passer à ton avis s'il ne tombe pas, hein ?

— Il va nous écrabouiller ! piaula l'Elfe.

— Mais non, lança le Nain. C'est réglé comme des rails de mine !

— Je pense qu'on devrait utiliser nos nouvelles compétences, déclara le rôdeur.

La Magicienne ricana :

— Mais bien sûr ! Tu penses à quoi en particulier ? La discipline qui permet de pister les animaux en forêt, ou bien celle qui consiste à faire du feu avec du bois humide ?

— Mais j'en sais rien ! Je n'ai pas réfléchi au détail !

— Comme toujours… soupira l'érudite.

L'Elfe, qui tortillait ses longs cheveux entre ses doigts fuselés, consulta l'auditoire :

— Vous croyez qu'il parle le langage des girafes ou des toucans ?

Depuis l'augmentation du niveau des aventuriers à Glargh, chacun cherchait une utilité à ses nouveaux talents. Mais la vie d'aventurier est parfois ingrate, car les compétences intéressantes restaient souvent hors de portée des novices, et se trouvaient réservées aux baroudeurs chevronnés, de niveaux dix ou au-delà. C'est ainsi que la Magicienne pouvait désormais lancer le sort de *glaciation des pieds*, alors qu'un pratiquant de niveau plus élevé pourrait accéder à différents stades d'efficacité du sortilège, jusqu'à *glaciation d'une créature de grande taille*. Les débutants devaient donc rivaliser d'ingéniosité pour faire face au danger, et utiliser leur tête plutôt que leurs capacités. C'était ainsi que s'opérait la sélection naturelle.

— Moi, j'ai un point de bonus sur les dégâts à la hache ! annonça le Nain.

— Il faudrait avoir un bonus de deux cents pour que ça serve à quelque chose, maugréa le Ranger.

Puis, se tournant vers sa voisine :

— Et toi, au lieu de donner des leçons, tu n'aurais pas une solution magique ?

La Magicienne feuilletait les pages de son grimoire. Elle plissait le visage comme si le livre dégageait une odeur nauséabonde, et parfois elle murmurait. Voyant que ses compagnons attendaient quelque chose, elle commenta ses recherches :

— Le *Chemin Mortel de Guldur*. Non, c'est juste un sort pour blesser les pieds, je ne suis même pas certaine que ça puisse affecter les géants. *L'inversion des polarités flakiennes*, on en a déjà parlé, c'est seulement utile contre les autres sorciers.

— C'est sans doute pour ça qu'on comprend rien, ronchonna le Nain.

L'érudite lui proposa son *œillade givrante à destination des crevards*, en guise de réponse. Puis elle enchaîna :

— La *flèche d'acide pénétrante*, ça va juste le chatouiller. J'ai toujours la boule de feu majeure et les autres machins de combat, mais y en a aucun qui pourra lui faire assez de dégâts.

— Et le torrent de lave que tu as utilisé dans le Donjon de Zangdar ?

— C'est un piège qui ne fonctionne que dans les endroits confinés, en extérieur la lave s'étendra sans efficacité !

L'assemblée attendait une conclusion, qui ne tarda pas :

— Je suis désolée, mais on n'a pas le niveau, il faut se rendre à l'évidence !

Le Barbare frappa sa poitrine, comme pour affirmer son appartenance à une espèce proche des grands singes :

— Moi je dis qu'il faut taper, beaucoup et fort !

— Et donc, soupira le Ranger, on va *encore* mourir.

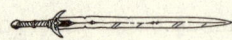

BULLETIN CÉRÉBRAL DE LA MAGICIENNE

Après toutes ces discussions stériles, nous avons finalement décidé d'arrêter les prises de tête à propos du géant. À quoi bon essayer de gagner à tout prix de l'expérience, si c'est pour décéder ou se faire estropier ? Non, vraiment, le géant, ça reste un monstre réservé à des bandes de gros tueurs, et je pense qu'un peu de modestie ne nous fera pas de mal. Il est vrai que nous sommes quand même dans la bonne moyenne des aventuriers, surtout moi. J'ai des sortilèges à tester, alors je vais me venger sur la première créature à taille humaine qui tentera de nous barrer la route ! Nous avons aussi discuté d'une potentielle téléportation de groupe, mais si on suit les conseils du manuel, c'est encore un peu prématuré puisque nous avons déjà utilisé la couronne de Pronfyo hier. Il y a un délai à respecter entre deux utilisations, un délai conseillé de deux jours qui évite de rencontrer des problèmes dans la restructuration moléculaire, après la décentralisation des flux cosmoploubiques. C'est pour ça qu'on avait eu des problèmes avec le Nain l'autre jour. Alors puisqu'on n'a pas d'autre choix, j'ai proposé de profiter de l'abri de la caverne pour manger un morceau, en attendant que le géant fiche le camp.

Afin de conjurer l'attente, ils déjeunèrent de quelques provisions. Terrine de glomburz aux champignons, viande d'Aurochs séchée, croustillade de blettes aux épices, pains à la farine de klipish et aux céréales. Ils profitaient des denrées de luxe qui leur restaient depuis cette belle journée à Glargh, une journée radieuse au cours de laquelle ils avaient été riches grâce à la vente d'une collection de statuettes prophétiques. C'était bien sûr *avant* de dépenser leur pécule en équipement. Depuis lors, ils ne cessaient de contempler leurs achats dès qu'ils en avaient l'occasion. Une belle épée, une nouvelle dague, un bâton magique plus performant… Après leurs emplettes, ils avaient été les gibiers d'une intense course-poursuite à travers la grande cité, puis les hôtes d'une auberge étrange et sombre, dans laquelle personne ne mettait jamais les pieds. Enfin, guidés par la soif de vengeance, l'instinct de survie et diverses perspectives de gloire personnelle, ils avaient voyagé jusqu'aux collines d'Altrouille dans le but de mettre un terme aux agissements de Gontran Théogal. Et ils avaient réussi, contre toute attente.

Mais l'ambiance au sein du groupe ne s'améliorait pas, et à la suite d'une réunion aussi chaotique que mouvementée, ils avaient décidé de sortir de cette zone inhospitalière avant de mettre fin à la compagnie, pour éviter que tout ne finisse mal. Ils désiraient rentrer chez eux, et oublier toute cette histoire. C'est ainsi qu'en voyageant vers l'ouest sans aucune précaution, ils avaient buté contre un géant.

Le titan, qui somnolait entre deux collines, n'avait pas apprécié le réveil et les avait immédiatement pris en chasse.

Ils déjeunaient donc dans la caverne. De temps en temps, l'Elfe partait en reconnaissance pour voir si l'affreux était toujours là. Il avait peut-être décidé de finir sa sieste dans le petit vallon, sans particulièrement voir qu'il y avait une grotte, mais cela ne changeait pas grand-chose à la situation des aventuriers. Sortir maintenant, c'était courir le risque de retourner à l'état de gibier. Et personne n'avait encore parlé du régime alimentaire des géants, mais il était bien possible que la viande humaine en fasse partie.

Le rôdeur ne participait plus à la surveillance, pour éviter de se râper encore la tête et les genoux. Il ne voulait pas non plus gâcher la charge d'une bague de lumière, juste pour faire quelques mètres dans un tunnel, reluquer les pieds d'un géant, et revenir annoncer que la situation n'avait pas changé. Tout en mâchant sa tartine, il songeait à leur aventure précédente. C'était parfois bien agréable tout de même, quand il donnait des cours de stratégie, et que tout le monde l'écoutait. C'était aussi gratifiant quand les filles venaient le féliciter pour son travail, comme la très sympathique Codie. Tout cela lui manquerait certainement, s'il devait abandonner le métier d'aventurier. Mais en tout cas, il était certain que le fait de se retrouver à courir sans arrêt devant des monstres trop puissants ne lui ferait pas défaut.

— Il est parti ! claironna l'Elfe au retour de sa sixième mission de reconnaissance.
Les compagnons n'osèrent y croire, l'espace de quelques secondes, car il y avait déjà deux heures qu'ils s'ennuyaient dans la caverne. La surprise passée, ils se congratulèrent en riant de leur bonne fortune.
— Moi, je demande à voir ! grinça pourtant le Nain. J'ai pas du tout confiance en cette gourde !
— Eh bien, tu n'avais qu'à y aller, puisque t'es si malin ! rétorqua l'archère.

Afin d'éviter tout problème d'interprétation, la Magicienne alluma son bâton et fit un voyage vers l'entrée avec le Nain, où ils purent corroborer les affirmations de l'Elfe. Ils ne virent aucun signe de présence du géant. Il restait comme une odeur de gros animal mouillé.

— N'empêche, je lui fais pas confiance quand même ! rouspéta le courtaud en retournant vers le bivouac.

Rassuré par la Magicienne, l'équipage entreprit le ramassage des sacs. Ils empruntèrent le boyau rocheux pour sortir de leur tanière, et retrouvèrent la lumière du jour. Plissant les yeux dans la clarté grise qui blessait leurs nerfs optiques, ils scrutèrent les alentours, en songeant qu'il serait tout de même bête de refaire la même erreur que la première fois.

— On va avancer plus doucement cette fois, proposa le Ranger. Pour éviter de se faire surprendre, on va envoyer quelqu'un en éclaireur, qui marchera devant pour observer le terrain.

Le Nain fronça les sourcils et désigna le ciel du bout de sa hache :

— Mais qu'est-ce que tu veux éclairer ? Tu vois bien qu'il fait jour ! On n'est pas dans une mine !

— On en a déjà parlé ! rouspéta la Magicienne. Les éclaireurs, ce sont les gens qui marchent loin devant, et ça n'a rien à voir avec la lumière.

— Eh ben alors, c'est vraiment pourri comme nom ! gronda le courtaud.

— De toute façon, c'est pas toi qu'on va envoyer, ricana le Ranger. Tu fais autant de bruit qu'un trafiquant de casseroles quand tu marches.

— Je m'en tape, j'ai pas envie d'être éclaireur ! C'est un nom qui ne veut rien dire.

L'Ogre reniflait, il continuait d'observer l'environnement en humant l'air à la manière d'un prédateur. Il donnait l'impression de chercher un stand de saucisses.

La Magicienne désigna l'Elfe :

— Si on nomme un éclaireur, je pense que ça doit être elle, parce qu'elle a une bonne vue.

27

L'intéressée rougit, et leva les bras en signe de victoire :

— Mais oui c'est vrai ! C'est la mission parfaite pour moi !

Le Ranger arborait une expression un peu particulière, celle du type qui est tiraillé entre l'envie de prouver sa valeur, et la nécessité de ne pas se mettre en danger. Il finit par lâcher :

— Mouais. En tout cas, c'est moi le meilleur pour le déplacement silencieux. Mais bon, il faut admettre que t'as une bonne vue... Et puis sinon y a le Barbare, mais il a déjà fait ça hier.

— Et je suis meilleure que toi pour le déplacement furtif en forêt ! rétorqua l'Elfe.

— C'est pas vrai ! En plus, on n'est pas dans la forêt...

— D'accord, mais il y a quand même des arbres !

— C'est un milieu semi-forestier, d'accord ?

— Et vous ne pouvez pas éclairer tous les deux ? proposa le Nain. Comme ça, on ne vous entendra plus raconter des conneries.

La Magicienne s'interposa :

— Non, c'est pas possible, un éclaireur ça doit travailler tout seul, c'est plus efficace comme ça.

Le Barbare gronda, pour montrer qu'il s'intéressait un peu à la conversation. Mais il s'en fichait, en fait.

— C'est bon ! déclara le Ranger. On n'a qu'à dire que je nomme officiellement l'Elfe au poste d'éclaireur pour le groupe.

— Ouiiiiii ! gazouilla l'Elfe. C'est génial ! Sauf que moi je suis une fille !

On lui expliqua que le terme *éclaireuse* ne faisait pas très sérieux. C'était un peu trop proche d'*allumeuse*. Hélas, elle ne comprenait pas ça non plus.

— On y va ? grogna le guerrier des steppes. J'en ai marre.

— C'est parti ! s'enthousiasma le Ranger. Y a plus qu'à laisser l'éclaireur faire son travail ! On part dans cette direction !

Il désigna l'ouest, un petit passage entre deux collines dénudées.

Les aventuriers fixèrent l'Elfe, mais elle était occupée à démêler les fourches au bout de ses cheveux. Quand ce fut terminé, elle constata qu'elle était le centre de l'attention du groupe, et sourit :

— Vous attendez pour moi ? Mais je ne peux rien faire, je n'ai pas de torche !

Ils partirent donc, après avoir expliqué une nouvelle fois et de façon plus précise ce qu'on attendait d'un éclaireur. L'Elfe se trouva consécutivement en avance d'une cinquantaine de mètres. Elle scruta les chemins possibles avec attention, essayant d'y trouver les traces d'un possible danger.

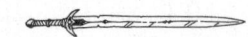

BULLETIN CÉRÉBRAL DE L'ELFE

C'est vraiment super, je suis l'éclaireur du groupe ! Grâce à mes talents elfiques, je n'aurai aucun problème à remplir cette mission. Nous allons sortir de la région, sans avoir de problèmes avec les géants. Quelles horribles créatures ! Tiens, je vois quelque chose qui bouge à gauche... Non, pas de danger, ce sont seulement des cabretins. Ce sont de gentils animaux sauvages, rien à craindre. J'aimerais bien leur faire coucou, mais ils sont déjà partis ! Rien du tout à droite, c'est bien. J'y pense, on pourrait aussi aller tout droit en montant sur la colline... C'est plus fatigant, mais comme ça on pourrait voir le chemin le plus pratique pour avancer dans la bonne direction. Je vais demander aux autres ce qu'ils en pensent.

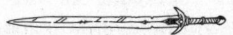

Progressant à couvert des blocs rocheux qu'ils gardaient sur leur gauche, les aventuriers virent que l'Elfe s'était tournée vers eux. Elle mit ses mains en porte-voix, et avant qu'aucun d'eux n'ait eu le temps de réagir, hurla dans leur direction :

— Vous voulez monter sur la colline ? Ou alors on continue discrètement dans le chemin ?

Plusieurs membres du groupe agitèrent les bras de façon désespérée pour tenter de faire comprendre à l'éclaireur qu'on ne devait surtout pas crier. L'écho fonctionnait plutôt bien dans la région, et sa voix semblait porter à plusieurs centaines de mètres. Le Nain lança une série d'insultes. Gluby se cacha les yeux derrière ses petites mains.

Mais c'était trop tard.

Un cri guttural se fit entendre, quelque part sur leur droite. Les dents serrées, ils commencèrent à accélérer, tout en surveillant leur flanc par-dessus leur épaule. La grotte était déjà trop loin pour s'y réfugier à nouveau. Quelques bruits sourds, et la tête dodelinante du géant se matérialisa au-dessus d'un talus. L'horrible colosse n'était pas caché bien loin, finalement.

— Mais quel bordel ! tempêta le Nain.

Le gnome sauta pour s'accrocher au sac à dos de l'Ogre, sans que ce dernier s'en aperçoive. Il sentait venir une nouvelle course-poursuite et voulait s'épargner des efforts inutiles.

— Tiens, c'est quoi ça ? s'inquiéta la Magicienne en constatant qu'une masse sombre se déplaçait dans l'air.

Un gros bloc de roche volait dans leur direction.

— Rocheeeeeeer ! beugla le rôdeur à l'adresse de ses camarades.

Il courut droit devant lui en s'abritant la tête sous sa cape, comme si cela pouvait changer quelque chose au résultat d'un impact. Le groupe accéléra encore.

— Ah, on dirait du granite ! nota le Nain, en fin connaisseur.

Le projectile démesuré s'écrasa quelques mètres derrière eux sur la paroi rocheuse et se brisa dans un tumulte douloureux pour les gencives. Des éclats volèrent dans toutes les directions. L'un d'eux atteignit le Barbare au milieu du dos, un autre rebondit sur le casque du Nain. Tout le monde cria cependant, comme si la douleur était partagée. La troupe détala de plus belle, pendant que le géant se baissait pour ramasser un deuxième bloc de roche. Il s'était trouvé un nouveau jeu.

La troupe marqua la jonction avec l'Elfe qui les attendait, ne sachant toujours pas quelle direction prendre, et s'interrogeant sur le rôle d'un éclaireur dans une configuration de fuite. Elle n'eut cependant pas le temps de poser sa question.
— Mais cours, bon sang ! brailla le Ranger.
Le second bloc rocheux s'écrasa juste au-dessus d'eux, dans la paroi moussue. Ils furent bombardés par une pluie de débris tranchants et contondants à la fois. Ils crièrent une fois de plus, mais il n'y avait pas de blessures graves. Puis ils se retrouvèrent hors de portée des tirs, ayant emprunté la coulée de gauche entre deux gros talus. Ils entendirent les pas du géant, à nouveau en chasse.

Mais le Barbare stoppa sa course et se retourna, comme s'il refusait soudainement la fuite. Personne ne s'arrêta, tant ils étaient tous occupés à regarder où ils mettaient les pieds, car le sol inégal et jonché de branches et de gravats rendait la progression difficile. Le bretteur au torse puissant dégaina sa grande épée, se campa sur ses jambes noueuses pour faire face au colosse.

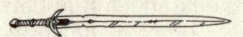

BULLETIN CÉRÉBRAL DU BARBARE

Crôm dit qu'on doit pas fuir, c'est lâche ! Les lâches sont pas des vrais barbares. Alors je vais rester, et combattre ! Il faut toujours courir, avec les autres, c'est des mauviettes ! Avec mon épée, je vais taper dans les jambes du géant, et ça va le faire tomber ! Ensuite, je vais lui couper la tête ! Facile !

La silhouette du gigantesque ennemi s'encadra entre les collines. Le monstre s'arrêta deux secondes, et considéra le petit être qui semblait vouloir lui barrer la route, à distance d'un jet de rocher. Il ramassa sur la pente à portée de sa main les restes d'une vieille souche pétrifiée, un rebut qui avait néanmoins la taille d'un porc et tenait bien dans sa grosse paluche. Il projeta la souche en direction du Barbare, qui l'évita facilement dans un mouvement de détente aussi souple que latéral. Son instinct de combattant reprenait le dessus.

— Tu vas chialer tes parents ! beugla le Barbare en moulinant de ses épées.

La partie de sa conscience la moins animale se demandait s'il n'était pas en train de faire une grosse erreur. Une autre partie de lui, plus enfouie, s'interrogeait également sur l'existence des prétendus parents d'une telle aberration.

Le titan visa le Barbare avec trois rochers, que celui-ci esquiva tout aussi facilement que le premier projectile. Tel un enfant frustré, le géant décida brusquement que le jeu n'était plus drôle. Il hurla, d'un râle qui ressemblait au vagissement d'un taureau énervé, ou au cri d'un fonctionnaire en grève. Il déracina en grognant un arbre mort, et se retrouva de cette façon armé d'un impressionnant gourdin. Ses yeux porcins se rétrécirent, tandis que ses narines frémissaient en produisant le bruit d'un soufflet de forge.

Le Barbare, voyant qu'il serait difficile de parer une telle arme, reconsidéra sa position. Il ne pourrait attaquer les pieds à cause du manque d'allonge, et donc, il devait frapper ailleurs, ou trouver un moyen de passer derrière l'arme. Il essaya de rappeler à sa mémoire les techniques d'attaque mises au point par les gens de son clan lorsqu'ils partaient chasser ensemble les grands prédateurs des plaines, tels que les redoutables ouklafs. C'était une période de sa vie qui sentait la sueur et les pieds, pleine de souvenirs virils, de claques sur les cuisses et de rires gras. Il revoyait les veillées au coin du feu, les blessés qui exhibaient leurs cicatrices, les gamins qui tabassaient leurs camarades de jeu plus faibles à coups de mandales ou en s'aidant d'un gourdin. Mais finalement, il ne retrouva aucune information utile, tant il est connu que les barbares n'ont jamais développé à l'avance aucune stratégie de combat. La fréquentation des autres humains avait tendance à déteindre sur notre chevelu.

Pendant ce temps, le géant avait avancé de quelques pas, ce qui en proportion de ses enjambées l'avait amené à pouvoir user de son titanesque gourdin. Il frappa de haut en bas, dans la pure tradition du bourrinisme le plus affligeant réservé à ceux qui n'ont que la force comme atout. Le bretteur esquiva le choc d'une roulade, et se retrouva sur ses jambes. Il considéra qu'il faudrait au géant un certain laps de temps pour lever son arme et porter un nouveau coup, et en profita pour bondir vers le mollet le plus proche, avec l'intention ferme d'en découper une tranche, de taillader un muscle, de cisailler un tendon. Il rencontra quelque chose, mais plus tôt qu'il ne l'avait prévu. Un réflexe bête du géant l'avait en effet poussé à lancer son pied en avant, pendant qu'il soulevait du sol sa massue. Botté de plein fouet, le Barbare sentit quelque chose craquer dans sa poitrine. L'air s'échappa de ses poumons dans un borborygme, et il fut projeté à plusieurs mètres de la zone de combat, cul par-dessus tête dans un buisson desséché. Il avait lâché son épée.

Le géant s'approcha en grondant, pendant que le guerrier mal en point récupérait de sa chute et se débattait dans les branches pour sortir du fourré. Le gigantesque gourdin était déjà levé, prêt à s'abattre, pour déchirer la chair et broyer les os. Le Barbare s'agita de plus belle, et ne voyait pas trop comment il pouvait s'en sortir. Il bougonna quelques insultes, parce que ça faisait toujours bien. L'ombre du monstre le recouvrit, et il adressa quelques mots à Crôm, pour qu'il s'empresse de mettre un sanglier à cuire, car il allait arriver au Vhallala et il avait un peu faim.

Une flèche vint alors se planter dans un doigt du monstre, un doigt de la main qui tenait le tronc décharné. Le colosse mugit et lâcha l'arme improvisée sur sa propre tête, ce qui produisit un son mat et relativement écœurant. Le géant chancela et recula d'un pas, aussi bien frappé par le choc que par la surprise.

— Mais zut ! cria l'Elfe. J'ai raté son œil !

— Ha ha ! Quelle conne ! grinça une voix qui ne pouvait être que celle du Nain.

— C'est pas grave ! hurla le Ranger. Allez on y va, c'est le moment !

Le Barbare, toujours empêtré dans son buisson, entendit également la voix de la Magicienne, des mots qu'il ne comprenait pas.

— Aglouf ! répondit l'Ogre.

Un projectile noirâtre vola en direction du géant et vint s'écraser entre ses pieds. Il s'ensuivit une énorme déflagration, alors qu'un torrent de flammes se déversait autour de lui dans un grondement d'apocalypse. Le mastodonte humanoïde beugla si fort que les aventuriers eurent l'impression que le son se produisait à l'intérieur même de leur tête. Il bondit en arrière et s'affala sur le dos, hors de portée des flammes, causant une secousse sismique de faible intensité. Il se releva maladroitement pour échapper à la douleur, mais le feu avait pris sur ses jambes, au moment où le liquide contenu dans la bombe alchimique s'était répandu sur sa chair grasse et velue. Dansant d'un pied sur l'autre, il hurla de plus belle, se retourna et s'échappa vers l'est. Une fumée noire et malodorante s'élevait derrière lui, et semblait sortir de son fondement. C'était sans doute la première fois que ce géant courait.

Une flèche, probablement tirée dans sa direction, passa loin sur sa gauche, et se brisa sur un rocher.

— Flûte ! piaula l'Elfe. Encore raté !

Les membres de la compagnie, revenus de leur surprise, décidèrent qu'il était temps de laisser libre cours à leur joie. Ils scandèrent donc une série de slogans inutiles en gesticulant de façon désordonnée.

La carcasse contusionnée du Barbare émergea des broussailles en hâte. Le feu avait en effet pris dans le buisson, le guerrier souffrait déjà de quelques brûlures et son pagne ainsi que ses cheveux fumaient. Il n'avait pas tout compris. Il s'étonnait d'être encore en vie, et de voir ses camarades de voyage sauter sur place comme des haricots sur une plaque chauffante. Il toussait, car il avait quand même un peu mal dans le haut du corps, là où les filles ont des machins ronds qui poussent. Dans le silence des collines au lointain, le géant beuglait.

Et quelque part beaucoup plus loin, dans un monde réservé aux dieux, Crôm soupira et ordonna qu'on retire ce sanglier du feu. Il faudrait encore attendre.

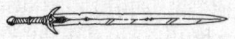

BULLETIN CÉRÉBRAL DU NAIN

Et voilà, l'affaire est dans le coffre ! Trop facile en fait ! Les géants, on en fait toute une histoire, mais il suffit de mettre un peu le feu à leurs panards pour les voir chialer comme des belettes... Mort de rire ! Et puis j'ai joué un rôle important dans tout ça. Je lui ai jeté un caillou, et ça lui a tapé dans l'épaule, et juste après il est tombé ! J'ai sans doute tiré vachement fort, avec mon niveau trois. C'est grâce à mon caillou qu'on a réussi à trouver la brèche pour lancer la bombe anémique qui fait du feu. Décidément, je me demande bien ce que feraient ces incapables sans moi. Si j'étais tout seul, ça irait aussi bien, et en plus j'aurais certainement plus d'or et plus de trésors !

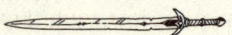

Ils firent une pause, pour essayer de faire le point sur la situation. L'Elfe enroula un bandage sur le torse du Barbare, un bandage spécial enduit de crème chauffante à l'huile de friduf. Il y avait sans doute une ou deux côtes cassées là-dedans. Le guerrier était si dépité qu'il n'essayait même pas de lutter contre la doctoresse en herbe. Habituellement, il refusait qu'on s'occupe de lui, car les soins, c'était pour les tarlouzes. Il regardait dans le vide, et s'imaginait sans difficulté le déluge de quolibets qu'il pourrait recevoir de ses semblables si jamais quelqu'un venait à leur raconter sa mésaventure contre le géant. Il était un puissant guerrier, et des gens moins forts que lui étaient venus à son secours. Ce n'était pas normal. Cela remettait en cause tous les dogmes de son peuple. Et de plus, il avait été défait par l'ennemi sans avoir donné un seul coup, ce qui portait l'incident au comble de la honte.

Du côté du reste de la troupe, c'était l'allégresse. On se frappait la paume des mains, on dansait, on faisait des pieds de nez en direction de l'est, par là où le géant était parti. On vantait les mérites et les compétences de chacun.

Puis finalement, le Nain s'approcha du Barbare en se dandinant :

— Hey dis donc, t'as les cheveux qui fument encore ! Ça me rappelle la boule de feu du Donjon, l'autre jour quand on avait ouvert le coffret piégé !

— Humf, répondit le taciturne.
— Qu'est-ce qu'on lui a collé, au grand débile ! ricana le courtaud.

Voyant que personne ne se moquait de lui, le guerrier blessé se pencha en avant pour confier ses inquiétudes au Nain :
— Alors... Vous êtes revenus pour me sauver ?
— Tu rêves ! Ha ha ! Quand on a vu que t'étais plus là, on a compris que tu voulais combattre le géant tout seul. Alors on s'est dit que c'était pas possible, parce que si jamais tu gagnais, tu pouvais récupérer toute l'expérience pour toi tout seul ! Et ça, c'était pas possible...

Le courtaud tendit sa hache vers le reste du groupe :
— À ce moment, la Magicienne a dit qu'elle avait oublié les bombes machiniques que l'autre enfoiré de Gontran avait laissées dans son placard et qu'il voulait nous faire exploser à la tête... On en a pris une qui était dans le sac de l'Ogre et on l'a balancée dans les pieds du gros taré pour voir si ça marchait ! Et t'as vu ça ? C'est trop mortel !
— Ah ! commenta le Barbare, légèrement soulagé.

Finalement, rien n'avait changé dans le groupe.

Le Ranger s'approcha à son tour, il se pavanait comme s'il avait effectivement servi à quelque chose. Un sourire narquois et de mauvais augure fendait son visage d'ordinaire maussade. Il tint alors au Barbare un discours assommant sur la nécessité de ne pas agir de manière inconsidérée, de respecter ses compagnons, de ne pas sous-estimer les talents des autres, et de l'écouter quand il parlait pendant les réunions stratégiques.
— On avait pourtant bien précisé qu'on n'avait pas le niveau ! conclut-il en tendant un doigt accusateur vers le guerrier.
— Mais on a gagné quand même, affirma la Magicienne en s'interposant.

Elle n'aimait pas la lueur agacée qui avait pris place peu à peu dans l'œil du Barbare à mesure qu'il encaissait les remontrances du pseudo-chef du groupe. Il convenait d'empêcher que ce dernier ne se fasse tabasser.

— M'en fous, rétorqua le bretteur. J'aime pas fuir !

— Et on a gagné plein d'expérience ! scanda le Nain en levant sa hache vers le ciel.

— Youpi ! gazouilla l'Elfe.

— Heu... Non, en fait.

Ils se turent et attendirent que la Magicienne termine sa phrase. Celle-ci recula d'un pas, mue par un réflexe élémentaire de survie, avant de continuer :

— Il faut bien comprendre qu'on ne gagne de l'expérience que si le géant meurt...

— Et alors ? s'énerva le Ranger.

— Ça m'étonnerait franchement qu'il décède de ses brûlures aux jambes... Je suis certaine qu'il a encore les deux tiers de ses points de vie !

Le Nain jeta sa hache par terre de fureur, et rouspéta :

— Ah ! Merde ! Chier ! Bordel ! C'est toujours pareil !

— Mais on aura quand même quelque chose, non ? s'alarma l'Elfe, en tirant sur la corde de son arc.

— On a survécu à une bataille contre un géant ! déclama le rôdeur comme s'il s'adressait à des juges. On devrait quand même gagner quelque chose avec ça !

— C'est pas juste ! scanda le Nain à plusieurs reprises.

— Mais j'y peux rien, moi ! s'excusa la Magicienne. Peut-être que le Comité nous attribuera des points quand même ?

Elle faisait référence au *Comité de la Caisse des Donjons en charge des Attributions de Niveaux*, une véritable curiosité administrative de la Terre de Fangh. Cette assemblée était constituée d'esprits de fonctionnaires décédés, invisibles et impalpables mais qui surveillaient sans relâche les faits et gestes des aventuriers pour assurer la bonne répartition des points d'expérience. Ils distribuaient également les gratifications afférentes à cette progression par le biais d'un système de calcul complexe que personne n'avait jamais osé remettre en question. C'était encore plus compliqué que les opérations liées à la gestion du personnel minier en zone de creusement intensif, une discipline bien connue en vigueur chez les Nains.

Les aventuriers manifestèrent néanmoins leur mécontentement :

— J'en ai plein le dos de ces gens qui comprennent rien à rien !

— On ne va jamais avoir de niveau…

— C'est toujours les mêmes qui souffrent, et on nous prend pour qui ?

— En plus, on n'a pas d'or !

— Glouf atoulka.

Puis ils s'intéressèrent au Barbare, qui restait assis, les yeux perdus dans l'immensité de son désarroi. Le Nain l'apostropha :

— Et toi ? Tu dis rien, t'es pas d'accord ? Tu trouves pas que c'est toute la misère pourrie du monde qui s'acharne encore sur nos tronches ?

Le chevelu concerné frotta les brûlures de son bras gauche et toussa laborieusement. Il fit craquer ses jointures et regarda fièrement vers l'horizon. Son expression ténébreuse aurait suffi à elle seule à plonger dans l'ombre la grande cité de Glargh. Il aurait bien voulu parler de ses désillusions, de ses problèmes de considération personnelle, et du fait qu'il aurait bien aimé passer directement au niveau dix pour pouvoir savater des géants d'une main, en riant à gorge déployée comme les héros des légendes. Hélas, il lui manquait à la fois du vocabulaire pour s'exprimer et de la motivation. Constatant que ses équipiers attendaient une réponse, il finit par hocher la tête gravement, sans rien dire. Il se releva en grimaçant, récupéra son épée à deux mains dans la poussière, et la replaça dans son étui.

— Bon, on y va ? s'impatienta le Ranger. Si on n'a pas gagné d'expérience, au moins on aura peut-être la chance de dormir dans une auberge cette nuit ?

II

La déchéance du Maître

Dans une meule de foin, à plus de cent kilomètres de là, quelqu'un bâilla. C'était un homme dans la force de l'âge, qui affichait habituellement un air décidé, mais dont l'expression actuelle ne reflétait plus que lassitude et fatalisme. Il ne voulait pas se lever. Allongé sur le dos, il était d'ailleurs en train de penser qu'il pourrait bien rester là jusqu'à ce qu'il meure de faim et de soif, ou qu'il se fasse lui-même dévorer par les rats qu'on entendait couiner à l'arrière de la grange. L'individu portait un pantalon râpeux d'une matière indéfinissable, une chemise grossière et grisâtre, et des bottines de cuir usées qui ne semblaient pas faire partie du reste de la panoplie. Sa coiffure désordonnée s'ornait de quelques centaines de brins d'herbe sèche, au milieu desquels on pouvait distinguer quelques cheveux gris trahissant son âge. Un rayon de soleil filtrait à travers les planches disjointes, et réchauffait une partie de son visage.

Rester là, à jamais. Il était bien. Il n'avait plus rien à faire, plus rien à penser. Aucun plan à ourdir, aucune facture à signer, aucun mystère à éclaircir, aucun piège à imaginer. Il n'avait plus de domicile et se trouvait privé de toute richesse. Sa vieille robe noire, qui lui permettait jadis d'afficher un certain prestige en toute situation, avait été abandonnée dans un état de délabrement avancé, quelque part dans une cabane de paysan à l'ouest du monde connu.

Il se retrouvait au niveau zéro de l'humanité, et venait de prendre conscience du fait qu'il n'avait plus aucun souci. Il étendit les bras comme pour faire la planche, et sa main tomba sur son sceptre magique, le symbole de sa précédente condition sociale. Tiens, finalement, il lui restait quelque chose.

Une voix geignarde se fit entendre, un peu plus bas dans le foin :
— Maître ? Vous savez qu'il est tard ? Il faudrait penser à vous lever ! J'ai peur que le paysan n'en vienne à découvrir qu'on habite sa grange et qu'il nous chasse !
Sans répondre, l'homme allongé soupira.
Son acolyte massa son crâne dégarni et tira sur ses habits trop grands. Lui aussi avait dû troquer la robe symbolisant son ancienne fonction contre des vêtements de paysan, mais ceux-ci étaient trop grands pour lui. De taille plus modeste que son patron, il avait le teint verdâtre, et des oreilles curieuses, légèrement tombantes et pointues, comme si quelque part dans sa généalogie traînait un reliquat d'union contre nature entre une humaine et un peau-verte. Son visage était marqué par les ecchymoses et les blessures reçues au cours des derniers jours. Une rencontre violente avec des aventuriers, puis la colère de son maître, et finalement l'accident du dirigeable... Il faudrait attendre encore quelques jours pour que les contusions s'atténuent. Les bleus avaient pris une teinte noirâtre.
Il se tenait assis à la base d'une pile de bottes de foin et surveillait l'entrée de la grande cabane en bois, pour éviter d'être surpris par le propriétaire. Il regarda son pied gauche et agita les orteils qui dépassaient de sa chaussure mutilée. Plusieurs dizaines de kilomètres à pied dans une région inhospitalière avaient eu raison de ses souliers, lesquels étaient prévus à l'origine pour parcourir en toute quiétude les couloirs sécurisés d'un donjon. Il en vint à penser que, dans la vie, on ne faisait jamais vraiment ce qu'on voulait, surtout quand on était l'assistant d'un sorcier aussi impétueux que Zangdar.

— Maître ? insista-t-il sans trop forcer. Maître ? Vous m'entendez ou vous dormez ?

Un nouveau soupir, puis la voix grave lui répondit dans un râle :

— Je dors.
— Ah… Tant mieux.
— Je dors jusqu'à la fin du monde. Cette existence n'a vraiment aucun intérêt.

Reivax se concentra un moment, pour trouver quelque chose d'intelligent à dire. Il était souvent pris au dépourvu par les discours tranchés de son maître, car celui-ci ne laissait que rarement les ouvertures nécessaires au dialogue. Puis l'assistant se décida :

— Mais… On pourrait trouver quelque chose à faire ? Quelque chose pour gagner un peu d'or, et pouvoir manger ? J'ai tellement la dalle que je pourrais manger du foin !

— Eh bien alors, mange du foin.

Le petit homme ouvrit la bouche pour répondre, et se ravisa. Il fallait qu'il prépare un monologue assez intense pour décider Zangdar à sortir de sa torpeur, pour qu'il retrouve un semblant de dignité. Et surtout, qu'il regagne sa légendaire férocité.

Il faut dire que la veille ils avaient essuyé la plus grosse déconvenue de toute leur vie. Après avoir survécu à un accident aérien et parcouru des dizaines de kilomètres pour retrouver le chemin de leur tour, on leur en avait refusé l'entrée. La Caisse des Donjons, sous couvert d'une convention signée trente ans auparavant, avait profité de l'absence du propriétaire des lieux pour faire main basse sur l'immobilier et son contenu. C'était la loi, et on ne pouvait rien y faire. Il était impossible de lutter contre la CDD, l'organisme qui régissait toutes les questions d'aventure en Terre de Fangh. Ils étaient partout, ils étaient puissants, et ils n'avaient pas d'états d'âme. On leur avait donc fermé la porte au nez, sans même daigner leur accorder le loisir de récupérer leurs affaires. Les grimoires, les parchemins, les potions, les vêtements, les objets précieux, le peu d'or qui restait encore dans les caisses de l'établissement, et même la collection de robinets de Reivax étaient alors devenus des biens de l'*administration*. Quand on avait passé trente ans à faire régner la terreur sur la région, c'était plutôt dur à avaler.

Reivax se lança dans un premier test de motivation :
— Maître... C'est vraiment dommage d'abandonner maintenant. Je me demande ce que vont devenir vos idées de vengeance à propos des aventuriers...
Zangdar se redressa sur les coudes. Une étincelle de fureur venait d'apparaître comme par magie dans ses yeux, et il gronda :
— Rien du tout ! Comment pourrait-on se venger maintenant ? Nous n'avons pas de monstres à leur envoyer, pas de laboratoire pour fabriquer du poison, pas d'or pour payer des mercenaires ! Nous n'avons même pas de grimoires pour chercher des nouveaux sorts, et nous avons des dégaines de mendiants !
— C'est vrai, mais vous avez toujours vos pouvoirs, mon Maître... Vous êtes un puissant sorcier.
L'affirmation n'était qu'à moitié vraie, cependant le propos fit mouche. Zangdar était assis, raide comme un gibet, son sceptre à la main.
— C'est vrai ! gronda-t-il.

Il chercha un moyen de descendre du haut de sa meule de foin, mais ne trouva rien de gracieux. Il se demanda par ailleurs comment il avait bien pu monter aussi haut, la veille au soir, dans le noir alors qu'ils étaient fourbus. Il se laissa donc glisser et finit par dégringoler entre deux tas plus petits, disparaissant complètement. Il lança plusieurs imprécations destinées aux agriculteurs. Il se releva le plus dignement possible, constata que sa chemise était déchirée et agita une main nerveuse dans ses cheveux en bataille pour en faire tomber les brins d'herbe sèche.

Son assistant faisait mine de ne rien avoir vu et concentrait son attention sur un outil agricole rouillé dont l'utilité lui échappait complètement. Il savait qu'il ne fallait pas croiser le regard du maître dans ces moments-là. Il rompit le silence après quelques secondes d'attente :

— Bon, bon, alors qu'est-ce qu'on fait ?

Zangdar fit quelques pas dans la grange, en poussant du pied les obstacles jonchant le sol. La tête penchée en avant, les bras derrière le dos, il aurait été impressionnant s'il n'avait pas porté ces vêtements grossiers qui lui ôtaient toute prestance.

— Eh bien, finit-il par dire. Nous avons besoin d'un peu d'argent pour remonter la pente, et d'un bon déjeuner. Et pour disposer d'un peu d'or, il faudrait d'abord en gagner. Ou en voler. C'est simple.

— Sinon... On pourrait aussi essayer de récupérer nos richesses dans notre donjon ?

Le maître regarda son conseiller d'un air grave. Il s'approcha, et Reivax recula, d'instinct. Mais il n'y avait pas de menace, pas encore.

— S'introduire dans le donjon pour récupérer nos affaires ? Avec tous les abrutis de la Caisse qui traînent dans les couloirs ? Est-ce que tu penses que c'est vraiment le moment ? Tu veux finir écartelé par la milice ?

— Non, non, bafouilla le sbire. Vous avez raison, Maître !

Le sorcier tira machinalement sur une cordelette qui pendait à une poutre, comme si elle pouvait lui distribuer des pièces d'or. Il abandonna bien vite en constatant le ridicule de son geste, et ajouta :

— En plus, c'est vraiment un comportement d'aventurier. S'introduire dans un donjon !

Reivax marmonna quelque chose et jeta un œil à travers deux planches du mur, car il avait cru voir un mouvement dehors. Mais il ne s'agissait que de deux cochons qui se reniflaient l'arrière-train dans le pré jouxtant la grange.

— Je ne vois pas trop ce qu'on pourrait faire comme travail, continua Zangdar. Et puis, c'est bien connu, le travail honnête ne rapporte rien.

— On pourrait escorter des marchands ? proposa l'assistant. Avec vos pouvoirs…

— Tu sais bien que j'ai un problème de dosage ! tempêta le sorcier. Si jamais tout le monde meurt, ça va encore créer des problèmes. Mes sortilèges ont toujours dépassé les limites du rayon d'action, c'est pour ça que j'ai arrêté de les utiliser. Ça n'est pas compatible avec un travail d'escorte.

— Mais alors, quoi ?

Les deux hommes discutèrent un moment pour tenter de trouver une solution simple et rapide à leur problème actuel de pauvreté. Mais il fallait manger, de toute façon. Vint le moment où ils ne pouvaient plus se concentrer. Zangdar envoya donc Reivax en reconnaissance à l'extérieur de la grange, pour essayer de trouver quelque chose à manger autour de la ferme.

Celui-ci revint rapidement. Il était en sueur, et tenait contre sa poitrine quelque chose de mou et de rond, comme un emballage de toile. Il s'expliqua :

— J'ai trouvé un morceau de pain et des légumes dans une remise. C'était sans doute prévu pour les lapins !

— Ça n'explique pas pourquoi tu fais cette drôle de tête, observa le maître. Qu'est-il arrivé à ta main ?

L'assistant souffla et agita sa main gauche comme s'il voulait s'en débarrasser. Elle était rouge de sang.

— Sur le chemin du retour… Je me suis fait attaquer par les cochons ! Ils ont senti que je promenais de la nourriture, et le plus gros m'a mordu ! Mais j'ai réussi à m'enfuir, alors je suis monté sur un…

Le sourcil réprobateur de Zangdar le dissuada d'entrer dans les détails de l'escapade.

Ils trouvèrent une planche poussiéreuse dans un recoin, et la posèrent sur une botte de foin dans un simulacre de table. Puis Reivax y déposa la maigre pitance, qu'ils partagèrent sans oser parler. La scène était si pitoyable qu'aucun d'entre eux n'avait envie de faire le moindre commentaire. Les jours précédents, alors qu'ils traversaient les terres oubliées de l'ouest, ils avaient déjà ressenti la même chose. C'était un mélange instable de lassitude, de rancœur et d'énervement. Ils avaient même écouté sans broncher le verbiage incompréhensible d'un paysan qui ne parlait que très peu leur langue, un homme simple à qui ils avaient acheté des vêtements et des vivres. Les deux hommes s'étaient rendu compte plus tard que Zangdar n'avait même pas pensé à lui jeter un sort ou à s'emparer de ses biens par la force. Loin du donjon, les réflexes des deux génies du mal s'étaient rapidement dilués dans le quotidien des vagabonds. On marchait, on essayait de trouver à manger, et on cherchait un endroit pour dormir avant que le soleil ne soit couché.

— Tout cela va changer ! s'exclama soudain Zangdar en jetant au loin le trognon d'une courgeole à moitié sèche.

— Vous javez une idée ? mâchonna Reivax, aux prises avec le pain caoutchouteux.

— Bien sûr ! J'en ai même plusieurs ! Mais nous verrons cela demain… J'ai besoin de repos.

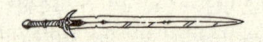

La compagnie progressa vers l'ouest une partie de l'après-midi avec la ferme intention de rejoindre la rivière Filoche. Il convenait de s'installer dans une auberge avant la nuit. Une rivière, c'était un bon point de départ pour trouver un village, même les aventuriers les moins chevronnés le savaient. De plus, c'était un cours d'eau qui leur était familier, puisqu'ils avaient eu le loisir de le descendre en bateau quelques jours auparavant, dans l'affaire dite de la *Couette de l'Oubli*. Outre des hameaux de moindre importance, ils avaient au moins la certitude de trouver plus en aval le village de Tourneporc, qu'ils connaissaient déjà. Il faudrait encore utiliser *la ruse* pour se procurer ne serait-ce que de la nourriture là-bas, mais c'était déjà quelque chose. Les voyageurs savaient que les habitants de la bourgade, jadis très accueillants, chassaient maintenant à vue tout ce qui ressemblait de près ou de loin à un aventurier. La semaine passée, un incendie avait ravagé une partie des habitations. La catastrophe provoquée par une altercation de sorciers désœuvrés à la taverne avait dégénéré en bataille générale. Les paysans fous de rage avaient chassé les nombreux magiciens, archers, cultistes et guerriers sous les yeux effarés de nos aventuriers installés dans une grange à la sortie du village, eux qui n'avaient pour une fois aucune responsabilité dans l'affaire. Enfin, c'était bien dommage car les gardes de la ville, soucieux de préserver l'ordre, surveillaient désormais les accès au village et repoussaient sans se poser de questions tout ce qui avait figure de coupable potentiel. Il faudrait donc se grimer en paysan pour circuler jusqu'au premier commerce.

À cause de ses blessures, le Barbare marchait moins vite que d'habitude et le rythme était en conséquence moins soutenu. L'Elfe avait gardé son poste d'éclaireur, mais on lui avait bien expliqué qu'il ne fallait pas hurler à la moindre occasion, surtout dans un territoire peuplé de géants vindicatifs. Elle s'acquittait donc de sa tâche avec une certaine efficacité, un fait assez rare pour être signalé. Le Nain n'aimait pas trop cela et ne cessait de bougonner des propos évasifs ayant pour sujet principal l'incompétence des Elfes. Gluby avançait à leur côté sans que personne ne s'occupe de lui. Il faisait parfois la roue, se tortillait dans une suite de pirouettes, ou s'amusait à courir après des familles de mulots ou des marmottes. Il était assez content de sa condition actuelle et du fait que ses nouveaux amis n'avaient pas été piétinés à mort par le géant.

Alors que le soleil avait bien entamé sa descente, ils furent stoppés par une grande muraille naturelle. C'était un amas de roches plus abrupt que la moyenne, orienté nord-sud, et qui leur barrait la route comme aurait pu le faire une falaise. Ce n'était pas bien haut, mais considérant les compétences en escalade quasiment nulles de la plupart des membres du groupe, il faudrait la longer dans un sens ou dans l'autre pour passer de l'autre côté. C'était le moment de faire le point, ils déposèrent les sacs et se rassemblèrent.

En consultant son *Géolocalisateur à Perception Subharmonique*, la Magicienne tordit sa bouche en une moue dubitative. Elle analysa les résultats en prenant quelques mesures sur la carte, puis elle rendit compte de ses observations :

— On n'avance pas très vite, mais on n'est plus très loin de la plaine je pense.

— Chouette ! commenta le rôdeur en se frottant les mains.

— Bah… Moi j'aimais bien cet endroit, renifla le courtaud. Y a des tas de rochers !

— Et certains arbres sont vraiment très beaux, ajouta l'Elfe qui avait rejoint le groupe.

Le Nain lui jeta un regard méchant.

La Magicienne replia son matériel et ils discutèrent d'une direction à prendre. Le plus logique était de partir vers le nord, car il leur serait éventuellement possible de croiser la rivière Filoche qui prenait sa source non loin de là. Cependant, c'était l'Elfe qui avait donné cette direction en premier, alors le Nain préférait partir de l'autre côté. On tira au sort, et ce fut le nord qui l'emporta. Le Ranger avait triché, mais ce n'était pas grave, c'était pour gagner du temps. Ils burent un peu d'eau et empêchèrent l'Ogre de démarrer un feu pour le barbecue, car ce dernier pensait qu'on s'arrêtait pour la nuit. Puis la troupe s'ébranla, précédée par l'archère qui prenait son rôle très à cœur.

Le Nain détecta dans la muraille une ouverture, après un kilomètre de marche en direction du nord. C'était une sorte de cavité difforme, encadrée de gros rochers usés. Elle n'était pas très engageante, et après un rapide sondage, il s'avéra que personne n'y trouvait un quelconque intérêt. Personne, sauf le Nain.

Sous les yeux blasés de ses compagnons, il gratta la roche à l'entrée, renifla le morceau de pierre ainsi obtenu et huma l'air qui sortait de l'ouverture. Il cria quelque chose de bref dans le conduit, quelque chose qui ressemblait à « Yek ! Yekili ! », et attendit quelques secondes en tendant l'oreille. Puis il fit quelques pas dans l'obscurité et revint sur ses traces en affichant un sourire qu'on ne voyait sur son visage que très rarement. Il désigna du pouce sa découverte :

— Eh ben mes cocos, on a de la chance ! C'est un petit cadeau du Grand Forgeron qu'on a ici !

— On avance ? gronda le Barbare sans prêter attention au verbiage de son compagnon.

Le Ranger lâcha un soupir d'impatience.

— Mais vous m'écoutez ou quoi ? insista le Nain. Il faut passer par là ! C'est un raccourci qui nous emmène de l'autre côté de la muraille !

La Magicienne s'approcha de l'entrée, les sourcils froncés :

— Tu veux nous faire entrer là-dedans ?

— C'est n'importe quoi ! protesta le rôdeur. On n'a aucune certitude que ce machin débouche de l'autre côté !

Le courtaud avait déjà fait trois pas dans le conduit. Il reniflait l'air et lissait sa barbe d'un air satisfait. Il fut rejoint par d'autres aventuriers, plus agacés que jamais et qui sentaient monter l'envie de meurtre. Alors que le ton recommençait s'élever, le Nain leva son gantelet dans un geste autoritaire et se retourna, les yeux brillants :

— J'ai passé toute ma vie sous la montagne ! Je sais bien qu'en matière de géologie vous êtes des nases, mais moi je sais reconnaître une coulée d'eau de glacier quand j'en vois une !

Les membres du groupe, surpris, ne trouvèrent rien à répondre. Cette brèche inopinée dans la conversation permit au Nain d'étayer son raisonnement. Il sortit du goulet d'une démarche énergique, et désigna le paysage derrière eux :

— Eh oui, les bleusailles ! Je sais que ça vous paraît bizarre, mais il y avait ici un glacier qui a provoqué l'érosion du sommet des collines et qui a repoussé les rochers pour former cette espèce de barrière. Ça s'est passé il y a plusieurs millions d'années, mais ça explique la forme légèrement plate et la concavité de la masse rocheuse aux endroits spécifiques où se formaient les poches résiduelles. Alors quand la glace a fondu, il a bien fallu qu'elle s'évacue quelque part ! Elle rejoignit donc l'emplacement actuel de la rivière bidule en passant par cette grotte, pour déboucher de l'autre côté dans la campagne, une lente infiltration qui n'est sans doute pas étrangère à la présence du fameux marécage de l'Éternelle Agonie, un peu plus au sud.

Il exécutait tout en parlant de grands gestes, ce qui reste bien sûr une expression exagérée, considérant la longueur de ses bras. Le Ranger regarda la Magicienne, et cette dernière ne put lui renvoyer qu'une mimique d'incompréhension. On n'avait finalement pas l'habitude, dans la compagnie, d'écouter le Nain faire preuve de bon sens ou tenir des propos cohérents sur un sujet autre que la finance.

Le Barbare avait décroché depuis longtemps, il évaluait ses chances d'escalader la falaise, mais sa blessure aux côtes le faisait souffrir. Quant à l'Elfe, elle attendait un peu plus loin, surveillant le manège de deux marmottes acharnées à la dispute d'un territoire.

Finalement convaincu, le Ranger examina l'entrée du conduit. La cavité semblait juste assez grande pour laisser passer l'Ogre avec son sac. Il pensa qu'il était temps de se donner de la contenance, car les autres aventuriers semblaient attendre quelque chose de sa part. Il se baissa pour examiner les traces au sol, mais il n'y en avait pas, puisque c'était de la roche. Il dirigea consécutivement son observation vers un amas de boulettes noirâtres sur le côté.

— Et alors ? râla le courtaud. On y va ? Ou bien tu vas passer la nuit à l'entrée ?

Le rôdeur montra du doigt les déjections et affirma, le plus sérieusement qu'il put :

— Des lapins sont passés par ici !

— Où ça, des lapins ? chantonna l'Elfe de loin.

C'est qu'elle avait l'ouïe fine.

Ils se rassemblèrent et ajustèrent leur paquetage pour une autre étape de voyage en milieu souterrain. Le Nain était très optimiste, et pour lui il ne faisait aucun doute qu'ils seraient bientôt de l'autre côté. Il prit la tête du convoi, la Magicienne derrière lui pour éclairer leur chemin. Et ils disparurent dans les ténèbres.

BULLETIN CÉRÉBRAL DU NAIN

J'avais raison ! Nous avons passé vingt minutes sous terre dans une grotte magnifique, pour déboucher dans la plaine. Quel bonheur ! En traversant le goulet, j'ai pu voir que l'érosion avait mis au jour pendant des millénaires des tonnes de trucs sympas. Et toute cette roche, et tous ces fossiles dans les cavités karstiques ! La variété des minéraux poussés ici par le glacier n'a jamais été atteinte dans une mine des Montagnes du Nord. Il faudra que j'en parle à mes cousins, quand je reviendrai à la mine avec fortune et gloire. L'eau du glacier a formé au sol des contours lisses et arrondis, alors qu'au plafond de la grotte les sédiments détachés dénudaient les arêtes tranchantes et pointues, libéraient les quartz et les silex. J'ai pu caresser des ammolites, des blocs d'ankérite, du minerai de klokolium ! Nous avons été éblouis par les reflets du spinelle, de la cordiérite, de l'opale, des jaspes, des cornalines. J'ai vu des amas de calcite, du basalte, des pyrites, des coprolithes, du cristal orthorhombique, et même quelques concrétions de béryl ! J'aurais pu en extraire un peu pour les tailler plus tard et les vendre au marché, mais c'était pas possible à cause des autres qui râlaient. En cherchant un peu, avec des bonnes pioches, on aurait sans doute même trouvé de l'or ou du thritil !

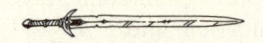

BULLETIN CÉRÉBRAL DU RANGER

Ce petit crétin avait raison ! Nous avons finalement trouvé la sortie vers la plaine, au prix de vingt minutes de galère absolue. Là, je dois dire qu'on a touché le fond en matière de plan foireux, dans la pure tradition des idées à la con du Nain. Misère de misère ! Par tous les boudins de Valtordu, je n'ai jamais vu de chemin plus impraticable de toute mon existence ! C'est à croire que la nature avait rassemblé au même endroit tous les machins pointus, coupants, tordus, glissants, abrasifs et moches. Nous avons râpé nos coudes, cogné nos têtes, déchiré nos vêtements, et j'ai perdu une dent après avoir dérapé dans une espèce de flaque moisie, où j'ai heurté mon menton sur un bloc de roche bizarre. Le Nain disait que c'était du klokolium et qu'il fallait pas l'abîmer... Bon sang, et moi alors ? C'est le raccourci de l'enfer, ce truc ! J'aurais préféré prendre un bain avec des cactus.

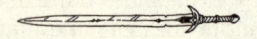

De l'autre côté de la muraille, ils firent une nouvelle pause pour récupérer de l'éprouvante traversée. L'Elfe pleurait, car elle s'était tordu le bras en essayant de rattraper sa dague qui avait chu entre deux rochers. Elle avait aussi cassé deux flèches de son carquois en tombant sur le dos, et déchiré sa nouvelle jupe à trois endroits différents. Le reste de l'équipe n'était pas en meilleur état, à l'exception de Gluby qui avait trouvé pour une fois que le milieu était adapté à sa taille. L'Ogre bougonnait dans son coin, massant ses multiples contusions près de la Magicienne qui tentait de réparer son chapeau déchiré au milieu. Le Barbare reniflait du sang depuis qu'il avait pris un coude dans le nez, et regrettait de n'avoir pas pu voir le coupable dans l'obscurité. Au milieu de ses camarades aigris, le Nain se pavanait et vantait les mérites de l'instinct des gens de son peuple, ainsi que la beauté du monde souterrain.

Ils se trouvaient à présent au seuil d'une plaine verdoyante, autour de laquelle subsistait le relief mou des collines. Le paysage ainsi dégagé leur permettait de discerner, à deux kilomètres à l'ouest, une zone sombre qui devait être un bouquet d'arbres. C'était sans doute là que passait la rivière Filoche, le cours d'eau qu'ils comptaient suivre pour se rendre au prochain village. Avant de partir ils décidèrent d'enfouir l'une des statuettes de Gladeulfeurha dont ils avaient décidé de se débarrasser, afin que jamais personne ne puisse à nouveau tenter l'ouverture de la porte de Zaral Bak. La Magicienne leur avait expliqué qu'en enterrant les sculptures séparément et n'importe où, ils mettraient toutes les chances de leur côté.

La compagnie reprit ainsi sa marche vers l'ouest, précédée du Nain qui chantait à pleine voix des comptines sur les minéraux. Il ne sentait même pas le poids des regards noirs posés sur sa nuque. Ils cheminèrent une bonne heure, sans oublier de s'arrêter pour enterrer deux statuettes dans le sol meuble des tourbières. Le courtaud se proposa même comme volontaire pour creuser, ce qui était probablement un effet bénéfique de sa période d'euphorie.

Au grand soulagement du Ranger et de la Magicienne, ils furent enfin stoppés par le long bras verdâtre du cours d'eau. Des saules bienveillants, quelques hêtres tordus et la course d'une famille de chevreuils les accueillirent comme autant de bons présages. Un épais plafond nuageux rendait assez difficile l'évaluation de l'heure, mais le soleil était sans doute assez bas et la luminosité s'en ressentait. Il faudrait s'activer pour trouver un lieu de repos car les moustiques faisaient déjà leur apparition, tels des spectres opportunistes à l'affût de la moindre seconde d'égarement de l'aventurier de base. Sans perdre de temps, les compagnons se dirigèrent d'un commun accord vers l'aval de la rivière Filoche, profitant du paysage et de la quiétude du lieu pour effacer les mauvais souvenirs de la journée.

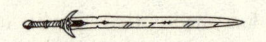

BULLETIN CÉRÉBRAL DE L'ELFE

C'est tellement beau par ici ! J'ai envie de m'installer, de m'allonger dans l'herbe et de regarder les oiseaux qui passent et repassent au ras de l'eau pour boire. Mais ça serait mieux avec un peu de soleil... On pourrait installer une famille d'elfes sylvains à cet endroit ! Ce serait merveilleux, et puis on n'aurait pas besoin de donner à boire à nos poneys. Bien sûr, il n'y a pas assez d'arbres pour qu'on puisse construire des cabanes, en plus on pourrait tomber dans l'eau, et on ne serait jamais tranquilles avec les bateaux qui passent et les humains qui vivent à côté. Et là-haut, c'est un écureuil on dirait ? Ah non... C'est juste un roustillon qui cherche à manger. Quand j'y pense, ça fait bien quinze minutes que les autres ont arrêté de parler, ça fait du bien.

— Ah ! Regardez ! aboya le Ranger de façon soudaine. Une chaumière !

Le silence apaisant s'effilocha, à la manière d'un sortilège prononcé par un mage incompétent. Les aventuriers manifestèrent leur soulagement par de longs soupirs et quelques onomatopées adéquates.

— J'en vois une autre un peu plus loin ! ajouta la Magicienne.

— Uguluk youpla ! souligna l'Ogre.

Les deux masures venaient d'apparaître à quelques jets de pierre, démasquées par la trouée d'un bouquet d'arbres.

Le Nain claqua sa joue, et grogna :

— Saloperie de moustique de pourriture de bestiole à la con ! Vivement la taverne !

Puis il considéra d'un œil méfiant les jambes de l'Elfe, ses bras nus, et toutes les parties de sa peau laissées sans protection. Il observa qu'elle marchait dans l'insouciance totale, et contrairement aux autres ne passait pas son temps à chasser les suceurs de sang par de grands gestes nerveux ponctués d'insultes. Luttant contre sa nature profonde, il finit par laisser sa curiosité prendre le pas, et la questionna dans un reniflement :

— Hey dis donc ! Pourquoi t'es pas embêtée par les moustiques, toi ?

L'archère était surprise, car cet irascible compagnon ne lui avait jamais posé la moindre question sous une forme aussi étrangement éloignée de l'insulte. Néanmoins, sa nature joviale ne lui laissa pas le temps de réfléchir au caractère insolite de l'événement, et elle se lança dans un exposé :

— C'est parce que j'ai une crème de jour à base de plantes !

— Ah ! ponctua le Nain.

Il se doutait qu'il y avait derrière tout ça quelque chose de profondément niais.

— Elle donne la peau douce, et contient des principes actifs à l'huile de jujuba.

— Heu...

Le courtaud ne parvenait pas à endiguer le flot de paroles que l'Elfe lui assénait. Il se mordit la lèvre. Mais c'était trop tard.

— Cette crème est aussi étudiée pour éviter les coups de soleil ! Elle sent bon et elle existe en plusieurs parfums. Et puis, grâce aux extraits naturels de fruits, ça permet d'éloigner les moustiques, qui ne sont pas les amis des Elfes contrairement à la plupart des autres animaux. Parce que les poneys ou les lapins, par exemple, eh bien...

— Hey ! Ça va oui ? coupa le Ranger. On s'en fout des produits pour la peau !

— Et des lapins, siffla le Barbare entre ses dents.

L'archère bougonna quelque chose, mais plus personne ne l'écoutait. La Magicienne en profita pour désigner de son bâton leur nouvelle découverte :

— Hé ! Mais on dirait un village, en fait !

— Et donc une auberge ! résuma le Nain, trop content d'avoir été sauvé.

— Golooooo ! fit l'Ogre en toute solidarité.

Gluby chanta quelque chose d'incompréhensible, et il entama une petite danse en sautillant dans l'herbe et les fleurs rabougries.

Ils approchaient en effet d'un petit hameau, qui s'était trouvé caché par un imposant bosquet. Les maisons semblaient se terrer dans une grande clairière, sans doute pour se préserver des vents dominants. La rivière accusait ici un virage et disparaissait vers la droite à travers les chênes et les perlinpins.

Les deux chaumières d'avant-poste se trouvaient être des fermes aux murs grossiers. Ils en distinguèrent les détails à mesure qu'ils s'approchaient. Près de l'une d'elles, un enclos bricolé retenait avec peine une poignée de chèvres faméliques. Un coq, perché sur un piquet et probablement à moitié fou, s'arrachait les plumes du croupion en caquetant de douleur. Du côté de la plaine, quelques carrés de plantations s'inscrivaient dans la terre molle, et le semblant de clôture installé pour les protéger ne devait pas être bien efficace si l'on considérait l'état déplorable des champs de navets. La présence de couvert forestier devait encourager la prospérité des sangliers.

N'ayant aucune envie de discuter avec les deux paysans qui leur faisaient des signes amicaux, les aventuriers choisirent de les éviter pour se diriger vers le plus important des blocs de maisons. Un adolescent loqueteux s'approcha, probablement attiré par la stature impressionnante de l'Ogre. Il resta bouche bée au passage de la troupe, considérant la robe criarde de la Magicienne, les rondeurs de l'Elfe et le gnome gesticulant à leur côté. Il croisa ensuite le regard du Nain, et décida qu'il valait mieux retourner à dieux des humains, ils sont vraiment bizarres. Il y en a un pour les amoureux qui n'intéresse personne, on se demande vraiment pourquoi il existe. Et puis sinon ils ont aussi une déesse pour les histoires de cul, mais à mon avis ça ne sert à rien non plus. On avait eu des histoires comme ça, dans le donjon, quand le Ranger avait voulu mettre sa main dans ma culotte. Finalement on a pas prié les dieux, et il ne s'est rien passé, alors je ne vois vraiment pas à quoi ça sert. C'est mieux de partir dans la forêt ramasser des framboises, au moins on peut faire de la confiture avec.

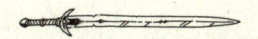

Le repas se termina sans autre allusion au culte de Malgar. La Magicienne parvint à faire sécher ses livres, et tomba sur une formule oubliée. C'était un sortilège disponible depuis qu'elle avait passé son deuxième niveau dans le donjon de Naheulbeuk. L'événement ne remontait qu'à une dizaine de jours, mais il faut bien dire que la vie d'un aventurier est assez dense, et qu'on ne peut pas penser à tout. Elle montra au Ranger la page concernée du *Grimoire des Ordres Néfastes*, en proie à une vive agitation :
— Regarde ! Le sort de *dispersion astrale* ! C'est ça qu'il nous faut !
Le rôdeur eut beau se concentrer sur le livre, il ne comprenait rien, ni au sujet ni à l'excitation de son équipière. Il pensa qu'elle était encore sous le coup d'une de ses crises de machins compliqués, pendant lesquelles elle tenait absolument à les assommer de paroles.
La Magicienne pointa du doigt quelques runes bizarres, et insista :
— Dispersion astrale ! C'est un sort pour désintégrer les objets !
— C'est tant mieux, commenta le Ranger en retournant à son fromage.

L'érudite marmonna quelques propos désobligeants, et sollicita du Barbare qu'il lui transmette le sac contenant les dernières statuettes de Gladeulfeurha.

Sous les yeux des membres du groupe, elle regroupa les idoles sur une dalle de pierre. Elle fouilla ensuite dans une petite besace pour en extirper une petite bougie à moitié consumée, et un minuscule flacon.

— Et voilà ! triompha-t-elle. Bougie à la graisse d'ours et poudre de malachite !

— Et alors ? railla le Nain. Tu vas en faire une tarte aux prunes ?

La Magicienne lui jeta son regard réservé aux analphabètes :

— Regarde, imbécile.

Elle alluma la bougie sur un brandon, et répandit consécutivement quelques grains de poudre et deux gouttes de cire sur chaque statuette.

Les aventuriers, initialement peu enclins à suivre un tel processus, laissèrent la curiosité l'emporter. Ils furent bientôt tous regroupés autour du rituel, sauf le Barbare qui s'était endormi.

La Magicienne tendit sa main au-dessus des objets et prononça un mot guttural qui ressemblait à « Shrakutular », avec un accent à faire grincer des dents. Ses compagnons reculèrent vivement, au moment où un crépitement électrique s'échappait des statuettes. Il y eut comme un brouillard bleu, et plus rien. Elles avaient disparu.

Quelques expressions de surprise fusèrent.

— Eh ben ! s'inquiéta le Ranger. Qu'est-ce qui s'est passé ?

Fière de son petit effet, la Magicienne agita son livre pour dissiper le petit nuage de fumée bleue issu du sortilège. Elle expliqua au groupe qu'elle venait d'envoyer toute la collection d'idoles affreuses dans un autre plan d'existence, un plan aléatoire dans lequel personne ne pourrait jamais les retrouver. Elle conclut finalement :

— Avec ce sortilège, on n'a plus rien à craindre de la prophétie de la Porte de Zaral Bak. C'est fini pour de bon !

— C'est super ! commenta l'Elfe.

— Mouais, maugréa le Nain. Mais ça aurait été sympa d'y penser plus tôt ! J'ai passé la moitié de l'après-midi à creuser des trous pour enterrer ces saloperies !

L'érudite approuva en tournant les pages de son grimoire :

— Vous savez, j'ai des tonnes de sortilèges. C'est pas toujours évident de s'y retrouver…

Gluby s'approcha, examina l'emplacement où se tenaient précédemment les statuettes avec un air réjoui. Le gnome avait bien failli perdre une jambe dans cette histoire, et devenir malgré lui responsable de la fin du monde. La disparition définitive des objets maudits était pour lui un grand soulagement.

Le rôdeur n'était pas très rassuré. Il se pencha vers la rouquine, méfiant :

— Tu peux faire disparaître n'importe quoi ?

— Seulement les objets ou animaux de moins de dix kilos.

— C'est toujours bizarre vos trucs, bougonna le Nain.

La Magicienne ajouta dans un rire :

— Et je peux même faire disparaître les pièces d'or !

Le barbu recula prestement, provoquant la chute d'une pile d'objets. Il fixa l'érudite avec des yeux fous :

— Mais t'es une grande malade ! Tu peux pas dire un truc pareil !

— Au moins, elle ne déchire pas les bons au porteur… cingla le rôdeur.

Ils finirent la soirée sur une revue approfondie des sortilèges disponibles, exercice qui servait autant à rassurer le Nain que le Ranger. Ils se rendirent compte qu'ils avaient négligé plusieurs aspects de la magie, et que la discipline était encore plus complexe qu'ils ne l'avaient imaginé. Les jours passés ensemble leur avaient souvent fait subir d'incompréhensibles malédictions.

Il existait par exemple le *Séchage de Nolor*, une formule destinée à bannir l'humidité aussi bien sur des gens que sur du matériel mouillé. Hélas elle n'était utilisable que par les spécialistes de la Magie de l'Air. Le Nain trouvait cela bien dommage, car il devait maintenir sa cotte de mailles devant le feu, et c'était pénible.

La Magicienne leur expliqua qu'elle n'avait pas voulu choisir de spécialité, pour éviter de faire stagner sa carrière et de laisser s'instaurer la routine. Mais cette partie du discours n'intéressait personne.

Ils parlèrent du *cône de glace*, de l'*ensablement oculaire de Munff*, de l'*ouzkhav de Mazrok* qui pouvait conserver les rillettes indéfiniment, et de la *répulsion de Jakuel* qu'on appelait aussi « éloigner sa belle-mère ». Ils furent intrigués par le *rayon d'Alkantarade*, qui perçait les armures, et par la *lumière de Wismal* à laquelle on prêtait le pouvoir de faire reculer les morts-vivants. Ils rirent aux dépens de la Magicienne en évoquant les premiers essais de la *détection de Flumitor*, le fameux sort qui permettait de détecter les ennemis et qui n'avait pas fonctionné dans le donjon. Ils grimacèrent au souvenir du fameux *tourbillon de Wazaa*, le cyclone de combat qui avait blessé tout le monde et déchiré le sac à main de l'Elfe.

Le Nain s'intéressa quelques minutes à la magie de la Terre, intrigué par le curieux sortilège de *pluie de gravillons vengeurs*, jusqu'à ce qu'il comprenne que cette discipline faisait également intervenir des arbres et les végétaux. En apprenant l'existence de l'*arbre cogneur de Morzak*, il qualifia l'ensemble de tissu d'âneries destinées aux elfes.

Ils abandonnèrent bien vite le sujet de la nécromancie et des sorts réservés aux cultistes de Tzinntch, car ce n'était pas très rassurant en pleine nuit dans un temple abandonné. La *compression des gonades*, l'*enchevêtrement de Karnugh* et la *cécité de lumière noire* causaient des frissons au rôdeur. L'évocation d'un sort de bas niveau détruisant les légumes, nommé *flétrissure potagère de Nokili*, manqua de faire pleurer l'Elfe.

Finalement, la Magicienne, enthousiasmée par l'intérêt soudain de ses compatriotes, leur promit d'utiliser des sortilèges moins dangereux, et même de leur faire essayer l'*armure de Fulgör* ou la *transparence de Piaros*. Cette dernière formule permettait de se rendre invisible pendant un court moment. Elle précisa que tout cela finirait par lui coûter beaucoup d'énergie astrale, et qu'il valait mieux les garder pour des occasions où c'était vraiment utile. Le capital d'énergie astrale d'un sorcier se reconstituait beaucoup moins vite qu'il ne pouvait se dilapider.

Une fois secs, ils s'installèrent pour la nuit sans s'occuper de la disposition des couchages. La fatigue de la journée, la descente d'adrénaline et le calme rassurant de la grande salle du temple firent que nul conflit n'éclata entre ceux qui avaient peur du noir, ceux qui sentaient mauvais des pieds et ceux qui craignaient qu'on leur dérobe leur pécule. L'orage était passé, il ne subsistait dehors que le son régulier des gouttes tombant de la cime des arbres au moindre souffle de vent.

Ils s'endormirent sans savoir que les occasions ne manqueraient pas de tester de nouveaux sortilèges, et que cela viendrait plus vite qu'ils ne pouvaient le penser.

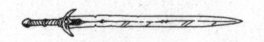

BULLETIN CÉRÉBRAL DU RANGER

Toutes ces histoires de magie, ça m'a tourneboulé toute la nuit. Y a vraiment des dingues, pour inventer des trucs pareils. J'ai rêvé que j'étais invisible, et que j'étais rentré dans une boutique où les filles achètent leurs vêtements. Il y avait souvent des dames un peu vieilles, c'était plutôt moche alors je voulais sortir mais j'étais coincé à cause d'un chien qui me voyait quand même. Une dame a ouvert son parapluie, et ça m'a téléporté. Je me suis retrouvé dans une pièce où Codie prenait sa douche, et ça, c'était bien sauf qu'elle ressemblait à l'Elfe avec des cheveux noirs. Elle a sorti un peigne pour se coiffer, et j'ai glissé sur un savon en forme de canard. Après ça j'étais dans un grand château sombre, et j'avais des mains électriques. Je marchais dans les couloirs en électritifiant des vieilles dames fâchées qui ressemblaient toutes à grand-mère Ciboulette. Au bout du château, il y avait ce gros type barbu qui ressemblait au Nain en version géante. Il s'est approché de moi, comme s'il voulait m'étrangler. Il n'arrêtait pas de hurler « mes pièces d'or, mes pièces d'or », pendant très longtemps. J'ai ouvert la bouche et je lui ai craché du vent qui congèle, et après je me suis réveillé.

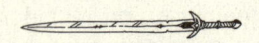

Ce fut l'aube, une aube grise où l'odeur de végétation détrempée prenait à la gorge. Le clipitaine Calaghann marchait d'un bon pas, suivi à quelques mètres du capirol Truli et de tout le contingent de miliciens ruraux de la ville de Kligush. Les hommes étaient mouillés, nerveux et fatigués. Ils traînaient les pieds, se sentaient malchanceux et impuissants d'avoir passé la nuit à suivre les ordres d'un supérieur aussi implacable, pour rien. La fatigue ne semblait avoir aucune prise sur lui. Ils avaient donc erré dans la campagne au hasard car la pluie violente avait effacé les traces des fuyards. L'absence de lumière était un handicap de taille pour les retrouver.

Calaghann se baissait fréquemment pour observer d'éventuels indices au sol. Il se relevait à chaque fois en lissant sa moustache du même geste agacé, et attendait que le reste de la troupe le rattrape pour lancer un ordre sec. Ils avaient pénétré sous le couvert forestier depuis quelques minutes, et l'homme semblait survolté. Il venait de retrouver la piste des fuyards.

— Bougez-vous, bande de mauviettes ! Ces salopards sont passés par là… Aucun doute possible ! Nous allons les coincer !

Truli le rattrapa, et tenta une fois de plus d'intervenir en faveur de la raison :

— Clipitaine… Tout cela s'est passé il y a plusieurs heures !
— Raison de plus pour ne pas traîner !

Calaghann écarta deux fougères qui lui barraient la route, et ajouta :

— Si j'avais été à la tête d'une bande de vauriens fuyant dans la forêt, j'aurais sans doute cherché un abri pour la nuit !

Le clipitaine Calaghann
Le capirol Truli

Le capirol pressa le pas pour rattraper son supérieur. Il espérait ainsi mettre de la distance entre eux et le reste du contingent, pour que la discussion soit plus sereine et moins formelle. Il engagea la conversation de plus belle :

— Un abri par ici ? Voyons, Calaghann ! C'est une forêt !
— Justement ! Vous n'avez jamais entendu parler du vieux temple ?
— Le vieux temple ? Il est toujours là ?
— Les temples ont rarement la faculté de voyager, mon vieux !

Il rit un moment de sa blague, en précisant qu'elle était bonne.

Truli laissa l'air sous pression s'échapper de son nez, pour ne pas céder à l'envie qui lui prenait de mettre un coup d'épée dans le dos du clipitaine. Celui-ci se retourna et pinça les lèvres en considérant la distance qui les séparait du gros de la troupe. Il apostropha les malheureux :

— Dépêchez-vous un peu, soldats. Vous perdez du terrain !
— On n'en peut plus, mon clipitaine ! supplia le jeune Richard.

Cette plainte fut suivie d'un concert de commentaires de la part des autres miliciens. Ils réclamaient une pause. Ces hommes considéraient le boulot de garde municipal comme une bonne occasion de s'amuser avec les copains. Ils avaient rarement besoin de se battre, et passaient plus de temps à chasser les sangliers des champs de navets qu'à lutter contre le crime.

— Il n'y a pas de jambe de bois chez nous ! tonna leur chef. Vous prendrez votre pause quand on aura coincé les mécréants !

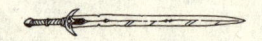

À près d'un kilomètre de là, les aventuriers terminaient leur petit-déjeuner. On avait rallumé le feu pour que l'Ogre puisse faire griller deux saucisses, et le temple commençait à sentir un peu comme *La tavairne a Gégé*. L'odeur arrivait même à chasser celle des pieds du Barbare, bien que celui-ci eût disposé de toute la nuit pour la distiller. La grande créature avait retrouvé les saucisses en question dans le fond de son sac, et ces dernières avaient sans doute faisandé plusieurs jours. Le matériel éparpillé contribuait par ailleurs à faire de la grande salle une réplique de décharge de campement gobelin.

— Heureusement que Malgar n'est pas un dieu rancunier, murmura la Magicienne en essayant d'y mettre un peu d'ordre.

Ils firent un point rapide de la situation. La Magicienne conseillait d'attendre l'après-midi pour se téléporter à Glargh, car le temps de régénération des flux cosmoploubiques n'était toujours pas arrivé à son terme. Il subsistait une chance de rencontrer des problèmes de reconstitution organique, et personne n'avait envie d'en apprécier les effets.

Le Nain voulait rester au temple en attendant, car on était à l'abri, et c'était de la bonne pierre. Et puis ça évitait de marcher entre les arbres et de tomber par accident sur une famille de castors mutants. Il y eut ainsi une discussion animée avec le Ranger et l'Elfe, qui de leur côté pensaient que les gardes étaient toujours à leur poursuite et finiraient par les rattraper. Ils décidèrent de faire un bout de chemin vers l'ouest, en longeant la rivière, dans l'espoir de trouver un autre village plus accueillant. La Magicienne espérait que la Taverne de Kligush était une exception dans la région.

Ils sortirent du temple au moment où Calaghann et son capirol arrivaient en vue de l'édifice. Pour les uns, la balade champêtre s'annonçait foutue. Pour les autres, le savant plan d'approche et l'effet de surprise étaient à l'eau.

— Takala ! grogna l'Ogre en montrant du doigt les deux hommes.

— Bon sang, les voilà ! tempêta le clipitaine au même moment.

La panique s'installa dans les deux camps. La Magicienne éluda la question de la téléportation d'urgence en criant que les accessoires n'étaient pas à portée de la main. Elle entraîna tout le monde dans la fuite. De son côté, le capirol Truli se retourna, pour constater que le reste des miliciens avait près d'une cinquantaine de mètres de retard. Il ordonna qu'ils se pressent, mais le rassemblement fut laborieux. Les aventuriers disposaient d'une bonne longueur d'avance.

— Je vous l'avais dit ! triompha Calaghann. Ils ne peuvent plus nous échapper !

Le regard grave de Truli se posa sur sa nuque, en même temps que les expressions inquiètes de huit miliciens fatigués.

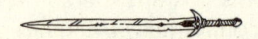

— On a bien fait de se lever tôt ! cria le Ranger en évitant une fougère.

La journée partait déjà de travers. Il se fit la réflexion que les matinées au sein de cette compagnie commençaient à se ressembler. Chaque jour avait son footing matinal.

— On pourrait les buter ! gronda le Barbare en sautant par-dessus une bûche.

Il avait bénéficié au réveil d'un *soin des blessures graves* offert par la Magicienne, et se retrouvait en pleine forme. C'était un cadeau qu'elle ne faisait pas souvent, car le sortilège lui coûtait une grande quantité d'énergie astrale. En échange de la guérison de ses côtes fracturées, le bretteur des steppes avait promis de se tenir tranquille, mais ça ne lui plaisait pas trop.

— Fais pas le con ! lui lança le rôdeur. Y en a tout un régiment !

— Mais pourquoi ces gens sont-ils aussi méchants ? pleurnicha l'Elfe.

— Parce que ! rétorqua le Nain.

Ils progressèrent ainsi quelques minutes, en évitant de trop parler pour conserver leur souffle, puis ils furent bloqués par la rivière. Cet obstacle de taille força les compagnons à bifurquer vers l'ouest pour longer le cours d'eau. Les soldats semblaient perdre du terrain.

Le rôdeur s'approcha de la Magicienne et tenta de lui parler entre deux expirations rauques :

— Dis donc, t'avais pas un sortilège pour semer les poursuivants ? Un truc nouveau ?

— Eh non ! Je n'ai que des sorts pour tuer les gens !

Ils contournèrent un bouquet d'arbres, et le Ranger enchaîna :

— Bah ! Est-ce que c'est si grave ?

— Oui ! Je ne veux pas faire ma carrière en massacrant des paysans !

— Pour une fois ?

— Mais non ! Laisse tomber, on va les semer !

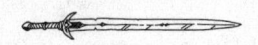

BULLETIN CÉRÉBRAL DE LA MAGICIENNE

Il commence à me gonfler celui-là ! Heureusement qu'il n'a pas fait carrière dans la magie ! Il a l'air prêt à tout pour arriver à ses fins, je me demande si le niveau trois ne lui est pas monté à la tête. Il avait les yeux trop brillants hier soir, quand je lui ai parlé des nouveaux sorts… Et puis je n'ai pas envie d'avoir une réputation de sorcière maléfique à cause d'une brochette de paysans stupides. On va courir, et puis tout ira bien comme d'habitude. Oh mais… Mince alors ! Qu'est-ce qui se passe ?

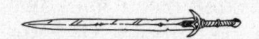

Un bruit semblable à celui d'un plongeon venait de se faire entendre. Ils s'arrêtèrent, pour essayer d'en deviner la provenance.

— Ça vient de là-bas ! brailla le Nain en montrant la rivière.

— Quelle perspicacité ! nota le rôdeur.

Le Barbare, qui avait pris une bonne avance, s'était arrêté lui aussi. Il leur criait quelque chose d'incompréhensible en agitant les bras. La végétation semblait s'éclaircir un peu plus loin.

L'Ogre stoppa sa course près du Ranger et de la Magicienne, et tous trois observèrent les bois derrière eux. Nulle trace de poursuivant.

En étudiant un peu mieux le terrain, ils virent également que l'Elfe avait disparu.

Le Ranger fulmina :

— Mais c'est pas vrai ! Où elle est ?

— Quelle débile ! grinça le Nain. Elle a réussi à se perdre !

— Et c'était quoi ce bruit dans la rivière ? s'inquiéta la Magicienne.

Ils échangèrent des regards paniqués. Puis ils se précipitèrent au bord de l'eau, en proie à d'horribles doutes.

Nulle trace de l'Elfe sur la berge. En revanche, le Nain ramassa son sac à main qui traînait dans la mousse, et le tendit au rôdeur comme s'il s'agissait d'une chaussette sale. Celui-ci s'en empara, tâchant de savoir ce que cet accessoire pouvait bien faire ici.

— Bah, c'est tombé ! répondit le Nain dans un élan de sagacité.

— Par les tentacules de Gzor ! s'exclama la Magicienne. Elle a sauté à l'eau !

— Elle n'aurait jamais abandonné son sac pourri ! observa le courtaud.

Ils examinèrent le cours d'eau, mais bien sûr on n'y voyait aucune elfe en train de barboter. Du reste, quand c'était le cas elle prenait soin d'enlever ses vêtements pour ne pas les froisser. L'eau était ici sombre et profonde, et puis c'était le matin : il faisait trop froid pour se baigner. À un bon jet de pierre en aval, un affluent de petite taille se jetait dans la rivière Filoche, et c'était sans doute cela qui avait arrêté le Barbare dans sa course.

— Mais quel bidzouf ! rouspéta le Ranger. On a perdu l'Elfe, et le bataillon de gardes ne va pas tarder à nous tomber sur le râble !

— En plus on est bloqués ! ronchonna la Magicienne.

Elle décida de poster l'Ogre un peu en retrait, lui expliqua qu'il devait surveiller leurs arrières. Pour le moment, c'était toujours calme. Ils devaient faire vite.

Le Nain et le Ranger scrutaient toujours la surface mouvante quand le Barbare les apostropha. Il revenait en petite foulée, sa plus grande épée au clair.

— Bah alors ? On fait quoi !

On lui expliqua la situation en quelques mots. Il grogna. Il n'aimait pas l'eau, pour commencer. Et puis à quoi ça rimait d'aller se baigner maintenant ?

La Magicienne avait sorti un livre de son sac et tournait fébrilement les pages dans l'espoir de trouver un sortilège adapté à la situation. Les trois autres fixaient l'onde brune, en lançant parfois des commentaires concernant les aptitudes intellectuelles des Elfes sylvains. La situation n'évoluait pas.

L'érudite referma son grimoire dans un soupir, et prit conscience de la présence de Gluby. Il avait quitté le sac de l'Ogre et se tenait sur une grosse racine. Il se grattait l'œil en examinant l'environnement et semblait très concerné par le problème. Il regardait alternativement les arbres et l'eau, comme pour essayer d'en tirer des conclusions étranges sur un certain nombre de théories horticoles.

Ils furent tirés de leurs analyses par un cri rauque de l'Ogre. Le Nain dégagea la hache de sa ceinture, et se retourna. Le Barbare près de lui se campa sur ses jambes, et ils échangèrent tous deux un regard lourd de sens. C'était le moment qu'ils attendaient, celui où les guerriers pouvaient se distinguer. C'était l'heure où Crôm se frappait le poitrail en criant des insultes, l'instant héroïque où le dieu des Nains sortait d'un placard l'arme des légendes et mettait la bière au frais.

La Magicienne agrippa la manche du Ranger et lui commanda dans un souffle de rester là pendant qu'ils s'occupaient des ennemis. Puis elle retroussa ses manches et emboîta le pas des combattants, deux fous furieux courant à perdre haleine vers un bain de sang.

— Tu dois sauver l'Elfe ! hurla-t-elle sans se retourner.

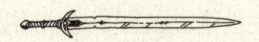

BULLETIN CÉRÉBRAL DU RANGER

Mais pourquoi je dois rester là moi ? Je suis le chef après tout ! C'est tout de même dingue que la Magicienne me donne des ordres ! Pour qui elle se prend, avec ses airs de rombière ? Enfin bon, c'est vrai que je n'ai plus trop le choix maintenant, il faut bien que quelqu'un s'active pour sauver l'Elfe. Réfléchissons. Qu'est-ce qui a bien pu lui passer par la tête pour sauter dans la rivière ? D'ailleurs je pensais qu'elle savait nager, mais on dirait que non. Le courant n'est pas très rapide, et si elle avait dérivé, on la verrait facilement. Ah, j'entends des cris… La bataille ne va pas tarder à commencer. Allez allez ! C'est pas le moment de se laisser distraire, il faut réfléchir. Et puis pendant que je suis là, au moins personne ne viendra me mettre un coup de lance ou me tirer une flèche dans la jambe.

Le clipitaine Calaghann exultait. Il fonçait tête baissée vers les silhouettes de ces maudits vauriens, son sabre dégainé. Plus rien ne comptait que son objectif, le bruit de sa respiration et les branches qui s'écartaient sur son passage. Il savait qu'il avait l'étoffe d'un vrai soldat de garnison, et qu'il aurait eu sa place dans une grande cité, mais le destin en avait décidé autrement. En effet, il était né à Kligush.

Il avait fait carrière une bonne partie de sa vie dans la garnison de miliciens ruraux, d'abord capirol, puis sargent et enfin clipitaine de la garde. Il avait passé son temps à régler des conflits entre alcooliques, à repousser des trios de bandits crasseux et à éloigner les animaux sauvages des plantations de navets.

Ainsi donc, aujourd'hui se présentait à lui un vrai défi, un combat digne de sa condition. Il allait guider ses hommes à la victoire, et reviendrait au village en brandissant l'étendard flamboyant de la Justice d'une poigne virile. Des hommes, oui, de vrais hommes. Pas des chiffonniers juste bons à user les chaises de l'auberge.

Calaghann se précipitait vers un combat désormais inévitable. Une silhouette verdâtre et massive se tenait sur son chemin, plantée sur une bosse du terrain à une dizaine de mètres. L'Ogre avait arraché une grosse branche morte, et se préparait à recevoir l'assaut. Le clipitaine suspendit sa course, afin de pouvoir déployer ses troupes et utiliser ses dons naturels de stratège. Il se retourna vers ses hommes, et son cœur cessa de battre.

Il n'y avait personne avec lui. Personne, aussi loin que portait sa vue à travers les arbres.

Sans avoir le temps de réfléchir à la situation, il fit volte-face et brandit son sabre de parade. C'était trop tard pour essayer de comprendre, il devait livrer bataille. Calaghann vit surgir de derrière un arbre un sauvage musculeux armé d'une épée à deux mains, et un Nain barbu qui baragouinait des insultes. Plus loin, la femme au chapeau venait d'apparaître, elle agitait son étrange bâton et préparait sans doute un mauvais coup. Il pensa que la vie était injuste, et qu'il serait sans doute pertinent de prendre la fuite.

Non loin du théâtre du drame, le Ranger se tenait sur la berge et se sentait inutile. Il n'avait toujours aucune idée. Il vit près de lui le gnome qui posait son minuscule baluchon et retirait ses petites chaussures en peau de rat, ne conservant que son short informe et grisâtre. Gluby lui adressa un signe de la main et tenta de lui expliquer quelque chose, mais c'était peine perdue. La petite créature montrait les branches, et la rivière, puis les branches, et la rivière, tout en accomplissant des mouvements saccadés avec les bras. C'était incompréhensible.

— *Youkulidi !* soupira finalement le gnome.

Il fit deux pirouettes, et plongea dans la rivière avec aisance.

— Hey ho ! cria le rôdeur. Mais tu ne vas pas t'y mettre aussi !

Paniqué, il se pencha vers l'eau sombre, en pestant contre la stupidité des créatures contorsionnistes. Des gens hurlaient dans la forêt derrière lui, mais il essayait de ne pas y prêter attention. Il fallait réfléchir, réfléchir très vite.

Une branche morte se tenait un peu plus loin, il s'en empara fébrilement. Il pensait s'en servir pour aider le gnome à sortir de l'eau. Le rôdeur attendit une bonne minute, haletant, se retournant souvent pour vérifier que personne ne s'approchait par-derrière pour l'embrocher. Mais l'aventurier s'étonna, car le combat dans les bois ne semblait pas si intense qu'il se l'était imaginé. Il ne pouvait voir aucun détail de l'action en cours, l'essentiel du paysage forestier se trouvant masqué par une butte de terre surmontée de deux souches pourries. Il n'entendait que moyennement le fracas des armes, et un nombre de voix limité. Il espéra que son équipe s'en sortait bien, ce qui lui éviterait le cas échéant d'avoir lui-même à combattre.

Gluby remonta soudainement dans une gerbe d'eau, et le Ranger recula, surpris. Le gnome nagea péniblement vers la berge, traînant quelque objet longiligne glané au cours de son exploration. Il agrippa la branche tendue par son compagnon, et parvint à s'extraire de l'onde brune. Il tenait une flèche à la main.

— Bon sang ! s'exclama le Ranger. Mais c'est sans doute une flèche de l'Elfe !

Puis il considéra la stupidité de sa remarque, et se renfrogna. Le gnome s'énerva en trépignant :

— *Tuldi badli couldoubala !*

Il désignait le sac à dos du rôdeur, sautait sur place en exécutant des gestes désordonnés.

— Minute, l'asticot ! Qu'est-ce que tu veux faire avec mon sac ?

— *Couldoubala ! Couldoubala !* insista le gnome.

— Je ne comprends rien ! Qu'est-ce que tu veux ?

— *Nakoto ! Couldoubala !*

— C'est pas le moment de faire le mariole ! On devrait plutôt trouver une idée pour sauver l'Elfe !

— *COULDOUBALA !* hurla Gluby de toute la puissance de sa petite voix.

Le rôdeur laissa tomber son paquetage sur le sol moussu, pour voir si cela pouvait changer quelque chose. La créature se précipita sur l'ouverture du sac, dégagea les sangles et fouilla dans les affaires pour en tirer le bout d'un cordage. L'aventurier se pencha vers lui, et usa de son expression la plus sévère :

— Ah, c'est malin ! Tu crois que c'est le moment de jouer avec une corde ?

Gluby se frappa trois fois le front avec la paume de sa main et prononça quelques mots qui ressemblaient à des insultes, même dans sa langue. Sans un regard pour le Ranger, il peina pour tirer la corde du sac, et déroula les premières spires.

L'aventurier ramassait les objets répandus hors du sac par l'opération, en bougonnant :

— Mais c'est pas vrai ! Je suis là à me creuser la tête pour sauver l'Elfe, et toi tu fous le bordel dans mes affaires !

Le gnome fit un nœud avec la corde autour de sa taille. Il tendit la deuxième extrémité au rôdeur, et désigna l'eau :

— *Couldoubala flipi ! Nakoto !*

Puis il considéra l'humain qui le regardait d'un air bête, et soupira. Il décida qu'il était temps de laisser le reste de l'opération dans les mains du Destin, et sauta dans l'eau en pinçant son nez pointu.

Le Ranger le regarda disparaître en nageant, ainsi que la corde qui se déroulait derrière lui. Il raisonna pour trouver une idée capable de sauver l'Elfe, à l'aide des éléments disponibles. C'était un problème assez épineux. Il ne cessait de penser que les cris et les sons provenant de la bataille dans la forêt l'empêchaient de se concentrer, bien qu'ils fussent encore plus éloignés qu'avant. Peut-être fallait-il utiliser les dons naturels du gnome pour la natation ?
Une minute passa. Il tenait toujours dans sa main l'extrémité de la corde sans vraiment y penser. Gluby fit à nouveau surface, mais il n'était plus relié à la corde, car celle-ci disparaissait dans l'eau. Il profita de l'attache pour se hisser plus rapidement sur la berge, et s'ébroua en grelottant. Il se campa devant l'humain, consterné. Il fit alors un geste de mime avec ses deux mains, en rouspétant :
— *Nakoto ! Couldoubala ! NAKOTO !*
L'aventurier plissa les yeux, s'apprêtant à répondre quelque chose de méchant. Il fut envahi par un affreux sentiment de honte, au moment où le mécanisme de la réflexion s'activait enfin. Il comprit ce que Gluby attendait de lui, et sentit son visage rougir.

Il s'empressa de tirer sur la corde, pour sortir l'Elfe de l'eau.

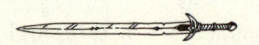

— Cette ordure a eu son compte, si tu veux mon avis !
Le Nain retourna du bout du pied le cadavre du clipitaine Calaghann. L'homme n'avait pas bonne mine. La Magicienne s'approcha, s'éventant le visage avec le rebord de son chapeau. Elle manifesta son soulagement :
— Une flèche d'acide pénétrante, une hache de jet dans le dos, une glaciation des pieds, et je ne sais pas combien

de blessures au corps à corps... Il nous en aura fait baver, celui-là, avant de crever !

— Ils sont vraiment bizarres les humains des fois, ronchonna le barbu.

Puis il commença la fouille du milicien, réflexe incontournable de l'aventurier. C'était le job du Nain, on s'était habitué à cet état de fait. D'ailleurs personne d'autre dans l'équipe ne prétendait prendre sa place, sauf parfois l'Ogre quand il y avait la potentialité de manger une partie de la victime. On supposait que le nabot planquait parfois quelques pièces en douce, mais personne n'avait envie de contester cette manie, de peur d'entrer dans une discussion sans fin. La fouille des cadavres, c'était une activité peu reluisante, mais ça contribuait souvent à mettre du beurre dans les épinards quand on démarrait dans le métier. On trouvait toujours de la monnaie, parfois des armes, des bijoux ou encore des objets de collection qu'on pouvait revendre à des brocanteurs.

— Son sabre est carrément pas dégueu, commenta le Nain en écartant l'objet. On voit tout de suite que le mec voulait se la péter grave ! Il est tout émoussé, mais je vais pouvoir le remettre en état. On pourra en tirer cent pièces d'or avec un peu de bol.

La Magicienne se détourna. Elle ne s'intéressait qu'aux objets potentiellement magiques. Le Nain commenta la suite de ses investigations :

— Eh ben, il a de la monnaie dans sa poche ! Et un pendentif en or ! Cette dague n'est pas terrible, mais on doit pouvoir la revendre aussi... C'est dommage pour le casque, on l'a vachement abîmé. C'est de la bonne camelote ça !

À quelques mètres de là, le Barbare surveillait toujours les alentours. Il saignait de l'épaule et de la cuisse mais c'était des « trucs de mauviette », des plaies sans importance. Il s'étonnait de ne pas voir le reste du contingent.

BULLETIN CÉRÉBRAL DU BARBARE

Comprends rien aux gens de la campagne. On était poursuivis par plusieurs gars, autant que les doigts des deux mains. On arrive à s'échapper, mais y en a un tout seul qui nous poursuit, et puis quand il s'approche pour attaquer, il change d'avis. Il essaie d'utiliser la ruse pour s'enfuir, mais trop tard. On le rattrape et on lui dérouille sa face. Et les autres sont toujours pas là, vraiment trop bizarre. Pourquoi un homme seul même pas fort attaque plusieurs ? J'aime bien ma grande épée, mais c'est pas facile de taper avec, elle est lourde. Et puis j'ai soif.

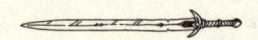

Ils abandonnèrent finalement la dépouille de Calaghann aux bons soins des charognards de la forêt et s'empressèrent de rejoindre le Ranger. C'était une bien triste fin pour un homme au destin bafoué, mais c'était la dure loi de la Terre de Fangh.

— Je me doute qu'on n'a pas du tout avancé sur le problème de la disparition de l'Elfe... chuchota la Magicienne en contournant les vieilles souches.

Mais elle ne termina pas sa phrase, constatant qu'elle avait tout faux. S'approchant du lieu du drame, elle vit que l'archère gisait sur le dos, immobile, sale et détrempée. Le Ranger à son chevet semblait paniqué, et terminait de l'installer sur la mousse de la berge.

— Eh ben voilà ! grogna le Nain. Pendant qu'on va se battre, y en a qui font la sieste !

Il regretta presque d'avoir parlé, considérant le regard noir que lui lançait le rôdeur.

— Crôm ! ajouta le Barbare qui avait un mauvais pressentiment.

L'érudite se précipita pour en savoir plus. Elle constata que l'Elfe avait cessé de respirer, et qu'elle portait sur le front la trace d'un choc violent. Un cordage était attaché à son poignet. Le Ranger expliqua en balbutiant qu'elle avait coulé, et qu'il avait utilisé la corde pour la sortir du fond de l'eau, sans toutefois mentionner que l'idée venait de Gluby. Sans vraiment l'écouter, la Magicienne essaya d'abord les gifles, puis secoua le corps sans vie dans l'espoir de provoquer une réaction. C'était peine perdue, l'énergie vitale semblait avoir déserté le visage serein de l'Elfe, à tout jamais.

— Elle n'avait pas de points de destin ! gémit le rôdeur en tirant sur la main de l'Elfe. Qu'est-ce qui va se passer ?

— Je n'ai jamais mis les pieds aux leçons de secourisme ! paniqua la Magicienne. Je ne sais pas quoi faire !

— Moi non plus, ajouta le Barbare comme si on lui demandait son avis.

— Elle est restée sous l'eau trop longtemps.

— Bah quoi ? grinça le Nain. Vous n'allez pas me dire qu'une elfe peut crever en tombant dans l'eau ?

L'érudite leva vers lui son visage rouge de colère :

— Elle s'est noyée ! Noyée, tu comprends ? Elle ne respire plus ! Personne ne peut respirer dans l'eau !

Le courtaud fronça les sourcils, et recula de deux pas.

— Saloperie de rivière ! se lamenta le Ranger.

Il n'osait pas toucher le corps de leur camarade. D'une part, il n'y avait pas trop d'endroits où on pouvait poser les mains sans rencontrer une parcelle de peau troublante. Le vêtement trempé collait à l'anatomie de leur compagne comme s'il voulait en faire ressortir tous les détails. D'autre part, l'aventurier n'avait aucune connaissance des soins à donner en pareille occasion. Il se sentait impuissant et fatigué.

Les oiseaux s'étaient arrêtés de chanter et toute la forêt semblait à présent déplorer la disparition de la représentante du beau peuple. Même les arbres semblaient tristes.

La Magicienne continuait de secouer l'Elfe, de plus en plus paniquée. Elle réprimandait maintenant la victime :

— Merde ! Merde ! Merde ! Mais comment t'as fait ça ! C'est pas possible d'être aussi tarte !

Elle ordonna au Barbare de brutaliser l'archère à sa place, pendant qu'elle cherchait dans ses livres. Mais il n'y avait rien, rien d'autre que des sortilèges grotesques ou malveillants. La magie de combat ne pouvait résoudre ce problème, et l'Elfe n'avait toujours aucune réaction malgré les viriles secousses infligées par le guerrier.

Ils finirent par se relever, puis échangèrent des regards gênés, en cercle autour du corps détrempé. Personne ne parla pendant plusieurs secondes, peut-être même plusieurs minutes, car il n'y avait rien à dire. Gluby s'était approché du visage de l'Elfe, il pleurait et se mouchait dans ses doigts en considérant le désastre. L'Ogre se tenait en retrait, la lèvre pendante et l'œil humide.

— Pas de points de destin, soupira le Ranger. Mais comment est-ce possible ?
La Magicienne lui répondit dans un souffle :
— Elle avait tout dans le charisme… La nature lui avait déjà donné un maximum d'atouts dans la vie…

Les aventuriers en Terre de Fangh pouvaient parfois échapper à la mort, ou bien en revenir. Il suffisait au moment crucial d'invoquer une quelconque facétie du Destin pour empêcher qu'un événement fâcheux n'arrive, et ce même lorsqu'il était déjà trop tard. C'est ainsi que le Nain avait été par deux fois préservé d'un décès dû à des rencontres avec des monstres trop puissants. Le Ranger quant à lui avait eu le temps de visiter le paradis des aventuriers après sa défaite contre la taupe-garou géante, mais s'était trouvé pareillement sauvé. On pouvait naître avec ou sans points de destin, c'était ainsi. Chacun se souvenait du Ménestrel, compagnon de voyage assassiné sauvagement par un troll des collines sur une route poussiéreuse, et qui n'avait pas bénéficié des faveurs du Destin. Il n'y avait pas de règle écrite à ce sujet, rien qu'un triste et cruel jeu de hasard orchestré par des dieux blasés.

Écrasés par la fatalité, les compagnons restaient là, inertes et silencieux.

Gluby se rapprocha de l'érudite, et celle-ci se baissa pour être à sa hauteur. Il lui glissa quelques phrases rapides en agitant ses petites mains. Elle examina l'environnement, et délivra le résultat de leurs observations :

— Il pense qu'elle a cogné sa tête dans cette branche en courant, et qu'elle est tombée dans l'eau en perdant connaissance au même moment. C'est vraiment pas de bol.

— Si elle avait couru plus loin de l'eau, ça ne serait pas arrivé ! objecta le Ranger.

— Eh oui ! Mais elle trouvait ça joli…

— C'est dommage, conclut le Barbare en reniflant.

— C'est carrément trop nul ! s'insurgea le rôdeur.

Il se sentait fautif et inapte. Il n'était décidément pas fait pour l'aventure, et encore moins pour guider les gens.

Le Nain s'approcha lentement. Son comportement était tout à fait inhabituel. Les autres aventuriers craignaient la blague ou la réflexion désobligeante, mais il n'avait pour l'instant lancé aucun commentaire de ce type. Il était très calme, grave et silencieux. Il baissa les yeux vers le corps de l'Elfe, sans même ouvrir la bouche.

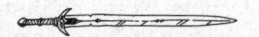

BULLETIN CÉRÉBRAL DU NAIN

Par les dix mille poils de la barbe de Goltor l'Intrépide ! On peut vraiment crever comme ça ? C'est n'importe quoi. C'est bizarre, mais j'arrive pas à savoir ce que je pense. C'est la première fois que j'ai cette impression biscornue… C'est un peu comme si j'avais perdu ma hache, et que je pouvais plus jamais en racheter. Pourtant c'était l'Elfe ! Elle n'arrêtait pas de me casser les pieds et de faire des trucs bêtes. Pendant toute l'aventure, elle nous a causé des problèmes et nous a fait marcher dans les bois. Elle ne savait même pas tirer à l'arc, et tombait tout le temps dans les pièges. D'ailleurs, je voulais la pousser du haut de la falaise, mais on n'a jamais trouvé de falaise.

Le problème, c'est que maintenant qu'elle est plus là, on va se faire chier grave. J'ai même pas envie d'y penser, tiens. Ce groupe est vraiment trop minable, c'est déprimant. Elle est morte, j'arrive pas à y croire. Morte !

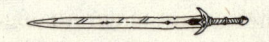

BULLETIN CÉRÉBRAL DU RANGER

Je ne sais pas ce qui est le plus triste… Avoir perdu notre camarade dans des circonstances grotesques, ou savoir que la vie est définitivement injuste. Nous avons sauvé la Terre de Fangh, et nous avons réussi à passer au niveau trois, tous ensemble. Nous avions même franchi l'étape la plus difficile de la carrière d'aventurier, celle du deuxième niveau. Il paraît qu'on meurt souvent au premier niveau, parce qu'on a trop confiance et qu'on attaque n'importe qui sans réfléchir. Heureusement, ce n'est pas mon cas, et d'ailleurs je suis sûr d'avoir joué un rôle prépondérant dans la survie des membres de la compagnie. Notre groupe était bien équilibré avec l'Elfe, on pouvait… Enfin, parfois elle arrivait à tirer des flèches sur les ennemis, et mine de rien ça nous a aidés, quand ça marchait. Je me souviens de la flèche tirée dans l'œil du golem de fer, qui nous a permis de le faire tomber dans l'oubliette. Et pas plus tard qu'hier, la flèche dans la main du géant, qui l'a empêché de taper sur le Barbare. Bon, y a aussi la fois où elle m'a tiré dans la jambe… Et tiens, j'avais oublié le jour où elle a shooté le voleur dans le dos. Un pauvre type, celui-là aussi. Mais qu'est-ce qu'on va faire ? Y a plus personne pour parler avec les animaux. Et puis, j'aimais bien quand elle enlevait ses vêtements, même si c'était jamais au bon moment.

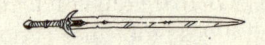

— Minute ! s'exclama la Magicienne. Il nous reste une solution !

Le Ranger sursauta, brusquement tiré de ses réflexions intimes, et lâcha :

— Une solution à quoi ? À la mort de l'Elfe ?

— Exactement ! triompha l'érudite en ouvrant son *Grimoire des Ordres Néfastes*. Son corps et son esprit sont en bon état, aussi nous pouvons l'emmener chez un maître sorcier ou chez un prêtre pour tenter une résurrection !

— C'est quoi ces conneries ? maugréa le Nain. T'as perdu la boule ?

Le Ranger était bouche bée. Il balbutia :

— On peut *vraiment* résurrectionner les gens ?

— Je sais même pas ce que ça veut dire ! insista le barbu.

La Magicienne survoltée déclara tout en lisant son paragraphe :

— Les sortilèges de résurrection existent. On s'en sert pour ramener les gens à la vie, quand c'est possible.

Le Nain se méfiait :

— Tu *sais* faire ça toi ?

— Mais non ! Je n'ai pas le niveau !

— Ça m'aurait étonné !

La Magicienne lui exposa son livre ouvert :

— Tiens, regarde : sortilège de *résurrection de Piaros*, par exemple, à partir du niveau dix. Ou alors la *résurrection maligne*, dans les disciplines de nécromancie à partir du niveau quinze. Enfin, pour ça j'ai pas tellement confiance, les nécromants sont des gens bizarres. Ah ! J'ai aussi le rituel de *résurrection de Youclidh*, un prodige de prêtre. Ça fait des tas de possibilités !

— Hé ! Mais c'est génial ! commenta le Ranger en se penchant sur l'ouvrage. Ça veut dire que personne dans le groupe ne peut mourir !

— C'est pas si simple, réfuta gravement l'érudite. La résurrection ne fonctionne pas si le corps est trop esquinté ou si le cerveau a été détruit. Dans le cas présent, nous avons de la chance.

— Humf, souffla le Barbare qui commençait à s'ennuyer. Alors on fait quoi ?

La Magicienne leur présenta le programme :

— On doit exécuter en premier lieu le rituel du *gardien de l'essence primale* sur le corps du défunt, pour conserver toutes ses propriétés jusqu'à la résurrection. C'est un sortilège de niveau trois, donc je peux m'en charger. Ensuite, on doit se rendre dans une ville où on pourra trouver un mage de niveau élevé, ou un parchemin de résurrection. Et bien sûr, il faudra qu'on paie…

— Quoi ? s'indigna le Nain. Il faut payer ?

— Ce genre de service n'est pas à la portée du premier venu… grimaça l'érudite.

Elle annonça le prix courant pratiqué pour la résurrection. Le Nain ouvrit la bouche trois fois, et la referma. Ses yeux avaient la taille de soucoupes, et les poils de sa barbe se hérissaient. Il ôta son casque pour laisser la vapeur s'échapper de ses oreilles, et finit par lâcher :

— Quatre mille pièces d'or ? Quatre mille pièces d'or ? Mais ces gens sont complètement fous !

Le Ranger près de lui pinçait les lèvres et se grattait la tête. Il ajouta :

— Le problème, c'est surtout qu'on n'a pas l'argent…

— Mais on ne va pas dépenser tout ça pour sauver l'Elfe ? rouspéta le courtaud. En plus elle sait même pas tirer à l'arc !

— Si tu n'avais pas déchiré ces maudits bons au porteur, on n'en serait pas là !

— Mais c'était du papier !

Les arguments favorables à la résurrection commençaient à manquer, et ce n'était pas le moment de déclencher une joute verbale. Fort heureusement, un aspect positif du problème n'avait pas encore été abordé. La Magicienne précisa :

— C'est vrai que c'est cher, mais ça rapporte un gros paquet d'expérience.

— Comment ça ?

— Ramener à la vie un membre de la compagnie est une preuve solide de courage et d'abnégation. Ces vertus sont sans aucun doute encouragées par le Comité d'Attribution des Niveaux.

Le Barbare lui jeta un regard méchant, comme il faisait à chaque fois qu'elle utilisait des mots compliqués. Les autres membres de la compagnie n'avaient pas tout compris non plus, mais ils préféraient garder ça pour eux.

— Mais on n'a pas l'argent ! insista le rôdeur.

La Magicienne souffla, comme pour elle-même :

— Sauf si on revend la couronne de Pronfyo…

Le Nain laissa tomber son casque, et regarda successivement tous ses camarades, puis l'Elfe étendue sur le sol moussu. Il soupira, grogna, et leur tourna le dos pour faire face à la rivière. Il se passa presque une minute, pendant laquelle les aventuriers attendaient une réaction de sa part. Il brisa le silence, d'une voix lasse :

— Si je participe, vous devez promettre un truc.

Le Ranger et la Magicienne échangèrent des mimiques aussi suspicieuses qu'interloquées. Ils attendaient la suite. Le Nain bougonna :

— Vous allez jurer de ne *jamais* raconter à personne que j'ai participé au sauvetage de l'Elfe.

Le rôdeur hésita trois secondes, puis leva sa main gauche, et déclama :

— Pied de chaise, pomme de terre, si je mens ça tuera mon père.

Puis il cracha dans la végétation.

— Pareil ! compléta la Magicienne en glaviotant à son tour.

Gluby exécuta deux pirouettes, ce qui n'avait aucune signification particulière. Ils attendirent donc la réponse du Barbare, mais celui-ci était absorbé par la contemplation de son épée. Il finit par réagir, voyant qu'on attendait quelque chose de lui :

— Moi j'ai rien compris, et j'ai soif.

La Magicienne lança les opérations, car il convenait de ne pas perdre une seule minute. Le déclin du corps était souvent le plus gros problème quand on parlait de résurrection, il fallait donc assurer sa conservation avant d'aller plus loin.

Pour mener à bien le rituel du *gardien de l'essence primale*, un certain nombre d'ingrédients étaient requis.

Le Ranger se chargea de collecter le gui, et même s'il manqua de tomber plusieurs fois en grimpant dans un arbre noueux pour en couper un bouquet, il fut en mesure de le rapporter en moins de dix minutes. Il n'était pas fier de sa performance, car il avait déchiré sa belle cape elfique au cours de la manœuvre. La préparation demandait également qu'on dispose d'un peu d'huile, et on en retrouva heureusement un flacon dans le sac à dos de l'Ogre. Il aimait bien arroser ses grillades avec de l'huile.

Restait à récolter de l'herbe grise du marais, constituant qui ne figurait pas dans les réserves de l'érudite. Celle-ci poussait dans les flaques d'eau stagnante, il n'était pas évident de pouvoir en trouver en bordure des rivières. Le Nain et le Barbare furent chargés de ratisser la forêt pour en dénicher, et d'en ramener un bouquet. Ils râlèrent pendant plusieurs minutes en s'opposant au projet, car ce n'était pas une activité digne d'un guerrier. Ils finirent par abdiquer, mais le Nain lâcha en s'éloignant :

— Ça commence déjà à bien me gonfler, cette histoire de restitution !

La Magicienne soupira, et rassembla quelques brindilles pour allumer un feu. Il convenait de faire chauffer la mixture.

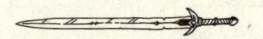

À plus d'un kilomètre de là, le contingent des miliciens de Kligush se reposait. Les hommes fourbus se tenaient assis, hors d'haleine, en ligne sur le tronc d'un gros arbre couché. Personne ne voulait parler de ce qui venait de se passer. Personne n'avait envie d'affronter sa conscience, mais d'une certaine façon, il fallait que ça sorte. Le plus tôt serait le mieux.

Ils avaient rebroussé chemin, sur un ordre muet du capirol Truli, laissant le clipitaine Calaghann charger comme un dément dans la direction prétendue des fuyards. Ils s'étaient débinés, comme des lâches. Aucun d'entre eux n'avait émis la moindre objection.

Mais ils n'étaient pas des guerriers, et finalement la notion de bravoure leur paraissait plutôt floue. On n'aimait pas trop le clipitaine dans le village, il avait toujours été trop zélé. Il créait souvent plus de problèmes qu'il n'apportait de solutions. Enfin, ce n'était pas forcément une raison pour le laisser partir comme ça dans les bois.

Le jeune Richard étouffa un sanglot et murmura d'une voix neutre :
— Vous avez fait ce qu'il fallait, capirol.
Quelques secondes passèrent, puis d'autres hommes se manifestèrent :
— On aurait pu tous crever... Pour rien.
— On n'était même pas sûrs que c'était des vrais bandits.
— Et puis *La tavairne a Gégé*, elle avait besoin d'une rénovation.
Le capirol Truli contemplait l'extrémité de ses bottes boueuses. Il venait de risquer sa carrière, pour sauver sa peau et celle de ses collègues. Mais la carrière, ça ne sert à rien quand on est mort. Il espérait, tout au fond de lui, que Calaghann n'avait pas survécu et qu'il n'allait pas revenir au village. Ce serait la fin des haricots, des courgeoles et des navets.
— Vous avez raison, les gars, soupira-t-il. On va rentrer chez nous, et on va essayer d'oublier tout ça.
— Mais quelqu'un va nous demander ce qui s'est passé ! argumenta un milicien trapu.
Truli se gratta le menton, réfléchit un moment avant d'énoncer son plan :
— On n'aura qu'à dire qu'il a glissé dans la rivière, et qu'il a été emporté par le courant.
Ils observèrent une minute de silence, non pas pour se recueillir mais parce qu'ils étaient affreusement gênés. Richard finit par confier ses doutes :
— Ça ne fait pas un peu con comme façon de mourir ?

IV

Banditisme

Après cette deuxième nuit dans la grange, Zangdar considérait son avenir d'un œil neuf. Il avait envie d'en découdre. Il voulait retrouver les sensations de sa jeunesse, apprécier le pouvoir qui s'échappe de ses doigts, hurler ses incantations à la face du monde. Il devait retrouver sa dignité, cesser d'être une victime du Destin pour s'imposer à nouveau comme le Maître. Il avait décidé de rebâtir sa situation socioprofessionnelle.

C'était une matinée grise et déprimante qui cadrait parfaitement avec les aspirations maléfiques du sorcier. On pouvait s'attaquer aux choses sérieuses.

— On a trop traîné dans ce maudit donjon ! confia-t-il à Reivax. On a fini par se ramollir. C'est un peu facile de rester assis et d'attendre que des aventuriers crétins viennent se jeter dans les pièges.

— Heu… Oui, oui ! Vous avez raison, Maître !

Zangdar considéra la vieille planche qui leur servait de table de petit déjeuner, et les deux carottes que Reivax avait chipées dans un jardin. Ce serait peut-être leur unique repas de la journée. Pour se sentir bien, il valait mieux ne pas y penser. Le sorcier enchaîna :

— Première étape du plan : je vais faire un peu d'exercice.

— De… De l'exercice ? bredouilla l'assistant. Mais… Où ça ?

— Nous allons nous poster à la sortie de la ville, sur le Chemin de l'Est. Et nous allons attendre le passage d'un marchand.
— Vous... Vous avez l'intention de l'attaquer, c'est ça ?
— Exactement !

Zangdar ne put s'empêcher de rire. Il aimait qu'un plan se déroule sans accroc. Et ce, même quand il n'avait encore rien mis en œuvre. Il écarta les bras, et dévoila son perfide programme :

— Le marchand s'approche, et je lui demande de nous remettre sa cargaison et sa charrette. Alors que fait-il ?

Reivax hésita, et risqua sa théorie :
— Heu... Il refuse ?

Le sorcier frappa du poing sur la planchette :
— Exactement ! Il refuse, parce qu'il pense que nous sommes deux paysans ! Mais ce n'est qu'un crétin ! Alors, pour que tout soit clair, je lui balance la *pluie de météores de Wismal* !

Riant à nouveau de son machiavélisme ténébreux, Zangdar écarta les bras pour conclure :
— Et on s'empare du butin !

Reivax serra les dents. Il objecta craintivement :
— Mais... Maître ! J'ai bien peur qu'on n'ait plus rien à récupérer, après la pluie de météores...

Zangdar le fixa de ses yeux noirs et glacés, comme s'il venait d'essuyer ses pieds sur un grimoire de collection. Puis il se relâcha, et bougonna :
— Oui, bon... D'accord, on va trouver autre chose.

Il tapota un moment sur la table de fortune, pendant que Reivax grignotait sa carotte. C'était plus facile quand on avait les livres sous la main. Il devait fouiller dans les replis embrumés de sa mémoire les rares sortilèges dont il se souvenait après toutes ces années d'oisiveté. Le sorcier présenta ses meilleures suggestions :
— Les *sables mouvants de Falkor* ?
— On ne retrouvera jamais la charrette...
— La *désintégration transversale* !
— Heu... Franchement, c'est pas mieux.

— La *conflagration of Doom* ?
— C'est réservé aux magiciens du feu...
— Le *cyclone énergétique de Kugio* ?
— Eh bien... Je n'ai pas envie de mourir électrocuté !
— Invoquer un démon mineur ?
— Ça va encore causer des problèmes... Vous savez, s'il refuse de retourner dans son plan d'existence...
Zangdar s'emporta :
— Mais quoi ? J'essaie de trouver des idées !
L'assistant se tordit les mains, tenta de trouver un terrain d'entente :
— Je sais, je sais... Cela dit, vous devriez penser à quelque chose de plus calme... Quelque chose qui ne provoque pas l'apocalypse.
— Les autres sortilèges sont d'un niveau trop faible pour un sorcier de ma classe !
— Mais non, voyons... Les vieilles recettes ne sont jamais démodées.

Reivax marqua une pause, cherchant lui aussi dans ses souvenirs. Il avait passé son *Brevet Élémentaire d'Acolyte de Sorcier Teigneux* (BEAST), mais c'était dix ans plus tôt. Son école proposait des ateliers sur l'étude des possibilités magiques, ce qui permettait d'augmenter l'efficacité des sbires.
Alors que le maître s'impatientait, l'assistant brandit sa carotte :
— Et que pensez-vous de la *Sbaffe de Gigaouatte* ?
Zangdar se renfrogna :
— Non merci ! C'est le sort fétiche de Saroulemale ! On va dire que je copie, c'est nul.

Au terme d'âpres discussions, ils finirent par se mettre d'accord sur l'utilisation du *rayon d'Alkantarade,* un sort de niveau trois qui ne risquait pas d'entraîner la destruction du butin ou de transformer la région en cratère de feu. Puis ils se mirent en route, en prenant garde de ne pas passer trop près de l'enclos des cochons. Ces animaux d'ordinaire placides semblaient attaquer Reivax à vue.

Ils traversèrent Valtordu. Le village était actif à cette heure, les commerçants avaient ouvert les boutiques, et deux gardes municipaux patrouillaient sur la place des Pendus. De derrière l'auberge parvenaient les coups rythmés d'un marteau sur une enclume, alors que le forgeron s'acharnait à casser les pieds du voisinage. Quelqu'un sciait du bois de l'autre côté, derrière le bazar, contribuant ainsi à poser l'ambiance ruralo-bricolesque. Le boulanger installait sur un présentoir un certain nombre de spécialités chaudes et appétissantes, face à une ribambelle de gamins rêveurs. Personne ne prêta donc la moindre attention au passage de deux paysans taciturnes, hormis un chien pelé qu'ils éloignèrent à coups de pied. Zangdar avait pris soin de cacher son Sceptre de Pouvoir dans sa manche.

— Vous avez vu ces pâtisseries, Maître ? sanglota Reivax en lorgnant vers la boulangerie.

Il reçut en guise de réponse une pluie d'insultes.

Ils passèrent devant le poste de surveillance, où trois autres gardes jouaient aux dés pour tromper l'ennui. L'un d'eux leur fit un signe de la main, ce qui plongea Zangdar dans une profonde hilarité intérieure. Il se fit la réflexion que lui, le fléau de la région, peut-être même du siècle, était en train de marcher tranquillement à quelques mètres du quartier général de la milice de Valtordu, et qu'on lui faisait coucou. Ce déguisement fortuit était peut-être déshonorant, il n'en était pas moins efficace.

La rivière Glandebruine courait à quelques mètres et passait sous le pont des Tricoteuses, un refuge privilégié pour quelques grosses truites. Les eaux, chargées par la pluie nocturne, produisaient en caressant les piles du pont un son doux et monotone. C'était trop beau pour qu'on s'y attarde, surtout quand on s'apprêtait à se lancer dans le banditisme magique de grand chemin.

Zangdar et son assistant s'éloignèrent ainsi de près d'un kilomètre sur la route de l'Est, et choisirent de s'embusquer dans un sous-bois. Ils se trouvaient assez loin de la ville pour échapper à la vigilance des miliciens, et fort bien placés pour observer de loin les déplacements d'éventuels marchands. C'était presque trop facile.

Ils cueillirent quelques baies pour récupérer des forces et passer le temps, et Reivax posa des pièges à lapins. Il espérait manger correctement dans la soirée.

Ils patientèrent.

Ils manquèrent s'endormir à plusieurs reprises, bien que l'attente ne dura pas plus de deux heures. Ils entendirent enfin des éclats de voix rauques. Elles ne provenaient pas du chemin, mais du couvert forestier, ce qui était assez troublant. Par mesure de précaution élémentaire, le sorcier et son sbire s'embusquèrent en hâte dans un fourré plus épais, pour observer l'arrivée de ces curieux voyageurs.

Le premier d'entre eux déboucha d'entre les arbres. C'était un orque lourdement équipé, monté sur un gros sanglier de combat. Deux poignées de cuir dépassaient de l'épaule du guerrier, des armes prêtes à jaillir de leurs fourreaux. La selle de voyage équipée de sacoches, la cuirasse de qualité, les bottes presque cirées, le casque orné de fourrure laissaient deviner qu'il ne s'agissait pas d'un orque sauvage en maraude. C'était un de ces mercenaires intégrés, les orques prétendument civilisés qu'on pouvait croiser jusque dans les plus grandes cités, et qui déclenchaient souvent les bagarres d'auberge par leur seule présence. Le « délit de sale gueule » était un problème qu'on rencontrait dans tous les univers connus.

Le cavalier avançait avec prudence, étudiant le périmètre. Le mufle de sa monture au ras du sol analysait l'environnement aussi efficacement qu'une meute de chiens près d'une fabrique de saucisses. Le sanglier tourna son groin vers le fourré où se tenaient Zangdar et Reivax. Les deux hommes cessèrent de respirer, mais l'arrivée du reste de l'équipe détourna l'attention de l'animal.

Deux, puis trois, et enfin quatre chevaucheurs rejoignirent le meneur de la bande. Certains d'entre eux n'étaient qu'à moitié humains, sans doute des hybrides d'orques ou de créatures encore plus étranges. L'un était sec et presque nu, son crâne rasé orné d'une crête de cheveux bleus. Deux haches dépassaient de ses étuis dorsaux, semblables à des spectres menaçants. Un autre, gras et joufflu, était affublé d'une énorme dent qui rendait sa mâchoire difforme. Il y avait un deuxième orque de sang pur, armé d'une lance barbelée, et le dernier de ces baroudeurs avait intégralement caché son visage derrière un masque de bandelettes crasseuses. Des armes, des boucliers, des cottes de mailles, des expressions menaçantes et le regard chargé d'expérience. Une véritable petite armée.

Ils étaient heureusement assez bruyants. Les bêtes grognaient et le ton des guerriers montait dans une discussion centrée autour d'un problème d'orientation. Le chef s'en prenait au guerrier joufflu, ce dernier tournant et retournant un parchemin qui ressemblait à une carte. Ses camarades, loin de le soutenir, l'invectivaient de plus belle.

Reivax se rapprocha du sorcier, de sorte qu'il fut à même de lui chuchoter :

— Ce sont eux, Maître ! Les chevaucheurs de sangliers !

Zangdar lui lança un regard mauvais, dans l'ombre des broussailles. La discussion continua sur le même mode :

— Tu me prends pour un crétin ? Je suis assez intelligent pour voir que ce ne sont pas des clowns montés sur des poneys, foutrediouche !

— Mais non ! Maître, ce sont *nos* chevaucheurs de sangliers ! Ceux qu'on a envoyés en mission !

— QUOI ?

— Chut ! Pas trop fort !

Le mercenaire à crête bleue regardait maintenant dans leur direction. Il pensait avoir entendu quelqu'un, mais n'était pas vraiment convaincu. Il décida qu'il avait sans doute rêvé, et s'en retourna insulter son camarade cartographe.

Zangdar fulminait. Quelques jours plus tôt, il avait réglé une facture de trois mille pièces d'or pour que cette armée de vauriens piste les aventuriers à sa place et lui ramène sa collection de statuettes. Son trésor, les idoles prophétiques qui constituaient l'intérêt touristique de son établissement donjonnique. Le moteur économique de son activité. Les mercenaires avaient empoché l'or, sans donner suite à la mission. Le métier se perdait. On ne pouvait plus faire confiance à personne, on ne pouvait plus travailler sérieusement avec des hordes de braves guerriers sans foi ni loi. C'était la honte, la déchéance, la ruine, la disgrâce, la décadence de l'activité de sorcier maléfique. C'était à cause de gens comme ça, mon brave monsieur, qu'on finissait par se retrouver sans donjon, sans grimoires, accroupi au milieu d'un buisson avec le ventre qui gargouille et des chaussures trouées, en costume de paysan.

L'assistant à ses côtés regretta immédiatement sa langue trop bien pendue. Il connaissait le tempérament bouillant de son maître, et n'avait pas réfléchi aux conséquences de sa dénonciation. Il était persuadé qu'ils étaient à la frontière d'un événement aussi grave qu'irrémédiable. Zangdar ruminait quelque chose, quelque chose de noir, de sauvage et de particulièrement *velu*. Son poing tremblait, ce qui n'était jamais un bon signe.

Les mercenaires avancèrent entre les arbres, de sorte qu'ils se trouvèrent bientôt près de la route de l'Est, et toujours en vue des deux hommes embusqués dans leur taillis. Le guerrier aux bandelettes désigna le sentier, sans mot dire.

Un chariot s'approchait au loin, un petit attelage flanqué d'un cavalier. Il avait tout l'air d'un marchand escorté par un quelconque aventurier. Ils formaient une proie facile pour un acte de brigandage, dans la mesure où les gredins étaient cinq et armés jusqu'aux canines. Les mercenaires ricanaient. Ils bénéficiaient du couvert des arbres et des buissons, indétectables. Il suffisait d'attendre que l'agneau se jette dans les mâchoires du loup.

Zangdar aperçut la charrette à son tour. Il murmura, sans se départir de sa colère :
— Damned ! Ils veulent nous piquer notre marchand !
Reivax risqua un commentaire :
— Heu... Je ne vois pas trop ce qu'on peut faire...
— Patience... souffla le sorcier. Patience...
— Maître ? Vous ne voulez tout de même pas...
Un regard noir et lourd de sens l'empêcha d'aller plus loin dans sa tentative de conciliation.

L'équipage du négociant continuait son chemin, au rythme lent d'un cheval gris et maladif. La petite voiture cahotait dans la poussière, emportant son passager somnolent vers les derniers instants de son activité mercantile. À l'arrière s'empilaient des rouleaux de tissu, des casseroles, des gobelets ouvragés, des couvertures et une grosse malle d'ustensiles de cuisine. L'ensemble brinquebalait à tout va, et produisait l'équivalent sonore d'un concert de percussions pour zombies manchots.

Aux côtés du marchand, Tharanil se félicitait d'avoir accepté la mission d'escorte. Deux journées de voyage depuis le village de Filouik sans rencontrer le moindre problème, avec une nuit dans un relais confortable aux frais du patron. Il toucherait son salaire à Valtordu, et savait que le village était maintenant très proche, à un petit kilomètre. Il restait à passer ce morceau de forêt. Le jeune demi-elfe avait fière allure, avec son ensemble de cuir et sa belle cape de voyage bleue, sa grande épée au fourreau et la lance brillante qu'il exhibait en permanence. Il n'avait pas l'expérience d'un grand guerrier, mais comptait sur son charisme et son cheval robuste pour effrayer les éventuels vagabonds. Pour le moment, ça marchait plutôt bien.

Il aurait tout de même apprécié la rencontre avec un ou deux malfaiteurs de bas niveau, ce qui lui aurait permis de faire un peu d'exercice et d'empocher une prime. Les marchands cessaient d'être radins quand on sauvait leur commerce.

Ils s'engagèrent dans le sentier forestier, et la poussière fit place à un tapis de feuilles mortes. Tharanil lança sur un ton jovial :

— On arrivera juste à temps pour le déjeuner, patron !

Il regretta ses paroles au moment où plusieurs silhouettes noires et massives jaillirent des taillis, à une quinzaine de mètres sur leur chemin. Les voyageurs poussèrent un cri de stupeur, et les chevaux renâclèrent, affolés. Le convoi s'arrêta.

Les chevaucheurs de sangliers ne bougeaient pas, mais il était clair que leur présence dans les bois n'avait rien à voir avec la cueillette des girolles. Un orque massif éperonna sa monture, et l'animal avança en se dandinant. Son groin baveux frémissait en prévision d'un festin sanglant. Le reste de la bande, en retrait, laissait échapper des gloussements de mauvais augure.

— Par tous les prodiges de Caddyro ! s'exclama le marchand. Nous sommes fichus !

Tharanil n'eut que la possibilité de bredouiller. Sa bouche était aussi tremblante qu'un nudiste sur une banquise.

Il supplia plusieurs dieux pour s'assurer que son cheval était capable de distancer les montures de ces affreux bandits. De toute façon, l'instant n'était plus à la bravoure, et le demi-elfe refusait de mourir pour quinze pièces d'or. Il espérait juste que son fidèle destrier n'allait pas se mettre à paniquer quand viendrait le moment de décamper.

— Je vous conseille de pas faire les malins ! hurla le chef des mercenaires.

Sa voix était aussi râpeuse qu'une cuillerée de sable. Il dégaina lentement l'une de ses armes, une grande épée pourvue de dents parfaitement aiguisées.

Il était sur le point d'ajouter quelque chose, quand l'air se mit à vibrer. Le vrombissement fut immédiatement suivi d'une cacophonie stridente et cauchemardesque qui semblait venir de partout. Les mercenaires levèrent les yeux au ciel, dans un réflexe aussi naturel qu'inutile.

Et ce fut l'apocalypse.

Des millions de lames invisibles frappèrent au même instant, tailladant sans aucune pitié les cavaliers, les montures, l'équipement, la végétation et les nids d'oiseaux. Le maelström était si furieux que plus personne ne pouvait situer le ciel, ne sentait la terre sous ses pieds. Les mercenaires et les sangliers furent soulevés, malmenés, chahutés, heurtés, brutalisés, martelés, poignardés, écorchés, démembrés dans un brouillard sanglant, au son d'une macabre symphonie de beuglements et de râles de souffrance. L'air était saturé de copeaux de bois, de lambeaux de chair, d'entrailles, de feuilles, de débris, de cloportes désorientés, de poussière et d'objets divers.

C'était comme si les dieux s'étaient rassemblés là pour tester la Grande Moissonneuse Cosmique.

Le marchand hurlait de toute la force de ses poumons, bien qu'il fût épargné par le sortilège. Malgré sa frayeur, il eut assez de jugeote pour constater que le vortex allait en s'élargissant. Il découvrit également que le jeune Tharanil n'était plus à ses côtés, et sauta lui-même de son chariot pour détaler de toute la force de ses petites jambes en direction de la plaine. Il vit alors que le demi-elfe disposait d'une bonne avance, et qu'il peinait à rester sur le dos de son cheval paniqué. Ils s'éloignèrent du lieu du drame sans oser se retourner.

La forêt tout entière fut prise d'un frémissement, et l'œil du *cyclone de destruction majeure* s'élargit brusquement de plusieurs mètres. Zangdar grimaça, constatant que la puissance magique échappait une fois de plus à son contrôle. Il avait encore échoué quelque part. Il écarta les bras en hâte, et prononça le mot de pouvoir invoquant sa célèbre *sphère d'invincibilité parfaite*. Reivax à son côté se roula en boule, la tête dans les mains, gémissant et balbutiant d'incohérents propos. Les millions de lames décimèrent brusquement les buissons et les branches autour d'eux, et l'univers sembla se réduire à la taille d'une tente de camping.

Les deux hommes restèrent là, immobiles dans la tourmente.

Puis la tempête cessa, aussi brusquement qu'elle était apparue. Ils patientèrent une minute, alors que plusieurs tonnes de débris retombaient dans le décor ravagé. Zangdar s'avança dans les copeaux, repoussa quelques branches. Il faisait soudain beaucoup plus clair, car il ne restait plus une feuille au-dessus d'eux. Les troncs des arbres étaient toujours là, semblables à des cure-dents gigantesques, dépourvus d'écorce et de branches. Un rapide coup d'œil permettait de voir que le désastre s'étendait à plusieurs hectares.

Le sorcier se fraya un chemin jusqu'au sentier, sans un mot. La moitié antérieure d'un sanglier se trouvait là, carcasse mutilée dotée d'un restant de tête aveugle, qui semblait lui tirer la langue. Il ignora l'affront, et se baissa pour ramasser une pièce d'or maculée de sang qu'il essuya sur son pantalon. Il en distingua trois autres un peu plus loin, s'échappant d'une sacoche de voyage éventrée. Zangdar soupira :

— Voilà, voilà. Les affaires reprennent.

Craignant l'arrivée inopinée d'un quelconque gêneur, le sorcier pressa son assistant de « s'agiter le troufignard » et de rapporter le chariot du marchand. Celui-ci avait échappé à la catastrophe de façon miraculeuse, le cheval ayant eu la bonne idée de fuir malgré son handicap. Il trottait un peu plus loin dans la plaine, toujours accompagné de son concerto pour vaisselier, et tournait en rond comme s'il avait perdu tout sens de l'orientation.

Tandis que Reivax poursuivait le malheureux équidé, Zangdar rassembla les pièces, les objets précieux et tout ce qui avait échappé à la catastrophe. Il marmonnait parfois : « Tiens, c'est dommage » ou encore : « Bon sang, une sacoche toute neuve. » Il retrouva le casque à cornes du chef des malandrins, et réfréna son envie d'uriner dessus. Il était bon de se venger, parfois, mais le temps manquait. Il prit soin de récupérer les armes des mercenaires, car les bougres savaient choisir leur matériel. Il y avait de quoi s'enrichir.

Au terme de dix minutes de fouilles et de tri, le sorcier fut soulagé de constater que son assistant revenait vers lui, traînant par la longe le cheval aux yeux fous, et consécutivement le véhicule. Ils chargèrent en hâte le matériel récupéré, surveillant le chemin d'un œil. Ils savaient que les miliciens de Valtordu ne manqueraient pas de venir constater les dégâts. Un épais nuage de poussière et de feuilles broyées flottait encore au-dessus de la zone sinistrée.

Reivax dénicha la cuisse d'un sanglier sur le lieu du désastre, l'empaqueta dans plusieurs épaisseurs de tissu et la hissa péniblement dans la charrette. Il pleurnichait de bonheur :

— C'est formidable, Maître ! Nous allons pouvoir festoyer ! Du sanglier ! Vous vous rendez compte ?

— Excellent choix ! convint le sorcier.

— Vous êtes le meilleur ! Ô Maître ! Ce sortilège était un véritable cataclysme !

— Heu... Oui, oui, c'est vrai ! Ha ha ha !

Puis Zangdar, embarrassé, se hissa sur le banc de conduite et fut rejoint par son sbire. Ils devaient se serrer, mais c'était toujours mieux que de faire la route à pied, surtout que leurs chaussures menaçaient de partir en lambeaux.

Ils parvinrent à provoquer une réaction du cheval, qui accepta de trotter. Précisons que ledit canasson refusait de garder un cap et se déplaçait exclusivement en zigzag. Ils filèrent néanmoins le long du Chemin de l'Est, en direction du village de Filouik, sachant qu'il faudrait sans doute bivouaquer à mi-parcours. Rien ne pouvait plus fâcher les deux hommes, après ce formidable revers de fortune. Ils venaient de remonter d'un coup plusieurs barreaux de l'échelle sociale.

Ils laissèrent le paysage saccagé aux bons soins des corbeaux et des vautours à tête rouge. Reivax ne cessait de se frotter les mains, et jetait des regards brillants à leur chargement :

— Vous avez bien fait de récupérer les armes, Maître ! Nous allons les revendre un bon prix !

— Bien sûr ! ricana le sorcier. Ces vauriens sans honneur nous auront finalement servi à quelque chose !

Une partie de la conscience de Zangdar lui fit remarquer qu'il agissait exactement comme un aventurier. Ça lui donna envie de pleurer.

Le marchand pétrifié regardait partir son véhicule et ses deux étranges passagers. Dissimulé derrière un rocher dans la plaine, il essuyait ses mains moites, et se demandait à quelle forme de nouveau monstre il venait d'échapper. C'était la première fois qu'il voyait des paysans pratiquer la sorcellerie avec autant d'efficacité.

Sur la berge de la rivière Filoche, la Magicienne s'épongeait le front et contemplait son œuvre avec une certaine satisfaction. Elle avait mené à bien le rituel du *gardien de l'essence primale*, et ça n'avait pas été facile. Outre la préparation d'une onction à base d'huile et de plantes, son travail avait demandé une grande concentration et une dépense d'énergie astrale notable, énergie dont le capital était déjà bien entamé à ce moment de la journée. La fuite dans la forêt et le combat contre le clipitaine avaient laissé l'érudite sous le coup d'une certaine langueur.

Enfin, le plus compliqué avait été le moment où elle avait pris conscience d'un problème majeur et imprévu : l'onction devait être appliquée sur le corps de l'Elfe, et il était obligatoire que le corps soit entièrement dévêtu. En découvrant cette clause du rituel, le Ranger avait insisté pour s'en charger, d'une manière tout à fait malsaine. Il avait été rejoint dans sa démarche par le Nain, puis par le Barbare. Ils avaient pinaillé longuement pour prendre part à la tâche, sous des prétextes aussi fallacieux qu'incongrus. Le Ranger et le Nain considéraient qu'en pratiquant l'onction ils augmentaient leurs chances de gagner des points d'expérience dans l'opération de sauvetage. Le rôdeur ajoutait qu'il était le chef du groupe, et qu'il devait prendre ses responsabilités, y compris quand il fallait faire le sale boulot. Le Barbare expliqua qu'il portait un grand intérêt à la culture elfique.

Au terme de discussions houleuses, la Magicienne fut forcée d'inventer une clause magique. Elle précisa qu'il était interdit à des personnes du sexe opposé de se trouver à moins de quinze mètres d'un corps pendant toute la durée du rituel. En enfreignant la règle, on empêchait la magie de fonctionner. Comme personne ne voulait la croire, elle dut leur faire la lecture d'une ligne de runes dans son livre. Le chapitre en question n'avait rien à voir, mais puisque aucun d'entre eux ne lisait le *Vontorzien Supérieur*, ça n'était pas très grave.

Les mâles du groupe se replièrent à contrecœur et s'installèrent pour bouder un peu plus loin. L'Ogre improvisa un feu de camp sur lequel il fit griller de gros champignons comestibles ramassés par Gluby.

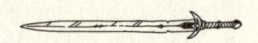

BULLETIN CÉRÉBRAL DE LA MAGICIENNE

Mille éclairs ! C'était pas de la tarte, ce truc. En plus, j'étais malade le jour où le professeur Clanduche a expliqué le rituel en classe. Mais bon, j'ai réussi quand même, avec le bouquin. Si j'en crois les spécifications, le corps de l'Elfe est bon pour trois jours de conservation ! J'ai bien fait de l'emballer dans les couvertures. Il est impossible de voyager en trimbalant une elfe à poil, déjà qu'on a du mal quand elle a ses vêtements... D'ailleurs, je ne sais pas ce qui m'arrive, mais moi-même j'ai un peu de mal à me concentrer depuis que j'ai passé l'huile sur son corps. C'est quand même injuste qu'elle soit fichue comme ça, cette gourde. Et puis ces cheveux brillants, ça m'énerve ! Bon sang, j'ai bien cru que les mecs allaient devenir fous avec cette histoire d'huile. Ils vont me faire la gueule pendant trois jours. Ces rituels sont vraiment grotesques... Enfin, c'est logique quand on y pense, ils ont tous été mis au point par des vieillards frustrés. C'est vraiment dégoûtant.

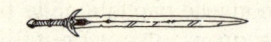

— Alors, c'est fini ? cria le Ranger depuis son point de repli.

Il avait posé la question toutes les dix minutes en alternance avec le Nain, et ce pendant deux bonnes heures. C'était assez pénible. Il avait tout de même réussi à recoudre sa cape en attendant.

La Magicienne finit par répondre :

— Oui, oui, c'est bon maintenant ! C'est réussi !

Ils lâchèrent leurs champignons brûlés et se rassemblèrent autour de l'Elfe. Elle était enroulée de la tête aux pieds dans plusieurs couvertures. Son teint, bien qu'un peu blanchâtre, ne laissait nullement transparaître sa condition cadavérique. Malgré tout, il y avait quelque chose d'infiniment triste dans son expression, comme si une partie du monde allait disparaître avec elle. C'était presque vrai, car les sylvains portaient en eux une fraction de l'énergie de la nature.

L'Ogre fut chargé de fabriquer un brancard avec les moyens du bord, pendant que le reste de l'équipe rassemblait le matériel. Il était temps d'utiliser à nouveau la couronne de Pronfyo pour rejoindre une grande ville. Le rôdeur improvisa son discours de départ :

— Tout est prêt ! Même si on n'a pas eu le droit de participer…

Il appuya sur cette partie de la phrase en gratifiant l'érudite d'une œillade mauvaise. Celle-ci haussa les épaules, et il enchaîna :

— Nous devons maintenant trouver un spécialiste de la résurrection, et terminer le sauvetage de l'Elfe. Il est temps de retourner à Glargh !

— C'est Waldorg, précisa la Magicienne. Il faut qu'on se rende à Waldorg.

— Quoi ? lâchèrent ensemble ses compagnons.

— Mais merde ! C'est au bout du monde ! rouspéta le Nain.

Chaque être vivant avait un jour entendu parler de Waldorg, même les gens qui vivaient en autarcie dans les montagnes. C'était la nouvelle capitale de la Terre de Fangh, la grande métropole qui avait fait l'histoire du monde, au même titre que Glargh. À Waldorg on savait s'organiser, la cité avait donc naturellement remplacé sa concurrente dans toutes les questions politiques, et assurait la gestion du territoire.

— C'est vrai que ce n'est pas tout près, convint la Magicienne. Mais c'est là qu'on trouve les plus grands mages.

Le rôdeur exigea des éclaircissements :

— Il y a déjà bien assez de sorciers à Glargh ! Je ne vois pas pourquoi on serait forcés d'aller se paumer sur la côte Sud !

— Les mages de Glargh sont des escrocs ! rapporta l'érudite. Ils vont nous faire payer plus cher, et si on tombe sur un nase il risque même de foirer la résurrection !

— Mais c'est à Glargh que tu as appris la Magie, non ?

— La question n'est pas là !

Le rôdeur et le Nain s'insurgèrent à nouveau. Ils n'avaient jamais pensé se rendre aussi loin de chez eux. Le barbu mentit d'ailleurs en affirmant qu'aucun nain de Jambfer n'avait été se perdre dans cette région au cours des cinq mille dernières années, pas même son ancêtre Gurdil qui était vachement courageux : c'était sans doute pour une bonne raison. L'érudite leur expliqua que ça n'était pas grave, puisqu'ils possédaient le dispositif de téléportation. Les distances n'étaient pas très importantes.

— Putain de couronne, gronda le Nain. J'la déteste.

Le Barbare était dubitatif, son regard absent indiquait qu'il fouillait dans son cerveau embrumé, à la recherche de quelque information relative à Waldorg. En fin de compte, il déclara :

— C'est pas loin de chez moi. J'ai entendu parler. C'est la grande ville du Sud, celle qu'on peut pas attaquer.

— Ah ! se rengorgea la Magicienne, comme si cette indication constituait une preuve de soutien.

Ils discutèrent à nouveau, mais la perspective de se faire arnaquer par un mage incompétent décida les réfractaires à consentir une étape à Waldorg. Ils s'installèrent en cercle autour du brancard de l'Elfe, s'équipèrent des barrettes à cheveux en forme de lapin et attendirent que le transfert s'exécute. Ce n'était pas spécialement douloureux, de se faire téléporter, mais ça picotait. Et surtout, on se sentait toujours un peu déboussolé en arrivant.

— Je te conseille de ne pas te planter sur la destination, grogna le Nain. Je suis sûr que j'arriverai à te faire bouffer tous tes livres !
— Je ne sais pas ce que vous feriez sans moi… soupira la Magicienne.

Elle posa l'affreuse couronne sur sa tête, se concentra et proféra l'incantation.

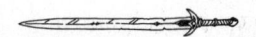

BULLETIN CÉRÉBRAL DU RANGER

Elle se prend pas pour une bouse de troll, celle-là. Qu'est-ce qu'on ferait sans elle ? Pour commencer, on arrêterait d'avoir tout le temps des conversations incompréhensibles. C'est toujours pareil, avec ses bidules déphasés, ses machins cosmoploubiques et ses augmentations de puissance transversale sur l'orientation pipeautesque de l'énergie de mon cul. Si elle n'était pas là, eh bien… On n'aurait pas été téléportés par erreur dans le château de Gzor, et je n'aurais pas perdu mon unique point de destin dans une bataille contre la taupe-garou géante ! Et on serait sortis normalement de la forêt de Schlipak, et on aurait fait l'aventure quand même, parce que sa magie, elle n'a servi à rien quand on a tué Gontran Théogal. Et au moins, on m'aurait laissé passer l'huile sur l'Elfe. Moi aussi je veux participer à la résurrection. C'est vraiment n'importe quoi ces clauses magiques. Ah, tiens, je sens la vibration, ça veut dire que la téléportation commence. Je vais essayer de garder les yeux ouverts ce coup-ci, il paraît qu'on voit plein d'étoiles colorées.

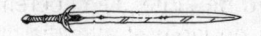

La compagnie se matérialisa au beau milieu d'une étendue poussiéreuse, parsemée de lichens et de minuscules buissons épineux. L'herbe rare et jaune témoignait de la négligence des dieux quand il s'agissait de répartir équitablement les cumulus à travers le monde. Une fois la surprise passée, il fallut se rendre à l'évidence : on n'était pas à Waldorg.

Le Nain brandit furieusement son index ganté sous le nez de l'érudite :

— Mais bordel ! Tu t'es encore gourée, c'est pas possible !

De colère, il jeta sa hache dans la poussière et décida de passer ses nerfs en sautant à pieds joints sur une boule de lichen.

L'intéressée méprisa les protestations et s'empressa de vérifier les coordonnées de leur point de chute à l'aide du géolocalisateur. Elle confirma qu'ils n'étaient pas trop loin de Waldorg : à peine quinze kilomètres au nord.

— Quinze kilomètres ! railla le pseudo-chef du groupe. Quinze kilomètres ! Encore une belle démonstration de précision !

— C'était fait exprès ! s'emporta l'érudite. J'ai décalé les coordonnées vers le nord, pour éviter de tomber plus au sud.

— Mais ça fait beaucoup ! insista le Nain. Et puis pourquoi on n'a pas le droit d'arriver au sud, d'abord ?

La Magicienne furieuse exhiba la carte sous son nez :

— Parce qu'il y a la mer, crétin !

— Pfff ! C'est nul !

Ils boudèrent pendant quelques secondes. Le rôdeur examina la carte à son tour, et refusa de capituler. Il prétendait qu'ils auraient très bien pu viser directement dans la cité.

— On ne peut pas se matérialiser dans une ville ! développa l'érudite. On risque de se retrouver chez quelqu'un !

— C'est pas possible ! Tu veux toujours avoir raison !

— Mais *j'ai* raison !

— Mais non !

— Mais si !

— Oh ! Je laisse tomber j'en ai marre !

Le rôdeur se détourna pour observer la plaine. Il n'y avait rien à voir. De son côté Gluby n'avait pas l'air très rassuré, et l'Ogre semblait grognon. Aucune trace de cabane à frites ou de stand de crêpes à des kilomètres à la ronde. Pas la moindre fabrique de saucisses. Point de charcuterie. Nul gigot.

Le Barbare ne s'était encore pas manifesté. Il humait l'air à pleins poumons, et savourait l'instant. Les poings sur les hanches, il arborait l'attitude conquérante qui faisait la fierté de son peuple. Son collier en dents d'ours tressautait avec le vent, comme s'il était pressé de partir au combat.

— J'aime bien cet endroit ! finit-il par lâcher. C'est chez moi !

Les aventuriers échangèrent des regards étonnés. Il était bien rare d'entendre leur compagnon exprimer la moindre bribe de satisfaction. C'était presque inquiétant.

Le Nain n'était pas d'accord. Mais pour éviter de provoquer le courroux du guerrier, il se contenta de maugréer dans sa barbe :

— C'est pourri ! Y a même pas de rochers.

L'Elfe gisait, triste et pâle, prisonnière de son cocon de couvertures. La Magicienne se pencha sur elle pour la débarrasser de sa barrette à cheveux de Pronfyo, et récupéra le reste de la collection auprès de ses camarades. Puis ils décidèrent de laisser la responsabilité du brancard au Barbare et à l'Ogre, les deux costauds de la bande.

Sous un soleil aussi cruel qu'indifférent, ils se mirent en route vers Waldorg, capitale administrative de la Terre de Fangh.

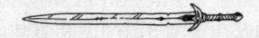

BULLETIN CÉRÉBRAL DU NAIN

C'est d'un ennui, cette plaine. Ça fait une heure qu'on marche, et y a rien pour poser les yeux. Quand je pense que je trouvais la forêt sans intérêt... Ici on pourrait bien tourner en rond pendant des jours, on ne saurait même pas si on avance ou si on recule. Je me demande quel intérêt on peut trouver à vivre ici, c'est un pays pour les crétins. Le Barbare est content, mais je ne vois qu'une solution : le paysage reflète le vide qu'il a dans la tête. C'est pour ça qu'il a l'impression d'être chez lui. Nous autres les Nains, nous avons de l'intelligence ! On n'aurait jamais l'idée de s'installer dans un endroit pareil. Je suis sûr qu'en cherchant bien, on doit pouvoir trouver des Elfes des plaines. C'est bien leur genre ça, d'habiter n'importe où. Ah… Tiens, on dirait des gros animaux, là-bas… J'espère que c'est pas le genre à bouffer les gens.

Ils croisèrent un troupeau de dantragors musqués, brouteurs géants des plaines de Kwzprtt. Le Barbare expliqua dans son vocabulaire particulier qu'ils se trouvaient normalement plus près des zones marécageuses, et qu'on les voyait rarement dans cette partie plus aride. Il précisa que ces grosses bêtes ne mangeaient pas les gens, et qu'on n'était pas obligé de faire un détour de trois kilomètres comme le suggérait le Ranger. Par mesure de précaution, le Nain préféra garder sa hache de jet à la main.

Les mastodontes, plongés dans leur activité brouto-digestive, ne prêtèrent aucune attention aux aventuriers. Ils étaient semblables à des dinosaures laineux, de couleur grise. Leurs dos ronds étaient recouverts d'un long pelage dans lequel cohabitaient des croûtes boueuses, des branches, des insectes, du lichen et des algues séchées. Le troupeau d'une vingtaine d'individus dégageait une lourde odeur de vase et de sueur animale. On s'en prenait plein les narines, même à cinquante mètres.

— On dirait un peu les pieds du Barbare, plaisanta le Ranger en se bouchant le nez.

L'intéressé, ignorant le côté humoristique de la déclaration, s'empressa de corriger :

— Non, ça c'est plutôt les Morshlegs. Ils sont gros et on en trouve aussi dans les plaines, mais ils sont moins sympas. Ils sentent comme les pieds.

Un peu plus loin, la Magicienne se baissa pour récupérer dans la poussière un morceau blanchâtre d'une matière dure et lisse. C'était vraisemblablement le reste d'une molaire cariée de dantragor, tombée d'elle-même au cours d'une séance de broutage énergique. Elle justifia de son geste en révélant le caractère magique de la poudre qu'elle pourrait obtenir d'une telle dent, à l'aide d'une simple râpe.
— Chaque dose de poudre peut se revendre cinq pièces d'or ! précisa-t-elle.
— Mince alors ! s'exclama le Nain. Ça fait dix pintes de bonne bière, ça !
Intéressé par un marché potentiel, il proposa de prêter ses outils pour obtenir la poudre. Il revendiqua qu'on lui attribue trente pour cent des bénéfices pour payer la location de l'outillage. Le Ranger disserta une fois de plus de l'utilité de mettre en commun les richesses du groupe, mais ça ne voulait définitivement pas rentrer.
— Toutes ces belles pièces d'or avec un truc ramassé par terre… marmonna le courtaud. C'est vraiment bizarre la magie !
Se retournant pour questionner la Magicienne sur les utilisations d'une telle poudre, le Ranger buta sur une chose molle. Il s'étala tête la première dans un amas de trente kilos de bouse de dantragor, presque fraîche.

Ils marquèrent une pause de dix minutes, afin de permettre au malchanceux de se nettoyer. Le reste du groupe devait également reprendre son souffle, à la suite d'une douloureuse crise d'hilarité.
— J'avais oublié ! hoqueta le Nain. C'est vrai que t'as une compétence pour étudier les déjections ! Ha ha ha ha !
— Va mourir, maugréa le rôdeur. Allez tous mourir !

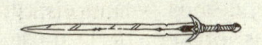

BULLETIN CÉRÉBRAL DU RANGER

Ils sont vraiment lourds, j'aurais mieux fait de rester avec Codie. Je le savais ! La belle vie sur le bateau, des gens simples, un travail simple et du riz au lait tous les midis. Et aucune bouse géante sur mon chemin. Je ne comprends pas pourquoi ça tombe toujours sur moi, ces trucs-là. Je suis le chef du groupe, bon sang ! Ils n'ont pas le droit de se moquer. Ils n'ont pas le droit. Vivement qu'on en finisse avec cette histoire. Et puis cette odeur de vase, c'est vraiment affreux.

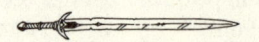

La compagnie progressa sans rencontrer de notable danger. Le Barbare, pour se défouler, tenta de rattraper un coyote pour lui faire la peau, mais sans succès. Il prétendait qu'un homme de sa tribu, Kyrn le Véloce, était capable de rivaliser à la course avec les plus grands fauves. Ils s'empressèrent de changer de conversation, échappant ainsi au récit de tous les faits d'armes des brutes chevelues du clan.

Ils évitèrent plus tard une étrange butte de terre de forme conique, qui pouvait être le repaire d'une colonie de fourmis dévorag. Personne ne voulait prendre de risque, surtout qu'il n'était pas possible de fuir en tirant le brancard de l'Elfe. Ces fourmis ne laissaient derrière elles que la pierre et le métal, car tout le reste était mangeable.

Ils aperçurent la grande colline, puis les compagnons croisèrent enfin les premiers campements de nomades, à mesure qu'ils se rapprochaient de Waldorg. Une barre sombre était visible sur l'horizon, un mur gigantesque qui délimitait la frontière nord de la ville. Des voyageurs des plaines s'installaient souvent à quelques kilomètres de la cité pour profiter des échanges commerciaux et des bienfaits de la civilisation. Ces hommes au visage cuivré se rassemblaient sous des abris de toile, cernés parfois de curieuses montures écailleuses. Certains jouaient de la musique et dansaient, d'autres partageaient des boissons chaudes ou disputaient des parties de dés. Des sentinelles taciturnes observèrent sans broncher le passage des aventuriers, une main sur la poignée de leur sabre. Le Barbare expliqua que ce n'étaient pas des gens de son clan. Ceux-là étaient des mauviettes, qui buvaient du thé, portaient des robes et pratiquaient la ruse. Parfois même, ils cultivaient des céréales comme les elfes.

En parvenant à portée de flèche des hautes murailles de la cité, les membres de la compagnie n'osaient déjà plus parler. Ils étaient frappés par le gigantisme de la construction. Ce n'étaient pas les amas de pierres mal dégrossies formant les remparts de Glargh. On avait affaire à des blocs titanesques, taillés et agencés par des maîtres. Les murailles grises écrasaient tout le paysage de leur présence. La Magicienne expliqua qu'une bonne partie de la ville avait été rénovée en utilisant des pratiques de sorcellerie, et pas des esclaves incompétents comme c'était le cas pour Glargh. Ici, on maîtrisait le sujet.

Il y avait quelque temps déjà qu'ils avaient pénétré dans la banlieue de Waldorg. À leur gauche s'élevait la grande colline, unique relief de la région, qui dominait l'embouchure du fleuve Syé. Les aventuriers suivaient un itinéraire louvoyant qui ressemblait à une rue principale, en espérant que ça les rapprochait d'une porte. Le pourtour de la cité se trouvait en effet parasité par une multitude d'habitations, de tours, d'échoppes, de camps de toile et de cabanes diverses. Certains quartiers, notamment l'exposition sud de la colline, semblaient riches et bien entretenus, couverts de vastes manoirs et d'une végétation luxuriante. D'autres zones situées en contrebas, étroites et boueuses, peuplées de chiens malades et d'enfants sales, symbolisaient le problème de la classe ouvrière. Tout ce petit monde était agglutiné autour de la ville. On se trouvait au cœur de la rencontre des deux mondes : les nantis et les *autres*.

Les rues étaient encombrées de camelots, de mendiants, de cagettes de légumes et de citoyens désœuvrés. Il n'était pas facile de s'y frayer un chemin quand on était accompagné d'un ogre et qu'on devait traîner un brancard de fortune. La Magicienne tenait un mouchoir sur son nez, car de puissants relents iodés se mêlaient aux parfums divers, à l'origine plus ou moins avouable. Pour couronner le tout, le vacarme de la population cédait la place à celui, plus entêtant, d'oiseaux marins chapardeurs qui parcouraient le ciel en piaillant. Ce mélange d'agressions sensorielles ne pouvait être comparé qu'à une chose : la gueule de bois.

— Excusez-moi, mon brave ! cria le Ranger à un gros homme enturbanné. C'est par ici la grande porte ?

Il montrait le semblant de rue qui s'éloignait vers le mur de la cité. L'homme haussa les épaules et s'éloigna, sans répondre.

— Merci, connard ! brailla le Nain en lui adressant un geste obscène.

— J'espère qu'on est dans la bonne direction ! confia le quasi-dirigeant à son équipe. J'ai pas envie de passer la journée dans ce bordel !

— J'en ai marre et j'ai soif ! grogna le Barbare.

Les gourdes ayant été vidées de leur contenu pour débarrasser le Ranger de sa bouse, les membres de la compagnie n'avaient rien bu depuis plus d'une heure. Il était temps d'accéder au repos dans un endroit calme.

Un gamin sorti de nulle part proposa de les guider jusqu'à la porte, et ce en échange d'une pièce d'argent. Il parlait très vite et très mal, mais ça n'était pas très important dans le contexte, aussi les compagnons décidèrent de se laisser tenter par l'offre. Dans le sillage du moutard ils traversèrent trois ruelles tortueuses ainsi qu'un marché aux poulets dans lequel il était presque impossible de se mouvoir. L'Ogre fit d'ailleurs tomber plusieurs cages en les heurtant du coude. Ils se retrouvèrent en sueur et couverts de plumes, face à une porte aussi métallique que cyclopéenne. Une troupe de gardes sécurisait le périmètre.

— Jeveuxlapièced'argent ! Donnezmoilapièce ! Donnezmoilapièce ! criait le gamin en sautant sur place.

Il était presque aussi agaçant que les oiseaux marins, aussi la Magicienne s'empressa de le payer sous les yeux désapprobateurs du Nain. Le morveux examina son salaire, tourna les talons et se glissa entre deux caisses de chiffons, disparaissant comme il était venu.

— J'ai horreur des mioches ! grinça le courtaud. Ils sont bons qu'à racketter les adultes !

— C'était un bon gamin ! protesta la Magicienne.

— Bah ! soupira le rôdeur. En tout cas, on a réussi à trouver la porte. Le plus dur est fait maintenant !

— C'est du vol ! insista le Nain.

Ils vérifièrent que tout le monde était là, et arrachèrent les plumes coincées dans leur équipement. Gluby avait depuis longtemps décidé de s'installer sur le brancard de l'Elfe, pour éviter d'être piétiné par les badauds. Le Barbare s'énervait tout seul, car il n'aimait pas la foule. Il convenait de bouger avant qu'il ne se décide à frapper un pauvre innocent qui l'aurait regardé de travers. Voyant que la situation était tendue, le rôdeur ajusta son sac, et proclama :

— Attendez-moi ! Je vais parlementer avec les gardes !

Les membres de la compagnie lui emboîtèrent le pas, car on ne pouvait faire confiance à un jeune crétin qui sentait la bouse.

Un trio de braves factionnaires se détacha du peloton en charge de la surveillance du *périmètre de circulation des personnels civils en transit vers la partie urbaine de la cité*, plus communément appelée « porte ». Ils étaient pareillement vêtus de tabars rouges sur des cottes de mailles à manches longues, et armés de hallebardes. Des casques brillants ajourés, des bottes renforcées et une épée courte dans son fourreau complétaient l'équipement, manière de préciser qu'on n'était pas là pour rigoler. L'un des trois hommes arborait un plumeau rouge à son casque, distinction militaire qui lui donnait sans doute le droit de traiter ses collègues de bons à rien. Le deuxième était un petit à gros sourcils, et le dernier un solide gaillard à l'expression particulièrement bête.

— Halte là, voyageurs ! s'écria l'emplumé à l'approche de l'équipe.

— Veuillez décliner vos identités, et le but de votre voyage ! réclama le petit.

— Ainsi que les papiers du véhicule ! ajouta le costaud.

Le petit le gratifia d'un coup de coude, et lui fit remarquer fort justement qu'il n'y avait aucun véhicule. Le regard glacé de leur supérieur les dissuada d'ouvrir la bouche pour le restant de la journée.

— Alors ? insista l'emplumé en cherchant des yeux un responsable parmi les membres du groupe.

Le rôdeur s'avança. Mais il ne savait pas trop quoi dire, finalement. Dans la panique, il avait oublié de préparer son texte. Il avait toujours en tête l'altercation avec les miliciens de Chnafon, des vauriens corrompus qui réclamaient aux voyageurs quatre pièces d'or en guise de laissez-passer.

— Heu… Nous voudrions entrer dans la cité ! lâcha-t-il finalement.

Le garde répéta, comme s'il n'avait rien entendu :

— Veuillez décliner vos identités, et le but de votre voyage.

— Hé ! s'insurgea le Nain. Vous allez pas commencer à nous faire…

Il fut heureusement poussé par l'érudite, qui récita en hâte :

— Nous sommes une compagnie d'aventuriers ! Nous avons besoin de faire soigner notre camarade l'Elfe auprès d'un spécialiste !

Elle se tourna vers le nabot pour lui faire les gros yeux.

L'emplumé plissa le visage, comme s'il voulait prendre l'apparence d'une crêpe froissée. Il confia sa hallebarde à l'un de ses subalternes et fit lentement le tour du groupe, les mains derrière le dos. Il s'attarda sous le nez de l'Ogre, puis face au Barbare, tâchant de savoir si celui-ci le dévisageait haineusement ou stupidement. Privé de sa réponse, il inspecta la civière en soupirant et se pencha sur l'Elfe. Nul doute que l'homme fut charmé par son teint pâle et son expression sereine. Il se redressa sans prêter la moindre attention à Gluby, et s'adressa au groupe :

— C'est vrai que ça serait dommage de la laisser crever, un beau brin de fille comme ça !

Puis il fit un signe de la main à ses hommes :

— C'est bon ! Laissez passer ! Y a urgence !

— Classe ! J'ai bien joué ! murmura le Ranger au Nain.

La compagnie se pressa vers l'entrebâillement d'une porte gigantesque. C'est que le règlement était clair : on n'ouvrait pas les deux battants pour des aventuriers de niveau trois.

— Merci à vous ! lança la Magicienne avant de disparaître de l'autre côté.

— Et bonne journée, messieurs ! compléta le rôdeur.

Le courtaud s'adressa au soldat qui surveillait leur passage :

— C'est vrai que vous avez l'air de gros cons, mais vous êtes plutôt sympas !

Il fut vivement tiré en arrière par la Magicienne, et le groupe se précipita dans l'avenue de la Couronne Tordue, laissant le factionnaire en proie au doute.

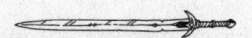

À l'autre bout du pays, deux hommes souriaient. Ils vivaient leur premier jour de chance depuis bien longtemps. Après un voyage bruyant mais tranquille, ils approchaient d'une auberge-relais, sur le sentier qui reliait Valtordu à Filouik. Il faisait encore jour, mais la route jusqu'à Filouik était bien longue. La petite carriole chargée de matériel n'avançait plus que très lentement, tirée par un canasson triste et fourbu.

— Maître ! Vous voulez qu'on s'arrête ici ?

— Oui… Ce serait une bonne occasion de dormir dans un vrai lit…

— On pourra manger notre cuisse de sanglier demain !

— Certes !

Zangdar examina le cheval, et ajouta :

— Et puis, j'ai l'impression que cette vieille carne a besoin de repos.

Reivax se frotta les mains :

— J'ai tout vérifié ! Nous avons récupéré presque cinq cents pièces d'or... Sans compter le matériel !

Le sorcier soupira. Tout ce qui rappelait le comportement d'un aventurier le hérissait. Mais il fallait bien qu'il profite de cette journée.

— Bien ! conclut-il. Au moins, nous pourrons nous payer la meilleure chambre.

L'auberge se présentait comme un vaste complexe de bois, une imposante bâtisse principale à laquelle on avait ajouté au fil des années de nombreuses dépendances. On pouvait voir deux écuries, une réserve, et ce qui semblait être un dortoir supplémentaire. L'ensemble était fortifié, cerné par une palissade de rondins taillés en pointe, et flanqué de deux tourelles d'archer. Lorsqu'on vivait au milieu de la brousse, il valait mieux s'équiper pour supporter le cas échéant les attaques de vandales. La région n'était pas très peuplée, on y croisait dans le meilleur des cas quelques hameaux de cultivateurs autosuffisants.

Le cheval s'arrêta de lui-même à quelques mètres de l'auberge, comme pour faire comprendre à ses nouveaux maîtres que c'était le moment d'aller rendre hommage à Dlul. Reivax sauta dans la poussière pour se dégourdir les jambes. Il se dirigea vers la porte, afin de se renseigner au plus vite sur la disposition des emplacements de stationnement.

Un homme sortait de l'écurie au même moment. Il ne prêta guère attention à l'assistant, mais remarqua la charrette. Il s'arrêta, bouche bée. Les regards se croisèrent. Reivax recula. Le demi-elfe dégaina son épée, se campa sur ses jambes, et s'exclama :

— Paltichon ! C'est la charrette de mon client ! Infâmes voleurs !

Tharanil ne comprenait pas pourquoi le véhicule en question se trouvait aux mains de deux hommes vêtus de haillons, car il avait fui l'embuscade sans se retourner. Mais il y avait peut-être moyen de rattraper sa journée. Ces zigotos-là semblaient bien moins dangereux que les chevaucheurs de sangliers.

— Maître ? s'inquiéta Reivax en s'éloignant. Vous faites quelque chose ?

Le sorcier ne répondait pas.

— Rendez-vous ! proclama le demi-elfe. Ces biens ne vous appartiennent pas !

Il y avait de la conviction dans sa voix, mais le jeune héros se trouvait en proie au doute. Le paysan usé qui se tenait encore sur la charrette, au lieu de prendre peur comme l'avorton, semblait très fâché. Il brandissait un objet noir et tarabiscoté et parlait tout seul.

Car oui, Zangdar était furieux. Un imbécile voulait gâcher sa journée. Des tas de gens ces derniers temps s'acharnaient à ruiner son quotidien, comme ces crétins d'aventuriers, ou ces mercenaires malhonnêtes qui décidaient d'attaquer son marchand à lui. Ces gens devraient payer. D'ailleurs, le bellâtre avec la cape bleue méritait bien de mourir transpercé par le *rayon d'Alkantarade*. Il convenait d'éloigner Reivax du périmètre.

— Pousse-toi, imbécile ! tonna le sorcier.

L'assistant plongea, sachant que ce n'était pas le moment de se poser des questions. Tharanil hésita une seconde de trop. Un épais rayon bleu, presque blanc, jaillit du sceptre et traversa son thorax, grillant la plupart de ses organes internes dans un ultime déferlement de souffrance. Le brave demi-elfe n'eut pas le temps de repasser sa vie au ralenti qu'il se trouva debout au paradis des aventuriers, un verre d'hydromel à la main. Un archange débonnaire lui souriait et lui proposait de trinquer. Il lui tendit un formulaire :

— Vous aviez des points de destin ?

Dans le monde des vivants, Zangdar triomphait. Le corps de sa victime finissait de s'effondrer quand il se rendit compte de son erreur. Il avait déchaîné beaucoup trop de puissance dans le sort, et une fois de plus oublié d'en maintenir le contrôle. Le rayon muta brusquement. Une tornade énergétique, sortie de nulle part, se matérialisa près de l'écurie et arracha en partie la façade de l'auberge. Les chevaux hennirent de terreur. Des voix humaines leur firent écho, depuis l'intérieur de la bâtisse.

La tornade grandissait, avalait la bicoque en même temps qu'un incendie se déclarait dans les structures de bois.
— Oh ! là là ! gémit Reivax en sautant sur la charrette.
Le sorcier lâcha son sceptre et empoigna les sangles de l'attelage, pour éviter de chuter dans une embardée. Leur cheval s'était trouvé une seconde jeunesse, il repartait au galop dans la plaine, fuyant d'instinct dans la direction opposée au sinistre.
Zangdar, peinant pour se maintenir assis, regarda tout de même par-dessus son épaule. Il ne pouvait plus rien faire, le sortilège était devenu entropique et vivait sa propre vie. L'auberge flambait, c'était bien dommage. Une auberge presque neuve.

Et zut, c'était toujours la même chose.

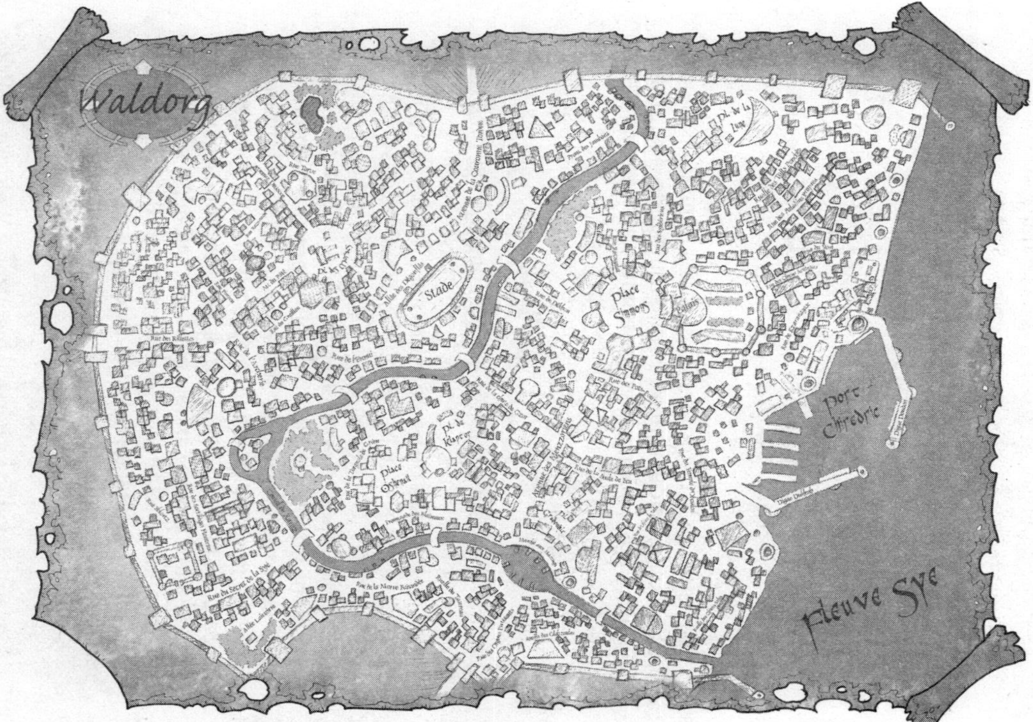
Waldorg
Stade
Place Simmons
Palais
Fleuve Sye

V

Promenade à Waldorg

L'avenue de la Couronne Tordue. Le chemin qui fut jadis foulé par les monarques les plus puissants, les armées conquérantes, les mages et les érudits qui écrivirent l'histoire. Des pavés presque propres, des maisons salubres, des commerçants bien peignés et une odeur tout à fait supportable. Tout l'inverse de la banlieue.

Les aventuriers se trouvaient à l'entrée de la plus belle cité du monde connu. Depuis cette grande avenue ils pouvaient contempler de nombreuses tours, les flèches d'invraisemblables palais, ou les silhouettes massives des bâtiments administratifs. Contrairement à Glargh, on ne souffrait pas ici d'un sentiment d'écrasement dû à l'agencement particulièrement chaotique des habitations et des commerces. Tout était réglementé au travers d'un grand nombre de textes de lois et d'un rigoureux plan d'occupation des sols. Le Barbare lui-même était surpris de la sérénité du lieu. Son mal de tête s'estompait déjà et il avait oublié sa soif. Ils restèrent ainsi quelques minutes, admirant le panorama, détaillant l'architecture, et pour ce qui concernait l'Ogre, reniflant les possibilités culinaires. Il savait déjà qu'un grilladin se tenait non loin de là.

L'aventurier était en général bienvenu à Waldorg, contrairement à bon nombre de classes défavorisées. C'était le penchant obscur de la cité : on préférait éviter de gérer les problèmes sociaux. Les gardes refusaient l'accès aux mendiants, aux camelots, aux paysans, aux nomades, aux enfants non accompagnés, aux jeunes sans travail, aux chiens errants, aux créatures qui ne parlaient pas la langue, aux gens trop âgés, aux filles moches. La cité s'ouvrait au commun des mortels deux fois par mois à l'occasion du *Grand Marché Populaire*, ce qui permettait de justifier la présence à l'extérieur de tous les laissés-pour-compte de la société. Ils venaient ici pour se faire concurrence, et la population de Waldorg bénéficiait ainsi de tarifs intéressants pour les biens de consommation courants. Un système un peu pourri, quand on y réfléchissait. Mais tous ceux qui avaient le droit d'y vivre s'en fichaient éperdument, dans la bonne tradition de l'égocentrisme humain.

Ces règles ne s'appliquaient pas aux aventuriers, fort heureusement. Ils représentaient en Terre de Fangh un puissant moteur économique. Ils constituaient également pour les bourgeois et les mages une main-d'œuvre bon marché, puisqu'on pouvait leur commander d'exécuter diverses tâches ingrates. La présence d'une force militaire importante dans l'enceinte de la ville, épaulée par un grand nombre de mages puissants, garantissait de toute façon qu'aucun baroudeur ne pourrait semer la pagaille, ou alors pas longtemps.

Le Ranger fit quelques pas pour étudier le plan de la ville qui se trouvait disposé de façon très pratique sur un grand présentoir, à côté d'une petite fontaine. L'ensemble était illuminé par un procédé magique et sans doute pareillement protégé des intempéries. Au-dessus du panneau, un bandeau publicitaire précisait qu'on pouvait acheter des vêtements de qualité chez Rompirz, au 37 de l'avenue des Syldériens. De nombreux symboles indiquaient sur le plan l'emplacement des boutiques et des bâtiments les plus importants.

143

— Je crois que j'ai changé d'avis ! lança le rôdeur à la Magicienne. Cette ville est absolument géniale !

Le Nain lui-même était très impressionné. Il n'avait jamais vu de telles pierres utilisées pour bâtir les maisons. Il se serait sans doute fâché s'il avait su que ces pierres n'étaient pas des vraies, et qu'elles étaient souvent le résultat de procédés magiques ou alchimiques douteux. Les mages étaient si nombreux à Waldorg qu'ils participaient activement aux tâches de la vie quotidienne. Ils avaient par exemple contribué à la construction de nombreux ponts sur le canal de Xaraz.

L'érudite examina le plan à son tour. Elle constata l'existence d'un grand nombre de boutiques de sorciers. C'était exactement comme l'avait décrit le professeur Pockovsky à l'université, une ville magnifique à partir du moment où on avait le droit d'entrer.
— Je pense que ça ne va pas être trop difficile de trouver quelqu'un pour la résurrection ici, souffla-t-elle en ajustant sa sacoche.

Ils avancèrent dans l'avenue de la Couronne Tordue, attentifs aux moindres détails. Plus loin, ils furent accostés par un jeune homme en uniforme bleu, coiffé d'un curieux chapeau carré. Celui-ci travaillait pour l'office du tourisme et s'empressa de leur distribuer des dépliants de la ville. On y trouvait majoritairement des informations publicitaires. La Meilleure Saucisse de la ville, chez la Mère Chapuis ! Promotions permanentes sur les potions, chez Mulfido, 15 rue de la Chute de Gzor. Les boucliers Saldur, les boucliers qui durent. Tous les chapeaux rigolos, à l'Antre aux Chapeaux, place des Moriacs. Les friteuses Zaibe, les friteuses Zaibe ! Je dis oui aux friteuses Zaibe !
La Magicienne questionna l'employé :
— Vous savez où on peut louer les services d'un mage de haut niveau ?
— C'est pour une urgence, ajouta le Ranger.

Il désigna le brancard de l'Elfe, soutenu par un ogre affamé et un barbare taciturne.

— Attendez un instant ! s'empressa le jeune homme. Je vais vous trouver ça !

Il s'en alla fouiller dans un petit kiosque en bois.

— C'est plutôt cool, ces gens qui rendent service ! s'enthousiasma le Ranger.

— Mouais, grogna le Nain. Mais c'est sans doute payant !

Il dardait un œil méfiant sur le costumé. Le Barbare, de son côté, cherchait des yeux l'enseigne d'un débit de boissons.

— Je suppose que tout ça doit être payé par les impôts des habitants, bougonna la Magicienne en étudiant son dépliant.

Le préposé au tourisme fut bientôt de retour, consultant un épais livre relié de cuir teinté. Ils notèrent quelques adresses de mages, mais furent déçus de savoir qu'ils devraient attendre le lendemain pour leur rendre visite. Les mages ne travaillaient jamais après seize heures trente, et c'était déjà presque l'heure du dîner. Le syndicat imposait des plages de travail strictes pour décourager la concurrence déloyale.

— Mais alors, on fait quoi, nous ? s'impatienta le rôdeur.

Le jeune homme leur désigna la rue :

— Voilà ce que je vous propose : trouvez-vous une bonne auberge, et laissez-y votre malade en attendant demain. Vous pouvez toujours la faire patienter en achetant une potion de soin, les échoppes sont encore ouvertes pendant une heure. Profitez de la soirée, les amis ! Tenez, ces autocollants sont pour vous.

La Magicienne s'empara d'une poignée de petits parchemins ronds, sur lesquels un artiste avait calligraphié le logo suivant : « J'♥ Waldorg. »

— Il faut payer ? s'inquiéta le Nain.

Le préposé haussa un sourcil et se pencha vers le barbu en récitant son texte :

— Mais non, maître Nain ! Ces autocollants vous sont offerts par l'Office du Tourisme. Nous vous souhaitons un merveilleux séjour !

Puis il s'en retourna vers son kiosque en chantonnant, son grimoire sous le bras.

— Y a une auberge là-bas ! déclara le Barbare.
— Allons-y !

Ils se précipitèrent vers l'enseigne de la cambuse. Leur chemin fut barré par un homme en robe rouge et jaune, qui jaillissait d'une petite échoppe en s'époumonant. Il s'exprimait avec un fort accent de l'Est :

— Mais c'est du vol ! Arh ! Du vol pur et simple ! Vous n'êtes pas près de me revoir ici !
— Mais, monsieur… balbutia le boutiquier sur le pas de sa porte.
— Cinq pièces d'or pour un paquet de café ? Vous nous prenez pour des brebis ? C'est inconcevable ! Arh !
— Monsieur ! pleurnicha l'épicier. C'est que le café est un produit de luxe !
— Si vous le vendiez à un prix normal, ce serait un produit comme les autres !

Le mage se tourna vers les aventuriers, qui demeuraient frappés de stupeur. Ils connaissaient l'individu, pour l'avoir rencontré sur un chemin près d'Arghalion. Ce dernier ne semblait pas surpris le moins du monde.

— Tiens ! vociféra-t-il. Vous êtes encore là, vous ? Comme par hasard, quand quelque chose ne va pas, je vous retrouve sur mon chemin !
— Heu… Bonjour, cher ami ! risqua la Magicienne.
— Professeur von Schrapwitz ! Et je ne suis l'ami de personne ! Arh ! Et surtout pas des marchands de café. Maintenant je vous conseille de vous pousser, ou bien vous allez pouvoir tester les capacités d'un nouveau sortilège incendiaire ! Arh !

Ils s'écartèrent pour laisser passer le mage flamboyant. L'homme, décidément peu fréquentable, descendit l'avenue d'un pas nerveux, agitant les bras et parlant tout seul.

— Eh ben ! soupira le commerçant. Il devrait arrêter le café, celui-là.

Puis il s'en retourna vers la pénombre rassurante de son échoppe.

La compagnie se pressa jusqu'à une grande auberge proche du stade, *Le Sportif Rassasié*. Ils réservèrent deux chambres dotées de plusieurs lits puis déposèrent l'Elfe dans l'une d'elles avant d'aller se restaurer. Ils discutèrent du prix avec la gérante de l'établissement, une dame assez forte vêtue d'une robe à fleurs et d'un tablier gris. Celle-ci exigeait en effet le paiement d'une part supplémentaire pour l'Ogre, et précisa qu'il leur faudrait tenir à l'œil ce curieux gnome au nez pointu. C'est au moment de régler l'avance du séjour que le Ranger constata l'absence de bourse à sa ceinture.

— Bon sang ! s'exclama-t-il en retournant ses poches. Mon fric a disparu !

— T'avais qu'à faire attention ! grinça le Nain.

La patronne de l'établissement s'impatientait. Elle enjoignit le rôdeur de trouver rapidement de quoi payer, sous la menace de les renvoyer tous à la rue dans les plus brefs délais.

— C'est bon ! s'interposa la Magicienne. Je vais régler... De toute façon ça ne change rien, on partagera plus tard.

Elle déposa quatre pièces d'or au creux de la main avide de la commerçante.

— Voilà qui me rassure, s'excusa la grosse dame. J'avais peur que vous ne soyez un genre de groupe de vauriens ! Vous n'imaginez pas ce que les gens vont parfois inventer pour obtenir des ristournes !

— Mais je vous jure qu'on m'a volé ma bourse ! gémit le Ranger en continuant de fouiller ses vêtements.

La gérante s'en retourna vers ses activités, en ajoutant :

— Ça m'est égal, mon petit pote. Du moment que j'ai mon compte...

Le rôdeur vérifia une nouvelle fois son équipement sous les quolibets du Nain et finit par se résigner. On lui avait bel et bien dérobé son pécule. Ils furent d'accord pour mettre l'incident sur le compte d'un voleur caché dans les rues de la banlieue de Waldorg. On s'y trouvait pressé de toutes parts, on ne pouvait surveiller tous les gens bizarres qui s'y croisaient. C'était l'endroit rêvé pour pratiquer le métier honteux de tire-laine.

— Si tu veux mon avis, c'est un coup de ce sale gamin ! affirma le courtaud.

— Mais non ! réagit la Magicienne.

— Rhaaaaa, j'en ai marre ! s'emporta le Ranger. C'est toujours sur moi que ça tombe, ce genre de conneries !

— C'est parce que tu fais pas attention ! insista le Nain. Les pièces d'or, c'est sacré ! Il faut les surveiller ! Tiens ! Moi, par exemple...

Il porta la main à sa ceinture, à l'endroit où se trouvait habituellement sa bourse. Il ne rencontra que le vide. Il sursauta, et ses yeux lancèrent brusquement des éclairs :

— Ma bourse ! Par toutes les enclumes du Grand Forgeron ! On m'a volé ma bourse ! C'est impensable ! Ce n'est pas possible ! Alerte ! Des voleurs ! Des salauds de brigands sont cachés dans la population !

Il s'égosilla en tournant sur lui-même, comme si son escarcelle pouvait être dissimulée derrière lui. Il attira l'attention des clients de l'auberge sur le petit groupe, et les regards hostiles du personnel.

— Mais tu y avais mis toutes tes économies ? s'inquiéta l'érudite.

— Mais non ! s'emporta le Nain. J'avais douze pièces d'or et six pièces d'argent dans cette bourse ! J'ai planqué le reste dans mon sac à dos !

— Mince alors, pleurnicha le rôdeur. J'aurais dû faire pareil !

Ils s'insurgèrent ensemble contre la méchanceté du monde, alors que le reste de la compagnie s'installait autour d'une table.

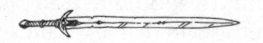

BULLETIN CÉRÉBRAL DU NAIN

Mes pièces d'or ! Mes belles pièces d'or brillantes ! Disparues ! Je suis sûr qu'elles sont dans les poches de cet horrible gamin tout maigre, celui qui faisait semblant d'être notre ami avec des sourires hypocrites. Ou alors, le vieil homme tout bizarre qui vendait les poulets. Ou encore ces deux types aux vêtements sales qui squattaient près du marchand d'épices. Oh, et puis zut, j'en sais rien ! Y a tellement de monde dans cet affreux quartier. C'est vraiment dégoûtant. Il n'y a pas de mots pour qualifier la bassesse de ces gens. Voler les pièces d'or d'un Nain ! Honte sur les humains ! Qu'ils soient maudits jusqu'à la centième génération ! Qu'on leur enduise les mains et les pieds avec du miel et qu'on les lâche dans un nid de fourmis géantes ! Qu'on leur coule du métal fondu dans la bouche ! Qu'on les oblige à lire des catalogues de peignes ! Mais j'y pense… Tout ça, c'est la faute de l'Elfe en fait. À cause de sa chute dans la rivière, me voilà presque ruiné ! Il me reste à peine cent pièces, qu'est-ce que je vais devenir ? Je n'aurai jamais ma hache Durandil si ça continue. Mais pourquoi j'ai accepté de venir ici ? Ah oui… Les points d'expérience. J'avais oublié.

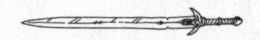

La soirée fut morne, heureusement dépourvue de nouvel incident. Ils dînèrent d'un ragoût de viande en sauce accompagné de soupe aux fèves, en arrosant l'ensemble d'un vin aux épices un peu aigre. L'auberge se remplissait de voyageurs à mesure que l'heure avançait, et se retrouva bien vite aussi bruyante que bondée. La clientèle faisait montre d'une certaine méfiance à l'égard de l'Ogre, si bien que personne ne s'approcha de la table, et qu'aucun ivrogne n'eut la mauvaise idée d'asticoter les aventuriers. On était tout de même loin de l'ambiance rurale de Kligush.

Le Ranger boudait et s'en prenait toutes les cinq minutes à la Magicienne. Il la tenait pour responsable de la traversée de ces quartiers sordides et du vol de ses deniers. Cette dernière expliqua que ces malheureux ne faisaient pas exprès de vivre dans la pauvreté, et que la précarité de leur situation était bien souvent la conséquence de l'indifférence des plus riches. Quant au Nain, il refusait de parler. Il tenait son coffret coincé entre les jambes, de peur qu'un autre voleur ne parvienne à s'emparer du reste de son pécule. Le Barbare leur expliqua qu'on lui avait déjà volé sa bourse une fois, mais ça ne consola personne.

Ils vérifièrent l'état de l'Elfe avant d'aller dormir. Celle-ci semblait toujours aussi fragile et sereine, et l'érudite en tira la conclusion que le rituel de conservation avait bien fonctionné. Elle s'installa pour réviser ses sorts à la lueur d'une vieille bougie.

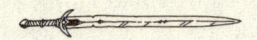

BULLETIN CÉRÉBRAL DE LA MAGICIENNE

Je n'arrive pas à le croire, nous sommes à Waldorg ! Après toutes ces années, je peux enfin découvrir la capitale de la Magie. C'est seulement dommage qu'on n'ait pas plus d'argent à dépenser… Il y a de nombreux magasins réputés, c'est de la folie ! On raconte que certaines librairies de la cité contiennent tant de livres rares qu'elles peuvent rendre fou. Il faudra sans doute que je revienne seule pour en profiter, car je ne vois pas comment je pourrais convaincre le Nain et le Barbare de mettre les pieds dans une bibliothèque. J'espère qu'on n'aura pas trop de problèmes pour la résurrection de l'Elfe, parce que sinon je crois que les autres vont m'arracher les bras. Il faut absolument que je récupère un peu d'énergie astrale pendant qu'on est en ville, on ne sait jamais. Je ne peux même plus lancer le moindre tourbillon de Wazaa !

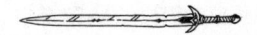

La nuit fut reposante et sans histoire, et les aventuriers apprécièrent de prendre un petit déjeuner ailleurs que dans une grotte ou la salle abandonnée d'un temple perdu. Ils partirent ainsi du bon pied à la conquête des rues de la cité. Il fallait désormais visiter les mages susceptibles de les aider à ramener l'Elfe à la vie.

Le premier d'entre eux, Yeronimus Boulak, s'emporta dès qu'on lui mentionna l'origine de la personne à ressusciter. Il refusait de travailler pour les Elfes Sylvains, qui selon lui « ne méritaient pas le mal qu'on se donnait, puisqu'ils passaient leur temps à décéder bêtement et à marcher dans les pièges ». Ils furent donc renvoyés dans la rue avant même d'avoir pu discuter d'un prix. Le Nain insista pour serrer la main du mage, qu'il trouvait fort sympathique et très lucide.

Le sorcier qui habitait au bout de la rue Ravsgalatt n'était pas chez lui. Une pancarte indiquait : « Fermé pour les vacances – adressez-vous à mon secrétariat pour prendre un rendez-vous. » La compagnie décida de se rendre directement à une autre adresse.

Ils traversèrent ainsi les quartiers huppés de l'est de la ville, dominés par le gigantesque palais de la place Simmons. La Magicienne fut bien tentée de faire une visite à la Grande Bibliothèque à Géométrie Variable de la rue des Syldériens, mais le temps leur était compté. Ils louvoyèrent entre de grandes bâtisses à colombages et parvinrent au bout de la rue des Chiens Sauteurs, où se trouvait la tour carrée du célèbre Albert Piaros. C'était un édifice à l'architecture sobre de quatre étages, au toit pointu et qui ne jurait sur le reste des constructions que par sa couleur. Il était construit dans une pierre étrange, jaune paille aux reflets irisés, qui plongea le Nain dans une grande perplexité. Ça n'était pas très naturel tout ça. Une plaque dorée indiquait :

ALBERT PIAROS
Grand mage multi-spécialisé
Illusion, Terre, Généraliste
Intervention en milieu scolaire
Tous travaux sur commande
Consultations avec ou sans rendez-vous

— Mais oui ! C'est lui ! s'exclama la Magicienne.
Les compagnons examinèrent tour à tour la plaque et leur camarade rousse, mais ils avaient beau faire, ils ne comprenaient rien.
— Albert Piaros ! insista-t-elle en tournant les pages d'un grimoire.
Elle ne tenait plus en place, se tortillait comme un cafard sur une plaque chauffante.
— Eh ben, quoi ? grogna le Nain. Il joue du trombone ?
— Mais non ! C'est l'inventeur du sort d'invisibilité qu'on trouve dans le Grimoire des Ordres Néfastes ! Un sort d'illusion pour les mages non spécialisés !
— On entre ? maugréa le Barbare.
Sans prêter attention à la remarque du chevelu, la Magicienne enchaîna :
— Il a également écrit le sortilège de résurrection ! Et celui de la télépathie ! Oh ! là là !... Et le rocher destructeur au niveau quatre ! Et le monstre illusoire... Bon sang, c'est une véritable vedette ! Un grand savant !
Le Nain se grattait la barbe, ne sachant trop s'il fallait lui mettre une gifle pour la calmer, ou lui renverser une gourde sur la tête.
— Hé ho ! s'impatienta le Ranger. C'est très intéressant tout ça, mais je te rappelle qu'on est là dans un but *précis*. Il faudrait se concentrer un peu sur la mission !
— C'est ça, ouais ! ronchonna le courtaud.

La Magicienne sembla retrouver ses esprits. Elle vérifia l'état de sa tenue, et dégagea ses cheveux.
— J'ai vraiment une mine affreuse ! gémit-elle.
Le rôdeur se précipita sur la brèche :
— Ça change pas beaucoup des autres jours…
Un regard chargé suffit à lui conseiller de la boucler.

Ils actionnèrent le heurtoir, un imposant gadget articulé en forme de patte de saurien. Il produisait un grincement des plus étranges, et dont chaque coup semblait résonner dans les étages à la manière d'un tambour de guerre gobelin. Ils attendirent plus d'une minute et la lourde porte s'ouvrit sous la poussée d'Albert Piaros lui-même.
C'était un homme dans la force de l'âge aux cheveux courts et aux tempes grises, qui présentait un front soucieux et un regard pénétrant. Il portait une robe de sorcier d'étude, en tissu léger qu'on gardait chez soi pour éviter d'avoir trop chaud. L'étoffe d'un bleu nuit profond était agrémentée de quelques runes discrètes de couleur or, et d'un réseau de galons cuivrés représentant des éclairs. L'ensemble était d'assez bon goût et inspirait le respect. Il constata d'une voix grave :
— Hum. Des aventuriers.
Il détailla rapidement les membres du groupe. Il s'attarda sur la Magicienne, dont le visage rouge et les mains tremblantes ne parvenaient pas à masquer son embarras. Il haussa en sourcil en constatant qu'un gnome au nez pointu juché sur un brancard de fortune lui faisait un signe de la main. Il remarqua l'Ogre, et le Nain qui s'était penché pour examiner de plus près la pierre de la tour.
— J'ai des problèmes en ce moment, s'excusa-t-il. Tous les jours, des disciples de Tzinntch viennent frapper à ma porte pour me vendre leurs brochures à la noix. Vous ne semblez pas faire partie d'une secte.
Le Ranger se décida :
— C'est exact, monsieur le mage. Nous avons un problème, avec une elfe morte par noyade. Nous cherchons un moyen de la résurrectionner.
— De la *ramener à la vie*, corrigea la Magicienne.

Ils s'écartèrent pour lui laisser voir le corps prisonnier du cocon de couvertures.

Le sorcier plissa les yeux, en découvrant le visage de la pauvrette. Il soupira :
— Elfe Sylvain, pas vrai ?
Le Ranger et le Nain échangèrent un regard lourd de sens.
— Heu… Oui, oui, Votre Honneur ! confirma l'érudite en enlevant son chapeau.
— Toujours les premiers à tomber dans les pièges, ceux-là…
Albert Piaros traîna les pieds jusqu'au brancard, et se pencha pour ausculter l'archère. Il souleva sa paupière pour examiner ses yeux, passa un doigt sur sa joue et renifla ses doigts. Puis il s'adressa à la Magicienne :
— Votre *gardien de l'essence primale* est plutôt réussi, jeune fille.
— Merci ! gloussa l'intéressée.
Ses joues devenaient pivoine. Rencontrer un auteur célèbre du monde de la magie, ça n'arrivait pas tous les jours. Bien sûr, elle ne savait pas que le professeur Cham von Schrapwitz, croisé par deux fois, était lui-même un grand auteur spécialisé dans les disciplines du feu. Il était difficile de se l'imaginer ainsi quand on avait devant soi ce personnage au caractère emporté, à l'étrange accent et aux vêtements criards.

Piaros poussa le vantail de sa porte en grand pour leur permettre d'accéder à l'intérieur de sa demeure.
— Je suppose que vous avez eu connaissance des tarifs de *ma* résurrection ?
Le courtaud grimaça, mais le Ranger lui mima la *scène du nain qu'on écrase entre deux enclumes*. Il ne devait pas parler, surtout pas maintenant. Et il n'avait plus le droit de contester les décisions financières du groupe depuis qu'il avait déchiré les reçus bancaires de Gontran Théogal.
— Eh bien… Quatre mille pièces d'or environ ? bredouilla la Magicienne.
— Cinq mille, précisa le mage comme si c'était naturel.

Le rôdeur s'approcha du barbu, pour éventuellement l'empêcher de pousser des hurlements en frappant sur son casque.

— Vous pouvez trouver moins cher, précisa le mage en jaugeant l'air déconfit des aventuriers. Mais pour ma part, je ne rate jamais ce rituel.

— Oui, c'est sûr… murmura l'érudite. Après tout, c'est vous qui l'avez inventé.

— Il faut bien l'admettre. Alors, vous avez de quoi payer ?

La Magicienne lui exposa la situation. Ils ne possédaient pas la somme en devises, mais se trouvaient détenir la *couronne de Pronfyo*, un objet de grande valeur. Piaros observa également que l'érudite portait la *robe de l'Archimage Tholsadūm*, mais fut peiné de savoir qu'elle ne comptait pas s'en débarrasser. Il aurait bien gardé l'objet dans sa collection de vêtements pour fréquenter les réceptions bourgeoises. Il consentit néanmoins à préserver le corps de l'Elfe dans son atelier jusqu'à ce qu'ils vendent la couronne et lui apportent de quoi payer le rituel.

— Vous comprenez, justifia-t-il, je ne vais pas entasser chez moi tout un fatras de bidules dont je n'ai pas l'utilité. Et je n'ai pas que ça à faire de courir les marchands d'objets magiques.

— Nous reviendrons bientôt avec la somme, certifia le rôdeur.

— On doit vous le dire souvent, ajouta la Magicienne, mais j'aime beaucoup ce que vous faites !

Alors qu'ils allaient repartir, le mage accepta de signer à l'érudite un exemplaire de son livre *Maîtrise des polarités flakiennes*, pendant que le reste de la bande s'impatientait. Ils discutèrent un temps fou des augmentations par tranches saltasiques, de la dérivation transmoléculaire du mana, de l'application du bonus de puissance aux résultats d'un sortilège d'éclairs en chaîne, des stipules déphasées sur les bagues d'intelligence, des flux cosmoploubiques, des bâtons produits par la société Romorfal, de l'armure de Fulgör, de la décadence des disciplines nécromanciennes, de la prétendue disparition des Talifurnes et de l'avantage d'ajouter du sel dans un ragoût. Puis, voyant que le Nain et le Barbare étaient rouges et agités, l'érudite poussa ses compagnons vers la sortie.

— Revenez en milieu d'après-midi ! leur conseilla Piaros. Je vais préparer la salle de travail pour le rituel.

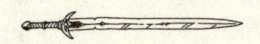

BULLETIN CÉRÉBRAL DE LA MAGICIENNE

J'ai un autographe du célèbre Albert Piaros ! Quand je vais raconter ça à ma cousine, elle va sans doute bouder pendant six mois ! Je n'arrive pas à y croire. C'est un homme si charmant, si bien élevé, si intelligent. Je me demande ce qu'il va penser de moi, avec les équipiers que je me trimbale. Enfin, pour une fois, ça n'a pas été trop difficile, heureusement que personne n'a décidé de se moucher dans les rideaux ou de raconter l'accident du tourbillon de Wazaa.

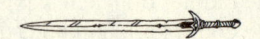

BULLETIN CÉRÉBRAL DU BARBARE

Les gens qui font de la magie sont vraiment chiants. Ils ont des vêtements pas normaux. Ils parlent avec des mots qui n'existent pas. Ils n'ont pas d'épées, pas de casque, et pas de sac à dos pour mettre le jambon. J'ai encore mal à la tête.

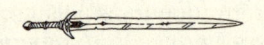

BULLETIN CÉRÉBRAL DU RANGER

Voilà, nous avons réussi à trouver un mage résurrectionneur ! C'est un peu cher mais bon… Il a l'air de s'y connaître, et il faut voir aussi tout ce qu'on va gagner comme expérience ! Et tout ça sans avoir besoin de tuer des monstres dangereux qui vous arrachent les intestins. Le mage nous a conseillé d'aller vendre la couronne dans le grand magasin d'équipement de Gurdu-la-Jaille, au sud de la ville, sur la promenade des Blaireaux. Il a dit qu'on trouverait facilement cette rue, je me demande pourquoi. En attendant, on a déjà marché toute la matinée, c'est le moment d'aller manger.

Les aventuriers déjeunèrent sans excès dans une modeste taverne de la rue des Pots-Pourris. Le Nain s'était renfrogné de plus belle, depuis qu'il connaissait le prix de la prestation de résurrection. Il prétextait que le mage devrait faire des ristournes pour les Elfes parce qu'ils font toujours n'importe quoi, et que de ce fait leur vie ne valait pas aussi cher que celles des autres gens.

Gluby, qui se sentait diablement inutile depuis le sauvetage de l'Elfe, se livra sur une table à quelques acrobaties et à divers exercices de contorsion. Il attira rapidement les regards amusés des clients et les applaudissements du patron. Il récolta ainsi une vingtaine de pièces d'argent qu'il partagea ensuite avec ses camarades.

Le Nain s'en trouva revigoré :
— C'est pas si mal d'avoir un gnome, en fait ! Il nous file des pièces, et il bouffe que des mouches...

Il calcula ensuite qu'à raison de vingt spectacles de Gluby par jour, ils pourraient gagner quotidiennement entre douze et cinquante pièces d'or par personne en buvant des bières, et que c'était un moyen pratique d'économiser pour s'acheter des haches Durandil. Mais la Magicienne n'était pas d'accord et le Barbare préférait taper les gens pour voler leur bourse, car c'était plus rapide et qu'il s'ennuyait à glander.

Bien loin, très loin vers l'ouest, se tenait la ville de Filouik. C'était une bourgade miteuse mais d'importance non négligeable si l'on considérait la taille modeste des hameaux dans cette partie du pays. Elle se tenait à l'ombre de la grande forêt des Chênes d'Ulgargh et il semblait y avoir un microclimat de morosité perpétuelle au-dessus des maisons de torchis. Les masures étaient présentement recroquevillées sous un ciel chargé de nuages bas qui n'amélioraient en rien l'ambiance. Néanmoins le village se révélait plus intéressant que Valtordu, et presque aussi peuplé que Chnafon. Il fallait juste éviter de froisser les habitants, des paysans qui passaient pour être les plus susceptibles de tout l'ouest du pays. Cette dernière particularité les rapprochait malheureusement des barbares syldériens.

Deux hommes sortaient d'un pas décidé de l'auberge du *Bûcheron Manchot* et il faut bien avouer qu'ils avaient fière allure dans leurs atours de voyage flambant neufs. Le plus grand portait un ensemble de soie noire, un surcot de cuir sombre et des bottes montantes et souples. Derrière lui se déployait à chaque pas l'ombre de sa grande cape anthracite à capuche assortie. Son acolyte se dandinait à sa droite dans une tenue moins lugubre, une ample tunique d'un vert profond sur des braies de couleur fauve. Il se frottait les mains et vantait les mérites de la cuisine locale :

— C'est une fameuse idée, Maître, d'ajouter des champignons dans un pâté en croûte.

— Puisque je te dis que ces détails m'indiffèrent !

— Mais nous avons fort bien mangé !

— C'est vrai, mais ce n'est pas une raison pour en parler toute la journée. Nous avons du travail !

— N'empêche, cette crème de concombres, ça valait le coup.

— La ferme !

Zangdar savourait le retour de l'énergie astrale dans ses veines. Il avait trop souvent compté sur sa sphère d'invincibilité parfaite et pensait qu'il était temps de donner un coup d'éperon à sa carrière de sorcier. Son échec de la veille au relais routier lui avait laissé un goût amer dans la bouche, en même temps qu'une bonne dose de motivation. Le rayon d'Alkantarade n'était qu'un sortilège de niveau trois et il avait échappé à son contrôle. Il devait trouver une solution pour pratiquer son art dans de meilleures conditions, en évitant par exemple de dévaster tout le périmètre à chaque incantation.

Ils avaient passé la nuit dehors une fois de plus, après avoir échappé à une meute de coyotes affamés dans la plaine. Pour s'en sortir, ils avaient abandonné aux canidés sauvages leur cuisse de sanglier. Le duo maléfique avait ainsi rallié en fin de matinée le village de Filouik. Comme Reivax l'avait estimé, la vente des armes récupérées dans l'équipement des chevaucheurs de sangliers leur avait rapporté une petite fortune auprès d'un négociant local. Ils avaient ensuite fait l'acquisition d'un meilleur cheval pour leur attelage, après que Zangdar se fut fait mordre par l'ancien. Leur pécule leur avait également permis de changer de vêtements et de réserver une excellente chambre pour la nuit prochaine. Le sorcier avait délaissé la robe, symbole de sa condition, pour une tenue plus adaptée à leur statut de voyageurs. Il pensait que ça leur permettrait de se fondre habilement dans la population.

Les deux hommes se rendirent à la demeure de Barann le Tordu, alchimiste et érudit, marchand de poudres et d'ingrédients magiques. Zangdar avait commandé chez lui pendant des années par correspondance avec l'aide des corbeaux-espions. Le négociant lui fournissait de quoi garnir les étagères et fioles de son laboratoire : crapauds séchés, bougies noires au suint de bouc, savon de Fquiepou, herbe grise du marais, poudre de griffe de morshleg, onguent de feu d'Altela, orties du chaos, champignons explosifs, fœtus de lamanthulus, poils de barbe du Géant Vert et autres raretés aux noms imprononçables.

L'alchimiste avait ses quartiers dans une demeure aussi étrange que lui : elle semblait vivre ses derniers jours, et ce depuis fort longtemps. Elle ressemblait à ces vieilles dames pessimistes qui prétendent depuis quinze ans fêter leur dernier anniversaire. Lorsqu'on se tenait à l'extérieur de la bicoque, on avait l'impression qu'on allait se prendre un mur sur le coin de la figure, et ce quel que soit l'angle de vue. Le premier étage était plus large que le rez-de-chaussée et le deuxième dépassait sur deux côtés, de façon asymétrique. La toiture était de guingois et possédait par ailleurs des angles non répertoriés dans les ouvrages architecturaux. Deux petites tourelles vouées à l'observation des astres en dépassaient, comme si elles venaient tout juste de traverser la structure à la manière de champignons opportunistes. L'ensemble se trouvait presque en sortie de ville, sans doute par volonté d'affirmer son caractère étrange.

Barann le Tordu, quant à lui, ne correspondait aucunement à l'image qu'on pouvait s'en faire et son nom lui venait probablement de son curieux logis. C'était un homme sec au visage revêche et au nez busqué, aux yeux clairs et globuleux. Il était vêtu d'une robe élimée de couleur indéfinissable, et chaussé de pantoufles à l'effigie de têtes de lézards. Il fut pour le moins surpris de recevoir la visite d'un client aussi prestigieux. Le marchand n'avait rencontré Zangdar que deux fois en trente ans, à la faveur de réceptions organisées par des sorciers maléfiques de la région. Le maître était encore jeune à l'époque, et tenait à se faire des relations. Pour le reste, leurs échanges s'étaient bornés à des lettres, des commandes livrées par Chronotroll et des paiements tardifs.

— Ah ! Mais... C'est ce cher client, maître Zangdar... susurra-t-il en ouvrant sa porte. Entrez ! Mais entrez donc !

Le rez-de-chaussée de la maison servait de boutique, une échoppe meublée de dizaines d'étagères bourrées de fioles et de boîtes. Il y régnait une odeur assez particulière, sans doute unique en son genre. C'est qu'on y trouvait un mélange d'ingrédients destinés à ne jamais, d'une façon naturelle, se retrouver ensemble. Des animaux empaillés côtoyaient des présentoirs à urnes, des bocaux verdâtres remplis de matières organiques, des colifichets, des serpents séchés, des minéraux, des coffrets, des bourses, des éprouvettes et des amphorettes.

— Bien le bonjour, maître Barann ! s'inclina Reivax. Votre demeure est étonnante.

Zangdar, fidèle à son habitude, délaissa les formules de politesse alambiquées pour se contenter d'un hochement de tête.

— Vous prendrez bien une tasse de tisane ? proposa l'alchimiste.

— Je ne suis pas contre, convint le sorcier. Tant qu'elle ne contient pas de spores de myconides, ou d'ongles de rhinocéros…

Cette plaisanterie typique du milieu magique provoqua l'hilarité des trois hommes.

Ils s'installèrent dans le petit salon, dégagé pour l'occasion de sa chèvre empaillée et de deux squelettes de gobelins sur pied. Une fois célébrées les mondanités d'usage, Barann questionna les deux hommes sur le but de leur visite.

Zangdar se brûla avec sa tisane au goût piquant, et grimaça :

— J'ai besoin d'un certain nombre d'ingrédients, et de quelques conseils. Figurez-vous que la Caisse des Donjons a sournoisement subtilisé ma tour !

Le sorcier raconta brièvement de quelle manière, en utilisant les textes officiels et les notes de bas de page d'un contrat signé trente ans auparavant, un avorton dénommé Brodik Jeanfuret avait pris possession du Donjon de Naheulbeuk, de son laboratoire et de sa bibliothèque. Reivax mentionna également la perte de sa collection de robinets. Zangdar omit volontairement l'épisode des aventuriers voleurs de statuettes, la promenade en dirigeable et leur voyage à travers les étendues désertes de l'Ouest. Ce n'était pas le moment de perdre sa crédibilité. Il prétexta donc un voyage d'agrément.

— C'est incroyable, cette histoire ! s'emporta Barann. Vous n'avez même pas le droit de partir en vacances ?

Zangdar soupira :

— Hélas, non… Il semble n'y avoir aucun répit pour un maître de donjon.

— Il faut vraiment avoir le nez collé sur leurs fichus contrats, gémit Reivax.

L'alchimiste compatissait. On ne pouvait lutter contre la Caisse des Donjons, à moins de posséder le pouvoir et la puissance de Gzor, le seul être maléfique actuellement non affilié à l'Administration. Ce dernier vivait terré dans une incroyable citadelle au pied des Montagnes du Nord et ne désirait entretenir aucun contact avec le monde extérieur. On pensait qu'il préparait sa revanche, sous la forme d'une nouvelle tentative de prise de contrôle du monde.

Barann se pencha pour remplir à nouveau les tasses. Il s'empara d'une plume et d'un parchemin et les trois hommes dressèrent ensemble la liste des ingrédients nécessaires à Zangdar pour un nouveau départ de son activité.

— J'ai également un autre souci, ajouta le sorcier.

— Je vous écoute.

— C'est un petit peu délicat…

— Vous savez que je travaille dans le plus grand respect du secret professionnel…

— Certes.

Le maître dépossédé contempla sa tasse pendant quelques secondes, et murmura :

— J'ai besoin d'un stage de perfectionnement.

L'alchimiste pinça les lèvres. Il essayait de comprendre s'il y avait une blague, si Zangdar jouait la comédie et se préparait à lui faire un pied de nez en hurlant de rire. Un sorcier de sa trempe n'avait sans doute aucune raison de faire un stage, et dans tous les cas ce serait très mauvais pour sa réputation. L'érudit fut cependant convaincu par l'expression craintive de Reivax, et s'efforça de parler posément :

— Hum. Alors vous cherchez quel *genre* de stage ?

Zangdar plongea ses yeux fatigués dans ceux du négociant :

— Un stage de contrôle des sortilèges. Un stage avec une personne compétente et *discrète*.

Il y eut une assez longue période de silence gêné. Barann agitait sa cuillère dans sa tasse pour s'occuper les mains. C'était d'autant plus inutile qu'il avait omis d'y verser du sucre. Il tapait mollement du pied gauche, et la petite langue de feutre rouge s'échappant du bout de sa pantoufle battait la mesure sur le plancher. Il marmonna plusieurs fois :

— Le contrôle des sortilèges. Voyons, voyons...

L'assistant se tordait les mains. Il pensa que le moment était venu d'intervenir :

— C'est que... Vous voyez... Le Maître a de grands pouvoirs... Mais les sortilèges ont tendance à lui échapper ! Alors à chaque fois on se retrouve au milieu d'un cataclysme !

— Pas *vraiment* à chaque fois ! s'insurgea le sorcier en lui lança un regard courroucé. Il y a des moments où ça marche !

— Ah bon ? risqua le petit bonhomme. Et alors, c'était quand votre dernier sort maîtrisé ?

Zangdar inspira, et resta le doigt levé pendant un temps fou. Puis il laissa retomber mollement sa main sur sa cuisse et soupira :

— Je ne sais plus. Je ne sais pas !

Barann considéra tour à tour les deux hommes et s'inquiéta pour l'avenir de son commerce. Il ne fallait pas provoquer la colère d'un sorcier qui déclenchait des sorts entropiques, alors il était temps qu'il brise le secret professionnel. Si cela ne devait avoir lieu qu'une fois dans sa carrière, c'était maintenant, pour une bête question de vie ou de mort. Le négociant reposa sa tasse et claudiqua vers un petit coffret qu'il tenait caché dans le bas d'une étagère au pied de son bureau. Il le posa sur la table basse et tria quelques feuillets. Pendant ce temps, Zangdar dardait son regard féroce sur son assistant, à titre purement malveillant.

L'alchimiste fit « Ha ha ! », et s'en vint reprendre sa place dans le fauteuil mou du petit salon. Il tenait une moitié de parchemin déchiré à la main, et déclara :
— Je vais vous révéler quelque chose, maître Zangdar. Vous devez me promettre de ne pas vous fâcher.
— Je ne suis pas du genre à me fâcher, bougonna le sorcier en fronçant les sourcils.
Reivax tenta de s'enfoncer plus loin dans son fauteuil, en essayant de disparaître au milieu des coussins. Ce n'était pas le moment de raconter les détails sordides de la vie de son maître.
Barann enchaîna :
— Vous devez comprendre. Si j'ai gardé l'information cachée pendant toutes ces longues années, c'est dans le respect du secret professionnel.
— D'accord, d'accord ! Allez-y !
L'alchimiste marqua une pause, et proclama solennellement :
— Vous avez un *cousin*.
— Comment ?

Zangdar s'était levé d'un bond, les yeux écarquillés. Il pensait depuis l'âge de quinze ans avoir perdu toute sa famille, à la suite d'un accident magique impliquant le sortilège du *blizzard infernal de Gluk*. C'était bien pratique de n'avoir aucun proche quand on travaillait dans le domaine du malveillant, ça évitait aux ennemis de trouver des moyens de pression. Voilà qui donnait un sérieux coup de pied dans la fourmilière de ses certitudes.
— Votre cousin est un mage puissant, ajouta Barann.
— J'ai un cousin sorcier ? MOI ? Mais pourquoi ne pas l'avoir dit plus tôt !
— Vous avez promis de ne point vous fâcher...
— Mais je *vais* me fâcher, vous savez ?

Zangdar fit quelques pas dans la pièce, tourna en rond en soufflant du nez. Il laissa ainsi s'échapper la bouffée de colère qui lui était venue spontanément.

— Maître… C'est plutôt une bonne nouvelle ! s'enthousiasma Reivax.

— Je sais ! tempêta le sorcier. Mais ça m'énerve quand même !

L'alchimiste adressa un signe rassurant de la tête à l'assistant prostré dans son fauteuil. Il ajouta quelques détails intéressants à son exposé :

— Votre cousin se fait appeler Silgadiz de Sombrelune. Il s'est installé à Glargh dans une tour et m'a expressément demandé qu'on ne communique son adresse à personne. C'est un mage de niveau treize, et il me semble assez doué si j'en crois les commandes fréquentes qu'il passe à l'un de mes collègues sur place. Nous travaillons parfois ensemble sur des commandes groupées d'ingrédients de haut niveau. Ça fait baisser les prix, vous savez.

Zangdar s'approcha pour saisir d'une main fébrile le parchemin que lui tendait le négociant. Il examina l'ensemble : une adresse griffonnée, et le dessin tarabiscoté d'une tour au milieu d'un croquis du centre-ville.

— Dans une tour à Glargh ? Mais quelle idée grotesque !

— Il faut reconnaître que c'est plutôt avant-gardiste, convint l'alchimiste. D'après ce que j'ai compris, il pense ouvrir prochainement un donjon maléfique en milieu urbain. C'est une sorte de nouvelle niche commerciale, si vous voyez ce que je veux dire.

— Mais voyons, c'est ridicule ! s'insurgea Reivax. Et que fait-on du mystère de la tour isolée au milieu d'une morne plaine battue par les vents et survolée par les corbeaux ?

Barann haussa les épaules :

— Les temps changent, vous savez, la concurrence est rude. Il faut toujours s'adapter pour faire face aux réalités du marché. Et puis vous avez aussi des corbeaux, à Glargh. Ces maudits oiseaux chapardeurs sont partout !

Zangdar plia le parchemin qu'il rangea soigneusement dans une poche de son habit neuf. Il fit claquer sa langue et signala qu'il était temps de préparer sa commande.

— J'irai voir mon cousin à Glargh, c'est une fort bonne idée, admit-il au bout d'une courte période de réflexion. Ce brave homme a certainement plus d'un tourniquet dans sa besace.

— Cette expression ne veut rien dire, Maître !
— Tant pis.
— Silgadiz devrait vous aider à trouver un moyen de régler votre problème de contrôle des sortilèges, le rassura le négociant.

Reivax se réjouissait tant de partir à Glargh qu'il en oublia les convenances. Il se trouva finalement debout sur le fauteuil, gesticulant en piaillant :

— Oh, c'est génial, Maître ! Rendons-nous à la grande cité ! Et puis ce sera plus amusant d'invoquer des monstres en famille !

Un regard chargé de mille tonnes de plomb fondu lui conseilla de ne plus aborder le sujet de la famille. Le sorcier lui indiqua la sortie :

— Va donc chercher de l'or pour payer les ingrédients de M. Barann, bouffon lugubre !

— Oui Maîîîîîîîître !

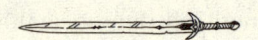

***

Au même instant, dans une salle de réunion du palais de Waldorg, Bifftanaën dit le Calvitié appelait au silence. L'ambiance était chaude – et les discours véhéments – pour cette table ronde qui réunissait les plus puissants échevins de la cité, ceux qu'on appelait « le concile ».

— Je vous en prie, messieurs ! Restons calmes !

Bifftanaën était un demi-elfe bien bâti, d'un âge incertain. Il avait sans doute hérité d'une majorité de gènes humains, puisqu'il se trouvait totalement privé de cheveux. Son crâne luisant et dénudé se voyait ainsi flanqué d'oreilles plus longues que la moyenne. Il était vêtu d'une ample robe rouge sombre, aux manches et au col ornés de motifs argentés symbolisant sa position sociale.

Contrairement à la plupart des demi-elfes hantés par leurs origines troubles, ceux qui choisissaient de vivre en marginaux et ne trouvaient jamais leur place en société, celui-ci avait décidé de s'imposer dans la carrière politique : il était ainsi devenu l'un des plus hauts administrés de Waldorg.

À la droite du demi-elfe se tenait sa secrétaire, qu'on appelait respectueusement « mademoiselle Eirialis ». Il était difficile de la rater, dans son justaucorps de cuir rouge. Ses longs cheveux lisses – d'un noir profond agrémenté de curieux reflets bleus – et son visage allongé contribuaient à faire ressortir ses yeux verts et calculateurs. Sa bouche pulpeuse semblait éternellement figée sur le même sourire narquois, son buste était assez généreux, et son corps à la fois souple et nerveux. Peu de gens toutefois disposaient d'un culot suffisant pour détailler son anatomie : la bougresse jouissait d'une « certaine réputation ». On chuchotait dans les couloirs qu'elle pratiquait la magie démoniste, qu'elle entretenait d'étranges relations avec son patron, qu'elle était capable de boire du métal fondu, qu'elle se fouettait le dos pendant des nuits entières, qu'elle maîtrisait des sortilèges de Tzinntch, qu'elle collectionnait des organes momifiés, qu'elle avait un piercing au nombril et qu'elle prenait des bains dans des baquets de sang. Les collaborateurs de Bifftanaën avaient émis l'hypothèse qu'elle était la fille d'un Golbargh et d'une princesse déflorée à la pleine lune. Elle aurait ainsi gardé le caractère de son papa et la faculté de séduction de sa pauvre mère.

Elle se tenait pour le moment assise et prenait sagement des notes sur une petite pile de parchemins. Le calme avant la tempête sans doute. Deux sièges vides à sa droite témoignaient de la crainte qu'elle inspirait aux autres dignitaires de l'assemblée.

Bifftanaën le Calvitié et Morwynn Eirialis

Cinq autres personnages assistaient à la réunion de crise. Les hommes parlaient tous en même temps et brandissaient des parchemins couverts de chiffres alarmants.

— Ce n'est plus possible ! scanda le trésorier Ménorin. Les recettes du trimestre sont pitoyables !

L'intendant Flubert, un homme sec aux cheveux hirsutes, hocha la tête et enchérit :

— La situation nous échappe, Biff.

— Et le pouvoir ne va pas tarder à en faire de même, ajouta Kurt Yeleb, le responsable de la Sécurité Intérieure.

— Et toujours à cause de ces maudits brasseurs de Glargh ! tempêta Ménorin.

Bifftanaën se leva et avança ses deux mains en signe de reddition. Il imposa ainsi quelques secondes de silence et fut à même de s'exprimer :

— Inutile de paniquer, messieurs. Nous avons quelque chose à vous proposer.

Le secrétaire aux Affaires Magiques et le médiateur de Commerce discutaient entre eux d'un problème de taxe sur les accessoires destinés aux sorciers. Morwynn Eirialis détacha les yeux de son parchemin pendant quelques secondes, assez longtemps pour leur lancer d'une voix glaciale :

— Messieurs Ravinic et Pichembon ? Serait-il possible d'obtenir votre attention ?

Les deux hommes s'interrompirent immédiatement, se redressèrent et firent face au Calvitié en prenant soin de ne pas croiser le regard de son assistante. Ils tentaient de rester dignes, ce qui leur donnait l'expression embarrassée des adolescents surpris par leurs parents avec les doigts dans un bocal à confiture.

— Bien ! commença Bifftanaën. Nous avons réfléchi à la situation. Morwynn, veuillez nous rappeler les faits, s'il vous plaît ?

La secrétaire délaissa son parchemin pour énumérer :

— Nous avons perdu huit pour cent de parts de marché sur le commerce des boissons, et la fréquentation touristique a baissé de douze pour cent. Plusieurs incidents avec les nomades ont été rapportés par les gardes en faction aux portes de la cité, qui font suite aux revendications des guildes concernant les lois de circulation des personnes extérieures à la ville. On peut ajouter que les trois dernières négociations politiques sur les taxes associées aux échanges de biens ont été remportées par le conseil des moines brasseurs de Glargh.

— Et que faire avec mon problème de blattes géantes ? s'inquiéta Kurt Yeleb.

Bifftanaën le couva d'un œil réprobateur :

— Ce n'est pas à l'ordre du jour, mon cher. Le problème de *Blattus Chaotis* est intérieur à la cité, et nous essayons d'étouffer l'affaire.

— Si vous le dites…

La redoutable Morwynn dégagea de son front ses cheveux brillants et enchaîna :

— Des événements récents ont montré que l'influence politique de Glargh était grandissante, et que la cité serait à même de retrouver son titre de capitale dans quelques années si on ne fait rien pour l'en empêcher. Le pays pourrait ainsi retomber dans la désorganisation la plus totale.

— C'est insensé ! protesta Flubert.

— Et nous perdrions nos revenus ! s'insurgea le trésorier.

— De quels événements parlez-vous ? questionna le mage Ravinic. Je n'ai pour ma part entendu parler d'aucune affaire inquiétante.

L'assistante plissa les yeux, ce qui rendait son expression plus démoniaque encore :

— Si vous aviez écouté à la dernière réunion, vous sauriez que la Caisse des Donjons nous a signalé il y a quelques jours la potentialité d'un cataclysme lié au retour de Dlul, en relation avec les agissements d'une secte basée à Glargh !

Ravinic toussa, comme pour s'excuser :

— Hum, oui, oui… Bien sûr, cette affaire-là.

— Un cataclysme ? murmura le médiateur de Commerce.

— Si j'ai bien compris, cette affaire est entre les mains de la Caisse des Donjons, lui murmura son voisin.

— Je ne vois pas en quoi c'est rassurant !

Le Calvitié s'impatientait. Il fit signe à Morwynn de continuer son exposé et celle-ci détailla l'incident :

— Ces événements ont causé pas mal de troubles mais les Oracles disent que le problème a été pris en charge et les responsables identifiés. Hormis quelques dégâts matériels, une manifestation silencieuse des cultistes de Braav' et quelques décès dans la cité, aucun véritable scandale n'a éclaté. Les Brasseurs ne sont pas impliqués.

— Ce qui n'arrange pas nos affaires, conclut Bifftanaën.

L'assemblée se recueillit un moment, chacun ruminant ses noires pensées. La perte de pouvoir, pour la plupart de ces hommes, se traduirait immédiatement par une diminution des privilèges.

Flubert fit tomber quelques pellicules de sa tignasse, et bougonna :

— La situation n'a pas été aussi bordélique depuis la bataille du bord d'Oshénail !

— C'est vrai, admit Ménorin. Nous étions à deux doigts de faire passer le décret pour instaurer notre nouveau gouvernement.

Pichembon soupira :

— Pour qu'*enfin* nous puissions organiser correctement la Terre de Fangh…

Le terme « organiser » était ici un peu abusif : il s'agissait seulement de prendre le pouvoir d'une façon plus directe. L'influence des dirigeants de Glargh, eux-mêmes relativement réfractaires à la Magie, se retrouvait partout. Il n'était donc pas évident pour les dirigeants de Waldorg d'imposer leurs idées à la population.

— Comme je le disais plus tôt, déclara Bifftanaën, nous avons quelque chose à vous proposer.

Il échangea un regard entendu avec son assistante et le silence s'installa peu à peu autour de la table.

— Dans quelques jours, attaqua le Calvitié, ce sera la date du match annuel de brute-balle.

C'était un match que tout le monde connaissait, si bien qu'il n'était pas nécessaire de préciser qui participait. Il opposait traditionnellement les équipes vedettes de Glargh et de Waldorg afin de calmer les relations entre les deux grandes cités.

— Le match a eu lieu chez nous l'année dernière, enchaîna Morwynn. Il aura donc lieu cette fois à Glargh.

Bifftanaën opina de son chef luisant, et révéla dans un souffle :

— Soyons clairs : nous comptons en profiter pour renverser la situation.

Les dignitaires échangèrent des moues dubitatives. Finalement, le vieux Ravinic demanda qu'on éclaircisse un peu le brouillard dans lequel il nageait. L'assistante leur dressa donc une version simplifiée du plan prévu :

— Nous devons nous arranger pour que les moines de Labin'Houz et leur pseudo-gouvernement perdent toute crédibilité aux yeux du peuple de Glargh. C'est ainsi que nous avons eu l'idée de monter ce qu'on pourrait appeler…

Elle hésita.

— Un complot ? risqua Pichembon.
— Oui, c'est tout à fait ça.
— Ah ! jubila Flubert. C'est toujours bien, ça, les complots.
— Et puis ça faisait longtemps, nota Ménorin.
— Le dernier, c'était l'histoire avec les reliques des Istarés ?

— Un peu de calme ! gronda Bifftanaën.
— Quoi qu'il en soit, continua l'assistante en couvant les ministres d'un œil mauvais, nous avons pensé qu'une petite affaire de trahison du peuple tomberait à pic dans le cadre des festivités liées au match.

Les échevins observèrent un silence poli tandis qu'elle recouvrait son souffle. Elle reprit :
— Comme vous le savez, la population de Glargh est plutôt réfractaire à la magie...
— Et c'est une honte ! brailla soudainement le secrétaire aux Affaires Magiques.
Un regard chargé de lames empoisonnées lui déconseilla de développer le sujet, et la sinistre dame s'empressa de poursuivre :
— Ainsi donc, nous allons faire croire au peuple que l'*Ordre des Sorciers du Nord* va démarrer la construction d'un centre de la magie à Glargh, avec le soutien des Moines Brasseurs.
— Et pour ce faire, ajouta le demi-elfe, qu'ils vont récupérer les fonds nécessaires en participant à une vente d'esclaves avec les cultistes de Tzinntch.
Ils choisirent de profiter de cette pause pour apprécier leur petit effet. Kurt Yeleb se lissa la moustache, et précisa que c'était plutôt gonflé.

— Mais justement, c'est là que c'est génial ! se réjouit Bifftanaën. Comme vous le savez, le commerce d'esclaves est interdit à Glargh depuis plusieurs décennies, mais la location en est tolérée. Par ailleurs, les Brasseurs de Labin'Houz ont passé un accord avec la prêtresse de la Confession réformée de Slanoush, pour qu'elle se charge de réguler cette location !
— Je ne comprends plus rien, gémit Kurt Yeleb.
Morwynn déplia un plan de la cité sur la table, et leur désigna un point à l'ouest :
— C'est pourtant simple : nous allons envoyer des imbéciles à Glargh et les charger de cambrioler la tour de la prêtresse de Slanoush. C'est un véritable nid de guêpes, ils vont facilement s'y faire prendre.

— J'en ai entendu parler, confirma Flubert. Des tas de pièges et des tas de gardes !

— Je ne comprends toujours rien, insista le responsable de la sécurité.

— Nous savons que la prêtresse n'est pas une débutante, compléta l'assistante. Une fois les aventuriers capturés, elle va s'empresser de les fouiller, et elle trouvera sur eux un parchemin que nous allons leur confier. Ce parchemin enchanté, que nous ferons passer pour un contrat, lui donnera suffisamment d'indices pour découvrir la machination et faire remonter l'affaire en haut lieu. Elle pensera que les moines ont essayé de l'assassiner, ce qui aurait permis de rendre caduc l'accord qui autorise son culte à réguler le commerce des esclaves.

— Et pour finir, conclut Bifftanaën, vous savez que les plus grands ennemis du temple de Slanoush sont...

— Les sorciers de Tzinntch ! souffla Ravinic.

— Exactement !

Ils applaudirent et acclamèrent le Calvitié. Puis il se passa quelques secondes, pendant lesquelles les dignitaires digéraient l'information et tentaient de comprendre ce qui leur avait été raconté. Ils posèrent quelques questions et convinrent finalement que le plan était bon, et qu'ils y apporteraient leur soutien logistique et financier. Il y avait finalement peu de chances que cela échoue.

L'assistante leur parla de Tyrcelia d'Ambrebar, la grande prêtresse de Slanoush actuellement en poste. Elle était une des personnalités les plus influentes de Glargh. Cette redoutable féline avait des relations dans toutes les guildes et à tous les niveaux de la noblesse, de par les activités douteuses – et bien souvent réservées aux adultes – que proposait son temple. Il était donc aisé de l'utiliser comme levier pour faire exploser la poudrière. La tension créée par le match de brute-balle, associée à la présence à Glargh d'un bataillon de gros bonnets, devait faire le reste.

— Mais qui pensez-vous envoyer là-bas ? s'inquiéta finalement l'intendant.

Morwynn dégagea ses cheveux, et ricana :

— Vous me sous-estimez, mon cher ! Je vous assure qu'il n'y aura aucun problème : à cette époque de l'année, la ville est pleine de crétins cherchant des missions !

Le trésorier pinça les lèvres :

— Pardonnez-moi mais... Vous comptez les motiver de quelle façon ?

— L'appât du gain, mon cher. L'appât du gain ! Vous savez bien que les aventuriers sont capables de faire n'importe quoi pour quelques pièces d'or et deux objets magiques.

— Et puis, ça ne risque pas de nous coûter bien cher ! s'esclaffa Bifftanaën. Ils ne vont jamais revenir pour réclamer leur dû !

— Si vous voulez, j'ai deux ou trois rebuts dans mon grenier, proposa Ravinic. Cela pourra toujours servir d'acompte pour les mettre en confiance.

— L'affaire est entendue, trancha l'assistante. Rassemblez quelques vieilleries, je passe au coffre et je m'en vais chercher nos aventuriers dès ce soir.

Ils se levèrent, repoussèrent leurs chaises et rassemblèrent leurs parchemins. Bifftanaën serra quelques mains, délivrant son sourire de politicien le plus confiant. Il trouvait que la vie était belle, et presque trop facile.

Il se trompait.

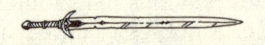

De leur côté, les aventuriers n'avaient pas chômé. Une fois rendus au bazar de Gurdu-la-Jaille, ils se débrouillèrent pour tirer sept mille pièces d'or de la couronne de Pronfyo. Ils argumentèrent sur le fait qu'ils ajoutaient le géolocalisateur à perception subharmonique à l'ensemble. C'était une entourloupe plutôt gonflée vu que l'accessoire faisait partie du lot, mais le Nain s'était montré particulièrement bon sur le discours de marchandage. Il avait noyé le pauvre commerçant sous un incessant flot de paroles agaçantes, et l'homme avait préféré payer que d'écouter le reste de son babillage. Ils vendirent également le sabre, le pendentif en or, la dague et le heaume cabossé du défunt clipitaine Calaghann à un autre camelot plus modeste, et retournèrent au domicile d'Albert Piaros en piochant dans de larges cornets de frites. Ils se hâtaient de s'empiffrer d'aliments gras, profitant du fait que l'Elfe était dans l'incapacité de leur faire des commentaires sur les bienfaits de la diététique.

Ils trouvèrent au mage une aura moins prestigieuse que lors de la rencontre matinale. Il avait troqué son vêtement bleu nuit contre une robe plus légère en tissu de couleur claire, avec un tablier de cuir sur le devant. C'était sans doute une tenue destinée aux travaux physiques si l'on en croyait les nombreuses taches, brûlures et déchirures qui maculaient l'ensemble. Piaros était quelque peu échevelé, semblait nerveux, transpirait du front et respirait par saccades. Il perçut les lingots de béryllium et les pièces destinées au paiement de la prestation, et signa le bon de commande de la résurrection sur un beau parchemin timbré.

Il installa ensuite le groupe dans une salle d'attente et attira la Magicienne à l'écart :

— Tout est prêt pour le rituel de résurrection, dit-il en s'épongeant les tempes avec un linge. J'ai… J'ai retiré l'ensemble du… Enfin, j'ai tout préparé.

— Vous lui avez enlevé ses couvertures ? s'inquiéta la rouquine.

— Hum. Oui. Il le fallait pour le rituel. C'était assez… Comment dire… Éprouvant.

— Comment ? Vous trouvez qu'elle est *lourde* ?

— Ce n'est pas ça, mais… Je vis seul, vous savez. Son charisme est… Disons, perturbant. Même dans son état.

— Oui, hélas, maugréa l'érudite. Ce n'est pas toujours facile.

— Vous avez de la chance d'être une femme, soupira le mage.

— Quand vous aurez passé deux semaines avec une équipe de bourrins, vous changerez d'avis.

Piaros haussa un sourcil, et se massa le sommet du crâne. Puis il congédia la jeune fille et s'en retourna vers sa salle de travail, au deuxième étage de la tour jaune. Il devait ramener une aventurière à la vie, ce n'était pas le moment de flancher. Et ce n'était pas la première fois qu'il devait procéder à la résurrection d'une représentante du peuple des arbres. Il ne parvenait pas à comprendre en quoi celle-ci avait quelque chose de si *particulier*.

Il ramassa au passage dans son placard à ingrédients la poudre de Graddik, la bile de renard, l'œuf de griffon et le récipient contenant les cendres d'un mage. Tous ces composants étaient nécessaires à la fabrication de l'onguent de résurrection. Il inspecta l'étiquette du bocal : « Cendres de Marduk le Fourbe, tué par Cham von Schrapwitz en duel, le septième jour de la décade de Phytgar Ranald de l'année 1492. »

— Sacré bonhomme ce Cham ! soliloqua-t-il. Le meilleur pourvoyeur de cendres de toute la région !

Il se dirigea en sifflotant vers la pièce dédiée aux rituels, les bras chargés d'invraisemblables flacons.

Les membres de la compagnie patientèrent un moment puis le Nain bondit sur ses pieds. Il marcha en long et en large dans la salle d'attente en protestant contre la température élevée, la couleur bizarre des pierres de la tour, l'absence de bière fraîche et la longueur des processus magiques. La Magicienne lui expliqua que le rituel devrait durer trois bonnes heures et qu'il faudrait donc attendre beaucoup plus longtemps. C'était trop pour le courtaud : il entraîna donc le Barbare et l'Ogre avec lui pour prendre l'air. Munis d'un dépliant de la ville, ils choisirent d'aller fureter du côté des magasins d'armes. Ils promirent à contrecœur de n'attaquer personne et de ne pas dérober les sacs à main des vieilles dames.

Le Ranger demeura seul avec l'érudite et le gnome, alors qu'il aurait bien regardé les magasins aussi. Mais il pensait que son devoir de chef était de rester là pour s'assurer que tout allait bien. Gluby goba quelques mouches en s'accrochant à la tringle à rideaux, et ne semblait pas le moins du monde affecté par l'anxiété de ses camarades. La Magicienne décida de sortir un livre pour se livrer à sa séance quotidienne de révision, mais elle fut dérangée par une question du rôdeur :

— Tu crois qu'elle sera comme avant ?
— Comme avant ? Tu veux dire *physiquement* ?
— Ben… Je ne sais pas… Comme avant tout court.

La Magicienne se gratta le nez. Elle exposa ses doutes :

— Je ne pense pas qu'on puisse revenir de la mort *exactement* comme on était avant. C'est une expérience qui doit apporter une part de sagesse et modifie certainement la façon de voir les choses.
— Hum. Mais le Nain est déjà mort deux fois, et il n'est pas plus intelligent !

L'érudite bâilla. Elle referma son livre et rétorqua :

— Je ne suis pas tout à fait d'accord. Quelque part, je pense qu'il est devenu plus fin.
— Plus *fin* ? Tu déconnes ?
— Pas du tout ! Quand on y pense, il ne se jette plus sur tout ce qui bouge depuis qu'il a été massacré par le golem de fer de Zangdar. Il sait qu'il n'a plus qu'un point de destin, et preuve en est, c'est qu'il n'a même pas essayé de s'attaquer tout seul au géant des collines malgré les points d'expérience à la clé.
— Mais le Barbare l'a fait !
— Le Barbare n'a jamais vécu l'expérience de la mort.

Le Ranger médita un moment sur ces derniers propos. La Magicienne ouvrit son grimoire à nouveau, mais l'aventurier revint à la charge :

— Et moi ? Je suis mort aussi une fois. Alors donc, ça veut dire que je suis plus intelligent ?
— Pfft ! Bien sûr que non !

Le rôdeur s'emporta :

— Mais pourquoi ? Hein ? C'est quoi ces théories à la noix ? Ça marche pour les autres et c'est tout ?

— Parce que toi, tu as peur de mourir depuis longtemps ! Il est évident que dans ce cas, ça ne change rien.

— Tu dis n'importe quoi !

— Flûte. Fiche-moi la paix ! J'ai besoin de réviser mes sorts et de récupérer mon énergie astrale.

Le Ranger décida de mettre de l'ordre dans son sac, pour éviter de penser à tout ça.

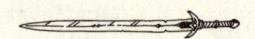

BULLETIN CÉRÉBRAL DU RANGER

Je pense qu'elle se trompe. Je suis plus intelligent qu'avant, c'est certain. D'ailleurs je suis aussi plus adroit, plus fort et plus habile à l'épée ! J'ai bien vu ça l'autre jour dans la taverne avec les paysans furieux. C'est normal, je suis un aventurier polyvalent, moi, je gagne sur tous les tableaux. Les autres ont des défauts qui viennent de leur spécialisation, mais ce n'est pas mon cas. J'ai bien choisi, quand on y pense. Si j'avais été paladin, je serais obligé de porter une armure qui fait du bruit quand on marche. Si j'étais voleur, je serais sans doute clamsé à l'heure actuelle, à cause des portes piégées. Les gladiateurs doivent huiler leurs corps, c'est dégoûtant. Les assassins n'ont pas d'amis, les druides sont fringués n'importe comment et les prêtres sont obligés de passer leur temps à prier. Je ne parle même pas des archers, qui sont toujours à l'arrière et qui ne prennent jamais de risques. D'ailleurs c'est bizarre tout ça. L'Elfe était archère, et elle est morte quand même. Serait-il possible que ma théorie soit bancale ?

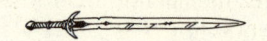

Les guerriers du groupe furent de retour au terme de deux heures de balade, avec une expression réjouie de mauvais augure. Ils réveillèrent le Ranger pour exhiber leurs acquisitions. Le pseudo-chef émergea péniblement, et constata en premier lieu que la Magicienne était horrifiée et qu'elle tenait sa main devant sa bouche.

— On s'est dit que l'Ogre ne faisait pas assez peur aux gens ! s'enthousiasma le Nain.

— Plaktu golo ! ponctua la créature verte.

— Alors on a trouvé une grosse hache ! ajouta le Barbare.

Le Nain se déplaça latéralement et tendit les bras vers l'Ogre dans une parodie de posture théâtrale :

— Tadaaaaaaaaa !

Le Ranger leva les yeux et déglutit. C'est vrai que l'Ogre n'avait plus son expression débonnaire usuelle. Il portait à présent un heaume à pointes qui lui cachait le haut du visage, lui conférant une mine beaucoup plus féroce. Sur son côté droit, une impressionnante protection d'épaule en cuir, également cloutée, se prolongeait jusqu'au coude. Sa grosse paluche était prise dans un vieux gantelet doublé de mailles. Pour finir, il tenait à deux mains une gigantesque hache à double tranchant. L'engin avait eu sans aucun doute plusieurs propriétaires si l'on considérait l'usure de la lame, les taches de sang sur le manche et les points de rouille. Les pièces d'armure elles-mêmes n'étaient plus de première jeunesse.

— Oh ! là là ! gémit le rôdeur.

— Y avait un lot chez un marchand ! exposa le courtaud. C'est toujours utile de fouiner !

Le Barbare gratifia l'Ogre d'une bourrade sur le bras :

— On n'avait pas assez d'or pour acheter des objets neufs pour nous, alors on a marchandé pour lui !

— Eh oui ! crâna le Nain. Enfin, c'était surtout moi ! J'ai obtenu quarante-deux pour cent de réduction ! Ha ha !

— Mais vous avez vu ça ? Il ressemble à un monstre ! s'alarma la Magicienne.

— Doula ! approuva l'Ogre sans savoir de quoi on parlait.

Le Barbare et le Nain échangèrent des moues d'incompréhension.

— Mais *c'est* un monstre ! objecta le barbu. C'est un peu dommage si tu t'en rends compte que maintenant !

— Ouais ! approuva le Barbare. Un monstre, c'est fait pour bastonner !

L'Ogre ne semblait pas tout à fait à l'aise mais cet équipement lui allait bien. Il ne fallait pas compter se faire des amis, cependant c'était une tenue adaptée au mode de vie des baroudeurs : c'était parfait pour qui devait inspirer la terreur et provoquer la fuite du quidam à cinquante mètres. La Magicienne ne cautionnait pas la démarche, aussi elle essaya d'en discuter avec lui. Son intervention n'aboutit à rien.

Pendant ce temps, le rôdeur examinait la nouvelle bourse antivol du Nain. Elle était reliée à sa ceinture par trois chaînettes fixées à l'intérieur même de ses poches.

Ils discutèrent un moment des propriétés de l'équipement puis la porte de la salle d'attente s'ouvrit. Albert Piaros se tenait à l'entrée de la pièce, l'air fatigué. Les aventuriers attendirent.

— Alors ? finit par lâcher le Ranger. Comment ça s'est passé ?

Le mage fixa tour à tour chaque membre de la compagnie, comme s'il voulait s'assurer que personne ne dormait. Puis il se redressa et sourit :

— Eh bien… Vous avez récupéré votre amie ! Mais bien sûr, elle ne tient pas la grande forme !

— Wou-hou !

— C'est trop fort !

Le rôdeur et la Magicienne poussèrent des cris de joie aigus et frappèrent mutuellement leurs mains. L'Ogre ne comprenait rien, mais il aimait bien participer. Il agita conséquemment sa grosse hache en criant, et ressemblait pour le coup à quelque mercenaire prêt à charger. Il brisa un vase sans même s'en rendre compte.

De son côté, Gluby improvisa une danse sur la table basse, tandis que le Barbare frappait sauvagement son torse en éructant.

Puis ils s'arrêtèrent tous en même temps, subjugués par le comportement du Nain. Il dansait sur un pied, tournait en rond et chantait « tralalalalalaaaaaaa » en agitant sa hache de jet. C'était tout à fait surprenant, vu qu'ordinairement il ne manifestait sa joie qu'en prenant un niveau, ou s'il gagnait des pièces d'or ou encore s'il trouvait une hache Durandil à bas prix.

Il interrompit brusquement sa danse, constatant qu'il était devenu un sujet d'attention. Son visage s'empourpra sous ses poils broussailleux.

L'érudite s'approcha de lui et lui prodigua une tape amicale sur l'épaule :

— Eh ben ! Ça fait plaisir de voir que tu participes !

— Tu as *enfin* le comportement d'un véritable aventurier, ajouta le Ranger.

Le Nain toussa :

— Mais heu… Pas du tout ! Hum. J'avais heu… J'avais un caillou dans ma botte !

Il rangea sa hache de jet et se baissa pour examiner son soulier, sous les yeux amusés de ses compagnons.

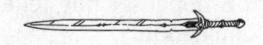

BULLETIN CÉRÉBRAL DU NAIN

Mais qu'est-ce qui m'a pris ? Bon sang ! J'ai l'impression que je viens de perdre une grande partie de ma crédibilité de guerrier Nain. J'étais tellement heureux d'être débarrassé de l'Elfe ! Pourquoi je me suis mis à danser comme un abruti ? Et pourquoi j'ai chanté comme un glandu ? Enfin… En même temps, c'est vrai que je ne sais pas si j'étais vraiment content, mais ça je n'arrive pas du tout à l'expliquer. Si ça se trouve, c'est juste parce que j'aime bien lui balancer des vannes, vu qu'elle ne comprend jamais rien et qu'elle a l'air encore plus stupide. Et puis, ça faisait une personne de moins dans le groupe. C'est important puisque ça veut dire qu'on fait moins de parts quand on divise le total des pièces d'or qu'on a gagnées. Bon, il faut vraiment que je me calme, c'est n'importe quoi cette histoire. J'espère que les autres vont tout oublier. Vite ! J'ai besoin d'une quarantaine de bières.

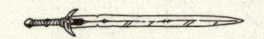

Ils suivirent avec enthousiasme le mage dans la salle du rituel. L'Elfe à nouveau était enroulée dans les couvertures, les yeux perdus dans le vague, et claquait des dents, très pâle. Ses cheveux ternes étaient disposés chaotiquement de part et d'autre de son visage. Elle aurait fait peur à un nécromant de bas niveau.

Piaros tendit la main vers la rescapée :
— Et voici la veinarde ! De retour des limbes !
Puis, se tournant vers la Magicienne, il lui confia :
— Je dois vous dire quelque chose, à titre personnel.
— À quel sujet ?
— Ce n'est tout de même pas si courant de voir des aventuriers de niveau trois dépenser une telle somme pour la résurrection d'un compagnon.
— C'est vrai que c'est pas donné, soupira le rôdeur.
Le Nain lança un regard courroucé à Piaros, comme pour lui signifier qu'il n'avait pas contribué de son plein gré, et qu'il aurait préféré se payer une hache Durandil avec l'argent. Mais personne ne fit attention à lui car les aventuriers se rapprochaient déjà de leur camarade.
Celle-ci tourna la tête en direction d'une silhouette floue et chevelue qui se tenait à sa gauche. Elle murmura au Barbare :
— Brrrr ! J'ai tellement froid ! Le monsieur gentil m'a dit que vous m'avez amenée dans une grande ville pour me sauver.

Le guerrier se trouva fort dépourvu et se fendit d'un commentaire hésitant :

— Heu… Ouais !

— Nous sommes dans la cité de Waldorg, développa l'érudite en bousculant la brute. Tu t'étais noyée alors nous avons porté ton corps jusque chez un spécialiste de la résurrection. Tu es chez le célèbre Albert Piaros !

— Voyons, je ne suis pas si renommé que ça ! réfuta le mage en riant.

— Tu nous as causé pas mal de soucis ! ajouta le Ranger sur un ton plus sévère.

L'Elfe soulevait sa tête avec difficulté, s'efforçant de voir tout le monde. Ses yeux accommodaient avec peine, néanmoins elle fut à même de compter les membres du groupe, y compris Gluby qui se tenait sur la protection d'épaule de l'Ogre et qui agitait sa petite main. L'un des aventuriers échappait à sa vue car il était resté derrière, et se trouvait par ailleurs trop petit pour figurer dans son champ de vision.

— Et le nabot, il est parti ? souffla-t-elle.

— Eh non ! protesta l'intéressé. Je suis toujours là, et je t'emmerde !

L'Elfe lâcha dans un faible murmure :

— Crevard !

Et elle s'endormit.

— Je pense qu'elle va mieux, plaisanta le rôdeur.

Le mage leur conseilla d'aller passer la nuit dans une bonne auberge un peu plus loin. Il serait possible d'y laisser l'Elfe se reposer sans craindre d'attaque de bandits, de rafle nocturne ou d'événement fâcheux. L'endroit était bien fréquenté : une partie des dignitaires du palais y avait ses habitudes, aussi l'établissement bénéficiait d'une escouade de gardes de jour comme de nuit.

Piaros griffonna quelques mots sur un petit rouleau de parchemin, qu'il tendit à la Magicienne :

— Donnez cette note à l'entrée. J'ai bien peur qu'ils ne vous laissent pas accéder à l'auberge si vous n'êtes pas recommandés par un notable de la ville.

Il désigna l'Ogre de la tête, comme s'il était nécessaire de se justifier :

— Vous avez l'air un peu brutaux.

— J'ai l'impression que ça va être la super ambiance dans votre boui-boui ! grogna le Nain.

Le mage leur conseilla de laisser l'Elfe dormir jusqu'à midi. Elle avait récupéré une grande partie de son énergie vitale mais se trouvait en proie au syndrome de « langueur de la résurrection ». Elle avait consécutivement les muscles douloureux, le cerveau embrumé et les sens amoindris. Le rôdeur indiqua qu'elle avait de toute façon le cerveau brumeux de nature.

Ils chargèrent l'Elfe sur le brancard, et Piaros les raccompagna jusqu'à la sortie. En guise de geste commercial, il offrit à chacun d'entre eux une *potion de soin à effet mineur*.

— Je les fais moi-même, précisa-t-il. Elles sont parfumées au citron, ça passe plus facilement.

— Ah, c'est vraiment sympa ! apprécia le Ranger.

— C'est pour les mauviettes ! maugréa le Barbare.

Le Nain s'inquiéta :

— Et sinon, vous en avez au goût jambon ?

La Magicienne le poussa vers la rue :

— Je pense que tu en auras bien assez si on se dirige vers la taverne ! Allez ouste !

— Bonne chance dans vos aventures ! leur lança le mage sur le pas de sa porte. Et tâchez de ne pas mourir !

— Facile à dire… murmura le Ranger.

— Flibidi ! gazouilla le gnome.

Ils se retrouvèrent dans la rue, il y faisait encore clair et de nombreux badauds fort bien vêtus déambulaient dans le périmètre. Ils n'oubliaient pas de faire un détour pour passer le plus loin possible du groupe. Le Ranger fit signe au Barbare et à l'Ogre d'avancer avec leur brancard.

— Attendez ! objecta le Nain en levant son poing ganté.
— Quoi ? s'impatienta l'érudite. On doit y aller, il se fait tard !
— Mais non ! rétorqua le courtaud. C'est maintenant qu'on doit prendre un niveau !

Il regardait vers le ciel, comme s'il s'attendait au passage d'un dirigeable gobelin peint en rose.

— Mais oui ! s'enthousiasma le rôdeur. C'est vrai ça !

Il se frotta les mains, tandis que le Barbare grondait d'impatience. La Magicienne s'insurgea :

— Mais enfin, c'est ridicule ! Je ne vois pas pourquoi on prendrait un niveau maintenant !

Le Nain s'approcha d'elle, menaçant :

— Ah, mais si ! Je te rappelle que tu nous as dit que ça donnait plein d'expérience de résurrectionner les gens !
— Ouais, c'est vrai ça ! affirma le Ranger. Alors il faudrait pas nous prendre pour des débiles !
— Moi, je veux encore un niveau ! insista le Barbare.
— C'est l'arnaque !
— Ils sont où les points d'expérience ?
— Takala goudal !

Voyant que la situation s'envenimait, la Magicienne leva son bâton pour faire le silence. C'était une habitude qu'elle avait prise depuis quelques jours, qui permettait de faire croire à ses compagnons qu'elle était sur le point de leur lancer un sortilège. Cela fonctionna une fois de plus, amadouant l'auditoire de sorte qu'elle fut à même de s'exprimer :

— Je vous rappelle qu'on n'a aucune idée de notre progression pour le moment ! Alors il est tout à fait possible que nous ayons encore beaucoup de chemin à parcourir pour arriver au niveau quatre... Et cela même si on a pas mal avancé aujourd'hui.

Le Nain grommela quelques propos désobligeants, et elle ajouta :

— Et puis on n'a pas combattu beaucoup de gens depuis notre escapade à Glargh.

Le Ranger s'indigna :

— Mais c'est nul ! Y a pas moyen de savoir où on en est ?

La Magicienne leur exhiba la page de la progression du *Manuel de l'expérience* de Graapilik, et leur expliqua qu'il fallait se rendre à la Caisse des Donjons pour obtenir un entretien avec le service compétent. Elle ajouta :

— Et je vous rappelle que, jusqu'à preuve du contraire, on n'est pas très appréciés là-bas...

— Ah oui ! fulmina le Nain. C'est les enfoirés qui piquent de l'or et qui veulent nous faire écarteler par des mammouths !

Le Ranger soupira et renifla, puis regarda le ciel pendant quelques secondes, avec l'espoir que la voix éthérée lui annoncerait intérieurement son niveau quatre. Mais il ne se passa rien.

Une vieille dame espionnait le groupe depuis sa fenêtre, cachée derrière son rideau. Elle trouvait que la jeunesse, c'était plus comme avant. Ça n'avait rien d'autre à fiche que de regarder le ciel.

— On pourrait pas tabasser des orques ? proposa le Barbare. Comme ça, on a l'expérience et puis c'est fait ?

L'érudite lui désigna la rue et les badauds bien habillés :

— Mais y a pas d'orques ici ! Tu vois bien que c'est une ville de bourgeois !

— Pfff...

— Eh ben moi, je trouve ça chiant, conclut le Nain.

— Bon, on verra tout ça dans l'auberge ! déclara le rôdeur. Il faut déposer l'Elfe à sa chambre.

Les compagnons abandonnèrent ainsi la tour jaune d'Albert Piaros et remontèrent la rue jusqu'à l'imposant estaminet. Il jouxtait le grand mur d'enceinte des jardins du palais.

Le rôdeur se campa sous l'enseigne :

— C'est ici ! *Les Trois Princes Perfides* !

— Quel nom à la con... ronchonna le Nain.

Deux gardes bâtis comme des lutteurs se tenaient là sur des tabourets, dans un renfoncement de bois vraisemblablement prévu à cet effet. Ils étaient vêtus comme leurs camarades : le tabar rouge, le casque brillant et la cotte de mailles réglementaire. Les deux gaillards ne semblaient pas le moins du monde intimidés par la présence des aventuriers, mais leurs yeux étrécis et leur mine soucieuse ne présageaient aucunement la bienvenue. Voyant que les voyageurs examinaient l'enseigne, le garde le plus massif se déplia dans un grognement et les apostropha :

— M'sieurs-dames, je vous signale à titre informatif que vous stationnez à l'entrée d'un établissement réservé aux notables.

— C'est qu'on a l'intention d'y passer la nuit… risqua la Magicienne.

— Et de boire des bières ! ajoutèrent ensemble le Nain et le Barbare.

Le rôdeur transperça ses camarades d'un regard appuyé qui voulait dire : « Ah non ! C'est pas le moment. »

Le garde hocha négativement la tête :

— Vous faites fausse route, les campagnards. C'est que les civils à vocation guerrière ne sont pas les bienvenus dans cet établissement susnommé. Alors moi et mon adjoint ci-derrière, on va vous demander de circuler bien gentiment vers une zone transitoire plus adaptée à vos conditions.

— Et ça se passe de l'autre côté de la ville, annexa son collègue en désignant l'ouest de la cité d'un pouce péremptoire.

Avant que quiconque ne puisse réagir, le Nain fit deux pas vers les fonctionnaires, et protesta sous le nez du balaise :

— Ouais mais non ! Nous c'est pas pareil, on a un papier du sorcier qui résurrecte !

Le gaillard haussa un sourcil et baissa les yeux vers le nabot, tandis que le Ranger fouillait fébrilement dans ses poches :

— Le papier ! Bon sang, qu'est-ce que j'en ai fait !

— C'est moi qui l'ai… soupira la Magicienne en tendant le carré de parchemin au garde.

L'homme saisit la note comme s'il s'agissait d'un détritus, et la déplia sans se départir de son expression lasse. Il devait en voir tous les jours, des aventuriers perdus dans le quartier des bourgeois.

Néanmoins, il s'avéra qu'il était capable de lire. Jusqu'à cet instant, la Magicienne en avait douté. Il parcourut les quelques lignes des yeux, et soupira :

— Mouais. Mouais, mouais. Bon. Vous pouvez entrer, je vais passer la consigne aux collègues.

Puis il se retourna vers le second vigile, toujours assis :

— Des clients de m'sieur Piaros. Il dit qu'ils sont clairs.

— Bouarf, répondit son collègue. Faudra pas qu'ils oublient de laisser leur attirail au vestiaire !

Les aventuriers furent ainsi présentés au personnel de l'auberge, et suivirent un élégant portier jusqu'à une grande pièce où ils furent à même de déposer leurs armes et leurs casques. C'était une première dans la compagnie, une expérience pénible par ailleurs : ni le Nain ni le Barbare ne voulaient se plier au règlement. Ils prétendaient que les armes c'était cher et que c'était personnel. Jamais de leur vie quelqu'un n'avait osé leur demander quelque chose d'aussi abject, sauf pour le Nain quand on l'avait forcé à embrasser l'Elfe. La Magicienne eut la bonne idée de convaincre le portier de leur fournir des reçus signés pour tout l'équipement déposé, et le rôdeur en vint à proposer de payer une tournée pour détourner l'attention du Nain.

Au final, l'érudite seule fut autorisée à garder son bâton, parce que c'était la cité des mages et qu'ils y avaient tous les droits. Ils abandonnèrent ainsi le matériel dans un concert de grognements.

Le Ranger et le Barbare installèrent l'Elfe dans une chambre calme et luxueuse donnant sur la cour intérieure, avec l'aide d'un garçon d'étage. Puis ils furent escortés jusqu'à leur table, où les attendaient leurs camarades.

L'auberge était effectivement des plus cossues. Les murs étaient couverts d'œuvres d'art étranges, éclairées par de petites lanternes magiques qui délimitaient plusieurs ambiances aux couleurs changeantes. Les meubles étaient de bois précieux, la vaisselle propre et de bon goût. En laissant son regard vagabonder, la Magicienne vit que la clientèle se composait de nobles et de marchands, de membres influents de guildes diverses et de dignitaires du gouvernement. Des gens qui avaient tous en commun leur expression inquiète depuis que l'Ogre avait pris place à la table.

Une ravissante serveuse se présenta bientôt, une brune aux yeux rieurs et au corsage profond qui occasionna au Ranger des troubles de la vision. Elle lui rappelait Codie par sa chevelure et son sourire. Elle avait également quelque chose de l'Elfe, par l'agencement que la nature avait pu faire de ses rotondités sur l'avant comme sur l'arrière de son anatomie. Les compagnons furent enthousiasmés par sa présence et ses œillades aguicheuses : ils commandèrent ainsi plusieurs boissons et plats en sauce, sans s'inquiéter du fait que les tarifs n'étaient pas indiqués sur les menus. Ils décidèrent de fêter la résurrection de leur amie, et ce que le Ranger appelait « un nouveau départ », mais sans être capable d'expliquer pourquoi. La Magicienne, bien que de nature prudente, demeurait fière de sa performance et de son plan concernant l'Elfe. Elle se précipita donc sur la boisson en même temps que ses camarades.

— Ch'est vraiment chuper, chette ville ! commenta le rôdeur en mâchant son ragoût.
— Mouais ! gronda le Barbare. Sauf qu'il n'y a pas d'ennemis.
— En plus on a confisqué ma hache ! ajouta le courtaud.
La Magicienne leva son troisième verre. Ses yeux rouges indiquaient qu'il était temps qu'elle arrête la boisson, mais elle insista pour que ses camarades trinquent avec elle :
— Buvons à l'aventure et à ses béribézies !
L'Ogre se contenta de vider sa chope, sans s'embarrasser des convenances destinées aux humains. Le Nain en revanche désirait apporter sa pierre à l'édifice. Il avança son gobelet en conséquence :
— Moi, je bois aux haches Durandil qui sauvent le monde.

— Mais non ! s'insurgea le rôdeur. Il faudrait boire à l'esprit d'équipe et au courage !

— Bah ! Moi, je préfère les haches.

Ils attendirent une réaction du Barbare, occupé à scruter le fond de son verre comme s'il pouvait y trouver le secret de l'acier. Il finit par grogner :

— Eh ben moi, je bois pour que Crôm mange du mouton grillé.

— Mais ça n'a aucun rapport avec notre aventure ! protesta la Magicienne.

— M'en fous.

Il siffla sa bière sur ces bonnes paroles, et s'empara d'une cuisse de poulet grillée.

La Magicienne reposa son gobelet et ôta son chapeau : c'est qu'il commençait à faire chaud dans sa tête. Elle relança la conversation :

— Il faudrait qu'on décide de ce qu'on va faire ensuite…

Le sujet était délicat. À l'issue de « l'affaire de la porte de Zaral Bak », tous les membres du groupe avaient manifesté leur envie de rentrer chez eux. L'aventure, ça n'était pas si bien que ça en définitive. On ne gagnait presque rien, on avait toujours des problèmes et pour finir les gens étaient ingrats. Ils n'avaient récolté pour le moment que des menaces et des quolibets.

Constatant que personne ne prenait la parole, le rôdeur soupira :

— J'aurais bien aimé obtenir mon quatrième niveau avant de retourner à Loubet.

— Ah ouais ? ricana le Nain. Je me demande comment tu vas faire tout seul !

— Mais je te fais remarquer que j'ai des tas de compétences !

— Mais c'est vrai ça ! J'avais oublié que tu pouvais examiner les crottes !

— Je vais finir par te les faire bouffer !

La Magicienne indiqua qu'elle avait vu des petites annonces sur des panneaux, et qu'on en trouvait un peu partout en ville.

— Tu pourrais trouver des quêtes secondaires, observa-t-elle.

— Des super trucs ! railla le courtaud. Comme récupérer des poulets, ou chasser les rats d'un placard !

— Mais tu vas la fermer, oui ? s'emporta le Ranger.

— J'ai vu des tas de petits boulots, insista l'érudite sans prêter attention aux altercations de ses camarades. Y a des mages qui ont besoin de gardes du corps, des marchands qui ont besoin d'escorte, des gens qui recherchent des personnes ou des animaux disparus, ou encore des négociants qui voudraient sécuriser leur entrepôt.

— Ça n'a pas l'air super passionnant, maugréa le Ranger.

Le Nain n'avait plus de nourriture à portée de la main sur la table. Il s'intéressa donc au sujet :

— Et sinon, on pourrait faire un genre de mission de mercenaire pour escorter des marchands qui vont à Glargh ? Avec ça on se fait payer le voyage et ça nous rapproche de nos maisons ?

— Comme la mission sur le bateau ? s'inquiéta le Barbare.

Il avait gardé un mauvais souvenir du combat sur l'eau : les ennemis avaient été défaits par ses camarades avant même d'avoir atteint le plat-bord. Ils étaient donc restés désespérément hors de portée de ses épées, et il n'avait servi à rien. Crôm n'aimait pas ça, et lui non plus.

— Mais non, précisa le courtaud. Cette fois, on ne va pas sur un bateau pourri ! On fait le voyage à pied !

L'idée était bonne, si bien que les aventuriers trinquèrent à nouveau. Dans son for intérieur, le pseudo-chef du groupe était furieux de n'avoir pas proposé la chose avant le Nain.

— Comme c'est mon idée, ajouta ce dernier, je propose que vous me donniez chacun dix pour cent de vos bénéfices.

L'érudite le foudroya du regard et lui proposa d'aller se noyer tout seul dans un hectolitre de purin. Le Nain se gratta

les sourcils, et se lança dans un calcul mental avant de lâcher :
— Cinq pour cent, ça ira ?

Ils commandèrent d'autres boissons. Ces abus les conduisirent à un triste état, ils se retrouvèrent alors à dodeliner de la tête et à raconter n'importe quoi. La Magicienne avait de plus en plus chaud. Elle décida d'ouvrir un peu sa robe sur le devant, sans s'imaginer que son décolleté pouvait attirer les regards des mâles du groupe. Ils ne s'intéressaient habituellement qu'à l'Elfe, mais la pauvre était absente. Il faut bien admettre que l'alcool embrouillait quelque peu les esprits.
— Hey dis donc, lui lança le Nain de façon abrupte. Pourquoi t'enlèves jamais tes vêtements, toi ?

La Magicienne cracha sa gorgée de vin dans un hoquet de surprise. Elle toussa pour récupérer l'usage de la parole, et finit par répondre :
— Mais ça ne va pas bien sous ton casque ? Je suis pas une exhibitionniste, moi !
— Non, mais c'est pour savoir...

Le Ranger et le Barbare indiquèrent d'un hochement de tête qu'ils étaient plutôt d'accord avec l'idée.
— C'est plutôt une question culturelle, ajouta le Nain entre deux gorgées. Je me demande si les humaines ont les mêmes genres de machins que les elfes.

Le Ranger, dont le visage était fort rouge, désigna la serveuse qui s'affairait à nettoyer une table un peu plus loin et son visage se fendit d'un rictus malsain :
— Par exemple, celle-là ressemble un peu à l'Elfe.
— Surtout sur le devant, marmonna le Barbare.
— Et pour l'arrière on dirait plutôt Codie.

Les trois aventuriers observèrent un moment le balancement des formes de la jeune fille, tandis qu'elle passait rotativement l'éponge sur la surface boisée. C'était comme un petit spectacle de marionnettes, mais pour les grands. La Magicienne soupira et s'empressa de reboutonner sa robe.

Le chevelu des steppes vida le pichet dans son gobelet, et déclara :

— Moi, j'ai vu des femmes de mon clan qui n'avaient pas leurs vêtements.

Le courtaud ronchonna :

— Et alors ?

— C'était presque comme l'Elfe, mais en moins bien. Et y avait des poils.

— Vous ne pouvez pas changer de conversation ? s'insurgea la Magicienne. Vous pourriez au moins respecter ma présence à table !

— Et c'est comment les femmes, chez les Nains ? s'enquit le Ranger sans écouter le moins du monde sa partenaire.

Le courtaud reluqua longuement le fond de son gobelet. Il essuya sa barbe pleine de mousse, déglutit et murmura :

— Je peux pas en parler. C'est le grand secret de mon peuple.

— Tiens donc ? Je croyais que le secret des Nains c'était plutôt le travail du métal ? railla la Magicienne.

— Ouais, mais ça c'est pour le commerce. Le métal, on en parle entre nous, alors que les femmes c'est le vrai secret dont on n'a pas le droit de parler du tout.

— C'est pas cool ! maugréa le Barbare. Tu pourrais nous dire à nous !

— On est tes potes ! bredouilla le rôdeur en sirotant son vin.

Le Nain fronça les sourcils :

— Un secret, c'est un secret ! Et je vous signale que personne n'est mon pote !

— T'as raijon ! trancha le chevelu entre deux bouchées de saucisse. Ch'est pareil pour Crôm ! Il a trouvé le checret de l'achier, mais il peut pas le donner à tout le monde. Chinon ch'est plus un checret.

À ce moment, une ombre s'en vint leur cacher la lumière de la plus proche lanterne. Ils clignèrent des yeux et virent qu'une dame se tenait près de leur tablée. Une bourgeoise d'une grande beauté qui avait écouté discrètement leur conversation depuis près de dix minutes, mais que personne n'avait vue. Les compagnons en furent subjugués, sauf l'Ogre qui était préoccupé par le léchage d'une carcasse de poulet. Pour ce qui concernait Gluby, il était endormi depuis une demi-heure sur les genoux de la Magicienne. Il avait commis l'erreur de boire un demi-verre de vin.

La femme était vêtue d'un justaucorps rouge et d'une cape sombre qui devait la protéger du froid de la nuit. Ses cheveux noirs brillaient dans la lueur des lanternes colorées, et ses yeux verts avaient la profondeur d'un fleuve aux méandres interdits. Sa bouche ravissante se tordait, alors qu'elle cherchait visiblement la personne à qui s'adresser. C'est qu'elle avait un véritable don d'actrice, et qu'elle s'arrangeait fort bien pour avoir l'air d'une quiche. Cela faisait partie du plan.

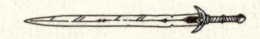

BULLETIN CÉRÉBRAL DU RANGER

Ça alors ! Quelle femme admirable... Une donzelle comme ça qui vient nous parler, c'est l'aubaine ! Ses yeux sont bizarres et elle sent la bourgeoise à plein nez, mais je suis prêt à parier que c'est le genre de ribaude pleine d'or et de bijoux qui cherche à faire résoudre ses problèmes par des aventuriers talentueux comme nous. D'ailleurs elle a sans doute mis sa cape pour sortir discrètement dans la nuit, et se faufiler le long des murs de la ville en essayant de cacher son petit secret parce que son mari est jaloux. Une cape comme ça coûte environ le prix de mon équipement complet ! Vite, il faut que je trouve un truc intelligent à lui dire. C'est chiant, par contre, j'ai l'impression d'avoir un peu trop bu.

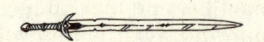

Le Ranger bondit sur l'occasion, mais son élocution pâteuse résonnait comme un hymne à la profession vinicole :

— Hey ben alors ma p'tite dame ? Qu'est-ce que c'est-y que vous nous voulez à nous, la compagnie des... Des Machintrucs ?

Il se rendit compte que sa phrase était sortie plus vite qu'il n'avait eu le temps de réfléchir et se renfrogna. La Magicienne pinça les lèvres et soupira, ne sachant si elle éprouvait de la honte ou de la pitié.

— Les Fiers de Hache ! scanda le Nain. Nous sommes les Fiers de Hache.

— Sauf moi, balbutia le Barbare. J'ai pas de hache, j'ai des épées.

— Et moi non plus, j'ai pas de hache ! insista le Ranger.

— En plus, on avait dit qu'on allait arrêter la compagnie, ajouta le courtaud.

Morwynn fut quelque peu déstabilisée par cet étourdissant préambule. Elle parvint à cacher son embarras derrière son habituel sourire en coin :

— M'en voudriez-vous si je prenais place à votre table, l'espace de quelques instants ?

— Quoi ? grogna le Barbare.

— Mais nous vous en prite, heu... Faites donc, mademoidame ! s'embrouilla le rôdeur.

— Il vaudrait mieux que tu arrêtes de parler, lui glissa l'érudite sur un ton glacial.

Morwynn jubilait, et son sourire s'élargit. C'était exactement le genre de compagnie d'aventuriers qu'elle souhaitait engager ! Ce groupe était déséquilibré, sans dirigeant, sans organisation, et visiblement constitué de gens qui n'avaient aucune affinité. On pouvait leur demander n'importe quoi, et leur niaiserie dépassait largement ses espérances. Cette pitoyable confrérie ne semblait pas avoir de nom, ainsi personne ne pourrait s'inquiéter de sa disparition. La soirée commençait bien.

Elle n'aurait jamais imaginé tomber sur des aventuriers dans la grande salle des *Trois Princes Perfides*. C'était un club assez fermé, qu'elle fréquentait habituellement car on n'y trouvait pas ce genre de traîne-savates. Grâce à cette rencontre inopinée, elle n'aurait pas à faire la tournée des tavernes populaires, et c'était une bonne chose. Elle détestait ces repaires de bons à rien qui sentaient la frite.

— Eh bien… Nous vous écoutons ! l'invita suspicieusement la Magicienne.

Morwynn chercha ses mots. Elle constata que le Nain avait toujours la bouche ouverte, et se décida :

— Je cherche une compagnie d'aventuriers pour une mission lucrative.

— Ah ! C'est bien ça ! ricana le courtaud en retombant sur terre. Des pièces d'or ! Voilà ce qu'il me faut.

— Une mission dans un contexte un peu particulier…

— Je sais pas ce que ça veut dire ! maugréa le Barbare.

Le Ranger s'avança par-dessus la table, durcit son regard et s'efforça de parler clairement :

— Je vous préviens tout de suite, chère madame ! On est du genre à éviter les arnaques !

— Les arnaques ? hoqueta Morwynn dans une magnifique parodie de jeune fille choquée.

— Ouais ! bougonna le Nain. On a déjà donné, les missions à la con !

La Magicienne s'éventa de son chapeau, et soupira :

— En plus, comme l'a dit notre camarade, nous étions sur le point de dissoudre la compagnie.

Le Nain regarda derrière lui, et fronça les sourcils. Il se demandait qui pouvait être le camarade en question. Lui n'avait pas d'amis.

— Quel dommage, bouda la fonctionnaire. Il me faudra trouver d'autres valeureux guerriers à enrichir.

— Hey, minute ! grinça le Nain. C'est pas encore fait !

— Et nous ne savons toujours pas qui vous êtes, remarqua l'érudite.

Morwynn posa sa main sur sa poitrine et s'inclina :

— Mille pardons ! Je me nomme Gwenila de Paleburne. Je suis responsable des affaires étranges pour le Grand Ordre des Sorciers.

Tout cela n'était bien entendu qu'un tissu de mensonges, mais l'intrigante ne pouvait en aucun cas décliner sa véritable identité. Néanmoins, ce titre avait de quoi impressionner.

— Le Grand Ordre des Sorciers ? déglutit le rôdeur. Les affaires étranges ?

— Vous ne venez pas nous arrêter ? s'inquiéta le courtaud.

— Pourquoi donc ? tiqua la femme. Auriez-vous commis des actes répréhensibles ?

La Magicienne murmura :

— Disons que certains le pensent… Mais c'est parce que nous avons été pris récemment dans une affaire un peu compliquée.

— En fait, crâna le Ranger, nous sommes du genre héroïque. Nous avons même sauvé la Terre de Fangh, pas plus tard qu'avant-hier !

— Ouaip ! ajoutèrent ensemble les bourrins du groupe.

— Ah, vraiment ? s'amusa Morwynn. Comme c'est passionnant !

La Magicienne se crispa. Il était peut-être un peu tôt pour parler de ça, et ses camarades avaient l'air singulièrement pintés.

— Et on aura bientôt le niveau quatre ! ricana le Nain.

La sournoise envoyée du Concile apostropha la serveuse afin qu'elle apporte un pichet de vin supplémentaire à la tablée, à ses frais. Morwynn désirait en savoir un peu plus sur ces curieux voyageurs avant de faire son choix, mais elle se régalait d'avance.

Malgré les mimiques de protestation de l'érudite, les aventuriers remplirent leurs verres et s'empressèrent de tout expliquer à leur invitée : le donjon de Naheulbeuk, la collection de Zangdar, les instruments, Gontran Théogal, la Caisse des Donjons et l'affaire de la Couette de l'Oubli. Ils oublièrent volontairement les détails les plus sordides, en essayant de rendre leur épopée plus glorieuse. Ils ne mentionnèrent pas les déboires de l'Elfe au tir à l'arc, le Nain qui avait tenté de s'accaparer les trésors à plusieurs reprises, l'Ogre qui dérobait la nourriture à vue, les sortilèges de la

Magicienne qui provoquaient le décès des innocents, les actes de sauvagerie gratuite du Barbare et les faibles performances de pistage du Ranger. Le résumé se trouvait en définitive si embrouillé qu'il était impossible d'y voir clair, et Morwynn ne sut que retenir l'essentiel : cette compagnie était assez tarte pour remplir sa mission.

— C'est parfait ! conclut-elle.

Elle s'assura que personne ne les écoutait, et parla plus doucement :

— Pour ma part, je vous propose de nous aider à retrouver quelque chose que nous avons perdu depuis des siècles : le trésor de Xaraz le Fourbe.

Les aventuriers étouffèrent quelques onomatopées de surprise. Morwynn les gratifia de son plus charmant sourire, catégorisé depuis longtemps par ses collaborateurs comme « le coup fatal du serpent qui dort ».

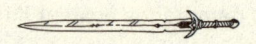

BULLETIN CÉRÉBRAL DU NAIN

Un trésor ! On nous parle enfin d'un trésor ! Un vrai trésor avec des pièces, des lingots, des bijoux, des objets précieux, des haches magiques, des boucliers légendaires, des reliques hors de prix, des couronnes, des sceptres, des joyaux, des pierres précieuses dans des coffrets, des casques dorés ! Un vrai trésor, par toutes les enclumes du Grand Forgeron ! De quoi s'acheter la moitié des mines de Jambfer et devenir un Nain plus célèbre que Goltor. Et je pourrai faire ma propre marque de bière. Sans oublier des chaussettes à mon effigie, des pièces avec mon visage dessus, des valets pour peigner ma barbe, une taverne pour moi tout seul, et une collection de haches pour tuer n'importe quel ennemi. Je l'aime bien, cette greluche ! En plus, elle est carrément pas vilaine. C'est vrai que j'aime pas le vert, mais dans ses yeux, ça va bien.

— Le trésor de Xaraz le Fourbe ? questionna la Magicienne. Celui qui aurait disparu sous le règne du roi Simmons le Maudit ?

— Précisément ! chuchota Morwynn. On a complètement perdu sa trace autour de l'année 954 du premier âge, peu après la chute de l'empire Menzzorien. Les rumeurs prétendaient à l'époque qu'il avait coulé avec un navire de la flotte, quelque part au fond du fleuve Syé. Personne n'a pu retrouver ce trésor jusqu'à maintenant, et même les mages les plus puissants n'ont pu détecter son emplacement. Le scribe en charge des chroniques, en cette période un peu trouble de l'histoire, n'a pas laissé beaucoup d'informations et les Elfes n'ont pas la mémoire assez claire pour en parler.

— Les Elfes ont de la mémoire ? s'esclaffa le Nain. Ah ça, c'est la meilleure !

Le Ranger était inquiet :

— Mais comment voulez-vous qu'on fasse ? Si personne n'est arrivé à retrouver ces richesses jusqu'à maintenant, il y a peu de chances qu'on réussisse…

— Aucune chance, corrigea l'érudite.

Morwynn cligna d'un œil vert et charmant :

— Je vous rassure, on ne va pas vous demander de chercher le trésor. Nous avons eu récemment du nouveau !

— Du nouveau ?

— Un de nos agents à la bibliothèque a retrouvé la semaine dernière une vieille feuille de notes coincée sous un meuble : elle appartenait visiblement à Xaraz le Fourbe. Nous avons identifié son sceau personnel et sa signature.

— C'est un plan pour aller au trésor ? s'impatienta le Nain.

— Pas du tout.

— Ah, zut.

La fonctionnaire s'avança pour chuchoter :

— La feuille de notes mentionne l'existence d'une relique permettant de retrouver les objets appartenant à son propriétaire : l'orbe de Xaraz !

Une musique dramatique aurait été la bienvenue pour ponctuer sa phrase, mais il n'y avait aucun orchestre à la taverne, et pas le moindre trompettiste ou joueur de clairon. En contrepartie, un client éloigné se mit à tousser de façon violente pour extraire l'os de dinde coincé dans sa gorge. Une voix rocailleuse un peu plus loin commanda qu'on apporte plus de bière.

— L'orbe de Xaraz ? s'émerveilla le Ranger. Et vous l'avez, ce machin ?

— Hélas, non ! Et c'est pour cela que nous avons besoin de votre aide, car sa récupération ne peut pas être… Disons… officielle.

Elle cligna de l'œil à nouveau, la bouche en cœur, ce qui desséha instantanément la gorge du Nain, du Barbare et du rôdeur. L'Ogre avait terminé sa carcasse, il se demandait qui pouvait bien être cette madame qui parlait beaucoup et qui avait l'air gentille. Gluby ronflait en rêvant qu'il nageait dans des tartes aux fraises pleines de mouches.

Morwynn expliqua aux aventuriers qu'ils devaient se rendre à Glargh dans une tour, et qu'ils auraient pour mission de s'emparer de l'orbe. La relique était détenue depuis bien longtemps par une grande dame de pouvoir, une femme qui ignorait vraisemblablement qu'elle pouvait en faire usage pour retrouver le trésor de Xaraz et qui devait le traiter comme n'importe quel objet de collection. Il n'était pas conseillé de la joindre pour le lui racheter, car cela pouvait porter l'objet à son attention : une demande officielle venant de l'administration du Grand Ordre des Sorciers la mettrait probablement sur la piste du trésor. Une fois celui-ci retrouvé, il disparaîtrait pour toujours du patrimoine de la cité.

En conséquence de quoi les responsables de l'Ordre avaient décidé d'envoyer des gens de confiance dérober l'objet, pour le ramener à Waldorg.

Cette histoire tirée par les cheveux n'éveilla aucun soupçon chez les aventuriers.

— Et alors qu'est-ce qu'on y gagne ? grogna le Nain. Parce que, si j'ai bien compris, vous allez garder le trésor pour vous !

— Moi, j'ai rien compris, souffla le Barbare en bâillant.

Morwynn leur tendit un rouleau de parchemin par-dessus la table.

— Ce contrat précise que vous recevrez cinq mille pièces d'or d'avance, dix mille pièces d'or à la livraison et cinq pour cent de la valeur du trésor si nous arrivons à le retrouver.

Les compagnons s'exclamèrent ensemble, sauf le Nain qui précisa que cinq pour cent c'était un peu léger. Mais il aimait bien l'histoire des pièces d'or d'avance.

Puis la Magicienne observa le rouleau et fit la grimace :

— Mais il est enchanté, votre parchemin.

La fonctionnaire ne se laissa pas impressionner :

— Je vois que vous maîtrisez bien votre *examen de Priaka*. Nous avons dû l'enchanter pour éviter que quelqu'un ne puisse l'utiliser comme preuve, par exemple pour affirmer notre implication dans une affaire non légale.

Cet « examen » très pratique était une discipline réservée aux mages, qui leur permettait de sentir le caractère magique des gens ou des objets.

— Personne ne veut se mouiller, hein ? plaisanta le Ranger.

— Il vaut mieux éviter que quelqu'un de haut placé à Glargh ne tombe sur ce contrat, chuchota Morwynn en lui touchant la main.

Cet effleurement plongea le jeune homme dans un trouble profond.

La Magicienne déplia le contrat et le parcourut rapidement. Puis elle confirma aux membres de la compagnie que tout était correct et qu'on pouvait y voir les sceaux des officiels.

— Ça va nous changer de bosser avec des gens sérieux ! lâcha le Nain. Pour une fois c'est pas des mecs tordus qui font des arnaques en douce, des enfoirés de savants à la noix qui complotent pour des trucs de fin du monde et qui nous demandent de traverser cent vingt kilomètres à travers la forêt pour récupérer nos pièces d'or !

— Vous ne pouvez pas savoir comme je vous comprends ! compatit sournoisement Morwynn. Les gens malhonnêtes et les sorciers véreux sont une vraie plaie pour toute la Terre de Fangh.

Le rôdeur bougonna :

— En plus, ils sont radins.

Les aventuriers discutèrent à mi-voix, et tinrent sous les yeux amusés de la fonctionnaire une sorte de réunion plus ou moins présidée par le Ranger. Celui-ci voulait s'assurer que tout le monde était prêt à participer à cette dernière mission, et qu'ils pourraient se séparer ensuite quand ils seraient devenus riches. Il était inutile de demander son avis à l'Elfe, puisqu'elle avait pour habitude de dire oui à n'importe quoi. Il était d'ailleurs bizarre qu'elle soit encore vierge.

Ils acceptèrent la mission et la Magicienne signa le parchemin-contrat au nom du groupe. Le rôdeur pensait que c'était plutôt à lui de le faire, puisqu'il était le chef, mais l'érudite lui rétorqua qu'il ne savait pas se servir d'une plume et qu'il pourrait trouer le parchemin. Il bouda pendant presque une minute.

Ils abordèrent ensuite la question logistique : il fallait se rendre à Glargh, et les compagnons ne disposaient plus de cette couronne de Pronfyo très pratique. Morwynn leur confirma que tout était prévu : ils prendraient place à bord d'une diligence, sous couvert d'un convoi de fanatiques de sport en route pour le grand match annuel de brute-balle. Elle confirma au Nain que le voyage était payé d'avance par le trésorier de l'Ordre et qu'il n'aurait pas à prendre le bateau ni à dormir dans des hamacs.

— Une fois rendus à Glargh, vous profiterez de l'agitation en ville pour vous faufiler plus facilement ! C'est toujours très animé pendant le match.

— Je suis très fort pour me faufiler ! déclara le Ranger. J'ai un bonus pour la discrétion.

— Ouais, mais ça marche que dans la forêt ! ricana le courtaud.
— Ta gueule.

La fonctionnaire, voyant que tout était réglé, se leva et boutonna sa cape.
— Mais où sont les pièces d'or ? s'inquiéta le Nain.
Morwynn esquissa un sourire :
— Je vous donne rendez-vous demain matin au temple abandonné de Caddyro, non loin de là. Il se trouve au bout de la rue des Pots-Pourris. Vous y recevrez votre avance en monnaie, ainsi que quelques pièces d'équipement et objets magiques, et l'adresse de la tour à Glargh. Je compte sur vous !
— On y sera ! jubila le Ranger.

Les compagnons s'émerveillèrent. C'était trop beau. C'était enfin la consécration, à l'issue de cet affreux périple au cours duquel ils avaient souffert mille et un tourments sans y trouver d'autre compensation que les échardes aux pieds et les cheveux roussis. Ils partaient en mission pour des gens importants, et deviendraient des personnalités riches et respectées.

Morwynn leur adressa un signe de la main et se glissa hors de la salle avec la grâce des femmes de la haute société, habituées à quitter les tavernes sur leurs deux pieds. Un sourire calculateur déformait sa bouche, un sourire que les compagnons ne pouvaient voir.

BULLETIN CÉRÉBRAL DE LA MAGICIENNE

Nous avons enfin une vraie mission. Je pense que je ne dirai plus jamais du mal des tavernes. Il est vrai que c'est complètement cliché, cette histoire de femme séduisante encapuchonnée qui sort de l'ombre pour donner une mission à des aventuriers, mais il faut avouer que c'est toujours très efficace. Et puis là, ce n'est pas de l'auberge à bouseux, il y a quand même un cadre. C'est incroyable quand on y pense : on était là, à boire des coups comme n'importe qui, et hop, on se retrouve mêlés à une quête d'ampleur presque nationale ! Le Grand Ordre des Sorciers lui-même a besoin de notre aide, c'est inespéré. D'ailleurs, c'est même un peu bizarre... Pourquoi diable ces gens n'embauchent-ils pas des gens plus chevronnés ? Ou alors des spécialistes du cambriolage issus de la guilde des voleurs ? C'est peut-être pour une histoire de confiance : il paraît que les aventuriers de haut niveau ont la grosse tête, et qu'ils ont tendance à faire n'importe quoi. Des gens comme ça pourraient avoir envie de rechercher le trésor eux-mêmes en utilisant l'orbe. Et puis de toute façon nous avons un contrat, il ne peut pas nous arriver grand-chose. Notre présence dans cette taverne était une véritable aubaine, on pourra remercier M. Piaros pour ça !

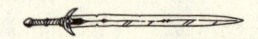

Les compagnons trinquèrent à nouveau pour fêter la mission. Ce dernier verre était sans doute en trop, vu l'état déjà pitoyable de certains d'entre eux. Il était grand temps qu'ils partent se coucher.

La serveuse apporta l'addition pour le repas et les boissons, et ils manquèrent de défaillir.
— Combien ? s'écrièrent en chœur le Nain et le Ranger.
— On a mangé pour tout ça ? s'inquiéta la Magicienne.
— Mais c'est pas possible ! Il doit y avoir une erreur !
Le Ranger lisait l'addition sous les yeux de la serveuse blasée.
— Une pièce d'or la pinte de bière ? grogna le Nain. Mais vous vivez dans quel monde ?
— Et dix pièces d'or pour un pichet de vin ?
— En plus on en a bu plein !

— C'était un excellent vin, justifia l'employée de salle.

Voyant que le ton montait, la Magicienne essaya de calmer ses camarades. C'était jour de fête pour la compagnie, il ne ferait pas bon semer la pagaille dans cette auberge et se retrouver à la rue. Elle expliqua que les clients de l'établissement avaient l'habitude de payer ce prix, et que c'était pour ça qu'on n'y voyait pas d'aventuriers. La discussion se fit interminable car les brumes de l'alcool rendaient la compréhension difficile.

— Mais on peut manger pendant deux semaines avec tout cet argent ! râla le Nain.

— Il faut payer de toute façon ! s'énerva l'érudite. Alors on partage, et on va se coucher !

— C'est vraiment l'arnaque ! gémit le rôdeur.

Le Barbare ne s'intéressait pas au sujet, il préférait darder son œil vitreux sur le corsage de la serveuse impatiente en s'imaginant des trucs. La comptabilité, c'était une discipline complexe qu'il valait mieux laisser aux faibles.

Le partage de l'addition fut à lui seul une véritable épopée à partir du moment où le Nain déclara que l'Ogre avait mangé deux fois plus de viande que lui. On lui rétorqua qu'il avait lui-même absorbé davantage de vin que ses camarades, et le Ranger envenima la situation en prétendant n'avoir jamais touché au saucisson de sanglier ni aux rillettes. La Magicienne était à deux doigts de leur lancer un éclair en chaîne lorsqu'ils eurent finalement le compte de pièces, et la serveuse s'éloigna en maudissant les consommateurs fauchés.

Ils finirent par monter dans leurs chambres, et s'installèrent laborieusement dans une cacophonie de grognements nauséeux, dérangeant par la même occasion plusieurs clients qui tentaient de dormir de l'autre côté du couloir. Puis, assommés par la fatigue et l'alcool, ils glissèrent dans les bras mous de Dlul.

VI

Une mission presque honnête

Au matin, le rôdeur éprouva dès son réveil une sensation pénible. Pour commencer, il avait un sale goût dans la bouche, comme s'il avait mâché pendant des heures des excréments canins. Sa tête le faisait souffrir, et il constata que l'un de ses orteils au pied droit était bleuâtre et douloureux. Il se souvint alors d'avoir heurté le montant du lit en allant se coucher. Il regretta immédiatement sa consommation d'alcool de la veille.

— Aglouk ? gronda la voix familière d'une grosse créature.

Le jeune homme soupira :

— Ah ouais, salut.

— Huk !

— Mince alors, c'est vrai que j'ai dormi avec toi. C'est ça l'odeur.

— Zalovo drubar !

Le Ranger se détourna, car il ne voulait déjà plus répondre. Il détestait ces dialogues de sourds avec l'Ogre. Il se sentait toujours bête et inutile, quand il se comparait à la Magicienne qui pouvait parler la langue des monstres. Et puis surtout l'Ogre n'avait jamais rien d'intéressant à dire. Il vit que son oreiller avait été transformé en matelas par Gluby, et que le gnome dormait au pied de son lit, tire-bouchonné dans une housse de lin. Sa minuscule bouche laissait filtrer le plus ténu des ronflements. Une traînée jaunâtre à quelques centimètres de sa tête prouvait qu'il avait vomi durant la nuit.

— Ah, bravo, c'est du joli ! commenta l'aventurier en enfilant ses chaussettes. Ça veut jouer son malin ! Ça picole avec les grands et c'est pas capable d'assurer ensuite !

L'Ogre était trop corpulent pour profiter de son lit, il avait donc dormi par terre, sur sa grosse paillasse de voyage. Il avait visiblement grignoté pendant la nuit, des miettes de pain et des débris d'origine douteuse cernaient sa couche. Il était urgent de ranger tout ça et d'aérer la pièce, ou bien le personnel de l'établissement risquait de faire un scandale.

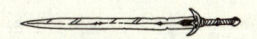

BULLETIN CÉRÉBRAL DU RANGER

Bon, il faudrait se bouger les miches maintenant. Oh ! là là, qu'est-ce que j'ai mal au crâne. Quand je pense que mon père disait que le bon vin ne pouvait pas causer de problèmes. Quelle blague ! C'est comme si des orques avaient installé leur campement dans ma tête ! Bon, il est déjà tard si j'en crois l'inclinaison des rayons du soleil. Et aujourd'hui, nous avons rendez-vous… Avec cette belle dame aux cheveux noirs… Et elle va nous donner une mission qui fera de nous des aventuriers respectables. Et riches ! Ha ha ha ! Avec ça, je vais pouvoir acheter un cadeau pour Codie. Mince alors, il faudrait que je la retrouve, déjà. Mais j'y pense, c'est vrai qu'on retourne à Glargh ! Youpi ! Je vais pouvoir retrouver Codie. Aïe, ma tête.

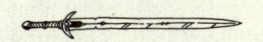

— Bon, je vais voir si l'autre nase a récupéré, souffla l'aventurier aux deux créatures.

L'Ogre le toisa comme s'il portait un pyjama constitué de tranches de jambon, attendant sans aucun doute une quelconque traduction. Gluby renifla dans son sommeil.

— Putain ! Mais j'en ai marre de ces monstres à la con qui ne comprennent jamais rien !

Le Ranger enfila en râlant sa tunique et ses bottes, et s'en alla toquer à la porte des filles. Il savait que la Magicienne avait partagé la chambre de la convalescente, autant pour surveiller l'évolution de sa guérison que pour préserver la bonne morale au sein de la compagnie.

Il attendit quelques secondes dans le couloir au parquet ciré, et le vantail s'ouvrit, révélant à sa grande surprise le visage réjoui de l'Elfe :

— Coucou ! gazouilla celle-ci, les yeux brillants.

— Heu… Oui, c'est ça, coucou, bredouilla le jeune homme. Heu… On dirait que tu vas mieux ?

— Oui ! Ça va super bien ! Hi hi hi !

Sans prévenir aucunement, la belle se jeta au cou du Ranger et plaqua son corps contre le sien pour le gratifier d'un énorme baiser sur la joue.

— Ho là ! gémit celui-ci, soudainement paniqué.

Il posa ses mains où il pouvait dans le but de la repousser, dans un réflexe puéril de pure conservation. Une part de lui-même désirait au contraire que cette étreinte se prolonge, mais l'autre part n'était pas au courant. Il constata que l'Elfe ne portait pour tout vêtement que sa nuisette à moitié transparente, et qu'il pouvait sentir à travers le fin tissu la chaleur d'une peau satinée. L'une de ses mains se trouvait sur la hanche, et l'autre un peu plus haut, sur une zone ronde et molle qu'il n'avait encore pu toucher jusqu'à ce jour. Mais l'Elfe ne se décrocha pas pour autant.

— Maismaismais, qu'est-ce qui se passe ? balbutia le rôdeur alors que son visage rougissait.

— La Magicienne m'a dit que c'est toi qui m'avais sauvée quand j'étais noyée ! pépia l'Elfe. Alors, comme c'est drôlement gentil, je dois te faire des gros bisous !

— Ah bon !

— Et je dois aussi faire des bisous à Gluby ! Il paraît qu'il t'a aidé aussi !

— Hé hé ! Oui, c'est vrai, il m'a aidé un peu. Mais tout s'est passé très vite !

Le rôdeur commençait à perdre ses moyens. Il ne s'était pas retrouvé si près de l'Elfe depuis cette nuit où ils avaient été forcés de partager sa couverture de voyage, dans la salle abandonnée du Donjon de Naheulbeuk. Il ne savait pas encore, à l'époque, que l'Elfe n'avait aucune arrière-pensée et qu'il ne faudrait pas compter sur cette promiscuité pour la tripoter impunément.

Pour l'heure, il ne savait pas quoi faire de ses mains. Il lui semblait désormais qu'il était tout à fait périlleux d'essayer de les déplacer.

Il savoura cette fois la deuxième bise de la blonde, et sentit le parfum boisé de sa peau s'exhaler depuis le creux de sa poitrine. Elle avait sans aucun doute déjà procédé à l'onction matinale de son corps avec une des huiles essentielles bizarres qu'elle trimballait dans son sac.

— Je suis super contente d'être en vie ! témoigna l'archère.

— Oh ! là là, oui, moi aussi ! bafouilla le rôdeur.

À ce moment précis, une autre porte grinça dans le couloir et ils tournèrent leur visage vers le bruit, sans pour autant changer de posture. Le Nain se tenait là, avec son air le plus ahuri.

Il y eut quelques secondes de flottement, pendant lesquelles il essaya de comprendre ce qu'il voyait. Il savait qu'il n'était pas en pleine forme après les festivités de la veille, mais il était rare que l'alcool lui provoque des hallucinations dans ce genre, surtout après une nuit de repos. Mais finalement il dut se rendre à l'évidence : il était en train de contempler deux membres de sa compagnie, dont une presque nue, qui se tripotaient sur le pas de la porte d'une chambre, au beau milieu du couloir de l'auberge. Une odeur de bacon grillé montait de l'escalier qui conduisait à la salle commune, et c'était un détail qui le raccrochait à la réalité.

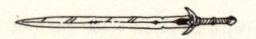

BULLETIN CÉRÉBRAL DU NAIN

Mais… Non ! Non, je ne rêve pas. Il fallait bien que ça arrive un jour ! Mince alors, on était presque tranquilles, parce qu'il n'y avait pas d'histoires de cul dans le groupe. Et voilà, maintenant c'est foutu. Mais bon sang, qu'est-ce qui a bien pu se passer ? Elle est en train de lui faire des bisous, à ce gros nase ! Moi, par exemple, quand je suis mort je ne suis pas revenu faire des bisous aux gens. Et personne n'a insisté pour me faire des bisous non plus. Mais quelle idée ! Quelque chose a sans doute cogné la tête de l'Elfe, et c'était déjà pas beau là-dedans avant son accident. Et puis qu'est-ce qu'elle peut bien lui trouver à ce débile ? Il est bête, il n'est pas capable de tenir une épée, il raconte toujours n'importe quoi et c'est un sale frimeur dont les parents sont des gros paysans moches. Bouarf ! De toute façon, je les déteste tous les deux. Et merde !

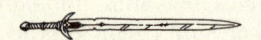

Le Nain referma la porte – dont il tenait toujours la poignée – et se retrouva dans sa chambre. Il cligna des yeux plusieurs fois, comme pour vérifier qu'il ne venait pas de vivre un songe étrange. Il se pinça l'arête du nez.

Le Barbare achevait d'enfiler ses bottes nauséabondes pour se diriger vers le petit déjeuner. C'était avec ce camarade aussi chevelu que bourru que le Nain avait été contraint de partager la pièce pendant la nuit. Voyant que son comparse restait sur place comme un glandu, le guerrier bougonna :

— Ben quoi ? Tu veux plus aller manger ?

Le Nain lui lança son œillade la plus féroce :
— Vous me faites tous chier.

Ils finirent par descendre néanmoins vers la salle dédiée au petit déjeuner. En passant dans le couloir, le courtaud vérifia que personne ne s'y livrait à des libations bizarres et que la porte de la chambre des filles était fermée. Puis ils empruntèrent l'escalier.
La Magicienne était à table depuis un bon moment. Elle n'avait pas sa tête des bons jours, et mangeait des tartines en révisant ses sortilèges de combat dans un ouvrage épais qui ne la quittait jamais : le fameux *Grimoire des Ordres Néfastes*.
En arrivant dans la pièce, le Nain constata que le Ranger et l'Elfe étaient absents. Il grinça des dents, envisageant alors le pire. Quelque chose était sans doute en train de se dérouler à l'étage, quelque chose qu'il ne fallait pas tenter d'imaginer.

Le Barbare se dirigea sans rien dire vers la table, et tira une chaise.
— Ah, vous voilà ! siffla l'érudite. Je pensais que vous alliez dormir toute la journée.
Le Nain lui tira la langue :
— Pfffrrrt ! C'est pas le moment de m'emmerder, j'ai mal au crâne.
— Mais nous avons rendez-vous au temple *le matin* ! Et le matin, c'est maintenant.
— C'est toujours le matin tant qu'on n'est pas dans l'après-midi.
Sur ces derniers mots, le courtaud s'empara d'une miche de pain, d'un couteau et d'une terrine de lièvre qui lui semblait sympathique. Il fit mine de commencer son repas comme si de rien n'était, mais semblait très énervé.
— Et les autres, ils font quoi ? relança la Magicienne. Il faut qu'on aille les chercher ?
— Je te le conseille pas ! grogna le Nain en s'acharnant sur une tranche de pâté. Pouah ! Tu vas sans doute les déranger !

— Les déranger ? Mais je ne comprends rien. Qui ça ?

Le courtaud désigna l'escalier de sa tartine :

— L'autre nase, avec la débile. Je les ai surpris en train de se faire des bisous !

Le Barbare se tourna vers lui, l'air méfiant :

— Hein ?

La Magicienne resta bouche bée. Elle referma son grimoire et interrogea son camarade barbu :

— Des *bisous* ? Ils se font des *bisous* ?

— Ouaip ! Ça sent pas bon cette histoire. Si tu veux mon avis, c'est vraiment dégueulasse !

— T'es sûr que t'as bien vu ?

Le Nain écrasa une portion de terrine colossale sur une tranche de pain de la taille d'une main d'ogre, et bougonna :

— J'ai vu ce que j'ai vu ! Deux personnes collées qui se regardent dans les yeux, avec un type louche qui pense qu'il est le chef du groupe et qui tripote les nichons d'une elfe à l'air complètement stupide et même pas habillée.

— Oh ! là là ! gémit la Magicienne. J'aime pas ça !

— Moi non plus ! Alors je mange du pâté, pour oublier. Parce qu'il est trop tôt pour la bière, et que j'ai mal à la tête.

— Mais alors pourquoi ils sont pas là ? questionna le Barbare.

Ses deux camarades le gratifièrent d'un regard condescendant.

— T'es con ou quoi ? grinça le Nain. Qu'est-ce qui se passe à ton avis ?

— Bah non. J'en sais rien.

— C'est ça alors. T'es con !

À l'étage, c'était plutôt calme, en fait. L'Elfe s'habillait dans sa chambre, et le Ranger était assis sur le lit, l'air piteux, en attendant qu'elle finisse. Il se passait beaucoup de choses dans la tête du jeune homme tandis qu'il observait son équipière enfiler ses vêtements, sachant qu'elle n'en avait cure et que le naturisme était traditionnel pour son peuple. Toutefois, il ne se sentait pas prêt à faire les deux pas qui le séparaient de sa camarade. C'était une situation étrange.

— Attends-moi encore un peu, insista l'Elfe. J'ai besoin de me peigner.

— Mais je peux très bien t'attendre en bas, déclara le rôdeur.

— Mais non, c'est plus rigolo si on y va tous les deux !

— Rigolo ? Qu'est-ce qui est rigolo ?

— Je ne sais pas, c'est juste rigolo.

L'aventurier soupira et décida qu'il valait mieux inspecter l'extrémité de ses souliers. Il y avait des limites à la résistance psychique d'un être humain.

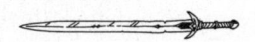

BULLETIN CÉRÉBRAL DU RANGER

Est-il possible que l'Elfe ait changé pendant sa période de décès ? Est-ce que sa conscience a pu être endommagée ? La Magicienne a dit qu'elle avait sans doute été transformée, parce qu'on ne peut jamais revenir exactement comme avant. Mais zut ! Je ne sais pas quoi faire. Et puis je dois penser à Codie ! Si je veux la retrouver à Glargh, c'est pas le moment d'essayer des trucs avec l'Elfe. Et je la connais, depuis le temps. Elle fait semblant de rien, et puis si je m'approche elle va me mettre une claque. Mais tout de même, ces bisous-là… C'était quelque chose. Pfiou. Ah zut, c'est vrai que le Nain nous a vus, ça va sans doute encore faire tout un pataquès. C'est pas bon pour mon image, ça, pas bon !

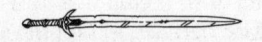

Ils sortirent de la chambre au moment où l'Ogre descendait pour les agapes matinales. Gluby traînait les pieds dans le couloir, les yeux ternes et la bouche molle. Il ne referait sans doute pas de sitôt l'expérience des boissons alcoolisées.

Ils se retrouvèrent ainsi tous en bas, autour d'une table bien garnie. Le soleil filtrait à travers les fenêtres en même temps qu'un joyeux brouhaha d'agitation citadine et quelques piaillements d'oiseaux. Sur un petit guéridon se trouvait la statue d'un buste d'homme au crâne dégarni, au sourire mièvre et qui portait un panier de brioches et de croissants. C'était le célèbre Harry Corey, l'inventeur du petit déjeuner.

Avec les promesses de la mission proche, cette nuit de sommeil sans histoire et cette farandole de charcuterie gouleyante, toutes les conditions étaient réunies pour que cette assemblée matinale se fasse dans la meilleure ambiance possible. Néanmoins, il s'était installé un climat bizarre, fait de regards méfiants, de sourcils froncés et de sourires aigres.

L'Elfe remercia tout le monde pour son sauvetage, insista pour faire un câlin à Gluby mais celui-ci prit peur et disparut sous la table.

— Eh bah ! bougonna le Nain. En tout cas, y en a *certains* qui ne prennent pas la fuite !

Il ne détacha pas ses yeux de sa tartine, mais c'était comme s'il avait visé le Ranger avec une arbalète.

— Ah ? s'inquiéta justement celui-ci. Heu… Je ne vois pas de quoi tu parles…

— Mais si ! gazouilla l'Elfe en le couvant d'un regard printanier. C'est quand on a fait des bisous dans la chambre !

Le rôdeur s'affaissa, déprimé. La Magicienne s'étrangla et le Barbare brisa sa biscotte. L'ambiance dans la salle s'épaissit instantanément, comme si les dieux venaient de recouvrir la bâtisse d'une gigantesque pelletée de cendres. Pour l'archère, cependant, tout n'était que joie, paix et bonheur. Elle se servit un bol de céréales et raconta son voyage astral, sans voir que ses camarades tiraient des tronches de six kilomètres :

— Vous savez que j'étais au paradis des Elfes ? C'était vraiment super !

— On imagine ! grinça caustiquement le Nain.

— Eh oui ! Là-bas il y avait un monsieur avec une barbe, qui voulait me faire boire de l'hydromel. Je lui ai dit que ça rendait malade, mais il m'a expliqué qu'on n'avait plus mal à la tête quand on était mort. Ça m'a rendue un peu triste quand même, alors j'ai bu son verre, c'était très bon et très sucré ! Et j'en ai encore bu plein après ça. Ensuite j'ai eu le droit de me promener dans un grand jardin rempli de magnifiques poneys colorés, avec des elfes partout qui avaient l'air joyeux parce qu'ils pouvaient coiffer leurs cheveux. J'ai même retrouvé un oncle à moi qui avait disparu, il m'a expliqué qu'il avait perdu la vie en tombant dans une fosse piégée pour les ours. Il m'a demandé ce qui m'était arrivé, mais moi je ne savais pas. Je me souviens que je courais dans la forêt au bord de la rivière, et puis c'est tout !

La Magicienne lui expliqua en beurrant sa tartine :

— On pense que ta tête a heurté une branche, que tu as perdu connaissance et que tu es tombée dans l'eau juste après.

— Faut quand même que tu sois vachement conne ! ajouta le Nain.

Le Ranger avait peur qu'on en revienne à l'histoire du sauvetage, et consécutivement à cette embarrassante séquence de câlins elfiques. Il s'efforça d'expliquer à l'archère, avec des mots simples, qu'une femme appartenant à une puissante organisation les avait contactés la veille, et qu'ils avaient signé le contrat pour une importante mission. Ils devaient récupérer un objet précieux à Glargh. La Magicienne précisa que ça n'avait rien à voir avec une statuette, et que ça ne concernait aucune prophétie apocalyptique. Comme ses compagnons l'avaient prévu, l'Elfe fut enchantée par l'initiative et se déclara prête à reprendre la route.

Ils pressèrent donc tout le monde de terminer le repas, car c'était l'heure du fameux *rendez-vous*. Afin de motiver les râleurs, ils insistèrent sur le fait qu'ils recevraient à cette occasion une partie des pièces d'or et les fameux objets magiques promis par l'énigmatique femme aux yeux verts.

— Ah mais oui ! J'avais oublié ça ! s'écria le barbu.

Il se hâta de terminer sa tartine en une seule bouchée, manquant de s'étouffer. Il insulta ensuite ses camarades, la bouche pleine, afin qu'ils s'apprêtent à partir au plus vite.

L'Elfe se tourna vers le rôdeur, et lui lança sur un ton particulièrement réjoui :

— Tu crois qu'on aura le temps de faire encore des bisous ?

L'aventurier recracha par le nez la moitié de sa tasse de thé.

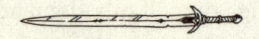

Lorsqu'ils se trouvèrent enfin sous le fronton du temple abandonné de Caddyro, il était près de midi. Morwynn les attendait à l'entrée, la bouche pincée. Elle poireautait depuis deux heures et détestait perdre son temps, mais elle savait qu'il était important de faire bonne figure pour motiver les aventuriers. Sa vengeance viendrait plus tard. Elle les accueillit donc en souriant :

— Le réveil a été difficile ?

— Ça dépend pour qui ! grogna le Nain en désignant méchamment le Ranger.

La Magicienne leva son bâton, comme si elle s'apprêtait à le planter entre les dalles du temple dans le but de marquer son nouveau territoire :

— En tout cas, nous voilà !

— Suivez-moi ! lança la femme, plus sèchement qu'elle ne l'aurait voulu.

Ils passèrent entre les colonnes du temple, marquées de bas-reliefs usés représentant des scènes de la vie quotidienne aux détails saugrenus : des marchands devant des étalages et des citoyens bien habillés qui se promenaient avec des paniers de champignons. Ils pénétrèrent ensuite dans les vestiges d'une grande salle rectangulaire dont le toit s'était effondré depuis longtemps. Les gravats semblaient avoir été repoussés sur les côtés, de sorte qu'il était possible d'y circuler et d'y tenir une petite réunion clandestine. De nombreux détritus, des emballages de nourriture et des cruches brisées démontraient que ce vieux monument servait encore parfois de refuge. On pouvait y discuter loin des oreilles indiscrètes.

Au centre de la salle se tenaient deux solides gaillards, postés de part et d'autre d'un coffre de taille moyenne. Ils étaient vêtus d'une épaisse cuirasse rouge et d'un pantalon de cuir noir, ainsi que d'une énorme ceinture d'armes dont la boucle représentait la tête d'une créature reptilienne. Ils croisaient les bras, exhibant de la sorte leurs bracelets cloutés, et les poignées de larges glaives dépassaient de fourreaux de cuir rouge. Malgré leur expression neutre, ces vigiles étaient du genre à décourager les marioles.

Il s'agissait en fait de deux membres de la garde d'élite de Waldorg, de ceux qui ne sortaient que dans les grandes occasions. Il ne fallait pas les chatouiller sous les bras.

Morwynn s'approcha du tandem et désigna le coffre :
— Comme vous pouvez le voir, nous avons gardé précieusement votre pécule !

Les aventuriers ne souhaitaient pas fâcher les gardes. Intimidés, ils se contentèrent de hocher la tête. Le Barbare se tenait sur le côté, prêt à dégainer ses armes.

La fonctionnaire leur confia un petit parchemin :
— Vous avez ici l'emplacement de la tour. Elle se trouve à l'ouest de Glargh, au bout de la rue Tibidibidi.
— Qu'est-ce que c'est que ce nom de rue ? s'inquiéta le Nain.
— La ferme ! chuchota la Magicienne en lui frappant la jambe avec son bâton.
— Aïeuh !
— Et voici également vos billets pour le voyage en diligence, enchaîna Morwynn.

Elle confia au Ranger de petits morceaux de carton calligraphiés, frappés d'un étrange tampon :

217

— Ne les perdez pas ! Nous vous avons réservé une voiture pour vous seuls, mais votre cocher ne pourra s'éloigner du convoi. Vous devrez par conséquent voyager et camper avec les forcenés du sport.

— C'est génial ! gazouilla l'Elfe. On aura plein de nouveaux copains !

— On doit camper ? maugréa le Nain. C'est quoi cette embrouille ?

— Les fanatiques de sport sont parfois difficiles à comprendre, affirma Morwynn.

Le courtaud désigna l'Ogre :

— Nous avons l'habitude ! On se promène toute la journée avec une créature qui raconte n'importe quoi.

— Agluk ? mâchonna l'intéressé.

— Vous voyez ?

— Et puis nous sommes vachement sportifs, se vanta le Ranger.

— Eh oui ! soupira la Magicienne. Nous sommes très forts à la course.

L'un des hommes se baissa pour ouvrir le coffre, sur un signe de tête imperceptible de Morwynn. Le vigile expliqua aux compagnons qu'ils devaient vérifier la somme prévue pour l'avance de leurs honoraires.

Ce fut donc le Nain qui s'approcha, comme de coutume. Il était le spécialiste de la finance et des comptes, et comme il n'avait pas beaucoup d'autres talents les aventuriers ne lui disputaient jamais le droit d'utiliser celui-ci. Il convenait toutefois de garder un œil sur lui, car il ne s'était jamais fait remarquer par son honnêteté.

Il se baissa vers le contenu du coffre et ses yeux s'écarquillèrent. Sur un côté se trouvaient empilés des lingots de béryllium. Il y en avait bien dix, l'équivalent des cinq mille pièces d'or prévues.

Dans la partie restante du coffre étaient enchevêtrés divers objets, sans doute les cadeaux promis par la troublante femme aux yeux verts.

— Alors ? questionna le rôdeur.

— C'est quoi c'est quoi c'est quoi ? répéta l'Elfe en sautillant sur place.
— C'est génial ! bredouilla le Nain, les larmes aux yeux. Y a tous les lingots et des machins en plus !
— Ah, super !
— Youpi !
— Cool !
— Bidilu ! ajouta le gnome qui voulait prendre part aux festivités.

Morwynn s'approcha du Ranger de sa démarche féline et lui tendit sa main gantée dans le but de sceller la mission. Elle était un peu plus grande que lui, finalement, c'était presque inquiétant.
— Nous considérons que l'affaire est conclue ? dit-elle.
— Heu… Oui, oui, bien sûr !
Le jeune homme serra mollement la main de la femme et rougit. Il lui vint alors une question tout à fait judicieuse :

— Et qu'est-ce qu'on doit faire quand on aura… Vous savez, l'objet ?
— Ne vous inquiétez pas. Notre agent sur place saura vous retrouver. Il vous arrangera un voyage de retour et ainsi vous pourrez revenir jusqu'ici pour me remettre l'orbe en échange du restant de la somme.
Morwynn se félicita : il était bien utile de savoir improviser parfois. La finalité de la quête n'avait pour elle aucune importance : il convenait simplement que les aventuriers se fassent pincer dans la tour de la prêtresse, avec leur contrat. Le reste allait se faire tout seul. Quelques échanges houleux avec des gens bien placés, et la scandaleuse affaire impliquant les Moines Brasseurs irait semer la pagaille dans la haute société glarghienne.

Le Nain rajusta sa cotte de mailles et s'approcha pour interroger la femme à son tour :
— Et pour l'histoire avec le pourcentage du trésor ? On fait comment ?

Morwynn fut secouée d'un rire mutin, comme si tout était naturel. Elle se pencha vers le Nain :

— Eh bien, il vous faudra juste attendre assez longtemps pour que nous le retrouvions et que nous puissions l'évaluer. Vous pourrez passer le temps à Waldorg.

— Ah oui, c'est sûr ! commenta le Ranger.

— Des richesses ! scanda le courtaud, sous le charme. Des tas de richesses, hé hé ! Des richesses pour moi ! Des richesses, la la laaaaa !

Le nabot cuirassé entama une danse autour du coffre, sous le nez des gardes stoïques. Il agitait rythmiquement sa hache comme s'il essayait de découper des moustiques en vol. Le Ranger et la Magicienne tentaient de lui faire comprendre par leurs mimiques hostiles qu'il devait cesser de les ridiculiser, mais cela n'avait aucun effet vu qu'il ne les regardait pas. L'Elfe frappa dans ses mains pour accompagner sa danse et le Barbare lança plusieurs cris rauques qui ne ressemblaient à rien.

Morwynn fit quelques pas vers la sortie et cria pour couvrir le vacarme :

— Puisque tout est clair, nous allons vous laisser découvrir vos cadeaux ! Nous avons du travail ! Et n'oubliez pas votre rendez-vous demain matin, car le convoi ne vous attendra pas jusqu'à midi !

— Nous allons faire attention ! clama la Magicienne en retour.

— Ouiiii ! Des cadeaux ! Tralalaaaaaaaa ! enchaîna le courtaud en tournant sur lui-même.

Morwynn se tourna vers ses gardes :

— Venez, messieurs.

Les vigiles ne se firent pas prier. Ils étaient heureux d'échapper au triste spectacle et se hâtèrent de rejoindre leur chef. Ils disparurent tandis que le Ranger et la Magicienne leur adressaient des signes de la main, très embarrassés.

Une fois passé la crise d'allégresse, les compagnons se précipitèrent tous en même temps sur le coffre pour découvrir leurs présents.

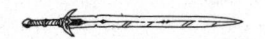

BULLETIN CÉRÉBRAL DU NAIN

Ha ha ha ! C'est moi le premier au coffre ! C'est parce que j'ai une compétence spéciale pour avoir les trésors en premier. Y a un tas de choses là-dedans, voyons voir. Trois potions, ça on s'en fout. Des rouleaux de machins à lire, ça m'intéresse pas. Qu'est-ce que c'est que cette horreur ? Ce petit bâton gravé est vraiment moche. Les gantelets ne sont pas à ma taille. Bon sang ! Les belles bottes ! Et là, y a une dague qui a l'air… Non, c'est un truc elfique ça, ils ont dessiné des feuilles d'arbres ces abrutis. C'est un coup à choper la honte. Rahhh, mais les autres me poussent, je dois prendre un truc, vite ! Les bottes sont pour moi ! J'ai les bottes ! Ha ha !

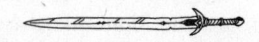

BULLETIN CÉRÉBRAL DU RANGER

Ce petit salaud a déjà raflé les bottes ! Oh ! là là, y a plein de choses là-dedans ! Mais tout ça c'est magique, non ? Il faut lire les étiquettes. Potion de mana rouge ? Qu'est-ce que ça veut dire ça ? C'est sans doute pour la Magicienne. Baguette de Zorlaki. C'est incompréhensible. Amulette des Moriacs… Bouh, c'est vraiment vilain. Mais ils vont arrêter de me pousser, oui ? Ah, ici ! Les gantelets d'attaque de Yori-Barbe-Sale ! Et ça donne un bonus ! Mais zut, moi, j'ai déjà mes gantelets d'archer. Je ne peux pas porter deux fois des gantelets, ça n'a aucun sens ! Dague elfique des temps anciens ? C'est super ça ! Mais si je la prends j'en connais une qui va pleurer pendant des jours. Bon, tant pis, je prends les gantelets !

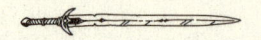

BULLETIN CÉRÉBRAL DE L'ELFE

Mais c'est super tous ces cadeaux dans un grand paquet ! Ça me rappelle quand on faisait la fête avec ma famille dans la forêt. On achetait des choses pour tout le monde et on allait chercher nos cadeaux dans le trou du vieil arbre avec la tradition machintruc. Et moi j'avais souvent des peignes enchantés, et comme ça ensuite je pouvais gagner les concours de coiffage de poneys. Enfin tout de même, les objets là sont un peu bizarres. Ce petit bâton est vraiment horrible ! Et c'est quoi ce pendentif ? On dirait qu'il représente un monsieur tout nu qui vomit. C'est vraiment affreux. Et ça ? C'est peut-être des flacons de shampooing ? Ah non, c'est marqué des trucs magiques. Et puis les shampooings ne font pas de la lumière rouge, je n'en veux pas. Je ne veux pas me retrouver avec les cheveux rouges et tout secs comme ceux de la Magicienne. Mais heu ! Le Barbare n'arrête pas de me pousser ! Mais qu'est-ce que je vois ici ! C'est la même dague que celle de grand-père !

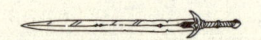

— Stooooop ! cria la Magicienne.

Elle octroya quelques coups de son bâton renforcé sur le dos des aventuriers qui se bousculaient, la tête dans le coffre. Des cris de douleur se firent entendre tandis qu'elle martelait :

— Vous vous croyez à la foire ? Calmez-vous un peu, bande de débiles ! On dirait des gamins !

Ils finirent par s'écarter, penauds. Le Nain tenait les bottes pressées sur sa poitrine, et le Ranger tentait de dissimuler les gantelets dans son dos.

— Ça ne sert à rien de se ruer sur les objets, insista la Magicienne. Il faut les partager en fonction des talents et des faiblesses de chacun !

— La faiblesse, c'est pour les faibles ! philosopha le Barbare.

Le Ranger, peu satisfait de son propre comportement, décida de se venger par une remarque acerbe en réponse au chevelu :

— Merci pour cette analyse très fine, mais la Magicienne a raison ! Nous devons nous concerter avant de partager les objets.

— Bah moi je me suis déjà concerté, clama le Nain. Je vais prendre les bottes en cuir, elles ont la classe.

Le rôdeur persévéra :

— La concertation, ça doit se faire à plusieurs !

— Tant pis pour vous !

Afin d'éviter les conflits inutiles, l'érudite s'interposa :

— Ce n'est pas grave pour les bottes, de toute façon c'est sans doute une bonne chose qu'elles reviennent au Nain. Les siennes sont dans un triste état.

— Ça ne l'empêchera pas de sentir mauvais, commenta l'Elfe.

Le courtaud lui adressa un geste inconvenant :

— Va crever, gourdasse !

— Il n'y a que des objets magiques là-dedans, expliqua le rôdeur en se penchant sur le coffre. Il faudrait les trier pour savoir à qui ils peuvent servir.

— C'est exactement ce que je disais ! répéta la Magicienne.

— Moi, j'en veux pas ! gronda le Barbare. Les trucs magiques c'est pour les bouffons qui ne savent pas taper !

Sur ces dernières paroles, il croisa les bras et se détourna. Le sujet du partage était clos pour lui. Ses compagnons échangèrent une moue d'incompréhension et commencèrent le tri des objets.

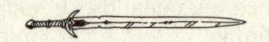

BULLETIN CÉRÉBRAL DE LA MAGICIENNE

J'ai un peu de mal à gérer cette histoire de cadeaux. On voit bien qu'on a affaire à des sorciers, il n'y a quasiment que du matériel pour moi ! Enfin, c'est la théorie, parce que pour la pratique, n'importe qui peut lire un parchemin ou utiliser une baguette enchantée à l'avance. Mais je me vois pas confier un parchemin de cône de glace au Ranger ou à l'Elfe. Et surtout pas au nabot ! Ils seraient fichus de congeler toute la compagnie en utilisant ça n'importe comment. Alors j'ai gardé ça, et puis aussi la potion de mana rouge qui doit pouvoir me rendre mon énergie astrale si jamais j'en ai besoin d'urgence, ainsi que les parchemins de protection magique et celui de la boule de feu majeure. J'ai la puissance de feu d'un Golbargh ! Enfin tout ça c'est bien pour moi, mais du coup ça râlait un peu du côté des copains, parce que bien sûr ils m'ont accusée de vouloir tout garder ! J'ai dû leur expliquer que c'était pour leur bien mais je ne sais pas s'ils ont cru à mon histoire. Nous avons ensuite partagé le reste. L'amulette des Moriacs est pour le Nain, ça lui donne un bonus de force alors il est très content. Ce petit crétin a été gâté, parce qu'il a récupéré des bottes de Thlieu ! Ce sont des bottes magiques qui vont lui permettre de courir très vite. La potion de courage des Dragons ainsi que la baguette de Zorlaki sont pour le Ranger. Pour la potion, je lui ai conseillé de l'avaler si un ennemi un peu effrayant s'approchait, ça va lui éviter de prendre la fuite ou de s'évanouir. La petite baguette est affreuse, mais ça va lui permettre de crocheter les serrures sans risquer de prendre un piège dans la poire. L'Elfe a pris la dague elfique, et celle-là c'est une vraie ! Pas comme l'imitation bas de gamme achetée à Glargh. Quand elle utilise cette dague, elle a un bonus de courage, d'attaque et de charisme : ça ne fait pas dans la camelote ! Je n'avais rien pour l'Ogre, mais comme il a déjà plein de matériel il s'en fiche, et puis le coffre ne contenait pas de saucisses, alors j'ai donné la potion de soin à l'Elfe en espérant qu'elle ne l'utilise pas pour ses cheveux. Quant au Barbare, il ne veut rien et il fait la gueule. Tant pis pour lui.

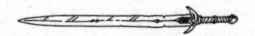

Ils s'empressèrent de répartir les objets dans l'allégresse, et il était heureux que la scène se déroule dans un temple abandonné plutôt qu'au milieu de la rue. Le Ranger remisa dans le fond de son sac ses inutiles gants d'archer, et décida de tester sur-le-champ ses gantelets d'attaque. Il dégaina sa belle épée et réalisa quelques mouvements à destination d'un ennemi imaginaire. Gluby et l'Ogre l'observèrent pour lui faire plaisir, mais tous les autres s'en fichaient et ne répondaient pas à ses questions concernant l'amélioration de ses performances et la précision de ses mouvements. L'Elfe était subjuguée par sa nouvelle dague, et s'amusait à la comparer avec l'ancienne. La Magicienne avait décidé de ranger son matériel car elle commençait à trouver cela chaotique.

Pour le Nain, en revanche, c'était assez spectaculaire. Une fois qu'il eut changé ses vieilles bottes contre les nouvelles – elles étaient un peu grandes mais il s'arrangea pour en combler l'extrémité avec un morceau de tissu – il se leva et fit la démonstration de la fameuse course magique de Thlieu. Il se posta donc dos au mur et démarra, traversa la ruine en quelques enjambées sans qu'on puisse voir ses jambes, tant elles se mouvaient prestement. Il eut cependant le plus grand mal à contrôler son déplacement et percuta le mur du fond de plein fouet. Il se trouva ainsi dos à terre avec le nez en sang et son casque enfoncé jusqu'aux oreilles. La Magicienne inquiète et le rôdeur bondirent à son secours, mais ils tombèrent sur un Nain hilare allongé dans les débris.

— Vous avez vu ! Hé ! Vous avez vu ! lança-t-il en riant aux éclats. Je suis vachement rapide ! Un vrai boulet magique ! Hé hé hé !

— La vache ! s'inquiéta le Ranger. Tu es sûr que tu vas t'en sortir ?

— Moi, ça m'a l'air plutôt dangereux ! confirma la Magicienne.

— Ta ta ta ! se défendit le barbu en mouchant son nez dans ses doigts. Je vois bien que vous essayez de me piquer mes super bottes !

Une fois redressé, il ajusta son casque Lebohaum et contempla le sang qui maculait son gant de cuir. Puis il continua :

— La vérité c'est que j'ai le meilleur instinct pour trouver les objets. Alors bon, c'est normal si c'est moi qui me retrouve avec le super truc que tout le monde veut.

Le Ranger soupira, et s'en retourna tester son matériel en marmonnant des considérations relatives à la santé mentale des Nains. La Magicienne en revanche s'arma de patience et décida qu'il était bon pour tout le monde qu'elle s'escrime à le faire changer d'avis :

— Je ne sais pas si c'est très bien pour toi, ces bottes... Tu as vu déjà dans quel état tu te retrouves ? Et ça ne fait que trois minutes que tu les portes !

— Il faut juste le temps que je m'habitue ! ricana le Nain. Mais vous allez voir ! Avec ça, je vais devenir une vraie terreur !

— C'est bien ce qui m'inquiète... bougonna l'érudite.

Ils vidèrent le coffre de ses lingots et décidèrent de faire un tour en ville. D'une part, il n'était pas possible de partager dix lingots entre six aventuriers – le Nain refusait d'en donner le moindre fragment au gnome – et d'autre part ils avaient la chance d'être au cœur d'une grande cité pleine de magasins réputés. Comme le Barbare boudait et qu'il n'avait pas eu son quota de cadeaux magiques pour des raisons culturelles, il fut entendu qu'on lui céderait un lingot supplémentaire afin qu'il s'achète une meilleure épée. Cette décision ne fut presque pas contestée par le Nain, trop heureux d'avoir à ses pieds des bottes magiques lui permettant de se fracturer le nez contre les murs.

Les compagnons laissèrent au milieu des décombres le coffre dépouillé, bouclèrent leur paquetage et s'en furent en direction de l'ouest. Ils rallièrent l'avenue des Menzzoriens en roulant des épaules, sauf le Nain qui souffrait de problèmes de locomotion. Il refusait de comprendre que les bottes n'étaient pas conçues pour la marche, mais seulement pour la course. En conséquence elles étaient fort utiles pour le combat ou pour prendre la fuite, et on en faisait également grand usage chez Chronotroll puisqu'elles chaussaient leurs coursiers depuis plusieurs années. Pour marcher, c'était plus compliqué, aussi le courtaud décida de modifier son rythme : il se laissait distancer sur une dizaine de mètres, puis il courait pour doubler le groupe et les attendait un peu plus loin. Comme il avait encore des difficultés à jauger ses trajectoires, il se heurtait souvent à des poteaux, à des murets, à des étalages ou – plus grave – à des passants qu'on retrouvait par terre et qui l'insultaient. Il fut donc rapidement couvert de contusions, en sueur et débraillé, mais cela n'entama aucunement son exaltation, car l'étrangeté de la situation lui échappait totalement. Le gros avantage pour ses compagnons, c'était que le Nain ne pouvait plus leur parler que de loin, et qu'il n'était donc plus en mesure de leur faire subir ses blagues ou ses sarcasmes.

Le Ranger ne s'en souciait guère, car il ne cessait d'admirer ses gantelets. Il en vint à entamer le récit de ses futurs exploits :

— Avec ça, je vais pouvoir augmenter mes chances de toucher les ennemis plus habiles ! Ils vont moins faire les malins, tous ces gens qui me regardaient comme si j'étais un débutant !

L'Elfe s'enthousiasma :

— Et moi, si je rate les ennemis avec mon arc, je peux sortir ma dague pleine de bonus et rien qu'en la voyant les méchants vont partir en courant !

— Mais on n'aura pas d'expérience ! gronda le Barbare.

— Vous imaginez ? ajouta la Magicienne. Je peux jeter trois cônes de glace avec ce petit parchemin qui ne ressemble à rien ! C'est assez puissant pour tuer plusieurs ennemis et je ne gaspille même pas d'énergie astrale !

Le Barbare se détourna :

— Peuh, c'est trop facile ! Crôm n'aime pas les parchemins ! Il s'en sert pour aller aux toilettes !

La Magicienne grimaça en visualisant mentalement le sacrilège.

— T'es sûre que tu ne peux pas m'en prêter un ? supplia le Ranger en tirant sur la manche de la rouquine.

— Mais non ! Si jamais tu fais une erreur à la lecture, ça peut t'exploser à la tête !

L'aventurier frissonna et abandonna l'idée.

Ils entendirent un fracas et des cris de douleur, un peu plus loin dans la rue. Le Nain venait de percuter quelqu'un, une fois de plus. Il avait roulé dans un étalage de fruits et légumes avec sa victime et se relevait péniblement. Il glissa dans les tomates et s'étala une deuxième fois en râlant, dans un fracas de métal et de cagettes brisées.

— C'est vraiment n'importe quoi cette histoire de bottes ! commenta la Magicienne.

— J'ai toujours dit que c'était un crétin ! ajouta l'Elfe.

— Mince ! gémit le Ranger qui observait la scène. Il est rentré dans un sorcier !

L'affaire était visiblement loin d'être terminée et il y avait effectivement de quoi paniquer. L'homme que le Nain avait renversé venait de jaillir des salades, fou de rage. Son accent de l'Est était encore plus fort à mesure qu'il s'énervait :

— Arh ! Mais bon sang, qu'est-ce qui vous prend de courir dans les rues ! Bordel de flibuste à chilivor de zouk stipulaire ! Arh !

Il s'appuyait sur un bâton flamboyant et sa robe de mage criarde, bien que constellée de taches, était reconnaissable entre mille. Il s'agissait de l'irascible sorcier déjà rencontré par deux fois, celui qui enseignait la magie du feu et qui rédigeait les manuels à destination des pyromanes amateurs.

— C'est le monsieur qu'on a rencontré dans le chemin quand on allait à la tour ! pépia l'Elfe. Coucou, monsieur !

Elle agita sa main mais l'homme n'y prêta aucune attention. Il faisait face au Nain, maintenant que celui-ci était de nouveau sur pied.

— Arh ! Mais je vous reconnais, vous ! Arh ! Vous êtes le Nain qui voyage avec cette bande de crétins ! Je vous trouve toujours sur mon chemin quand j'ai un problème !

Le courtaud balbutia, peu fier de sa performance :

— Bah heu… C'est parce que…

Une elfe noire à l'air hautain se tenait en retrait, après avoir miraculeusement échappé à la collision. Elle posa sa main sur le bras du mage :

— Laissez tomber, Cham, ce n'est qu'un avorton stupide. Il ne mérite pas qu'on incendie le quartier.

Le sorcier brandit son bâton en direction du Nain et rétorqua :

— Ne dites pas de sottises, Nak'hua ! Il m'a foncé dedans comme si j'étais une meule de foin ! Arh ! Je suis tout taché !

Le Nain reculait doucement, gardait péniblement son équilibre au milieu des fruits glissants. Son instinct de conservation prenait enfin le dessus.

— Mais nous avons rendez-vous au colloque de magie appliquée ! insista l'elfe noire.

— Arh ! Poussez-vous ! Il me faudra seulement quelques secondes pour réduire cet avorton en cendres !

Il prononça les trois mots de l'incantation du *souffle du dragon*, sortilège de niveau six, cinquième arcane de magie, catégorie *flammes directionnelles*, ordre des *faisceaux ignites*, sous-ordre des *crémations globales*. Un sort capable de réduire en cendres un humanoïde.

Le Nain fut plus rapide : au moment où les flammes jaillissaient de la bouche du sorcier, il détala magiquement dans la direction opposée, évitant ainsi le faisceau de flammes de quatre mètres de long qui parvint juste à roussir ses cheveux et ses poils d'oreilles. Il passa près de ses compagnons en criant « holalalalalala », mais s'éloigna si rapidement qu'ils ne furent pas en mesure de lui parler. Il abandonna dans son sillage quelques passants renversés et fut poursuivi par nombre de jurons. Le sol fumait et bouillonnait à l'endroit où le sorcier avait craché ses terribles flammes, attestant de la chaleur extrême du sortilège.

— Bourre-filache ! hurla le sorcier. Cet imbécile portait des bottes de vitesse ! J'aurais dû faire un *dispel magic* !

Il trépigna sur place en insultant tout le peuple nain tandis que Nak'hua tentait de le raisonner. Elle prétendait pouvoir le débarrasser de toutes ces taches de tomate avec un sortilège d'illusion.

— Fichons le camp, vite ! murmura le Ranger en poussant ses camarades vers une ruelle transversale. J'ai pas envie de mourir grillé à cause de cet abruti de Nain !

La Magicienne traînait à l'arrière, elle restait les yeux rivés sur le sol fondu, et commenta fébrilement :

— Mais vous avez vu ça ? Un putain de sortilège qui déchire tout !

Le Concile de Waldorg était une fois de plus réuni dans la salle des « petites audiences quasiment secrètes ». On trouvait là Ménorin le trésorier, Flubert l'intendant, Ravinic et Pichembon ainsi que Kurt le sanguin responsable de la sécurité intérieure. Bifftanaën le Calvitié présidait lui-même la séance en se massant le crâne, tandis que son assistante expliquait de quelle experte manière elle avait embobiné la compagnie d'aventuriers sans nom.

— Ils partiront dès demain matin par le convoi sportif, conclut-elle au terme d'un exposé de quelques minutes. Notre ami Flubert a déjà pris toutes les dispositions nécessaires à l'organisation du voyage.

— Vous comptez les surveiller, non ? s'inquiéta Pichembon.

— C'est prévu, bien entendu. Leur cocher est aussi l'un de nos hommes de confiance.

— Ils ont intérêt à ne pas faire n'importe quoi, grommela Ravinic. Vous avez presque dévalisé mon vieux stock d'objets magiques !

Morwynn se révolta :

— Voyons ! Il vous en restait encore trois malles pleines !

— C'est pour ça, je dis « presque ».

— Il suffit ! s'interposa Bifftanaën. Nous prendrons soin de vous dédommager, de toute façon cette affaire vous rapportera beaucoup plus que des bricoles enchantées ! Nous allons pouvoir exercer notre contrôle sur tous les échanges commerciaux en Terre de Fangh !

Le trésorier se frottait déjà les mains. Il appréciait les complots rémunérateurs.

Kurt Yeleb consultait la liste du matériel offert aux compagnons, et son front se barrait d'un pli soucieux. Il intervint finalement :

— Excusez-moi ! Je vois dans cette liste qu'on leur a fourni du matériel assez performant... Parchemins incendiaires, potions, amulettes... Vous n'avez pas peur qu'avec tout cet attirail ils ne finissent par triompher des obstacles de la tour de la prêtresse ?

— Ce serait ballot ! ricana le trésorier.

La bouche de Morwynn dessina lentement le plus mauvais des sourires. Elle claqua des doigts en direction de l'intendant :

— Monsieur Flubert, veuillez s'il vous plaît nous lire le rapport que nous avons récupéré de notre informateur à Glargh. Celui qui travaille pour la guilde des voleurs.

— Avec joie, mademoiselle. Je l'ai sous la main !

L'intendant explora en hâte une pile de documents pour y trouver la feuille idoine, provoquant ainsi un temps mort que l'assistant choisit de combler :

— Cette tour est une forteresse à ne pas prendre à la légère, comme vous allez pouvoir le constater.

Flubert s'éclaircit la gorge, les yeux rivés sur la liasse recherchée :

231

— Rapport d'expertise du quotient de dangerosité des Logements de fonction de la Grande Prêtresse de la Confession Réformée de Slanoush – tour de huit cent vingt-quatre mètres carrés habitables, sise au 44 de la rue Tibidibidi, comportant neuf chambres, trois salons, deux salles de…

Il fut coupé par Kurt Yeleb :

— Hé ! Nous ne sommes pas ici pour étudier les permis de construire ou installer des évacuations d'eaux usées ! Venons-en au fait !

Flubert s'excusa et parcourut des yeux le rapport, tâchant d'y trouver quelque information instructive. Il finit par relever :

— Ah ! Voilà pour ce qui concerne la sécurité. Un grand poste de garde à l'entrée, avec un contingent de huit cultistes armés. Ils sont relevés toutes les quatre heures, et deux d'entre eux sont des prêtres de Slanoush de niveau six ou supérieur – selon qu'on se trouve ou non en période scolaire. Le rez-de-chaussée comporte des chausse-trappes donnant sur des oubliettes pleines de crocodiles infernaux et d'amibes géantes vénéneuses. Tout ça c'est du classique. On signale des portes empoisonnées au premier niveau ainsi que plusieurs pièges à commande vocale au deuxième. Un escalier savonné. Un placard piégé au Klaptor, des lames rotatives, une double porte à écartèlement, trois guerriers champions de Slanoush, deux minotaures de combat…

— Houla ! grimaça Ravinic. On ne rigole pas !

— Quand je vous le disais… soupira l'assistant. Ils y tiennent à leur prêtresse !

— Mais ce n'est pas fini, toussota l'intendant. On signale un autre poste de garde au troisième niveau ainsi qu'une salle de torture, et deux grands prêtres mal lunés au niveau quatre. Les niveaux cinq et six représentent les appartements de la grande prêtresse elle-même. On rapporte également qu'une famille de Trogylorks est installée à la cave, ainsi qu'un ours mutant. Un gobelin ninja vivrait dans les toilettes du deuxième étage.

— Un gobelin ninja ?

— Non mais franchement ! Ils ne savent plus quoi installer dans leurs tours, souffla Pichembon en hochant la tête.

— C'est toujours mieux que les squelettes de l'espace en short ! plaisanta Kurt.

Ravinic s'esclaffa :

— Remarquez, je connaissais un type qui gardait des chapichapos maléfiques dans ses souterrains !

Bifftanaën appela les dignitaires à plus de sérieux. Flubert précisa tout de même que l'existence de ce gobelin ninja n'était pas certifiée, car selon le rapport il était très difficile de le voir : il n'était déjà pas bien grand, de plus il passait son temps à se dissimuler et possédait la faculté de disparaître dans un nuage de fumée toxique. On lui fit comprendre que le sujet n'était finalement pas très important et qu'on pouvait passer à autre chose.

Morwynn posa ses deux mains sur la table à la manière d'un chef de guerre. Elle se pencha vers les hommes et les transperça de son inquiétant regard vert :

— Tout cela devrait vous permettre de comprendre que nous n'avons rien à craindre. Mes chers collaborateurs, vous avez l'assurance que ce plan ne peut échouer !

Bifftanaën renchérit avec un clin d'œil :

— Les aventuriers seront arrêtés bien avant d'arriver au dernier étage !

Les membres du Concile se gaussèrent et décidèrent d'ouvrir une amphore de bon vin pour fêter dignement tout cela.

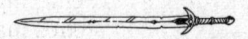

Les aventuriers marquaient une pause, assis sur un banc face au canal de Xaraz. Ils avaient fini par retrouver le Nain près du marché aux harengs, et celui-ci sentait d'ailleurs assez fort depuis qu'il avait dérapé dans une caisse de poissons. Il tenait un chiffon sur son nez et observait l'agitation urbaine en évitant de croiser les regards de ses camarades.

Le canal à cet endroit s'évasait, formait comme une vaste crique aménagée de nombreux pontons. Les bateaux s'y livraient à un véritable ballet à mesure qu'ils venaient y délivrer leurs cargaisons et repartaient au large. On trouvait ici toutes les bonnes choses pêchées dans la mer d'Embarh ou dans l'estuaire du fleuve, et quelques marchandises transportées par voie maritime depuis d'autres villes côtières. Par bonheur, les poissons n'étaient pas pêchés dans le canal, vu que celui-ci servait à l'évacuation des eaux usées de la ville. Il avait été creusé dans cet unique but, pour acheminer l'eau du fleuve Syé à travers la cité et rejeter plus bas toutes les matières encombrantes qu'on ne voulait plus voir. C'était un peu la marque de fabrique de Waldorg : tout ce qui était gênant se retrouvait à l'extérieur, aussi bien les gens que les animaux malades ou les déchets. Quelques personnes au conseil municipal avaient bien tenté d'échafauder des théories plus humaines ou plus écologiques, mais celles-là nourrissaient les crabes quelque part dans l'estuaire. Ici la règle d'or était la suivante : les privilégiés désiraient le rester. On chuchotait par ailleurs que les blattes géantes – grand fléau de Waldorg depuis quelques mois – avaient été créées par un mage terroriste afin de montrer du doigt les pratiques douteuses du gouvernement.

Une querelle de moindre importance avait également éclaté depuis quelques minutes à côté d'un entrepôt. Un poissonnier se battait avec un forgeron, sous prétexte que son poisson était frais et qu'il ne laisserait personne dire le contraire, pas même un abruti velu qui passait ses journées à taper sur une enclume. L'artisan avait son échoppe à quelques mètres du stock odorant, et prétendait qu'il faudrait jeter la marchandise vu qu'elle incommodait ses clients.

Toutes ces questions non résolues n'avaient cependant pas leur place dans les préoccupations des aventuriers. Ils profitaient du décor et, il faut bien le dire, de l'odeur particulière dégagée par le canal. Ils se trouvaient au sud de la ville et presque à la sortie du cours d'eau, c'était donc assez chargé. La présence d'un grand nombre de mouches, attirées par les poissons sur ce marché, permettait à Gluby de se remplir la panse. Il gesticulait autour des étals, multipliait les roues et les pirouettes et gobait ainsi de nombreux diptères sous les yeux étonnés des marchands. L'Ogre de son côté faisait une tournée d'inspection des étalages.

La discussion des compagnons tournait encore une fois autour des bénéfices de l'aventure. Le Ranger dissertait ainsi à propos de leur pécule :

— Ce qui m'inquiète un peu dans tout ça, c'est l'histoire avec les taxes. Il faudrait qu'on évite de dépenser tous les lingots car un abruti pourrait bien venir nous en réclamer une partie ! On aura l'air malins si on n'a plus rien.

— Eh oui, soupira la Magicienne. Mais je pense que cette fois il n'y aura pas autant de problèmes. On n'aura pas besoin de filer nos pièces à une guerrière sous prétexte qu'elle nous a délivrés des hommes-poireaux ! Et les types sournois de la Guilde des Voleurs ne viendront pas nous chercher des noises jusqu'ici.

— Et la saloperie de Caisse des Donjons, alors ? renifla le Nain. Tu l'as oubliée ?

— Justement, c'est pour ça qu'il ne faut pas tout dépenser ! s'énerva le rôdeur. Tu pourrais écouter ce qu'on dit !

Le courtaud insista :

— Ouais, bah, c'est quand même vachement agaçant ! Et puis en plus on dépense des fortunes pour sauver l'Elfe alors que j'ai même pas de quoi m'acheter une hache de bataille Durandil !

— Mais tu as déjà ta hache de jet ! protesta l'érudite. Tu ne peux pas tout avoir tout de suite !

— Eh ben je trouve ça bête ! Voilà !

L'Elfe s'approcha du nabot :

— Je ne vois pas de quoi tu te plains. Tu as eu des bottes magiques et une amulette de force !

— Et moi j'ai rien eu encore ! gronda le Barbare.

Le Nain ne répondit pas et décida qu'il ne voulait plus parler de ses bottes, surtout si le chevelu se mêlait de la conversation. Il avait déjà mal au nez et souffrait de multiples contusions, ce n'était pas le bon moment pour se battre avec la brute. Il ignora donc ses camarades et fit semblant d'observer un vieil homme occupé à trier des harengs.

— Ne t'inquiète pas, confia la Magicienne au Barbare. Nous allons rendre visite au meilleur armurier de la ville pour te trouver une chouette épée qui coupe et qui peut trancher les bras.

— Ouais, c'est cool !

— D'ailleurs, on ferait bien d'y aller maintenant, gémit l'Elfe. L'odeur est insupportable par ici !

Ils se mirent en route avec leur matériel, à l'exception du Nain qui demeura perché sur son tonneau. Le Ranger l'apostropha pour qu'il se joigne au groupe, mais celui-ci répondit en secouant négativement la tête :

— Non, non, moi, ça ira ! J'arrête de marcher, je vais plutôt vous attendre à la taverne au coin de la rue. Mes bottes sont neuves, elles me font un peu mal aux pieds !

— N'importe quoi ! soupira la Magicienne en s'éloignant.

Ils se rendirent sur les conseils d'un badaud à la Caverne aux Lames, dépôt d'armes à l'excellente réputation qui se trouvait non loin de là, dans la rue de la Torgnole de Crôm. Ayant visité les étals, il apparut que les fonds n'étaient pas encore suffisants pour qu'il puisse acquérir une arme à deux mains de bonne qualité. Ce matériel lourd occasionnait des dommages significatifs aux ennemis, mais il avait l'inconvénient majeur d'être difficile à manier s'il n'était pas bien conçu : il était donc recommandé d'acheter dans le haut de gamme ou de s'abstenir. Le Barbare s'était offert une épée à deux mains – plutôt médiocre – lors de leur dernière visite à Glargh, et se plaignait sans arrêt de son poids et de son manque de maniabilité. Il désirait donc revenir à la formule précédente, à savoir une épée dans chaque main. Il pouvait ainsi utiliser sa compétence *ambidextrie*, et c'était aussi impressionnant pour l'ennemi que dangereux pour les alliés. Un coup perdu était vite arrivé.

Ils fouinèrent pendant près de trente minutes et trouvèrent une lame digne du guerrier des steppes : la fameuse

Lame d'Excellence de Glonzg. Il s'agissait d'une arme à une main de fort belle facture, améliorée par le biais d'un enchantement qui lui conférait des bonus en attaque et en parade. Curieusement, le Barbare n'avait rien contre la magie dans ce cas précis : c'était sur une épée, donc ça ne comptait pas vraiment. C'était tout de même un magnifique objet qui manqua de faire pleurer le Ranger lorsqu'il s'en empara pour le tester. La garde en était ouvragée, sculptée dans le fémur pétrifié d'un dragon des cavernes. Une gemme d'un vert profond terminait le pommeau. La densité parfaite de la lame autorisait les mouvements les plus audacieux, et malgré sa couleur sombre elle se parit de multiples reflets irisés. L'ensemble était virtuellement indestructible. Sur le moment la demi-bâtarde du rôdeur – bien que brillante et bien faite – ressemblait à un jouet.

Les compagnons en profitèrent pour céder quelques pièces d'équipement inutiles et rejoignirent le Nain à l'auberge de la *Raie Joyeuse*, entre la place Gradouble et le Marché aux Harengs. Ils décidèrent de s'y installer pour la nuit, sans consommer plus que de raison malgré l'opulence de leur bourse. Ils avaient souffert une bonne partie de la journée des conséquences de leurs abus aux *Trois Princes Perfides*.

— Il faudrait qu'on arrête de faire la fête à tout bout de champ, développa l'érudite. Les gens vont finir par penser que les aventuriers ne sont bons qu'à tuer des monstres et boire des coups dans les tavernes.

— Bah ouais ! plaisanta le Nain. Moi, ça me paraît vachement bien comme programme !

— Sauf qu'on tue pas de monstres, murmura la Magicienne.

Le rôdeur essuya le thé qu'il venait de renverser, et ajouta :

— C'est un peu ça, la vie d'aventurier… Mais c'est aussi autre chose. La gloire, les niveaux, les compétences et tout ça. Et puis du beau matériel.

— Moi, quand j'aurai mon niveau huit, j'achèterai une baliste ! déclama le Nain.

Le Ranger lui brandit sa fourchette sous le nez, menaçant :

— Ça c'était mon idée ! T'as pas le droit de me la piquer !
— Même pas vrai !
— En tout cas, on n'est pas obligés de boire de l'alcool ! s'insurgea l'Elfe. À cause de ça, les gens font n'importe quoi !
— Toi t'en as pas besoin, ricana le Nain. Tu fais déjà bien assez de conneries !
— C'est pas ma faute si j'ai glissé dans la rivière !
— C'est la faute à qui alors ? Tu pouvais faire attention !
— Mais ça suffit vous deux ! pesta l'érudite.

Le Barbare n'écoutait pas la conversation. Il avait posé son acquisition sur la table et contemplait les reflets de la lame. Il s'écria soudain :
— Moi, j'aime bien ma nouvelle épée de Glonzong ! Elle est moins grande que l'autre mais c'est mieux !
— Il faudrait déjà que tu apprennes à te souvenir de son nom… grinça le Nain.
— Mais tu sais, c'est pas grave si elle est courte ! gazouilla l'Elfe en posant sa main sur le bras du Barbare. L'important c'est de savoir s'en servir !

BULLETIN CÉRÉBRAL DU BARBARE

L'Elfe est bizarre maintenant. Elle s'intéresse aux épées, c'est pas normal. Avant, elle parlait toujours des flèches et des arcs, et aussi des produits pour les cheveux. Moi aussi j'ai des cheveux mais j'utilise pas les produits. Et puis je ne sais pas pourquoi elle fait des bisous avec le Ranger. En tout cas c'est pas grave, maintenant j'ai mon épée de Zolong et je vais tuer tous les ennemis ! Ha ha !

VII

À travers les plaines

Les établissements honnêtes et calmes étaient plutôt rares en Terre de Fangh, mais *La Raie Joyeuse* en faisait partie. Les compagnons y passèrent une nuit réparatrice, et se trouvèrent ainsi levés juste avant l'aube afin d'y prendre leur premier repas de la journée. Ils déjeunèrent dans la bonne humeur et les blagues potaches, s'empiffrant de tartines et de lait chaud sous le nez d'un vieux garçon de salle au sourire jovial. L'homme appréciait tant les cabrioles matinales de Gluby qu'il décida de leur offrir une briochette à chacun. Ayant accepté de payer la note de gîte et de couvert sans faire d'histoire, les compagnons quittèrent l'aubergiste en bons termes.

Ils se rendirent ensuite en hâte au point de rendez-vous pour le départ du convoi : le siège de l'association des Brute-Balleurs de Waldorg, au bout de la rue des Rillettes. Ils manquèrent de se perdre en ville et décidèrent de demander leur chemin à un jeune homme échevelé occupé au nettoyage d'une échoppe. Le jouvenceau fut si terrorisé par l'Ogre qu'il se jeta à terre, implora qu'on lui laisse la vie et ne réussit à se calmer qu'après une bonne minute de crise. Puis l'Elfe se pencha sur lui, lui parla calmement en lui caressant les cheveux. Il retrouva instantanément l'usage de la parole et leur indiqua en bredouillant le chemin du canal et du pont le plus proche. Le Ranger le félicita pour avoir rendu service à une célèbre compagnie d'aventuriers, lui serra la main et lui signa un autographe sur un vieux morceau de parchemin. L'adolescent les regarda ensuite s'éloigner, des étoiles dans les yeux. Puis il se demanda pourquoi le Nain courait devant le reste du groupe à toute vitesse en suivant une trajectoire étrange, et s'arrêtait un peu plus loin pour les attendre. Un drôle de brindezingue, celui-là.

Ils furent à l'heure à l'adresse indiquée, et par ailleurs assez surpris d'y trouver une agitation aussi intense. Alors que le reste de la ville s'éveillait péniblement dans une ambiance café-pantoufles, une portion de la rue des Rillettes était encombrée de braillards en costumes bariolés. On y brandissait des banderoles comportant d'étranges slogans rédigés à la peinture en caractères tordus, tels que « Waldorg, cité des gagnants », « En avant les Vrombissants » ou « Ons vah gagnait ! » pour les moins lettrés. On y dansait, on y montrait son fondement dans les rires gras. On y scandait des chansons pénibles, pour le plus grand malheur des voisins. Un petit groupe tournait en rond au milieu de la rue, des gens visiblement ivres qui se dandinaient l'un derrière l'autre. Chacun tenait son voisin de devant par les épaules dans une étrange parodie de mille-pattes essayant de mordre ses parties génitales. Ils chantaient mal et fort une comptine probablement rédigée par un gamin de douze ans, sur un air qui avait quelque chose de militaire :

Les Vrombissants, ils vont leur faire mal aux dents
Nous à Waldorg on n'a pas peur des tarlouzes
Les Vrombissants, ça c'est pas des paysans
Ils passent pas l'temps les deux pieds dans la bouse !

La suite de la chanson comportait de nombreux détails scatologico-grivois que les aventuriers n'eurent pas le temps de savourer, puisqu'un gros homme à moustache jaillit sous leur nez en agitant une amphore :

— Hé vous ! Vous v'nez aussi pour le voyage ? Vous en tirez des tronches !

Un autre type, qui devait être un ami du moustachu, lui sauta sur le dos en criant :

— C'est la fête, hein ! Mon Dédé !

Le gros homme ainsi chargé perdit l'équilibre, bascula en avant, et le duo s'effondra sur la Magicienne. Elle encaissa le choc en lâchant à la fois son bâton et le livre qu'elle tenait sous son bras. Ils se retrouvèrent sur les pavés, les deux hommes riant grassement et soufflant à la figure de l'érudite leur déplaisante haleine.

— Ho ho ! 'Scusez-nous m'dame on a un peu glissé !

— Hey ! Il est plutôt marrant votre chapeau !

Avant même que le Ranger ne puisse réagir, l'Ogre avait lâché sa grosse hache et s'était précipité pour intervenir. Il se pencha pour saisir le cou d'un gaillard dans chaque main et les souleva brusquement jusqu'à hauteur de son visage. Les bougres surpris hurlaient en agitant bras et jambes dans l'espoir de s'échapper, suffoquaient face au casque menaçant de la grande créature.

— Hé ! Fais pas de conneries ! hurla le rôdeur.

— Takala sprotch ! cria la Magicienne. Takala sprotch !

Sur l'injonction de son amie, l'Ogre se relâcha et comprit qu'il n'était pas nécessaire d'écraser la tête des deux hommes. Il s'en débarrassa en les propulsant devant lui à la manière de vieux sacs de détritus, et les avinés lurons s'envolèrent droit sur la troupe de chanteurs mille-pattoformes. Ils brisèrent la chaîne et se retrouvèrent une fois de plus à terre, toussant et crachant au milieu de leurs congénères désorientés. La chanson s'arrêta, ce qui était sans doute une bonne chose puisqu'on y parlait actuellement des fesses du régent.

La scène n'avait pas échappé à quelques convives malgré l'ambiance aussi bruyante qu'agitée. Des gens s'éloignèrent des aventuriers en murmurant, créant ainsi un cercle de regards à la fois craintifs et menaçants autour des compagnons. Le vacarme diminua peu à peu jusqu'à ce qu'une parodie de silence s'installe. Un peu plus loin dans la rue, d'invétérés fêtards continuaient d'éructer des slogans en tapant du pied.

Les fanatiques de sport en plein travail

L'Ogre récupéra sa hache au sol, et la populace effrayée recula d'un bon mètre. Le Barbare s'approcha de la Magicienne, laquelle se tenait à nouveau sur ses deux pieds.

— Alors, baston ? lui souffla-t-il aussi discrètement que possible.

— Non ! On ne va pas se battre contre les citoyens !

— J'en ai marre, c'est toujours pareil ! grommela le chevelu.

Le Ranger paniqué se tourna vers les hostiles badauds, écarta les mains dans un universel signe de paix :

— Heu… Pas de panique, messieurs-dames ! C'est juste un malentendu !

— Ouais ! C'est les gros cons qui nous ont marché dessus ! enchaîna le Nain.

Il désigna les coupables du bout de sa hache de jet. La Magicienne à son tour témoigna :

— Tout va bien, je n'ai rien ! Mais ces crétins ont marché sur mon livre !

— On est des gentils ! pépia l'Elfe.

— Nous cherchons le convoi sportif en route pour la ville de Glargh ! ajouta le rôdeur d'un ton conciliant.

Des murmures de désapprobation fusèrent, accompagnés de quelques réflexions désobligeantes :
— On n'a rien à faire avec des gens comme vous !
— Tirez-vous !
— On veut faire la fête !

Des regards concupiscents s'attardaient sur les formes de l'Elfe, s'accompagnant de commentaires cochons, malveillants, obscènes et libidineux. On montra du doigt la Magicienne et son bâton. Les aventuriers quant à eux s'adressaient des mimiques d'incompréhension, ne sachant de quelle manière agir. Gluby s'était réfugié sur le sac à dos du rôdeur.

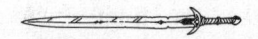

BULLETIN CÉRÉBRAL DU RANGER

Mais… Serait-il possible que ces gens soient les fameux *fanatiques de sport* dont on nous a parlé ? Ils n'ont pas l'air vraiment sportifs, en fait. Enfin, je ne peux pas dire que j'y connais grand-chose au sport, parce que c'est vrai qu'à Loubet, on n'avait pas souvent d'activités liées au sport. J'en ai parfois entendu parler par mes parents quand ils discutaient avec les gens de ma famille de machins avec des histoires de tête de troll, mais ils n'ont jamais mentionné que c'était quelque chose qui impliquait d'être habillé n'importe comment, d'avoir des banderoles et de boire de l'alcool à huit heures du matin. Chez nous à Loubet on avait les courses en sac, le concours de levage de brouette et la compétition régionale de la plus grosse endive. On avait aussi le concours du type qui courait le plus vite en étant poursuivi par un gros cochon furieux, mais c'était réservé aux plus jeunes. Et puis c'était un peu dangereux quand même. C'est vrai, quand on y pense, ça ressemblait un peu aux défis des Nains. Bon, ce n'est pas le moment de penser à ça… Je me demande bien comment on va s'en sortir !

Alors que la situation s'embourbait, un homme écarta le premier rang de la foule pour s'imposer, un type longiligne coiffé d'un chapeau à large bord et qui n'avait pas l'air de faire partie de la fête. Il n'était pas éméché, ne portait aucun écriteau et nul symbole coloré n'était peint sur son visage. Il semblait totalement déplacé au milieu de ces fanatiques bariolés, tel un Nain jouant de la cornemuse dans une chorale elfique.

Les cheveux longs, les yeux clairs et tourmentés, il était vêtu de vêtements sombres un peu usés, d'un grand manteau et de mitaines de cuir. Il tenait une pipe tordue à la main, et l'observateur aguerri pouvait voir qu'une dague recourbée dépassait de sa ceinture. Ses yeux s'étrécirent à l'instant où il considéra les membres de la compagnie.

— Suivez-moi ! annonça-t-il en montrant la rue d'un signe de tête autoritaire.

Puis, voyant que les fêtards se trouvaient toujours dans l'expectative, il désigna les aventuriers et proclama :

— Pas de problème, ils font partie du convoi ! Ces gens voyagent avec les PTI !

Considérant l'invitation salvatrice, les compagnons ne se firent pas prier. Ils suivirent l'énigmatique personnage et fendirent la foule à sa suite. La fête recommença comme si rien ne s'était passé, et la chanson reprit sur le couplet relatif aux fesses du régent.

Le Ranger bousculé se trouvait juste derrière l'homme avec la Magicienne. Il tenta d'en savoir plus en essayant de couvrir le bruit :

— Hé ! Mais qu'est-ce qui se passe ? Et c'est quoi les PTI ?

Sans daigner répondre, l'échalas les éloigna des festivités jusque dans une écurie qui donnait sur la rue. Ils entrèrent, il referma la porte et tout fut soudain beaucoup plus calme.

L'homme se tourna ensuite vers le rôdeur avec un air très concerné :

— Vous faites partie des PTI : les Personnages Très Importants. Ils voyagent avec le convoi pour des raisons de sécurité, pour assister au match avec les autres.

— Hey, c'est classe ! se rengorgea le Nain. On est très importants !

— Et vous ? gazouilla l'Elfe. Vous êtes qui ?

L'homme releva son chapeau, de sorte qu'il était maintenant possible de voir son front. La lumière provenant d'une lucarne éclaira son visage. Il était marqué par de longs voyages et les reliefs de vieilles cicatrices. Il murmura, comme si des espions cachés derrière les poutres pouvaient l'entendre :

— Mon identité importe peu. Les gens pour qui je travaille me connaissent sous le nom de Trottesentier, à cause de mes grandes jambes. On m'appelle aussi Faladorn au sud, Elediar dans le nord du pays, ou Toto-la-Dague...

— Toto-la-Dague ? s'amusa l'Elfe. C'est rigolo !

— Ça sert à quoi d'avoir tous ces noms ? gloussa le rôdeur.

L'homme ignora leurs interventions :

— Qu'importe ! Je suis chargé de vous conduire jusqu'à Glargh pour que vous puissiez vous occuper de...

L'homme jeta un bref regard aux recoins d'ombre de l'écurie, mais seuls trois chevaux paisibles y ruminaient. Il termina donc sur un ton de conspirateur :

— Pour mener à bien votre *mission* !

— Ah ! se réjouit le Ranger. C'est chouette parce qu'on n'avait pas trop envie de voyager avec les autres débiles dehors !

— Ils sont un peu... *spéciaux* ! ajouta la Magicienne.

— Oui, c'est bien vrai... Mais nous n'avons d'autre choix que de les accompagner, malheureusement. Je vous expliquerai tout ça plus tard.

Le Nain se lissa la barbe et questionna l'échalas :

— Alors comme ça, vous travaillez pour la bonasse aux yeux verts ?

— Heu… Oui, oui, c'est ça, bafouilla Trottesentier. C'est la patronne !

L'homme avait perdu de son aplomb : il ne cautionnait pas l'appellation du nabot, mais il avait également oublié le nom d'emprunt que Morwynn s'était trouvé pour cette mission. Il était temps qu'il retrouve cette fichue feuille de notes. Dame Zalania ? Maîtresse Domina ? Non, c'était la dernière mission. Peut-être Dame Neliana ? Ou Princesse Amidalia ? Princesse Léha ? Youkaïda ? Tout cela n'allait pas, décidément c'était autre chose.

Une fois les présentations faites, ils abandonnèrent l'écurie et l'échalas les guida jusqu'à la sortie de la ville, sur la route de l'Ouest où stationnait la caravane. Ils trouvèrent là un grand rassemblement de chariots, de fiacres, de roulottes, de carrosses, de calèches et de diligences, de toutes formes et de toutes origines. Certaines voitures allongées semblaient prévues pour transporter de nombreux passagers tandis que d'autres, de taille modeste, paraissaient plus confortables et réservées à des bourgeois. Les attelages étaient constitués de chevaux, de reptiles géants ou de placides bovidés. Les organisateurs du voyage avaient visiblement récupéré tout ce qu'ils pouvaient affréter, et beaucoup d'opportunistes profitaient de la caravane pour voyager en sécurité.

Les fanatiques bariolés et bruyants s'étaient également rapprochés, accompagnés de leurs banderoles, de leurs chansons et de leurs amphores. Une partie d'entre eux prenaient place dans le convoi, et leurs amis forcés de rester sur place redoublaient de vigueur pour brailler l'hymne des Vrombissants de Waldorg. Le voyage pour aller voir le match à Glargh coûtait très cher et seuls trois cents supporters pouvaient se le payer.

Les aventuriers furent installés dans une des voitures au milieu du convoi, là où se trouvaient les véhicules des autres PTI. Les supporters roulaient à l'avant et tous les véhicules de soutien formaient l'arrière-garde. Trottesentier leur expliqua qu'ils occupaient l'emplacement le moins dangereux en cas d'agression. Il pensait que la taille du convoi leur éviterait tout désagrément, et qu'il faudrait être cinglé pour les attaquer.

— Beaucoup de gens pensent que les fanatiques de brute-balle sont plus dangereux que les pillards... précisa-t-il. Alors ils préfèrent ne pas s'y frotter !

— Et puis nous sommes là ! déclara le Nain. Les Fiers de Hache !

— On ne s'appelle pas comme ça... soupira le Ranger.

Il perdait peu à peu sa conviction car il trouvait lassant d'avoir à répéter toujours la même chose.

La diligence affrétée par les commanditaires de la mission était presque neuve, aussi confortable que spacieuse. Elle était tirée par quatre chevaux robustes au pelage luisant. La Magicienne en fut ravie, elle constata que pour une fois les employeurs ne se payaient pas leur tête. Les compagnons sanglèrent leurs sacs sur le toit, rabattirent la toile huilée qui devait les protéger, et s'arrangèrent pour accrocher leurs armes dans le râtelier prévu à cet effet. Il valait mieux garder l'arsenal à portée de main, si jamais quelques vandales inconscients décidaient de s'en prendre au convoi. La nouvelle hache de l'Ogre posa problème car elle était un peu trop longue, ils furent donc forcés de l'accrocher à l'extérieur sur un côté du véhicule. Ils crurent un moment que l'Elfe avait à nouveau disparu, mais elle avait couru vers les chevaux pour les caresser, leur parler et peigner leur crinière. On lui expliqua que ce n'était pas le moment.

Puis ils montèrent pour s'installer dans la cabine et les premiers grognements se firent entendre. Le Nain ne voulait pas voyager en face de l'Elfe, car il ne supportait pas de « contempler son sourire niais ». De son côté l'archère ne voulait pas voyager près du nabot, prétextant que sa barbe empestait l'alcool. L'Ogre occupait deux places et la Magicienne avait besoin de lumière pour lire, mais il fallait également éviter de placer le Barbare trop loin d'une ouverture car ses pieds sentaient fort.

Tandis que ses camarades démêlaient la situation, le Ranger toujours à l'extérieur questionna Trottesentier :
— Alors on arrive dans combien de temps ?
— Dans six jours, si tout va bien.
L'aventurier s'alarma :
— Six jours ?
— Bien sûr, ça dépendra du climat et des problèmes qu'on va rencontrer sur la route. Mais c'est un minimum.
— Un minimum ? C'est de la folie ! Mais qu'est-ce qu'on va faire pendant tout ce temps ?
Faladorn était occupé à l'entretien des rênes et du harnais à l'aide d'un chiffon enduit de graisse. Il s'acharna quelques secondes sur un mousqueton coincé, et finit par répondre :
— Vous pouvez discuter, non ? Et considérez que vous avez de la chance, parce que moi je vais rester tout seul dehors.
— C'est vous qui avez de la chance ! répliqua le rôdeur. Vous n'imaginez pas comme c'est pénible d'écouter les blagues du Nain et les histoires de l'Elfe !
— C'est sans doute mieux que de passer ses journées à surveiller le cul des chevaux !
Sur ces bonnes paroles, l'homme au chapeau se pencha derrière la roue pour vérifier l'état des essieux.

Le Ranger, considérant que la discussion était terminée, gravit les trois marches escamotables qui permettaient d'accéder à la cabine. Il observa l'intérieur de l'habitacle, ainsi que les aventuriers occupés à chercher des solutions pour y voyager dans une relative harmonie. Les places assises étaient au nombre de neuf, regroupées par bancs de trois places dont deux se faisaient face. Le Nain s'était installé seul sur le banc isolé, le Barbare partageait le siège de l'Ogre et les deux filles étaient assises face à eux dans le sens de la marche. Il ne restait plus au jeune homme qu'une place correcte à occuper : à côté de l'Elfe.
— Allez, viens t'asseoir ! minauda l'archère en tapotant le siège contigu. Ça va être super !

Il posa son fondement sur le banc molletonné. Un silence gêné s'installa tandis qu'ils attendaient que la voiture démarre. La Magicienne consultait son atlas de la Terre de Fangh et Gluby jouait à se pendre par les pieds au casier des bagages à main.

L'Elfe semblait animée d'une énergie redoutable depuis sa résurrection. Elle ne cessait de bouger, chantonnait et sautillait sur son siège, le genre de petite chanson agaçante qui faisait « ni ni ni ni na na naaaaaa » et qui s'installait dans la tête pendant des heures.

— Vous avez déjà voyagé comme ça ? demanda-t-elle à ses compagnons.

— Mouais, répondit le Barbare. Moi, c'était dans un chariot à viande, quand on partait chasser dans la plaine. J'étais blessé à la jambe, et y avait toujours des mouches.

L'Elfe fronça le nez en imaginant la scène :

— Beurk !

Le Ranger, bien que peu désireux d'évoquer encore sa jeunesse artisanale, réagit néanmoins :

— Et moi, j'ai voyagé dans la carriole de mon père quand on allait livrer les chaises. Mais c'était moins confortable.

— Et surtout, c'est vachement pathétique ! commenta le Nain depuis son isoloir. Livrer des chaises, ha ha ha !

Le rôdeur s'emporta :

— Ah bon ? Et toi ? Tu fais toujours mieux que les autres, c'est ça ?

— Parfaitement ! Moi, quand j'étais gamin, je montais dans le chariot à la mine ! Il était pas tiré par des chevaux débiles pour commencer, et en plus on transportait du minerai d'or !

— C'est pathétique aussi, lâcha l'Elfe.

— Ouais, mais ça c'est facile ! commenta le Ranger. Quand on vit dans une mine…

— C'est justement pour ça qu'on est les meilleurs ! ponctua le Nain. On vit dans la mine !

La Magicienne rouspéta :

— C'est fini, oui ? Y en a qui essaient de lire !

— Ouais, vous êtes chiants ! confirma le Barbare même s'il n'avait aucune envie de lire.

La tête de Trottesentier se matérialisa dans l'ouverture du côté gauche. Il affirma que tout était en ordre et constata qu'ils étaient bien installés. Il leur indiqua qu'ils allaient devoir attendre encore une bonne heure avant le démarrage du convoi, car certains passagers fortunés n'étaient pas encore arrivés et qu'il convenait de vérifier tout le matériel avant de prendre la route. Il leur dressa l'itinéraire, et la Magicienne fut enchantée de savoir que la caravane passerait par Kjaniouf, la ville où elle avait grandi. Les points de ravitaillement n'étaient pas très nombreux mais suffisaient à garantir un certain confort de voyage.

— Bon, je vous laisse ! souffla finalement l'homme au chapeau. Je dois rencontrer le chef de convoi, mais je serai vite revenu.

Il abandonna la diligence à ses passagers dubitatifs.

L'Elfe s'installa plus confortablement, posant sa tête sur l'épaule du Ranger. Le Nain ôta son casque et profita de l'espace libre pour s'allonger, la Magicienne confia son chapeau à Gluby et l'Ogre décida qu'il était temps de manger sa brioche. Tout allait bien finalement jusqu'au moment où le Barbare eut l'idée d'enlever ses bottes.

— C'est quand même plus sympa quand on se téléporte, grommela l'érudite en chassant l'air vicié à l'aide de son livre.

— Ouais, t'as raison, souffla le rôdeur. En plus il vaudrait mieux qu'on trouve une combine pour respirer, parce que le voyage va durer six jours...

— QUOI ? s'exclamèrent ses compagnons. SIX JOURS ?

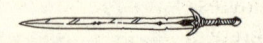

BULLETIN CÉRÉBRAL DE LA MAGICIENNE

Nous avons fini par nous mettre en marche, et nous avons pris la route de l'Ouest, pour longer la côte et remonter le fleuve Elibed jusqu'à la cité de Glargh. J'ai profité du voyage pour rattraper mon retard de lecture, il était grand temps car j'avais manqué d'occasions pour potasser les sortilèges depuis mon niveau deux. Et puis ça m'a évité d'écouter les autres bavarder, parce que les discussions ne volaient pas bien haut. J'avais déjà entendu parler des voyages d'agrément que les riches peuvent s'offrir quand ils n'ont rien d'autre à faire, et je pense que celui-là en est un d'une certaine façon. Les paysages de la côte sont magnifiques et nous n'avons rencontré presque aucun problème dans cette première journée. J'ai tout de même tué un pillard qui avait réussi à s'approcher de la voiture en lui balançant un cône de glace, et cela m'a permis de tester les nouveaux parchemins. Ça marche impec ! Le midi nous avons fait halte pour prendre un repas et laisser reposer les attelages, et nous n'avons pas eu besoin de faire à manger car le chariot des cuisiniers est passé nous livrer les plateaux déjà remplis. Les rations sont un peu justes pour l'Ogre, mais on s'est débrouillés avec la part de l'Elfe. C'est plutôt bien organisé au final, pourvu que ça dure. On peut dire que c'est comme une croisière qui sent les pieds. Et puis je préfère ne pas penser à l'Elfe et au Ranger avec leurs bisous, parce que ça m'énerve.

Le soir venu, les voyageurs installèrent un immense camp de toile sur une falaise et dînèrent d'un ragoût de bœuf aux fèves et au lard, enrichi en gras.

Une attaque de bandits sauvages de la plaine avait été promptement repoussée en milieu d'après-midi, majoritairement par les mercenaires en charge de la sécurité. Les responsables du convoi firent donc une tournée d'inspection sur toute la longueur de la caravane, et l'un d'entre eux offrit trente pièces d'or à la Magicienne pour son « acte de bravoure ayant participé à la protection des PTI ». Le Nain déclencha un débat houleux en prétextant qu'elle avait eu de la chance et qu'elle pouvait en laisser un peu pour les autres.

Il faisait très beau mais la fraîcheur de l'automne s'installait déjà. Le soleil se couchait sur la mer, et les compagnons savouraient le confort relatif à leur nouvelle condition d'invités de marque. Le centre du convoi était sécurisé et heureusement peu fréquenté par les fanatiques de sport : il était constitué de voitures réservées à de riches marchands, des négociants, des responsables de clubs, des dignitaires de la ville de Waldorg ou des nobles de la région. Une curieuse diligence rouge, plus longue et plus luxueuse que les autres, stationnait un peu plus loin vers l'avant du convoi. Les ouvertures étaient occultées par un procédé visiblement magique, et les passagers n'étaient pas sortis pour dîner, de sorte qu'un mystère planait sur leur identité.

Les aventuriers, enroulés dans une couverture autour d'un feu de camp, savouraient le coucher de soleil et l'air frais du large. Il faut dire qu'après la journée passée dans l'habitacle entre les aisselles de l'Ogre et les pieds du Barbare, un air à peu près respirable se transformait en précieux bienfait.

— C'est qui les gens dans la grande voiture rouge ? demanda le Ranger à Trottesentier.

— Ils n'ont pas l'air sociaux… grimaça l'érudite.

L'homme tira une branche du feu pour allumer sa pipe. Il avait pris l'habitude de ne répondre aux gens qu'après avoir marqué une pause : il préservait ainsi son aura mystérieuse et son air de baroudeur endurci.

— Cette partie du convoi doit rester cachée, souffla-t-il. Ce sont des gens qu'il vaut mieux garder à l'abri des regards.

— Et pourquoi ? pépia l'Elfe. Ils sont pas beaux ?

— C'est plutôt le contraire, en fait…

L'échalas ne donnait pas l'impression d'avoir envie de développer le sujet. Mais cela ne pouvait arrêter le rôdeur dans ses investigations :

— Eh bah, quoi ? Vous ne voulez pas nous donner des détails un peu plus intéressants ?

Trottesentier murmura, comme si des espions pouvaient l'entendre :

— Vous n'avez jamais vu de match de brute-balle, pas vrai ?

Les aventuriers répondirent par la négative. La Magicienne, malgré sa période d'études à Glargh, n'avait jamais assisté à une rencontre sportive. Il faut dire que le sujet ne la passionnait guère.

L'homme enchaîna, sur le ton du complot :

— Il existe une tradition dans le brute-balle. Les représentations sont accompagnées de démonstrations de danse et de spectacles destinés à motiver les joueurs aussi bien que le public.

— Eh ben quoi ? grogna le Nain qui détestait les énigmes.

— Eh bien… Chaque équipe travaille avec un bataillon d'artistes entraînées spécialement. Ce sont elles qui voyagent dans la caravane rouge.

— Elles ? Mais alors ce sont des filles ? gazouilla l'Elfe.

Trottesentier s'avança plus près du feu, et son visage se fit plus inquiétant. Ses yeux étaient devenus fiévreux et il s'exprimait d'une voix rauque :

— Oui ! Mais ce ne sont pas n'importe quelles filles ! Ce sont les filles-pompons de Waldorg. N'importe quel homme vendrait son âme pour passer une nuit avec l'une d'entre elles ! Elles incarnent tous les fantasmes masculins, bon sang !

— J'ai rien compris… chuchota l'Elfe à l'oreille du Ranger.

— Les filles-pompons ? grinça le Nain. C'est quoi ce nom qui ressemble à rien ?

— Attendez de les voir ! s'emporta l'échalas. Vous changerez d'avis !

Il repoussa quelques branchages au milieu du feu et observa durant presque une minute la caravane rouge. Elle flamboyait dans la lumière du couchant. Il finit par se calmer et répéta dans un râle :

— Attendez de les voir.

BULLETIN CÉRÉBRAL DE L'ELFE

Cette première soirée était magnifique ! Les gars du groupe ont parlé des filles à pompons mais ce n'était pas très intéressant. On est restés autour du feu pendant un moment, et puis des gens du sport sont arrivés. Ils ont voulu nous parler des histoires du match mais on ne comprenait jamais rien alors ils sont repartis, surtout que l'Ogre avait volé leur jambon. Un peu plus tard on allait se coucher mais un monsieur chauve qui avait trop bu est arrivé en courant, il disait qu'il voulait déchirer mes vêtements. Le Barbare a frappé avec sa tête dans son nez et il est tombé par terre. Ensuite le Ranger lui a donné des coups de pied et le monsieur est reparti en courant. Je ne sais pas ce qu'il voulait faire, surtout que j'allais enlever mes vêtements moi-même puisque c'était l'heure d'aller dormir. Pour les chambres, on avait des cabanes en toile fabriquées par des dames de l'organisation. C'était très bien mais la Magicienne a dit que mon idée de dormir avec le Ranger c'était pas terrible à cause des bisous, alors j'ai dormi avec elle. Le matin nous avons repris la diligence et voyagé encore. C'est quand même un peu long, surtout quand le Nain raconte ses histoires. On a cru au début qu'il allait nous laisser tranquilles, mais au bout d'un moment il s'est ennuyé alors il nous a parlé des cailloux, des mines et des gobelins et des autres nabots. On a essayé de ne pas l'écouter, mais ce n'était pas facile parce qu'il nous balançait des objets quand on ne répondait pas. J'ai fait coucou à des animaux sauvages qui broutaient dans la plaine et les paysages de la côte étaient très jolis, même s'il n'y avait pas beaucoup d'arbres. Pour m'occuper, j'ai encore fait des bisous avec le Ranger parce qu'il était gentil de m'avoir sauvé la vie. Au début il était un peu bizarre, mais après c'était mieux il arrêtait de bouger tout le temps et il transpirait beaucoup. La Magicienne fait la tête, mais je ne sais pas pourquoi.

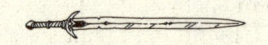

La deuxième soirée de bivouac fut à l'image de la première. Il faisait le même temps, ils dînaient face au coucher du soleil sur une falaise et le ragoût était identique. Une certaine lassitude s'était installée déjà, car les activités se faisaient rares. Le Barbare ne tenait plus en place depuis bien longtemps, il avait d'ailleurs insisté pour finir l'après-midi dehors, en marchant près de la diligence. Gluby dormait la plupart du temps dans le casier à bagages et l'Ogre attendait l'heure du prochain repas en écoutant gargouiller son abyssal estomac.

Les relations avec leur cocher demeuraient floues. Trottesentier ne leur parlait que quand on lui posait des questions, ne montrait pas plus d'animosité que de sympathie. Le Ranger avait réussi à lui faire raconter ses exploits révolus, sa précédente vie d'aventurier, ce qui s'était passé avant qu'il n'embrasse la carrière de mercenaire. Faladorn était tout comme lui un rôdeur, un aventurier polyvalent qui avait jadis participé à diverses quêtes avec plusieurs équipes. Au cours de certaines de ses aventures il s'était attiré des problèmes et c'est pourquoi il avait désormais plusieurs noms. C'était assez pratique dans certaines situations.

Trottesentier en vint à expliquer aux compagnons en quoi consistait le brute-balle et conclut :
— C'est un sport assez récent finalement. Il a été créé pour remplacer le troll-balle, le vieux sport officiel de la Terre de Fangh. Les règles en étaient beaucoup trop complexes et même les arbitres finissaient par s'y perdre, c'est pourquoi les gouvernements des grandes cités ont mis en place un nouveau sport plus facile à comprendre, et pour lequel on n'a pas besoin d'une tête de troll. Ça créait aussi des problèmes avec les défenseurs des droits des minorités ethniques.
Le Barbare se détourna, ainsi qu'il faisait en général au moment où les premiers mots complexes surgissaient dans une conversation. L'Elfe tortillonnait ses cheveux dans ses doigts, et ça lui donnait déjà beaucoup de travail.

— Moi, je ne comprends pas une chose, intervint la Magicienne. Pourquoi les dirigeants des cités s'intéressent-ils au sport ? Ils n'ont pas autre chose à faire ? Des problèmes à régler ? Moi, je trouve que c'est complètement dénué d'intérêt !

— Mais oui, c'est vrai ! rouspéta le rôdeur.

Trottesentier se fendit d'un rictus amer :

— C'est ce qu'on pourrait croire ! Mais tout cela n'est qu'une habile manœuvre politique déguisée. Le sport est au contraire très utile pour ces gens-là : il leur permet de garder le contrôle sur la population.

— C'est n'importe quoi ! grommela le Nain en plongeant son nez dans son verre de vin.

Le Ranger, un peu plus diplomate, formula tout autrement ses pensées :

— Heu... Je ne suis pas certain d'avoir tout compris.

L'homme au chapeau bourra sa pipe d'un mélange de tabac sombre et odorant. Il s'assura qu'aucune oreille indiscrète ne traînait autour du feu de camp et chuchota :

— Moi, je pense que cette histoire de sport a été inventée pour empêcher les gens de se concentrer sur leurs vrais problèmes ! Tous ceux qui n'ont pas d'espoir dans la vie, tous ceux qui font des boulots sans intérêt, tous ceux qui vivent dans des conditions déplorables à cause des décisions politiques d'une poignée de privilégiés ! Ils oublient de penser qu'ils pourraient avoir une vie convenable car on leur fait croire qu'ils ne sont bons qu'à suivre les exploits d'une bande de guignols en armure !

Constatant qu'il ne provoquait aucune réaction, il haussa le ton :

— Mais vous imaginez ? C'est tout bénéfice pour les dirigeants ! Ils peuvent ainsi augmenter les taxes, se faire construire des palais gigantesques, prendre n'importe quelle décision et mener tranquillement leurs petits complots. Pendant ce temps, le peuple s'amuse et braille en s'émouvant du résultat des rencontres, au lieu de s'inquiéter à propos de leur avenir merdique ! Notre civilisation court à sa perte, putain de bordel !

— Hé ! Vous allez vous calmer ? grogna le Nain.

— Mais c'est insensé ! réagit la Magicienne. Je ne comprends pas pourquoi ils n'encouragent pas plutôt la culture ou la lecture dans ce cas !

Le Ranger proposa :

— Parce que c'est chiant ?

— Mais non ! tempêta Trottesentier. Ce n'est pas possible ! Ce n'est pas du tout dans leur intérêt, cela pourrait rendre le peuple intelligent ! Si tout le monde se mettait à lire des livres, ce serait la panique ! Les gens trop futés posent des questions, et quand on pose des questions on crée des problèmes. Les dirigeants sont bien plus tranquilles avec les sportifs ! Ils organisent des matchs, les gens font la fête et tout le monde est content !

Il interrompit sa diatribe, à bout de souffle et les yeux fous. Il se racla la gorge et tira sur sa pipe. Les aventuriers abasourdis ne trouvaient rien à répondre. Le doux crépitement du feu de bois, le bruit ténu des vagues léchant sans relâche les contreforts de la falaise et la brise légère avaient tout pour instaurer une ambiance de détente et de plénitude, mais il n'en était rien. En effet, des supporters ivres à demi nus se tenaient rassemblés pour une fête au bout du quartier PTI. Ils dansaient autour d'un feu et hurlaient sans relâche le couplet suivant :

On va les niquer ! On va les niquer ! On va, on va, on va les niquer !

La Magicienne soupira et frissonna. Elle replaça la couverture sur ses genoux et désigna d'un signe de tête le théâtre des festivités :

— Vous avez raison, mon vieux, c'est sans espoir !

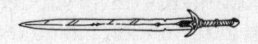

BULLETIN CÉRÉBRAL DU RANGER

La soirée était plutôt sympa, et nous avons parlé autour du feu. J'ai réussi à comprendre un peu cette histoire de sport en discutant avec Trottesentier. Le brute-balle, ça se joue avec deux équipes ! Il paraît que des champions vont sur un terrain et cavalent dans tous les sens pour essayer de marquer des points avec une grosse boule en cuir. Ça m'a l'air très fatigant. Alors des tas de gens vont voir ça, et les deux grandes cités s'affrontent tous les ans pour un grand match officiel, qui se déroule une fois sur deux à Waldorg ou à Glargh. L'équipe de Glargh actuellement s'appelle « Les Tourmenteurs » et celle de Waldorg c'est « Les Vrombissants », ils ont des vêtements rouges alors que ceux de Glargh sont en jaune. De toute façon, on commence à le savoir car on entend les autres timbrés chanter des trucs sur les Vrombissants depuis des jours. C'est pas possible d'être à ce point obsédé ! Enfin c'est pas grave, nous on n'aime pas le sport alors ça nous évite d'avoir des problèmes avec notre avenir. Moi, j'ai d'autres ennuis, je ne sais plus trop où j'en suis avec l'Elfe : elle n'arrête pas d'insister pour faire des bisous. Quand ça lui prend, elle m'attrape par le cou et elle se colle à moi, et les autres font semblant de ne pas nous regarder. C'est presque comme si j'avais une copine, en fait. Le côté sympa, c'est que maintenant je peux mettre mes mains presque partout sur elle, on dirait qu'elle s'en fiche. Mais j'ai l'impression que ça va faire des embrouilles avec mon rôle de chef de groupe. Je commence déjà à me prendre des vannes à cause de ça. Et puis je dois penser à Codie. Zut ! C'est pas facile !

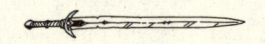

Le troisième jour de voyage fut un peu plus mouvementé. Deux diligences à l'avant du convoi subirent des avaries, un orage s'abattit sur la caravane en milieu d'après-midi et des vandales errants profitèrent de l'incident pour s'emparer d'un chariot de provisions à l'arrière. Les aventuriers regrettèrent de se trouver loin du sinistre car ils auraient bien aimé en profiter pour se dérouiller les articulations et tester leur nouveau matériel. Le cocher leur conseilla de rester calmes, car ils auraient bientôt largement l'occasion de mettre à profit leurs talents.

Le Nain s'ennuyait tant qu'il décida de sortir avec ses bottes pour accompagner le Barbare dans sa marche. Le nabot se déplaçait bien trop vite, cependant, et ils finirent par faire la course au milieu des flaques car le chevelu insistait pour marcher devant. Ils s'éloignèrent ainsi de la zone PTI sans écouter les remontrances de Trottesentier. Le Nain fut de retour à une heure avancée, en nage et mort de soif. Il vida sa gourde de bière tiède au fond de son gosier pentu et s'allongea sur sa banquette, la moustache pleine de mousse. Il se mit à ronfler jusqu'au repas du soir.

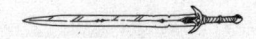

BULLETIN CÉRÉBRAL DU NAIN

On a encore mangé, on a encore dormi, et le lendemain le ciel était nuageux mais on a quand même roulé toute la journée. J'ai beau chercher, j'ai du mal à savoir si j'ai déjà vécu quelque chose d'aussi rasoir. Même la forêt de Schlipak, c'était mieux. On est là toute la journée à glander dans cette cabane qui roule, et les mouvements du véhicule donnent envie de gerber. C'est pas comme les chariots dans les mines, qui sont sur des rails bien huilés ! On n'avance pas, c'est toujours la même chose dehors. Alors c'est pour ça, moi, je sors un peu pour essayer mes nouvelles bottes. Hier j'ai fait la course avec le Barbare, c'est lui qui a gagné parce que je suis tombé plusieurs fois dans les buissons qui piquent. On a essayé de voir un peu les fameuses filles-pompons, mais on n'a pas réussi, parce que leur carriole est toujours fermée. La nuit, on doit pioncer dans des trucs en toile tout pourris, avec des moustiques et des araignées qui rentrent dans les chaussures. Bon, ce qui est bien quand même c'est qu'on nous amène à manger sans rien payer, et puis du vin gratuit qui donne mal à la tête. En dehors de ça, il ne se passe rien. D'ailleurs j'arrive pas à comprendre pourquoi des crétins de bandits ont attaqué le convoi, c'est vraiment des bons à rien ces types. Déjà, ils en ont pris plein la poire, mais en plus je ne vois pas l'intérêt. Ils voulaient prendre notre place si ça se trouve ? Je leur souhaite bon courage aux loustics ! Les voyages en chariot c'est long, c'est nul et on s'emmerde. En plus y a l'Elfe qui se trémousse et qui se fait tripoter par l'autre branquignol, c'est vraiment dégueulasse. J'ai horreur de ça ! Moi, j'appelle pas ça de l'aventure : c'est juste la honte.

BULLETIN CÉRÉBRAL DU BARBARE

J'ai compté ce soir, et on a voyagé depuis autant de jours que les doigts d'une main. J'ai pas bastonné et j'ai beaucoup marché, parce que c'est trop chiant de rester dans le chariot. J'aime pas regarder les gens qui font des bisous et qui lisent des livres, et c'est mieux de rester dehors, comme ça si on nous attaque je vais pouvoir taper. Ouais ! Taper ! Et sinon, le ragoût c'est toujours le même tous les soirs, et j'ai pas encore vu les filles à pompons.

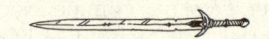

BULLETIN CÉRÉBRAL DU RANGER

Eh bien voilà, ce voyage est bientôt terminé. Après six journées dans la diligence, il est temps que ça s'arrête car il y a de quoi devenir fou. On a vu plusieurs fois les gars du sport, d'ailleurs j'ai même essayé de parler avec eux à un moment. C'était un midi, un type voulait savoir qui on était, on a discuté un peu. Il a voulu me raconter des histoires de sport, mais je n'ai rien compris. Alors du coup, pour briser un peu la glace, je lui ai raconté un morceau d'aventure, mais il est parti en m'insultant. C'est pas le même monde. Enfin ce n'est pas grave, nous arrivons à Glargh et on n'a pas eu de problème. D'ailleurs, on n'a pas réussi à voir les filles de la diligence rouge, c'est quand même un peu énervant. Je me demande si c'est pas une histoire inventée par le cocher pour se rendre intéressant ! Hola, c'est quoi ce bruit ? Tiens, on s'arrête... Ah, oui, je vois les murailles défoncées de Glargh. Nous y voilà ! Place à l'action !

Les compagnons survoltés furent hélas forcés de patienter une bonne heure avant que le convoi se disperse et qu'ils puissent accéder à leur point de rendez-vous au centre de la cité. Ils se retrouvèrent ainsi avec les autres PTI sur la place des Kundars, un espace assez large pour recevoir les véhicules et relativement proche du stade. En cette fin d'après-midi l'ambiance avait changé depuis leur dernière visite : des banderoles et des petits drapeaux pendaient un peu partout sur les murs des habitations. Cette fois, les inscriptions étaient en faveur de l'équipe de Glargh, les fameux « Tourmenteurs ». Quelques passants dévisageaient les nouveaux arrivants avec hostilité et leur adressaient des signes impolis ou crachaient par terre. Il y avait quelque chose d'électrique dans l'atmosphère.

Ils descendirent le matériel et l'équipement de la diligence et remercièrent Trottesentier pour ses bons services. Ce n'était pas un joyeux bougre, mais il n'était jamais déplaisant et leur avait été bien utile pour comprendre cette histoire de sport.

— Ne dites à personne que vous venez de Waldorg, précisa-t-il. En période de match, il y a des abrutis qui s'imaginent que c'est la guerre. D'ailleurs, je vous déconseille de sortir ce soir, car les fanatiques ont pour habitude de s'affronter à la nuit tombée, en prévision du match.

— Baston ! hurla le Barbare, qui suivait la conversation pour une fois.

— Ils vont dans les rues pour se battre ? grimaça la Magicienne. Mais ça sert à quoi ?

L'homme ricana :

— À rien ! Mais ça défoule… Ils vont boire encore toute la nuit et ça va mal finir, mais c'est comme ça tous les ans. Et puis les affrontements sont interdits dans le stade et le service d'ordre est plutôt convaincant.

— C'est carrément débile ! commenta le rôdeur.

Trottesentier opina du chef et leur indiqua l'auberge dans laquelle ils disposaient de quatre chambres payées d'avance :

— Je vous conseille de vous reposer ce soir. C'est demain après-midi que le match aura lieu, et vous aurez toute la journée pour vous occuper tranquillement de votre mission.

Il cligna de l'œil et vit qu'un autocollant « J'♥ Waldorg » occupait l'arrière du sac du Ranger. Il tira d'un coup sec sur l'adhésif et en fit une boule.

— Hé ! s'insurgea l'aventurier. Qu'est-ce que vous fabriquez ? C'est mon autocollant !

L'échalas le fusilla du regard :

— Vous n'écoutez pas ce que je dis, c'est ça ? Je vous dis que c'est pas le moment d'avoir ce genre de signe sur vous ! Vous allez vous faire démolir par les supporters de Glargh !

— Ah bon ? s'inquiéta l'Elfe. Mais moi j'en ai mis un sur mon carquois !

— Et moi je l'ai collé sur mon grimoire ! ajouta la Magicienne.

Le Nain grogna :

— Mince alors ! J'en ai foutu deux sur mon casque parce que c'était gratuit !

L'Ogre désigna sa grosse hache sur laquelle figurait également l'autocollant, et Trottesentier soupira :

— Enlevez-moi tout ça, pauvres fous ! Je vous dis que c'est la guerre ici !

— Ouais ! s'écria le Barbare en levant son poing vers le ciel. La guerre ! Par Crôm !

Ils se rassemblèrent pour faire leurs adieux au cocher, et l'Elfe insista pour lui faire un câlin : il accepta l'accolade avec un sourire crispé et ils échangèrent quelques mots en langue elfique.

— Alors, tu viens ? s'impatienta le Nain. J'ai vachement soif !

— On bouge ! râla le Barbare.

— Vous avez bien enlevé tous vos autocollants ? s'inquiéta la Magicienne.

Ils s'éloignèrent et l'homme au chapeau les couva d'un regard pénétrant jusqu'à ce qu'ils disparaissent derrière une rangée de chariots. Il soupira, heureux d'avoir mené à bien cette partie de la mission. Il fouilla ensuite dans ses poches jusqu'à en sortir un petit parchemin plié en quatre et un minuscule sceau. Après avoir retrouvé dans son bagage sa vieille plume et son encrier, il se posa sur une planchette et inscrivit quelques mots sur le parchemin. Son écriture était fluide et penchée, comme s'il essayait d'imiter les elfes. Il s'empara finalement du sceau et tamponna son œuvre d'un coup sec.

Le parchemin produisit un son qui ressemblait à « Pshiouu » et disparut dans un petit nuage d'étincelles bleues. Trottesentier – dit aussi Toto-la-dague pour quelque raison inavouable – se frotta les mains :

— Bon, eh ben ça, c'est fait !

Sur le toit de l'aile gauche du palais de Waldorg se trouvait une vaste terrasse. Des jardiniers mal payés s'achar-

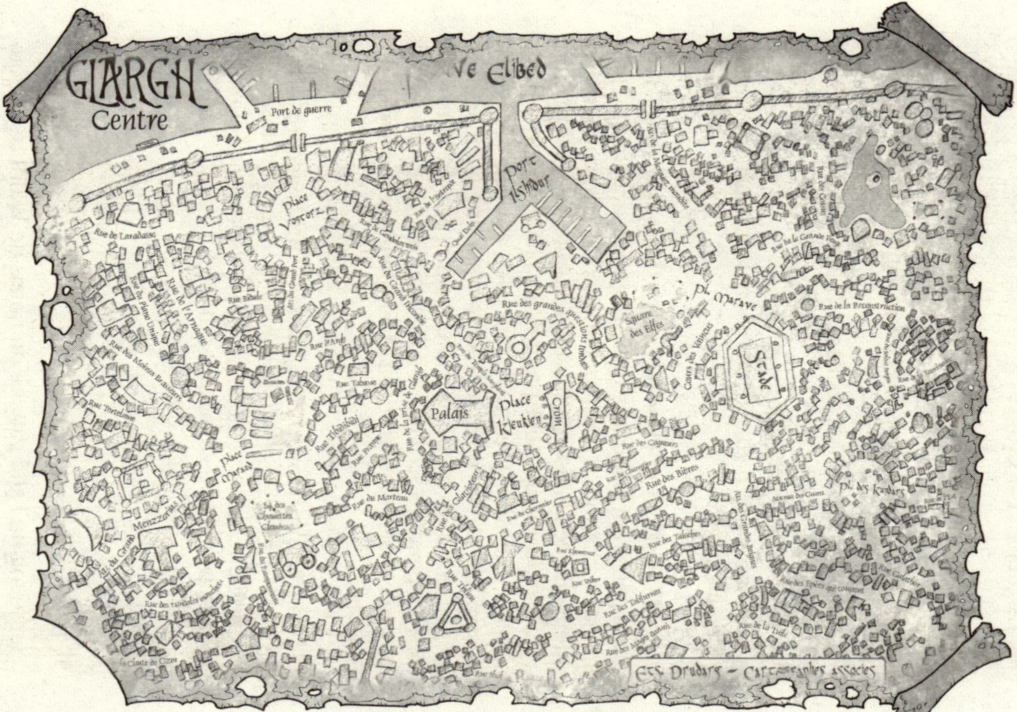

naient à y faire pousser à longueur d'année de nombreuses variétés de fleurs rares aux couleurs vives. Des spécialistes du mobilier d'extérieur y avaient installé – aux frais des contribuables – des tables et des fauteuils de relaxation. Plusieurs statues observaient l'horizon d'un air morne : Chiredric le Gaucher, le roi Simmons, l'empereur Yori-Barbe-Sale et son fils Sigismond – dit l'Immonde et curieusement représenté assis sur un dindon géant –, Kjeukien-la-Mule avec sa grosse épée ainsi que de grands sorciers qui marquèrent leur époque, tels que le célèbre Lucien Namzar l'« Inconscient » ou encore Gilbert Wazaa, l'inventeur du tourbillon dévastateur.

Pendant des siècles, les personnalités waldorgaises avaient organisé là des sauteries, des célébrations et des cérémonies interdites aux gens du peuple. En outre on y avait, selon les dires de certaines langues bien pendues, orchestré des bacchanales au cours desquelles les convives finissaient la soirée vêtus seulement d'un chapeau pointu et de leurs chaussettes.

C'est dans cette closerie au lourd passé que s'étirait, dans un grand fauteuil de relaxation, la belle Morwynn. De ses yeux verts au dessin parfait, elle observait le soleil couchant tout en faisant jouer entre ses doigts ciselés le bâtonnet d'un cure-dent. Elle ne savait que faire : piquer une olive, ou un cube de fromage ? Elle savourait l'oisiveté, sachant que les jours à venir allaient se révéler mouvementés. C'était la veille du grand jour, le jour du match ! Elle jouerait bientôt la première carte du plan, au moment où ses aventuriers pénétreraient dans la tour de la prêtresse. Ensuite il serait temps d'agir pour mettre à profit le scandale déclenché à Glargh et prendre le contrôle du pays.

Elle interrompit sa rêverie. Un bocal de verre, posé non loin de son fauteuil sur une table de pierre sculptée, venait d'émettre un flash de lumière bleue. Il contenait un petit carré de parchemin qui ne s'y trouvait pas quelques secondes auparavant. Morwynn posa son verre, son bâtonnet et se redressa pour traîner les pieds jusqu'au récipient. Elle en extirpa la note et la déchiffra :

Opération chapeau rouge

Sommes arrivés à Glargh comme prévu. Aucun souci.
Aventuriers partis vers l'auberge, mission commence demain.
Amicalement, votre dévoué Faladorn.

— Parfait ! s'amusa la belle. Tout est parfait !
Son échiquier personnel était en place, et les pièces ne tarderaient plus à bouger d'elles-mêmes. Elle plia le parchemin qu'elle rangea dans son décolleté, puis remarqua qu'un laquais stationnait près de l'escalier :
— Hé, machin ! Fais sonner une bouteille, tu veux ? Et va donc me chercher des olives !
Le jeune homme s'inclina en hâte et disparut dans l'escalier, soucieux de prolonger son espérance de vie. On ne devait jamais faire attendre *mademoiselle* Eirialis. Elle avait l'éclair de foudre le plus rapide de la cité.

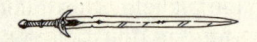

Tandis que les aventuriers faisaient route vers leur auberge, Zangdar attendait. Il se trouvait à Glargh également, au seuil d'une porte sombre et voûtée contre laquelle il venait de frapper, et s'apprêtait par ce geste à renouer les liens familiaux qu'il avait choisi de couper plus de trente ans auparavant. Cette attente le plongeait dans une grande perplexité.
— Heu… Maître ? Vous croyez qu'il est là ? gémit Reivax en tirant sur sa cape.
— Nous verrons bien ! gronda le sorcier. Ce n'est pas la peine de pleurnicher !
L'assistant étudia la construction devant laquelle ils stationnaient et la trouva tout à fait à son goût. Elle n'était pas

très haute mais il fallait admettre que c'était une bien belle tour, même si elle se trouvait en pleine ville. On avait même pris soin d'aménager un jardinet de buissons urticants sur le pourtour des murailles et de planter des lames rouillées dans les joints de la maçonnerie. L'acolyte soupira :

— J'espère seulement qu'on n'a pas fait tout ce chemin pour rien...

Les deux hommes avaient en effet passé plusieurs jours à traverser le pays. Ils avaient longé les Chênes d'Ulgargh et la vallée du Lac jusqu'au village de Plorodou-sur-Zblouf. Il faisait beau, les lapins folâtraient dans les broussailles et la douceur de l'automne avait rendu le voyage agréable. Tout s'était ainsi fort bien passé jusqu'à ce qu'un groupe de malandrins posté dans un bosquet tente de les dévaliser. On ne pouvait pas impunément, et c'était bien dommage, voyager en Terre de Fangh en habits luxueux aux commandes d'une charrette de marchand. C'était un peu comme de brandir au-dessus de sa tête un écriteau : « Volez-moi, merci. »

Zangdar avait invoqué la *pluie de météores de Wismal* pour châtier les imprudents vauriens. Le sortilège avait plutôt bien fonctionné, tuant quatre canailles sur le coup et emportant avec lui une partie du bosquet au moment où le sorcier en avait perdu le contrôle. Cette fois hélas, le cheval avait pris peur et avait rué jusqu'à briser son attelage, s'était enfui au cœur de la forêt en laissant les voyageurs aussi démunis que piétons.

Ils avaient détroussé sans aucune honte les défunts malandrins et interrogé l'unique survivant, un gamin fou de terreur : celui-ci leur avait indiqué d'un doigt tremblant la direction du logis d'un ermite habitant la forêt. Ils avaient trouvé la cabane et dérobé la mule du vieil homme pour continuer jusqu'au village suivant. Cette partie du voyage, au cours de laquelle ils avaient chevauché ensemble sur un animal à la fois teigneux et nauséabond sous une pluie battante, devait rester secrète et ils s'étaient promis de ne jamais la mentionner à personne.

Parvenus jusqu'à une bourgade sans ambition et presque dépourvue de commerces, ils avaient acheté un fiacre d'occasion et s'étaient trouvés forcés de le réparer avant de pouvoir reprendre la route. Ils avaient ultérieurement contourné tout le sud de la forêt de Schlipak jusqu'au village de Zoyek, et traversé enfin le fleuve Elibed pour arriver dans un soupir d'aise jusqu'à leur destination finale : la grande cité.

Reivax entendit un cliquetis tandis qu'il essayait d'enfouir ces pénibles souvenirs quelque part où il ne pourrait jamais les retrouver. Quelqu'un bricolait la serrure de la porte devant laquelle il attendait avec son maître depuis presque cinq minutes. Le vantail s'écarta en même temps qu'une voix ronchonnait :

— Voilà, voilà ! Y a pas le feu, hein !

L'ouverture demeura cependant très étroite, comme si l'occupant des lieux refusait que la poussière ne pénètre dans son logis. Un homme parvint à glisser sa tête dans la fente ainsi créée, un homme qui semblait aussi méfiant que sinistre.

— Salutations, lança Zangdar après s'être éclairci la gorge.

— C'est nous ! ajouta Reivax sans vraiment réfléchir à son propos.

L'individu semblait surpris, autant que courroucé. Son visage était très blanc, ses cheveux raides et noirs et ses sourcils sombres et broussailleux. Ses yeux ternes reflétaient la jovialité d'une pierre tombale sous la pluie, et sa bouche pincée semblait avoir été taillée au scalpel.

Après avoir toisé de bas en haut les deux intrus, il daigna leur adresser la parole :

— Vous êtes des aventuriers ?

Zangdar serra les poings et ouvrit la bouche avec l'intention de hurler des insultes. La simple évocation du mot « aventurier » lui provoquait ce genre de réaction, mais il détestait par-dessus tout qu'on le compare à l'un de ces abjects vauriens.

— Il faudra revenir plus tard ! enchaîna l'homme sans écouter la réponse du sorcier. L'établissement n'est pas encore ouvert !

Voyant que son maître arborait sa tête des mauvais jours, Reivax décida d'intervenir et s'adressa au ténébreux quidam :

— Avons-nous affaire à messire Silgadiz de Sombrelune ?

L'individu inspecta la rue, comme s'il s'attendait à y voir courir des spadassins. Puis, constatant qu'il n'en était rien, il répliqua sur un ton suspicieux :

— Hum… Cela se pourrait… Enfin, ça dépend.

Le maître inspira et lâcha dans un souffle :

— Il semble que je sois ton cousin, Zangdar.

Silgadiz de Sombrelune, un gars presque sympa

Il y eut une longue période de silence, aussi pesante qu'un litre d'huile dans l'estomac d'un nouveau-né. Les deux hommes se dévisagèrent en fronçant les sourcils. L'assistant recula de deux pas, soucieux de préserver son intégrité physique et son visage déjà trop souvent malmené. Puis le propriétaire de la tour murmura :

— Mon cousin ? Mon cousin Zangfil ?
— Zangdar, corrigea l'intéressé. On m'appelle Zangdar depuis bien longtemps.

L'homme n'en revenait pas :

— Tu serais le fils Darlan-Duchateau ? Disparu mystérieusement après l'accident du blizzard de glace ?
— Mmmmoui, c'est cela ! maugréa le sorcier.

Il trouvait la situation très embarrassante. Le dernier souvenir qu'il avait de son cousin se trouvait enfoui sous plusieurs couches de flétrissure neuronale : un soir de printemps, ils avaient sauté dans les flaques et rossé un vieux chien à l'aide d'un bâton. Qui plus est, son parent ne semblait éprouver aucune joie, et il devait reconnaître qu'il en était de même pour lui. C'était ainsi quand on exerçait le métier d'enchanteur ténébreux.

Silgadiz entrebâilla sa porte et s'écarta pour les laisser passer.

— Entrez vite ! souffla-t-il. Il ne faut pas qu'on vous voie !

Zangdar et son sbire se pressèrent à l'intérieur et l'huis se referma sur leurs arrières. L'homme actionna la serrure complexe et les enferma dans la pénombre d'un couloir encombré d'objets divers. Une lampe à huile chétive éclairait difficilement plusieurs mètres de corridor humide.

Le sorcier se tourna vers son hôte et déclara sans aucune conviction :

— Je suis bien aise de te voir, mon cousin.

— Moi de même, lâcha tristement son parent. Mais comment diable m'as-tu trouvé ?

— J'ai dû convaincre un marchand d'articles magiques que la situation était critique.

— Ah ! C'est le vieux Barann, sans doute ?

— C'est cela ! s'esclaffa Zangdar. Cette vieille fripouille a plus d'un têtard dans sa piscine !

Reivax se trouvait quelque peu fâché que personne ne s'intéresse à lui, il s'inclina donc jusqu'au sol pour se présenter :

— Et moi, heu… Je suis Reivax l'Insidieux, le fidèle assistant du Maîîître !

Silgadiz lui adressa un signe de tête négligent. Puis il dégagea deux guéridons qui encombraient le passage et leur désigna le corridor :

— Je pense que nous avons besoin d'un petit remontant. Suivez-moi et ne faites pas attention au désordre. La tour est en travaux !

Les trois hommes arrivèrent au bout du couloir devant une autre porte, déjà entrouverte. Quatre soudards à l'allure patibulaire jouaient aux dés dans une antichambre.

La pièce comportait deux râteliers pour les armes, une table et quelques chaises ainsi que deux banquettes.

— Ici c'est la salle de garde du premier niveau ! annonça fièrement Silgadiz. Ces messieurs n'ont pas grand-chose à faire pour le moment car le donjon n'est pas encore ouvert.

Un type chauve et barbu lui adressa un signe de la main :

— Ouais, patron ! On s'entraîne pour plus tard !

— C'est ça, entraînez-vous ! soupira le ténébreux cousin.

Dans la salle suivante, un homme vêtu d'un tablier se tenait sur un escabeau. Il était occupé à fixer des supports au mur à l'aide d'un gros tournevis et ne s'intéressait pas le moins du monde au passage des trois hommes. La pièce était encombrée de gravats.

Reivax se pencha vers un objet posé contre le mur et s'extasia :

— Oh, regardez, Maître ! Des torches empoisonnées ! On avait les mêmes au cinquième niveau !

— Ah oui ! maugréa le sorcier. Une vraie cochonnerie. Nous avons perdu plusieurs larbins avec cette histoire !

Puis, se tournant vers son cousin, il lui confia :

— Je te conseille d'installer plutôt des arbalètes. C'est moins dangereux pour ton personnel.

Silgadiz considéra les objets avec animosité, et toussota. Puis il se dirigea vers la porte suivante en bavardant par-dessus son épaule :

— Je suppose que le vieux Barann t'a parlé de mon projet d'établissement donjonnique ?

— Oui, bien sûr ! convint Zangdar en lui emboîtant le pas. Un projet tout à fait fascinant !

Silgadiz poussa la porte suivante et ajouta :

— Suivez-moi dans mon bureau, et attention aux bestioles dans l'escalier ! Elles sont un peu soupe au lait.

Le bureau de l'inquiétant personnage se trouvait au cinquième étage. Il fallait emprunter un chemin complexe pour y accéder à travers les salles semées d'embûches, en actionnant deux portes cachées.

Ils étaient par conséquent hors d'haleine lorsqu'ils parvinrent au seuil du cabinet de travail. La pièce était assez vaste, meublée et décorée avec soin. Tout avait été mis en œuvre pour inspirer le plus grand malaise : les bibliothèques aux rayonnages encombrés de livres noirs, le bureau ouvragé surmonté de deux chandeliers en pattes de gargouilles, le tapis rouge sang et les fauteuils aux accoudoirs sculptés de faciès haineux. Les invités s'y sentirent immédiatement comme chez eux.

— Nous y voilà ! souffla Silgadiz. Prenez place pendant que je sors les bouteilles.

Ils s'installèrent dans les fauteuils. Zangdar attendit un moment que sa respiration se régularise et commenta leur périple :

— Mon bon cousin, je dois dire que le trajet est plutôt éreintant pour arriver jusqu'ici ! Tu vas sans doute y perdre la santé, à force !

— Certes, j'en conviens ! rétorqua Silgadiz en disposant des coupes d'argent sur un guéridon. Mais c'est surtout destiné à empêcher les aventuriers de venir me casser les pieds !

Zangdar renifla :

— Crois-en mon expérience... Ces vauriens de baroudeurs sont des gens beaucoup plus tordus que nous !

— Il est vrai que tu possèdes un donjon ! J'en ai entendu parler il y a quelque temps.

Le maître haussa un sourcil :

— Ah ?

— On vous a parlé de nous ! s'enthousiasma Reivax. C'est la célébrité !

Un regard mauvais lui conseilla de la boucler jusqu'au siècle suivant.

Silgadiz remplit les coupes d'un liquide vert au parfum puissant et les distribua. Puis il enchaîna :

— La semaine dernière, nous avons eu dans la cité quelques *embrouilles*. D'après ce que j'ai compris, les responsables des cultes se sont affrontés pour empêcher qu'une histoire de prophétie dramatique ne se réalise. Il me semble qu'un ami m'a parlé d'un problème avec une statuette dérobée dans le donjon de Naheulbeuk. C'est chez toi, non ?

Zangdar gronda :

— Damned ! C'est sans doute la statuette de Gladeulfeurha ! Ces crétins d'aventuriers cherchaient cet objet en particulier !

— Ils ont tout pris ! gémit Reivax. Maudits salopiots vomisseurs !

Silgadiz huma le contenu de sa coupe et fit tournoyer le liquide comme s'il hésitait à le consommer. Il renseigna ses convives d'un ton détaché :

— C'est un collectionneur excentrique qui les a payés pour la récupérer. D'après mes sources, il s'agit d'un mage véreux qui travaillait pour une secte. Mais on n'a plus de nouvelles de cette histoire de prophétie depuis des jours, alors je suppose que ça ne va jamais aboutir. Il est probablement mort.

Reivax s'esclaffa :

— Eh oui ! C'est toujours pareil avec les prophéties ! En fin de compte, il y a toujours quelque chose qui cloche et ça n'aboutit jamais !

— La ferme ! maugréa Zangdar. Je te rappelle que nous avons perdu le donjon par leur faute !

— Quoi ? s'inquiéta Silgadiz. Mais comment est-il possible de *perdre* un donjon ? Ça prend tout de même de la place !

Voyant qu'il serait difficile d'y couper, Zangdar conta ses mésaventures. Tout comme il avait fait pour le vieux Barann, il inventa des explications fumeuses en remplacement des divers détails qu'il était préférable de tenir secrets. Son cousin l'écouta sans faire de commentaire désobligeant mais il était clair qu'il prenait plaisir au malheur des autres. Ils vidèrent leurs coupes et celles-ci furent à nouveau remplies.

— Tout cela est vraiment fâcheux ! commenta Silgadiz sans parvenir à masquer son sourire en coin. Te voilà donc chez moi sans avenir ni logis. Il y aurait de quoi déprimer !

Zangdar bougonna :

— Ton soutien est le bienvenu, mon cher cousin. Mais je suis ici pour essayer de prendre un nouveau départ.

— Tu vas pouvoir me raconter tout cela ! badina Silgadiz. Mais avant, j'insiste pour que nous portions un toast à ces surprenantes retrouvailles familiales !

Au 28 de l'avenue des Gnons, et non loin du stade où s'affairaient déjà les Vrombissants et les Tourmenteurs à l'entraînement, le Nain boudait. Il contemplait son verre de jus de pomme depuis près de dix minutes en secouant la tête.

— C'est la nouvelle règle dans la compagnie ! récita le Ranger pour la huitième fois. Pas d'alcool avant de partir en mission !

— On a eu trop de problèmes à cause de ça, justifia la Magicienne.

Le courtaud insista :

— Mais par toutes les enclumes ! C'est demain la mission !

— C'est pas une raison ! riposta le rôdeur. C'est surtout le lendemain que l'abus d'alcool diminue les facultés physiques !

— Bah ! maugréa le Barbare. Crôm pense que c'est des conneries !

L'érudite le désigna d'un index accusateur :

— Ne va pas mêler la religion à cette histoire !

— Et puis le jus de pomme c'est très bon ! compléta l'Elfe. On en buvait plein quand on était sur le bateau !

— Mais non ! rouspéta le Nain. C'était pas pareil sur le bateau !

Ils discutèrent un bon moment du sujet. La Magicienne argumenta que l'influence du short moulant de Codie avait sans aucun doute contribué à rendre le jus de pomme de la famille Charland plus consommable que celui-ci. L'Elfe ne comprenait pas pourquoi, puisqu'elle portait habituellement une jupe moulante et ne voyait pas en quoi cela pouvait modifier le goût des fruits. L'Ogre profita de la diversion pour piocher dans les assiettes de ses voisins, et la discussion s'envenima lorsque le Nain mentionna les pratiques culinaires des trolls associées aux pommes. Le Ranger quitta la table en pestant et se rendit au comptoir dans l'espoir de prendre un peu l'air et d'arrêter de parler pour ne rien dire.

BULLETIN CÉRÉBRAL DU RANGER

Il est vraiment temps qu'on fasse un peu évoluer les habitudes de la compagnie. Et pour ça, il est impératif de diminuer la consommation d'alcool avant les missions ! Je suis le chef du groupe, après tout, et c'est moi qui décide. Demain nous allons pénétrer dans un environnement hostile, et la moindre erreur pourra se révéler fatale. Enfin, c'est ce que disait la dame de Waldorg. Elle a précisé que le donjon n'était pas trop dur mais qu'en cas d'échec le trésor pourrait bien nous échapper à jamais. Moi, j'ai hâte d'être riche, hé hé ! D'ailleurs, il faut qu'on fasse une réunion stratégique, la dernière fois c'était vraiment super. C'est grâce à mes directives que nous avons triomphé si facilement des pirates de rivière. Je me demande bien quand j'aurai mon niveau quatre. Hé mais... Qui voilà donc ? Ça alors, c'est dingue !

— Salut mon vieux ! lança le Ranger en claquant l'épaule d'un type accoudé au comptoir.

— Haaaa ! paniqua ledit consommateur en renversant du vin sur son plastron.

L'individu portait une armure complète un peu trop grande et dans laquelle il ne semblait pas très à l'aise. Il avait posé près de lui son casque à plumet et s'appuyait sur le manche d'une magnifique hallebarde.

Il se tourna, écarquilla les yeux et dévisagea l'aventurier. Il sembla lutter pour faire le ménage dans sa mémoire et finit par recoller les morceaux :

— Eh ben ! C'est toi ?
— Eh ouais !
— Mais qu'est-ce que tu fais par ici ?

Le rôdeur se rapprocha de son voisin et s'efforça de prendre un ton énigmatique :

— Je suis en mission avec les autres ! Une mission secrète !
— Et vous êtes toujours de niveau deux ?
— Mais non ! Nous avons eu le troisième depuis un moment et on s'approche du quatrième !
— Et personne n'est mort ? s'étonna le jeune homme.
— Heu… Non, enfin pas vraiment. Et puis nous avons même sauvé le monde !

Le combattant laissa échapper un sifflement d'admiration, et commenta :

— Ah, c'est bien ça. Je suppose que vous êtes célèbres alors ?
— Pas encore. Enfin, ça s'est mal passé au niveau de la communication. Du coup personne n'est au courant à part mon oncle Tulgar.

Le Ranger marqua une pause. Il vit que son compagnon n'avait pas l'air en pleine forme, et la curiosité l'emporta :

— Et toi, ça s'est passé comment avec la reine des Elfes ?

Le paladin plongea son regard vitreux dans le fond de son gobelet. Il semblait triste, et même un peu malade. Son haleine empestait la vinasse et il avait sans aucun doute essayé de noyer quelque chose dans l'alcool.

— Un vrai désastre, avoua-t-il enfin.

Le rôdeur s'abstint de tout commentaire et l'invita par un silence poli à continuer. Le paladin vida sa coupe et s'empara de son cruchon, soupira en constatant qu'il était déjà vide. Il bâilla, renifla et se décida à conter sa triste histoire :

— J'ai mis deux jours à retrouver les Elfes Lunelbar dans cette maudite forêt. Je me suis perdu, j'ai traîné dans un labyrinthe feuillu et j'ai combattu des bêtes sauvages et même un castor mutant !

— Mince alors ! Ça veut dire que le Nain avait raison ? J'ai toujours pensé que ça n'existait pas !

— Eh oui ! Cet animal bizarre a ruiné tout le bas de mon armure avec son acide oculaire ! Et puis je suis tombé dans un piège aussi, mais j'ai réussi à m'en sortir avec ma hallebarde. J'ai dormi dans les fourrés, je me suis fait dévorer le visage par les moustiques, je me suis tordu la cheville et quand j'ai finalement retrouvé les elfes j'avais perdu la moitié de mon charisme. Norelenilia n'a même pas voulu m'adresser la parole ! Les elfes ont accepté de me laisser partir et n'ont même pas daigné me soumettre une de leurs énigmes. Je n'en valais pas la peine, c'est ce que m'a dit cette petite enflure de conseiller. Tu sais, celui qui parlait toujours avec des grandes phrases poétiques à deux ronds.

Le Ranger se gaussait intérieurement, mais témoigna d'une certaine compassion :

— Ah, merde ! C'est dur ! Elle est pas facile cette Nireloni... Nilrena... Enfin, la reine.

— Dlul m'a abandonné ! gémit le paladin. J'étais vraiment trop déçu, c'est pour ça que je suis venu à Glargh. Pour changer de religion.

— Et alors ? Tu vas faire quoi ?

— Pour le moment, je suis paladin de la déesse Picrate ! Ça m'arrange !

— Eh ben...

Ne sachant trop quoi dire, le Ranger surveilla d'un œil distrait ses compagnons. Ils étaient toujours occupés à se chamailler autour d'une table dans le fond de la salle. La grande silhouette de l'Ogre avec son casque menaçant attirait les regards des clients, mais l'ambiance était plutôt bonne à l'auberge des *Corbeaux Chouraveurs*. Il n'y avait rien à craindre.

— Vous ne cherchez pas du renfort pour la compagnie ? l'interrogea soudainement le paladin.

Le rôdeur plissa les yeux et fit face au jeune homme. C'était l'heure de la vengeance :

— Hé ! T'es un petit peu gonflé tout de même ! La dernière fois, tu t'es barré en disant qu'on était des baltringues !

Le paladin rougit :

— Hum. Oui, c'est vrai. Je suis vraiment désolé. J'étais amoureux. Je trouvais ses cheveux tellement beaux !

Il sembla se perdre dans ses pensées l'espace de quelques instants. Des pensées inavouables dans lesquelles il tressait des crinières de poneys avec les elfes, en riant bêtement et en s'empiffrant de framboises.

— De toute façon, nous sommes au complet ! crâna l'aventurier. On a même récupéré un gnome des forêts du Nord.

— Ah ? C'est curieux, je n'en avais jamais entendu parler. Et quelles sont ses compétences ?

— Je ne sais pas trop, souffla le rôdeur en baissant la tête. On ne comprend rien à ce qu'il dit. Mais il est très fort pour se tortiller dans tous les sens, il fait des spectacles et c'est un bon nageur !

Le paladin considéra l'aventurier avec un air déçu. Puis il secoua la tête et se tourna vers le garçon de comptoir pour obtenir un nouveau cruchon.

Le Ranger lui fit ses adieux et s'en alla retrouver ses camarades. Il se fit la réflexion qu'il était tout de même préférable de traîner avec eux qu'avec un paladin alcoolique.

Une question le taraudait tout de même depuis cette entrevue : que fallait-il faire de Gluby ? Il n'avait encore avoué à personne que le gnome était responsable du sauvetage de l'Elfe. C'était également lui qui avait trouvé la caverne au milieu des collines et qui les avait consécutivement sauvés du géant. L'aventurier se souvint des paroles du Nain : « On ne peut pas garder avec nous quelqu'un qui récupère l'expérience des autres. » Sur le moment, il n'y avait pas prêté attention, mais le doute venait de surgir. Et si le courtaud avait raison ? Il était tout à fait possible que la compétence du gnome soit effectivement de récupérer l'expérience de ses camarades. Il ne pratiquait pas la magie, ne valait rien au combat, et la nature lui avait peut-être donné quelque chose en échange. Il ne parlait presque jamais, et seule la Magicienne le comprenait. Alors comment savoir de quel niveau il était ? Et pourquoi les compagnons n'avaient toujours pas gagné le quatrième échelon avec le décès de Gontran Théogal et la résurrection de l'Elfe ? D'un autre point de vue, si le gnome sauvait la compagnie tous les deux jours, il était préférable qu'il reste, car une chose était certaine : les morts ne changeaient pas de niveau. Tout cela devenait affreusement compliqué. Le Ranger garda ses réflexions pour lui et la soirée se termina bien vite. Quand on buvait du jus de pomme, la fête était moins folle mais on racontait également moins d'âneries.

Au moins, personne ne vomissait et aucun Nain éméché ne déclenchait de bagarre dans l'auberge pour des histoires de tabouret.

VIII

La tour sombre

— On va résumer tout ça ! proclama la Magicienne.
Le Nain ajusta son casque et protesta :
— Oh ! là là ! Mais ça fait deux fois !
— Mais oui ! C'est pour ça que ça s'appelle un résumé !
Le Ranger s'approcha du courtaud, menaçant. Il était nécessaire que tout le monde écoute pendant la réunion stratégique. Il claqua des doigts en direction du Barbare, voyant que celui-ci commençait également à regarder ailleurs. Il était très difficile de garder l'attention du guerrier des steppes quand on parlait et qu'il n'y avait personne à taper.

Tout se passait bien pour le moment et cela devait continuer. Ils avaient tous bien dormi et les compagnons s'étaient retrouvés dans la rue vers neuf heures, après un repas revigorant. Ils avaient marché jusqu'à un petit square tranquille pour y tenir un conseil de guerre. Personne n'avait mal à la tête. Personne ne s'était plaint du réveil matinal, et pour une fois la motivation semblait au rendez-vous. C'était presque comme s'ils faisaient partie d'une équipe de héros.

La ville était en effervescence au jour du grand match, et le quartier semblait partiellement ravagé par *certains événements* ayant eu lieu au cours de la nuit. Des drapeaux et des banderoles gisaient, déchirés. Des vêtements, des morceaux de bois, de portes et de volets fracassés jonchaient les rues ainsi que des outils de jardinage brisés, des cagettes et des légumes. Le tenancier de l'auberge avait confirmé qu'un grand nombre de fanatiques de sport s'étaient affrontés dans les rues, mais que tout cela était habituel et malheureusement inéluctable. Il avait même ajouté :

— Le jour où ces tarés-là cesseront de se chamailler, je pisserai de la bière !

Le résumé de la réunion stratégique commença par une question du Ranger :

— Quels sont les avantages de chacun en situation de combat ?

Personne ne voulait répondre, aussi le Ranger se décida. Il parlait lentement, comme s'il s'adressait à des attardés :

— Par exemple, moi, je suis fort pour le déplacement silencieux, et j'ai une bonne épée.

— La mienne est mieux ! s'insurgea le Barbare. Et j'ai plus d'entraînement !

— Oui, voilà ! confirma la Magicienne. Alors toi, tu restes au corps à corps.

— La baston !

— Si tu veux…

— Et par conséquent, continua le rôdeur en s'adressant au chevelu, tu dois ?

Il attendit que quelque chose se passe tandis que le Barbare réfléchissait. Ce dernier montra son poing et lâcha finalement :

— Tuer les monstres !

— Mais non ! s'emporta l'érudite. On l'a déjà dit tout à l'heure : tu dois attendre qu'on ait tiré avec les armes à distance !

— Pourquoi ?

Le quasi-dirigeant, passablement colérique, expliqua néanmoins d'une voix calme :

— Parce que si tu t'avances tout de suite sur les ennemis, on ne peut pas tirer !

— Tu serais touché par nos projectiles ! précisa la rouquine.

— M'en fous, j'ai pas mal !

Ils parvinrent au bout d'un quart d'heure d'explications à faire comprendre au Barbare qu'il était nécessaire de garder son calme jusqu'à la résolution des attaques à distance. Ils passèrent ensuite au cas suivant, que le rôdeur invita ainsi à se manifester :

— Bon ! Alors maintenant, les avantages du Nain.

— Ouais ! claironna celui-ci. Je cours vachement vite avec mes bottes ! Et puis j'ai une hache de jet Durandil et je suis aussi balaise en combat rapproché. Et en plus je fais des blagues.

— Les blagues ne servent à rien en situation de combat, expliqua l'érudite.

— En plus, elles sont vraiment trop nulles, gloussa l'Elfe.

— Ça dépend ! Goltor l'intrépide faisait toujours des blagues et il gagnait tous les combats !

— Mais Goltor machintruc ne combattait pas avec une équipe. Tu nous as toujours dit qu'il était tout seul !

— Ouaip ! Il n'avait pas besoin d'équipe parce que… Parce qu'il était super fort !

— Mais là c'est la réunion pour le travail d'équipe ! s'emporta le Ranger. Essaie de comprendre !

— Moi, j'ai un arc et des beaux cheveux ! s'interposa l'Elfe. Et je peux parler avec des girafes et des toucans.

— Golo tagoul sprotch ! ponctua l'Ogre en agitant sa colossale hache.

— Rhaa ! Pas tous en même temps !

La réunion dura presque une heure, et il était temps qu'elle se termine car certains parmi les compagnons menaçaient de retourner à la taverne. Ils imaginèrent une stratégie des plus simples : en fonction de l'ennemi rencontré, ils commenceraient par envoyer un sortilège avec leurs nouveaux parchemins. De cette façon, la Magicienne économiserait son énergie astrale pour d'éventuels soins ou des situations plus tendues. Ensuite l'Elfe aurait le droit de tirer des flèches tant qu'aucun membre du groupe ne serait arrivé au corps-à-corps. L'ennemi finirait bien par se rapprocher, alors ce serait le moment pour les autres d'avancer, et le Ranger resterait à l'arrière pour protéger la Magicienne et l'Elfe et pour coordonner les actions des guerriers.

Un plan qui semblait parfait, du moins en ce qui concernait la partie théorique.

Quand tout fut clair, le Nain leva sa hache vers le ciel et rugit :
— Allez ! J'en ai plein le dos de glander dans un square ! Y a une mission qui nous attend !
— Ouais ! s'écrièrent les autres.
Ils traversèrent une partie de la ville jusqu'à la partie ouest. Les rues devenaient plus calmes à mesure qu'ils s'éloignaient du stade. Ce dépeuplement rendait plus aisés les déplacements du Nain, forcé de courir avec ses bottes magiques et qui maîtrisait toujours aussi difficilement ses trajectoires. Au moins, il ne heurtait plus que de rares badauds à moitié somnolents.

Ils s'approchaient de leur destination, une tour plantée quelque part entre la rue Frappe et la rue Tabasse. Ils consultèrent donc le plan fourni par dame Gwenila de Paleburne, et la Magicienne en fit la lecture pour la troisième fois :

Au numéro quelque-chose-4 de la rue Tibidibidi se trouve la tour d'une grande dame. Vous ne pouvez pas vous tromper : c'est une tour ronde flanquée de deux dépendances rectangulaires à sa base et entourée d'un petit jardin, et il n'y a pas beaucoup de tours dans ce genre à Glargh. Elle n'est pas très haute et donne directement sur la rue dans un renfoncement. Éliminez les gardes en faction devant l'entrée avant de faire quoi que ce soit. Vous devrez probablement crocheter la serrure si la clé ne se trouve pas sur l'un des gardes. L'orbe de Xaraz est sans doute gardé dans la salle du coffre ou dans la chambre de la prêtresse.

— C'est quoi « quelque chose 4 » ? s'inquiéta le rôdeur.
— Je ne sais pas, on dirait qu'il y a un pâté d'encre à cet endroit. Le parchemin a pris la pluie dans ma poche.
— Ah, bravo ! grogna le Nain. On ne sait même pas le numéro !

L'érudite replia le parchemin et rétorqua :
— Aucune importance, après tout. Elle a dit qu'on ne pouvait pas se tromper ! Et puis on connaît le nom de la rue.
— Allons-y ! soupira le Ranger.

Une fois contourné le grand palais, ils descendirent la rue de la prise de Glargh et tombèrent sur la rue Tibidibidi.
— Et voilà ! badina l'Elfe. C'est déjà super facile !
Le Nain ironisa :
— C'est sûr ! L'aventure est presque finie !
— On y va ? s'impatienta le Barbare.
Ils avancèrent dans la rue presque déserte. Un vieil homme les observait depuis sa fenêtre, un citoyen maussade qui n'éprouvait sans doute aucun engouement pour les manifestations sportives. Le reste de la population avait visiblement migré vers le quartier du stade.

— C'est là ! s'excita le Ranger en montrant du doigt une tour sur leur droite.
— Ouiiiiiii ! s'exclama l'Elfe.
— Mais chut ! gronda la Magicienne. Tu vas nous faire repérer !
L'archère désigna l'édifice :
— Mais y a personne ! Je ne vois pas qui pourrait nous repérer ?
Ils observèrent le bâtiment. Tout concordait, et la Magicienne récapitula :
— La tour est ronde et possède effectivement deux dépendances rectangulaires. Il y a aussi un petit jardin autour.
— Il est très moche ! commenta l'Elfe. Y a même pas de fleurs jaunes !
— C'est quand même un jardin ! ronchonna le Nain dans un pur réflexe de contradiction.

Le Ranger chercha vainement la plaque chiffrée, mais n'en trouva pas. Il s'alarma :
— Hé ! Il n'y a pas de numéro !
— Ce n'est pas grave, assura l'érudite. Regarde ici, c'est le 2, et là-bas c'est le 6. La tour est donc bien au 4. Il n'y a pas de doute possible.
— Ouais ! ponctua le Barbare. On attaque !
Le rôdeur s'avança pour arrêter le bras du chevelu, un bras nerveux qui se levait déjà pour dégainer sa lame d'excellence de Glonzg. Il chuchota :
— Du calme ! Il n'y a pas d'ennemis !

Ils constatèrent effectivement qu'aucun garde ne semblait affecté à la surveillance du périmètre, au contraire de ce que leur avait indiqué dame Gwenila.
— Mais où sont les vigiles ? s'interrogea la Magicienne.
— Ils sont partis boire un coup ? proposa le Nain.
Ils attendirent un moment, scrutèrent les alentours. Aucun garde en vue. Ils restèrent ainsi cinq minutes, et le Ranger s'avança :
— Bon. Si y a personne, je vais crocheter la serrure !
— Attention aux pièges ! ricana le Nain. On a vite fait de finir en tas de cendres !
Le courtaud évita un coup de pied, et le Ranger furieux s'avança jusqu'à la porte à double battant. Il extirpa de son sac une affreuse baguette et appela la Magicienne en renfort. Celle-ci s'avança en soupirant.
— Heu… Comment on fait pour utiliser ce truc, au fait ? chuchota l'aventurier.
L'érudite se fendit d'un sourire étonné :
— La baguette du déclencheur de Zorlaki ! Excellente idée !
— Eh oui, fanfaronna-t-il. Je me suis dit que ça pourrait être utile !
— Normalement, tu n'as qu'à la tenir bien droite en te concentrant sur la serrure, et ça va marcher tout seul.
— Bon, d'accord. J'y vais !
Il suait à grosses gouttes, et pourtant il ne faisait pas si chaud.

La Magicienne recula en empoignant son bâton et le Barbare dégaina tout de même son épée. Le Nain grogna. L'Elfe encocha une flèche dans son arc. Gluby sauta sur le sac à dos de l'Ogre et couina. Une chape de suspense venait de s'abattre sur la compagnie, une angoisse exacerbée par le silence de la rue.

— *Porte, ouvre-toi !* formula sobrement le rôdeur.

L'érudite murmura à l'oreille du Barbare :

— Ce n'est pas très original !

— Mouarf ! grommela le chevelu en retour.

Les respirations se bloquèrent dans les poitrines des aventuriers. L'air vibra.

Un déclic rouillé se fit entendre, accompagné du bruit d'un loquet coulissant. La porte s'entrebâilla de deux centimètres en grinçant.

Le Ranger se tourna vers ses camarades, l'air réjoui :
— Hé ! J'ai réussi ! Ha ha !
— Trop cool !
— Ouais !
— À l'attaque !

Le Barbare s'avança, bouscula férocement ses confrères et poussa la porte d'un coup de pied viril. Il ne révéla cependant qu'un petit vestibule sombre, éclairé par une lampe à huile. Une autre porte, moins large, leur barrait le passage à quelques mètres. Hélas, la modestie du corridor ne leur permettait d'avancer qu'à deux de front.

— J'y vais avec le bourrin ! improvisa la Magicienne.

Sans écouter les remontrances du pseudo-chef de groupe, elle pénétra dans le couloir, accompagnant le chevelu dans sa démarche prédatrice. Elle tenait à la main son parchemin de cône de glace.

— Mais heu ! s'indigna le courtaud. C'est pas comme on a dit dans la réunion !

Le Ranger bougonnait et râlait, mais il n'en dégaina pas moins son épée. Il s'enfila dans le couloir, accompagné du Nain. Les autres compagnons s'engagèrent à sa suite.

Pendant ce temps, l'avant-garde avait atteint la porte et l'érudite se pencha sur la serrure.

— Je pense que c'est ouvert ! chuchota-t-elle, les yeux brillants. Il y a de la lumière !

Elle n'avait pas terminé sa phrase que le Barbare saisissait la poignée et poussait le lourd panneau de bois, menaçant de le sortir de ses gonds. Il claqua contre le mur et fit tomber près d'un kilo de plâtre.

— Crôm ! hurla le bretteur à l'entrée de la pièce.
— Hey ! cria le Nain. Je vois rien, moi !

La salle était loin d'être vide. Quatre hommes jouaient aux cartes, assis autour d'une table. L'un d'eux s'acharnait visiblement à couper des tranches de jambon. Ils tournèrent leurs visages étonnés vers les aventuriers.

BULLETIN CÉRÉBRAL DE LA MAGICIENNE

Ha ha ! Des gardes ! C'est l'aventure qui commence pour de bon ! Dire que j'étais prête à laisser tomber tout ça... Mais rien ne remplace l'adrénaline du donjon. Quand je pense qu'il y a des mages qui passent leur vie dans des bibliothèques à faire de la théorie, ils ne savent pas ce qu'ils ratent ! Eh bien, ma fille, voilà des ennemis, des vrais. Ils n'ont pas l'air tout à fait prêts pour le combat, mais qu'importe. Vous allez le sentir passer celui-là, mes cocos ! Le cône de glace va vous racornir les parties génitales, par les tentacules de Gzor !

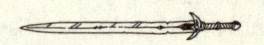

BULLETIN CÉRÉBRAL DU BARBARE

Des gardes ! Ouais, baston ! Y en a moins que les doigts d'une main. Ils ont pas d'armure sur les jambes, et pas de casque. Les armes sont rangées, dommage pour eux. Frapper la tête ou les jambes. À l'assaut !

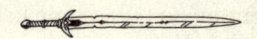

Un des hommes eut le temps de lever son doigt, comme s'il désirait faire un commentaire. Un autre balbutia :
— Heu…
— *Rafanador ed'krilipuk !*
À peine l'invocation terminée, il y eut un souffle glacial et tout sembla se réduire autour des aventuriers. Un cône blanchâtre et presque translucide jaillit de la main de la Magicienne. L'air était aspiré vers la pièce en même temps qu'un douloureux craquement de glace fissurée se faisait entendre, un crissement désagréable qui résonnait jusque dans les molaires. Les quatre hommes frappés de plein fouet hurlèrent de concert au moment où leurs chairs subissaient la morsure du froid. Leurs yeux les brûlaient, et certaines de leurs dents avaient éclaté sous le choc thermique. Ils étaient déjà bleus, cherchèrent à se lever mais leurs gestes étaient rendus difficiles par le gel.
— Maintenant ! cria la Magicienne en bondissant dans la pièce.

Elle s'écarta au moment où le Barbare se ruait dans la salle, franchissant les quelques mètres qui les séparaient des hommes dans un bond de fauve. Elle vit le Nain passer en trombe en criant quelque chose, mais celui-ci ne parvint pas à stopper sa course magique et rentra de plein fouet dans un homme qui lui tournait le dos. Le pauvre cherchait à s'emparer d'une arme au râtelier, il n'en eut jamais l'occasion car ils basculèrent tous deux en renversant la table.

Le Ranger trébucha et tomba, bousculé par l'Ogre qui venait de faire irruption dans la pièce. La grande créature moulina de sa hache en grognant, déchira le chapeau de la Magicienne, blessa le Nain à l'épaule et brisa deux cruches sur une étagère.

La suite ne fut qu'un tintamarre de cris, de grognements, de bruits gluants, de pleurs et de bois brisé. Les gardes, incapables de se défendre, succombèrent sous les coups des aventuriers ivres de rage. Ils se firent comédiens martyrs d'un triste spectacle où les geysers de sang coloraient les membres tranchés, où les bouches s'ouvraient sur des gargouillis de désespoir et où il devenait évident qu'ils ne mangeraient plus jamais de jambon.

Le Ranger toujours au sol se protégeait comme il pouvait en essayant de calmer ses camarades. Il vit rouler juste devant son nez la tête coupée d'un homme aux cheveux givrés, aux yeux injectés de sang et dont les lèvres tressautaient. Le rôdeur cria, pris de panique, et bondit sur ses pieds. Il heurta cruellement le dessus de son crâne au coin d'une étagère sournoise et glissa dans une flaque de sang, tenta de se rattraper à un portemanteau qu'il entraîna avec lui dans sa chute. Il se retrouva de nouveau sur le pavé froid et humide, empêtré dans les vêtements et maudissant les étagères.

Le silence s'installa, rythmé par les halètements et les reniflements de l'Ogre. Un gobelet roula et le vin se mêla au sang. Tout était terminé.

— C'est pour Crôm ! clama le Barbare en levant son épée.
— Eh ben ! constata la Magicienne en examinant son chapeau. Ils ont mangé grave !

Gluby pénétra dans la pièce, après avoir attendu sagement dans le couloir. Il vit les cadavres qui jonchaient le sol et les traces de sang sur les murs. Il questionna d'une toute petite voix :

— Yakoulou ?

Mais personne ne l'écoutait, comme d'habitude.

De son côté, l'Elfe stationnait sur le pas de la porte, n'ayant trouvé aucune occasion de tirer la moindre flèche. Elle avait tant de fois subi les remontrances de ses camarades qu'elle préférait s'abstenir. La violence de la scène était telle qu'elle ne savait si elle devait entrer ou fuir à toutes jambes.

Le Ranger acheva de se dépêtrer et parvint à se remettre sur pied, rouge de honte et de frustration. Il se frotta le sommet du crâne en considérant le désastre. Avant qu'il puisse dire quoi que ce soit, le Nain s'était baissé vers un garde :

— Bon, ben je vais les fouiller ! L'un d'eux a certainement la clé de la prochaine porte !

Il s'empressa de retourner l'homme afin de lui faire les poches, et le Barbare décida de l'aider dans sa macabre besogne.

La Magicienne sortit son carnet et dessina la pièce à la mine de plomb. C'était un donjon, il fallait donc faire un plan. Tout cela faisait partie des usages. Elle hésita pour la légende et finit par indiquer : « Salle des gardes – résistance médiocre ».

— Tout ça me semble un peu facile, marmonna-t-elle en modélisant les portes.

— C'est seulement le premier niveau ! grimaça le rôdeur. C'est sans doute normal.

— C'était nul ! convint le Barbare en examinant des objets. Ils ont même pas combattu.

En prenant garde de ne pas glisser dans les flaques de sang, le rôdeur risqua quelques pas au milieu des chaises et des cruches brisées. Il constata que les râteliers prévus pour les armes ne contenaient que du matériel d'entrée de gamme, et que les casques destinés aux gardes étaient empilés soigneusement sur une armoire. Les bracelets et les gantelets se trouvaient quant à eux sur une étagère. Tout était installé comme si les propriétaires n'avaient rien à faire d'autre que jouer aux cartes.

— Ces lascars n'avaient pas l'air tout à fait au point, soupira-t-il.

— J'ai un trousseau de clés ! jubila le Nain. Et j'ai trouvé au moins vingt pièces d'or !

Ils terminèrent la fouille de la pièce sans rien trouver d'intéressant à part un demi-jambon que l'Ogre escamota dans sa besace. Le Nain proposa de récupérer les casques et les armes pour les revendre au marché, mais personne ne voulait transporter tout ce matériel superflu alors qu'ils n'étaient qu'au début de l'aventure. Ils entassèrent les objets valables dans un coin dans l'espoir de les récupérer plus tard, et s'avancèrent vers la porte suivante.

La Magicienne exposa sa théorie, qui provenait de la page vingt-huit du *Code des Aventuriers de Graapilik* :

— Alors là, si le donjon est bien foutu, on devrait trouver un couloir vide. Ensuite on trouvera une porte avec d'autres ennemis.

— Mais pourquoi ils ne mettent pas tous les ennemis dans la même pièce ? remarqua le Nain. Ça serait vachement plus efficace !

Le Ranger hocha la tête :

— Ah oui, c'est vrai ça.

— Je pense qu'ils finiraient par se battre entre eux ! exposa la Magicienne. C'est sans doute trop difficile à gérer.

Alors qu'elle finissait sa phrase, la porte devant laquelle ils stationnaient s'ouvrit d'elle-même. Un petit homme armé d'un curieux objet triangulaire se tenait là. Il était vêtu d'une salopette grise et portait un genre de tablier taché garni d'outils. Il avait l'air chafouin.

Il semblait décidé à dire quelque chose, mais lorsqu'il tomba nez à nez avec les aventuriers, il resta bouche bée. Ses yeux s'attardèrent sur les cadavres et sur la silhouette massive de l'Ogre, avec son casque terrifiant.

Le Barbare, qui tenait toujours son épée en main, éructa et bondit vers la menace. Il frappa l'homme d'un coup de pied puissant en pleine poitrine, et celui-ci fut repoussé dans la pièce suivante.

— Baissez-vous ! cria l'Elfe. Je tire !

Les aventuriers s'exécutèrent, sauf l'Ogre qui n'avait rien compris mais qui se trouvait heureusement derrière. La flèche parcourut quelques mètres et termina sa course dans une armoire. Le Nain pouffa :

— Ha ha ! C'est trop foiré !

Voyant que l'homme se relevait en toussant, ils se bousculèrent pour pénétrer dans la pièce et l'encerclèrent promptement. Celui-ci recula jusqu'à un mur et leva les mains comme s'il voulait en découdre. La lampe à huile qui se retrouva près de son visage lui donnait un air féroce.

— Mais qu'est-ce que vous faites ici ? gémit-il.

Le Nain assura sa prise sur sa hache :

— Il essaie de nous embobiner !

— Méfiez-vous ! cria la Magicienne. Il a perdu son arme mais j'en vois d'autres qui dépassent de son tablier !

— Qu'est-ce qu'il fait là tout seul, ce mec ? s'énerva le Ranger. C'est un sorcier ?

— Il est vilain ! commenta l'Elfe.

Considérant cette dernière remarque comme une invite, l'Ogre avança d'un pas et fit tomber sa hache en diagonale sur l'homme. Il le coupa presque en deux et le curieux gredin s'effondra dans un râle. Les aventuriers restèrent là, contemplant le corps soubresautant des ultimes spasmes de l'agonie. L'Elfe pleurnicha tandis que le Nain ricanait. Le Ranger quant à lui semblait dérouté :

— C'est tout ? Il ne se relève pas pour cracher du poison ou un truc comme ça ?

— Bah… Je ne sais pas, avoua la Magicienne. C'était peut-être un coup critique ?

— Crôm a guidé ton bras ! proclama le Barbare en tapant sur l'épaule de l'Ogre.

— Les haches, c'est toujours mieux ! triompha le Nain.

— Huk huk huk.

— Mais c'est horrible ! s'indigna l'Elfe. Il a coupé le bonhomme en deux !

Le Nain se posta sous le nez de l'archère, les poings sur les hanches. Il fit de son mieux pour avoir l'air grand, mais son nez arrivait à la hauteur de son nombril. Il n'en prit pas moins son air le plus digne pour moraliser :

— C'est comme ça dans un donjon, ma petite ! Il va falloir t'y faire ! C'est un environnement hostile ! Les monstres sont tapis dans tous les coins, à l'affût de la moindre occasion pour nous assassiner. Et quand les gens nous attaquent, nous on a des haches et il ne faut pas qu'ils viennent se plaindre après qu'on les coupe en deux ! Voilà !

— Il a raison, approuva le Ranger. C'est un peu violent, mais c'est comme ça !

L'Elfe sécha ses larmes et baissa la tête, tâchant de se laisser convaincre.

BULLETIN CÉRÉBRAL DE L'ELFE

Oh ! là là ! Mais pourquoi c'est comme ça ? Pourquoi l'aventure c'est pas comme chez les Elfes, avec des poneys gentils et des petits lapins ? Pourquoi y a-t-il toujours des gens méchants qui veulent nous tuer ? Et comment on va faire pour nettoyer nos vêtements ? Ma jupe et mes bottes sont déjà pleines de sang, c'est horrible. Ça ne va jamais partir et je serai obligée d'en acheter d'autres ! Je déteste la violence, c'est moche. Au moins, quand on tire des flèches, ça ne découpe pas les gens en deux.

Tandis que ses camarades analysaient les considérations morales de la sauvagerie en milieu donjonnique, la Magicienne se pencha vers le défunt. Elle alluma son bâton pour y voir plus clair et l'examina en prenant garde de ne pas salir sa robe de Tholsadûm. Elle commenta :

— C'est curieux tout de même ! Je ne savais pas qu'on pouvait rencontrer ce type d'ennemi dans un donjon. Un petit vieux avec un tablier !

Le Ranger se baissa à son tour :

— C'est peut-être un bourreau ! Ils ont toujours des outils dans un tablier. Et je trouve qu'il avait l'air tordu celui-là !

— Je n'aimais pas du tout sa petite grimace ! convint la Magicienne.

Le courtaud se baissa pour ramasser le curieux objet avec lequel l'homme avait voulu les agresser, et constata qu'il ressemblait bigrement à un outil de maçon.

— Vous vous rendez compte ? déclara-t-il avec un air dégoûté. Ces mecs sont assez vicelards pour torturer les gens avec une truelle ! Pouah !

Les aventuriers frissonnèrent.

Ils décidèrent d'explorer la pièce mais ils n'y dénichèrent aucun objet remarquable cette fois. La salle était encombrée de gravats et quelqu'un avait installé des supports sur les murs. En dehors de cela, il ne s'y trouvait que des tonneaux vides et une boîte en bois contenant des torches. Cela ne les intéressait plus depuis que la Magicienne avait eu son niveau deux : elle pouvait maintenant produire assez de lumière avec son bâton pour éclairer la plus sombre des grottes.

— Bon, allez ! s'imposa le rôdeur en frappant dans ses mains. On ne s'endort pas ! Nous avons encore une porte à ouvrir !

Au même moment, Zangdar s'impatientait. Il ne savait pas trop comment dire à son cousin qu'il était urgent de travailler sur le perfectionnement du contrôle des sortilèges.

Ils avaient passé une bonne nuit dans la tour, lui dans la « chambre des invités » et Reivax remisé dans une piaule crasseuse destinée au personnel. Silgadiz les avait de surcroît invités à dîner dans un restaurant proche, et leur avait fait visiter sa tour de fond en comble. L'intégralité de la tour, sauf une salle qu'il avait tenu à garder pour le lendemain matin, une pièce « très importante ».

Et c'était là qu'ils se rendaient, empruntant pour l'occasion un escalier secret situé entre le niveau quatre et le niveau six. Il y faisait fort sombre mais le maître des lieux les éclairait à l'aide de son bâton. Reivax fermait la marche en se curant le nez d'un doigt crochu.

— J'ai un double projet, en fait ! expliqua Silgadiz. D'une part, comme tu le sais déjà, je compte révolutionner le concept de l'établissement donjonnique en installant mon activité dans cette ville.

— Certes, s'impatienta Zangdar. Tu m'as déjà détaillé tout cela hier soir.

— Et donc, enchaîna le cousin sans perdre son enthousiasme, j'ai également un autre projet, beaucoup plus ambitieux, depuis l'année dernière. J'ai déniché un objet unique et fascinant pendant que je dirigeais des fouilles dans la vallée de Moo-Duj-Noo.

— C'est diablement intéressant ! soupira Zangdar.

— N'est-il pas ?

Ils suspendirent leur descente sur un palier intermédiaire. Une petite porte se trouvait là, et Silgadiz passa quelques minutes à trier son trousseau pour y trouver la clé qui s'adaptait à la serrure.

— Ce mécanisme n'a pas l'air ensorcelé, observa Reivax d'un air détaché.

— Pour le moment, je n'ai pas encore installé les serrures magiques et les pièges correspondants. Mais je peux t'assurer que cette porte-là sera des plus coriaces ! Il n'est pas question qu'un aventurier zélé s'empare de ce trésor. Et voilà !

La porte s'ouvrit sur un large corridor. Silgadiz leva plus haut son bâton et ils avancèrent jusqu'à une petite salle.

— Eh bien ! murmura Zangdar en contemplant l'objet. Qu'est-ce donc ?

Le regard de son ténébreux cousin se fit plus vicieux, si la chose était possible. Il susurra :

— Je suppose qu'avec ta grande expérience tu serais capable de me citer les créatures les plus dangereuses ayant foulé le sol de la Terre de Fangh ?

Zangdar s'esclaffa et récita quelques noms parmi les plus légendaires. C'était son sujet de prédilection ! Il avait par ailleurs possédé un Golbargh dans son donjon, une créature démoniaque terriblement féroce qu'il avait réussi à piéger par un habile subterfuge magique. Il cita entre autres le fameux Hamsterzilla, Sandrilii la Vouivre du Sud, Ruguk le Basilic des collines et l'affreux dragon de lave de la Tour de Suak qui avait menacé Glargh à la fin du premier âge. Toutes ces créatures hélas avaient été défaites par des mages de haut niveau, des aventuriers, des troupes armées ou bien tout cela en même temps.

— Eh bien ! Quel redoutable bestiaire ! s'amusa Silgadiz. Tu as cependant oublié l'un des plus maléfiques de tous...
— Un avatar de démon majeur ? risqua Reivax.
— Non !
— Razmor Wushrogg ? s'écria Zangdar. Le Seigneur-Liche des Montagnes du Nord ?
— Non ! souffla le ténébreux cousin. Mais nous n'allons pas y passer la journée ! Il s'agit de...

Il chuchota un nom à l'oreille de Zangdar et celui-ci s'étrangla :

— Fichtre ! C'est de la grosse artillerie ! Mais quel est donc le rapport avec ce... machin ?

Silgadiz désigna l'objet qui luisait d'un éclat malsain :
— Eh bien, mon cher... Grâce à cette babiole vieille de plusieurs millénaires, je suis en mesure de *le* faire revenir et de *le* contrôler !
— Ah !
— Mais c'est quoi ? C'est qui ? geignit Reivax qui avait manqué le plus important.

Son maître le gratifia d'un coup de pied en guise de réponse :
— Tais-toi, crapule !
— Ouille !

Silgadiz considéra l'assistant comme s'il était temps de le jeter aux crocodiles. Puis il écarta les bras et ricana au nez des divinités :
— Mouha-ha-ha ! Une fois cette créature invoquée, il n'y aura plus grand-chose pour m'arrêter ! Je vais régner sur la Terre de Fangh !

Il se tourna ensuite vers Zangdar et ajouta d'un ton mielleux :
— Et toi aussi, mon cousin... Si jamais tu veux devenir mon bras droit !

Zangdar fronça les sourcils. Il n'avait aucune envie de devenir l'assistant d'un parent timbré qui frappait les vieux chiens à coups de bâton, même si celui-ci pouvait commander à des créatures légendaires capables de ravager des villes. Dans le même temps, il n'était sans doute pas très indiqué de s'en faire un ennemi. La vie était décidément bien compliquée pour un sorcier maléfique au chômage.

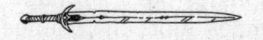

L'Elfe se pencha en avant et observa la créature noire à travers les barreaux. C'était une bête sombre au pelage luisant de crasse, aux yeux rouges malveillants et aux dents effilées comme des poignards. Elle dégageait une odeur lourde, comme de la pourriture moisie sous une couche de sueur. L'animal de la taille d'un gros chien se jeta contre la grille une fois de plus et lui cracha au visage. L'Elfe recula en hâte et s'écria :

— C'est ça ! C'est un rat mutant !
— C'est bien ce que je disais ! affirma le Ranger.

Les aventuriers restèrent un moment sur place, à contempler les trois cages plongées dans l'ombre. Chacune contenait une bête prisonnière. Elles avaient été installées sur un palier intermédiaire de l'escalier qui reliait le rez-de-chaussée de la tour au premier niveau. Une embûche redoutable dans la mesure où l'affrontement avec ces créatures, dans un escalier circulaire, pouvait se révéler très dangereux : il n'était pas possible de leur tirer des projectiles et très difficile d'organiser le combat. Le seul détail qui clochait, c'était qu'elles étaient enfermées. Elles n'avaient donc pas la capacité de nuire aux aventuriers autrement que de manière olfactive.

— C'est sympa de nous coller des monstres, ironisa le Nain. M'enfin bon, faudrait pouvoir les tabasser !
— Moi, je trouve qu'ils sont très bien dans leurs cages ! objecta le rôdeur.

L'Elfe grimaça en se pinçant le nez :
— Ils auraient pu mettre un désodorisant ! Ça schlingue !
— Hé ! rugit le Barbare. J'ai trouvé un machin ici !

Il avait avancé plus haut dans l'escalier, et ses compagnons se déplacèrent pour constater qu'il avait découvert un gros levier à poignée de cuir.

— Attendez voir ! gloussa la Magicienne. C'est vraiment du gros piège débile !

Ses camarades exigèrent des explications, aussi elle désigna les cages de son bâton :

— Vous ne comprenez pas ? On passe devant les animaux qui sont enfermés. Alors on continue à grimper et on arrive au levier qui dépasse du mur. Et puis quelqu'un tire dessus, et ça ouvre les cages. Et hop, les rats mutants nous attaquent par-derrière !

— Ah, putain ! s'exclama le Nain. La belle entourloupe de salopard !

Le Ranger se gratta le menton et fit remarquer qu'aucun aventurier n'était assez inconscient pour tirer sur un levier dans un donjon. L'Elfe lui riva son clou :

— Ça dépend ! Les niveaux un, des fois ils sont vraiment stupides !

La Magicienne approuva. Des aventuriers de troisième niveau devaient garder en tête que des gens bien moins expérimentés qu'eux étaient capables de se mettre en danger d'une façon totalement irraisonnée. Il convenait d'évaluer toutes les possibilités.

— Mais alors, comment on fait pour buter les rats mutants ? s'inquiéta le Nain. On se fait arnaquer, dans cette histoire !

— C'est nul ! s'insurgea le Barbare.

Pendant qu'ils discutaient, l'Ogre s'approcha du levier et le contempla. Un plan d'une extrême simplicité venait de s'imposer à lui. Et si c'était un distributeur de saucisses ? De bonnes saucisses chaudes et juteuses, qui sentaient bon l'huile. Il suffirait de l'actionner et...

— Hé ! Touche pas à ça ! paniqua le rôdeur en attrapant son bras.

Il s'arc-bouta pour éloigner la créature du dangereux dispositif.

— Il est toujours de niveau un, lui ? questionna l'Elfe.

N'ayant toujours pas résolu leur problème, ils descendirent à nouveau les marches, et le Ranger plaisanta :

— Si on était des salauds, on les tuerait pendant qu'ils sont coincés dans les cages !

Les aventuriers ricanèrent un moment, puis se turent. Ils échangèrent quelques regards. Le Nain hocha la tête :

— Ouais ! C'est pas con !

— Je peux les piquer avec les lances ! renchérit le Barbare.

— Et moi je peux leur tirer des flèches !

— Le feu traverse très bien les barreaux !

La Magicienne proposa d'en dompter un en utilisant le *contrôle mental des petits mammifères*, mais ses camarades s'y opposèrent. Ils ne désiraient pas se promener avec un animal aussi malodorant, et ça risquait de leur filer des maladies. De plus, ils étaient déjà bien assez nombreux : il ne restait donc qu'à les tuer.

Les aventuriers se positionnèrent face aux cages et empoignèrent leurs armes respectives.

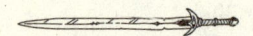

— Vous désirez encore du thé ? questionna la jeune serveuse en rougissant.

Trottesentier tira sur sa pipe et hocha négativement la tête. Il n'était pas tranquille. Il consulta le cadran solaire du bistrot et vit que la matinée était déjà bien entamée. Toujours aucune trace des aventuriers. Pourtant, il surveillait cet accès depuis bientôt deux heures. Était-il possible qu'ils aient trouvé une entrée secrète ? Disposaient-ils d'un moyen de se téléporter à l'intérieur ?

La rue était déserte, tout comme la terrasse du bistrot. Une ambiance de fin du monde pesait sur le square des Chouettes Clouées. La jeune fille assignée au service s'acharnait à écrire son menu sur des ardoises et faisait mine de ne pas s'intéresser à lui. Il déplia sa petite longue-vue de poche et observa la rue et l'accès de la tour. Rien de rien. Les deux factionnaires ne semblaient pas nerveux, il ne s'était donc rien passé dans la matinée.

— Par les moustaches de la Grande Otarie ! grommela le baroudeur en attrapant son chapeau. Ces imbéciles sont toujours au lit ! Ou peut-être sont-ils partis faire les magasins ?

Il paya pour son thé, rajouta une pièce d'argent et gratifia la jeune serveuse d'un clin d'œil complice. Il savait que son charme agissait, et cultivait le côté ténébreux du vieil aventurier taciturne qui s'avère finalement sympa au bout du compte. Il avait même pensé ajouter un fouet à sa panoplie, mais n'avait finalement gardé que sa dague elfique. Les fouets avaient hélas l'inconvénient d'attirer les vieilles dames lubriques. En dehors de cela sa haute stature, ses cheveux longs et ses yeux clairs suffisaient à séduire la plupart des femmes. Il était toujours utile de se faire des relations dans tous les milieux.

— Revenez quand vous voulez ! souffla la mignonne.

— Je repasserai pour le repas du midi, déclara Trottesentier. Vous me direz si jamais il se passe quelque chose devant cette tour ?

— Cette tour là-bas ?

— Oui, celle-là.

— Oh, vous alors ! Vous êtes si mystérieux !

— Hé hé !

— On aura du boudin de Valtordu pour midi ! précisa la serveuse alors qu'il s'éloignait.

Le baroudeur s'éloigna en direction de la rue du Marteau. Quelque chose n'allait pas dans cette histoire.

Le Ranger essuya son épée en grimaçant. Même le sang des rats mutants sentait mauvais.

Le Nain se posta devant les cages, les poings sur les hanches :

— Bon ! Ça c'est fait !

— Ouaip ! approuva la Magicienne. Mais je pense qu'il faut fouiller les cages.

— Fouiller les cages ? gémit l'Elfe. Bêêêrk !

L'érudite insista :

— C'est assez commun de planquer des objets dans la litière des monstres.

— Moi, j'y vais pas ! assura le Nain. Vous pouvez crever.

Les autres aventuriers déclinèrent également l'offre avec un air dégoûté.

— Et puis elles sont toujours fermées ! nota fort justement le Barbare.

— Bon, soupira la Magicienne. Alors je vais essayer un truc magique.

— Tu ne vas pas mettre le feu à la tour ? s'alarma le rôdeur.

— Mais non ! Je vais tester le *vidage de la corbeille* !

— Tu perds la boule ? pouffa le Nain. Qu'est-ce que c'est que cette idée ?

Elle se pencha vers lui :

— Admettons que la litière soit une poubelle, d'accord ?

— Heu… Ouais.

— Eh bien, normalement, le sort du vidage de la corbeille permet de faire sortir tout ce qui a été jeté dans une poubelle. Donc il me permettra de récupérer d'éventuels objets qui auraient été jetés dans les cages !

Le rôdeur s'approcha de l'érudite et la tira par la manche. Il murmura :

— C'est pas un peu risqué ton histoire ?

— Mais non, pas de souci ! Soit ça fonctionne, soit ça ne fait rien. Il n'y a pas de risque à essayer.

— Bon, d'accord.

Ils s'écartèrent et se dispersèrent dans l'escalier, et le Nain marmonna qu'il y avait sans doute des choses plus intéressantes à faire dans cette tour que fouiller la litière des rats mutants. La Magicienne se mit en position et lança son incantation :

— *Tahuik splatirasha !*

Il ne se passa rien pendant plusieurs secondes, mais un genre de vibration flottait dans l'air. La jeteuse de sorts se tourna vers ses camarades et leur adressa un rictus déçu.

Le rôdeur s'esclaffa :

— Ça alors ! On dirait que ça a foiré !

Il y eut alors un grand bruit de succion et les aventuriers hurlèrent. Quelque chose se déclencha et l'intégralité du contenu des cages s'envola vers l'escalier, en direction de la Magicienne. Elle n'eut que le temps de se protéger derrière ses bras tandis que la paille, les ossements rongés, les écuelles et le reste lui volaient à la figure. Seuls les cadavres des rats furent coincés par la grille.

Puis ce fut le silence.

Les compagnons pétrifiés par la panique contemplèrent la Magicienne, à présent couverte d'immondices. Un tas de fumier de rats mutants l'ensevelissait jusqu'à la taille et elle ressemblait à un épouvantail avec son chapeau recouvert de paille infecte. Elle dégagea son bâton, se tourna vers le Ranger et déclara dans un hoquet :
— Ça a marché !

Ils parvinrent à la dégager en s'aidant de leurs armes et constatèrent au bout de quelques minutes de recherches qu'il n'y avait aucun trésor caché dans la litière. L'odeur était insoutenable et l'Elfe ne put se retenir de vomir dans l'escalier.
— Eh ben ! grinça le Nain. Ça valait le coup !
L'érudite choisit de ne rien répondre, serra les dents et monta les marches en secouant sa robe. C'était ça ou la boule de feu.

BULLETIN CÉRÉBRAL DE LA MAGICIENNE

Bon ! Je sais ce qu'ils vont dire. J'ai *encore* provoqué une catastrophe avec la magie, patati patata et tout le reste. Il faut reconnaître que, cette fois, j'en ai pris pour mon grade. Il ne me semble pas avoir échoué au lancement du sortilège, mais qu'est-ce qui a bien pu se passer ? Il faudra que je relise la description du vidage de la corbeille. Mais bon, c'est comme ça qu'on apprend des choses ! C'est comme ça qu'on progresse. La magie c'est aussi une science. Et parfois, la science pue !

Ils passèrent devant le levier à nouveau et le Barbare se proposa de l'actionner puisqu'il n'y avait plus de rats dans les cages. Mais on le lui déconseilla, car cela n'avait plus aucun intérêt et qu'il fallait passer au niveau supérieur. Le rôdeur argumenta de la sorte :

— Nous avons déjoué un piège roublard en utilisant des méthodes qui n'étaient pas prévues par le maître du donjon. C'est la meilleure solution ! Des aventuriers stupides auraient sans doute tiré sur le levier, ça aurait ouvert les cages et ils auraient combattu les rats mutants dans l'escalier. Et là, il y aurait eu des blessés, alors que nous avons pu nous en tirer sans une égratignure. Mais c'est vrai qu'on n'était pas forcés de sortir le fumier des cages.

Il risqua un œil vers la Magicienne. Elle dardait sur lui ses petits yeux froids et vengeurs.

La porte en haut de l'escalier était fermée à clé, mais le Ranger utilisa de nouveau son déclencheur de Zorlaki, et la serrure cliqueta. Il prenait goût à ces pratiques magiques et se sentait très efficace pour le coup. Il en profita pour se passer un peu de pommade :

— Voilà du travail bien fait !

— Ne fais pas trop le malin ! grogna le Nain. C'est un peu facile de crâner quand on utilise des bouts de bois déjà ensorcelés !

— Ouais ! confirma le Barbare. La magie c'est pour les fiottes !

L'érudite ricana :

— De toute façon, il ne lui reste plus qu'une charge sur la baguette...

Le Ranger remisa l'objet dans son sac et se renfrogna.

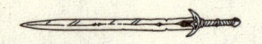

Dans la pénombre de son bureau, Silgadiz avait déplié de grandes feuilles sur une planche et montrait les plans de sa tour à Reivax. Ils discutaient du projet de donjon urbain tandis que Zangdar se préparait pour sa leçon de contrôle des sortilèges. Le maître de la tour disposait d'une belle salle de travail, spécialement isolée pour être imperméable à la magie. Elle contenait plusieurs cibles et des animaux de laboratoire ainsi que trois gobelins captifs destinés à des sacrifices. Elle pourrait servir de lieu d'expérimentation.

En attendant que son maître soit prêt, Reivax prodiguait quelques conseils à l'inquiétant propriétaire des lieux. L'homme était habile en pratique de sorcellerie mais manquait d'expérience en matière d'agencement donjonnique. L'assistant avait quant à lui travaillé dans le donjon de Naheulbeuk des années durant, et il avait vu passer nombre d'aventuriers dont la plupart avaient péri sur place. Quand des malchanceux mouraient dans un établissement de ce type, les propriétaires touchaient une commission de la Caisse des Donjons, c'était donc assez profitable.

— Vous voyez ? susurra-t-il en désignant une pièce du troisième étage. Ici, par exemple, vous pouvez mettre une terrine piégée.

— Une terrine piégée ?

— Eh oui ! Ça ne coûte presque rien et c'est très efficace. Les aventuriers ont souvent une petite fringale quand ils ont parcouru la moitié du donjon. Nous en avions une chez nous et nous avons vaincu toute une troupe de semi-hommes avec ça ! La Compagnie de la Mortadelle, qu'ils s'appelaient. Quelques humains en ont également fait les frais, je vous garantis le retour sur investissement !

Silgadiz se pinça l'oreille et pointa un rectangle sur le plan :

— Mais j'ai prévu des hommes-lézards dans la pièce à côté. Ils ne risquent pas de manger la terrine ?

— C'est à vous de voir. Ils n'iront pas si vous évitez de leur confier la clé.

— Ah ! Voilà qui est bien trouvé !

Le ténébreux parent du maître griffonna quelques notes sur un parchemin tout en invectivant sa plume. Elle n'était pas assez fine à son goût. Pendant ce temps, Reivax indiqua un large couloir au deuxième étage :

— Et là ? C'est quoi les petits dessins ?
— Ah ! La salle des araignées tranchantes ! Des bêtes magnifiques, qui produisent de superbes cocons avec leurs victimes emmaillotées. Elles provoquent *la peur* bien souvent ! Mais ça prendra encore un peu de temps parce que… Pour le moment les miennes doivent grandir un peu. Je viens de les recevoir et elles sont tout juste sorties de leur nid. Elles sont encore fragiles.
— Vous devriez vous méfier, parce que vos lézards toxiques ici risquent de ne pas bien s'entendre avec.
— Ah bon ? Et pourquoi cela ?
— La concurrence alimentaire, mon bon seigneur ! La concurrence alimentaire !
— On verra cela quand ils seront sortis de l'œuf, conclut Silgadiz en roulant ses plans.

Sur ce, Zangdar pénétra dans le bureau. Il avait revêtu une robe noire de sorcier prêtée par son parent, avait pris un bain relaxant et s'était acharné à lustrer son sceptre de pouvoir. Il essayait de mettre toutes les chances de son côté.

Silgadiz se frotta les mains et empoigna son bâton :
— Bien ! Nous allons pouvoir commencer ces exercices ! Suis-moi dans la salle d'entraînement, mon bon cousin.

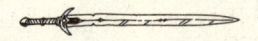

— Il est un peu atypique ce donjon, non ? s'inquiéta le Ranger à l'entrée du nouveau couloir.
Voyant que ses compagnons ne répondaient pas, il insista :
— On a déjà fait le premier niveau et on n'a rencontré aucune résistance valable.

La Magicienne proposa :
— C'est peut-être un donjon à difficulté croissante ?
— Ou alors c'est qu'on est trop forts ! s'esclaffa le Nain.

L'Elfe pensait que les pièges étaient destinés à des débutants et qu'on les avait envoyés dans un genre de parc d'attractions. De son côté le Barbare piaffait pour avancer, car cette escapade était plutôt molle.

— Bah ! se résigna le Ranger. De toute façon, le donjon n'est pas la finalité de la mission. Nous devons juste sortir avec l'orbe, et ensuite recevoir nos pièces d'or !
— Ouais ! crièrent les compagnons.
— En route !

Le couloir en croisait un autre à quelques mètres, formant ainsi une sorte de T. Chaque nouvelle extrémité se terminait par une porte.
— Eh ben ! maugréa le Nain. Je trouve que ça fait un peu « porte, monstre, couloir », ce truc !
La Magicienne tiqua :
— C'est pas plutôt « porte, monstre, trésor » qu'on dit ?
— Bah ouais, mais y a pas de trésor...

Ils acquiescèrent, et le rôdeur appela au vote pour choisir une porte à ouvrir. Le Nain refusa de voter, considérant simplement que le choix inverse de celui de l'Elfe lui allait très bien. Gluby leva ses deux mains pour préciser qu'il s'abstenait.

Ils se dirigèrent vers la porte de gauche, et cela tombait bien car elle était ouverte. Une gravure ornait son centre, représentant un genre de soleil aux rayons tordus avec six points au milieu. L'Elfe trouvait cela très joli. Le Barbare, qui s'en fichait comme de sa première mandale, tourna la poignée et recula d'un pas pour l'ouvrir d'un coup de pied. Il aimait bien ça, frapper les portes. Ça l'occupait.

— Il y a sans doute un piège ! s'alarma le Ranger.
— Bouarf ! grogna le chevelu.

Il asséna sur le battant son coup de pied favori, de toute la force de ses cuisses de coureur des steppes. Le vantail, visiblement mal fixé, vola dans la pièce.

— T'as cassé la jolie porte ! geignit l'archère.
— Mais quel bourrin ! soupira le Ranger.

La salle était loin d'être aussi bien tenue que la porte. Elle était large et humide, et sentait la viande avariée. De petites alcôves menaçantes en perçaient les murs de chaque côté et de nombreuses toiles blanches pendaient un peu partout.

— Ah, bravo ! s'indigna le courtaud. Des belles pierres comme ça ! Ils auraient pu faire le ménage !

Gluby avait avancé de quelques pas, mais il bondit sur place et revint en courant. Il montrait du doigt l'extrémité de la salle et criait :

— Akliguidi ! Akliguidi ! Tribud Akliguidi !

Les compagnons suivirent ses gesticulations et découvrirent l'horreur.

Partiellement cachées par les grandes toiles qui pendaient du mur à gauche, quatre araignées disproportionnées s'agitaient sur le cadavre d'un animal velu qui aurait pu être un chien. Elles semblaient très occupées à quelque horrible festin. En tendant l'oreille, on pouvait distinguer le son d'une mastication gluante et le bruit que faisaient les pattes se frottant l'une contre l'autre.

Le Ranger déglutit, et résuma en serrant les dents :
— Elles bloquent la porte suivante. Fuyons.
— Par le Grand Forgeron ! jura le Nain. Elles sont grosses comme des pastèques !
— Et moi j'aime pas les araignées ! pleurnicha l'Elfe.

Mais la Magicienne s'avança en pouffant d'une façon tout à fait malsaine. Le rôdeur tira sur sa manche et chuchota :
— Mais toi aussi t'es devenue inconsciente ?

Celle-ci ricana de plus belle et se dégagea d'une ruade :
— Les araignées n'ont pas d'oreilles, imbécile.
— Mais c'est pas une raison pour avancer sur elles sans faire de plan !
— C'est mon tour de crâner ! répliqua l'érudite.
— Mais...

Sans écouter les jérémiades du quasi-dirigeant, elle avança de deux pas et fouilla dans la petite besace qu'elle portait à son côté.

— Qu'est-ce qu'on fait ? demanda le Barbare au Nain. On cogne ?

— T'es pas dingue ! Si on se fait piquer, on risque d'être empoisonnifiés !

— C'est comme les scorpions qu'on a dans les plaines, c'est ça ?

— Ouaip ! Ces saloperies te mordent avec du venin et après tu ne peux plus bouger ! Ensuite elles peuvent te dévorer mais t'es toujours vivant. C'est arrivé à un de mes cousins qui travaillait dans la section ouest de la mine.

— C'est pas cool !

— Mais vous allez la fermer ? tempêta le rôdeur. On ne sait rien de ces araignées, après tout !

Le Nain renifla :

— Moi, je suis sûr qu'elles ont du venin !

— Qu'est-ce qu'elle fait la Magicienne avec son parchemin ? s'inquiéta l'Elfe.

Le Ranger répliqua d'un ton acerbe :

— Ça m'étonnerait qu'elle s'apprête à leur lire un poème...

Comme pour lui donner raison, la rouquine releva son chapeau et empoigna son parchemin d'une main, son bâton dans l'autre. Elle dirigea son regard vers les araignées et prononça d'une voix vibrante :

— *Sharuzarma !*

Le mot de pouvoir déclencha l'apparition d'une énorme boule de feu à l'extrémité de son bâton. Elle donna une impulsion vers l'avant, et le projectile traversa la salle à toute vitesse, incendiant au passage les toiles qui se racornirent.

Les araignées sentirent probablement l'onde de chaleur approcher car elles tentèrent de se disperser. Deux d'entre elles furent frappées de plein fouet et immédiatement incinérées, ainsi que le cadavre velu qui s'embrasa. Les deux autres, en proie à la panique, détalèrent vers la plus proche alcôve et s'y engouffrèrent.

— Hé ! brailla le Ranger. Elles sont parties se cach...
— *Sharuzarma !* vociféra une fois de plus la Magicienne.
La deuxième boule de feu traversa la salle, brûla quelques toiles supplémentaires et termina sa course dans l'alcôve, où elle explosa. Deux araignées en flammes jaillirent de l'obscurité, titubèrent et s'effilochèrent en petits tas de cendres avant de disparaître à jamais.

Quelque part au fond d'un large tunnel sombre, très loin de Glargh, le dieu des araignées pleurait sa progéniture tragiquement disparue. Tout cela était décidément trop injuste.

Alors qu'une odeur de brûlé se répandait et que les dernières flammèches se dispersaient, le rôdeur avança dans la pièce en défouraillant son épée. Il s'approcha de la Magicienne :
— Mais t'es malade ? Deux boules de feu géantes pour des araignées ?
— On s'en fout, c'était un parchemin gratuit !
— Mais c'est pas une raison, on aurait pu en avoir besoin plus tard !
L'érudite fixa le rôdeur dans les yeux et lui exposa d'un ton glacial :
— Personne dans le groupe ne possède de potion contre le poison, d'accord ? Les araignées géantes sont une vraie plaie : une seule morsure peut entraîner la mort d'un aventurier peu résistant. De plus, elles sont très vulnérables au feu. Alors je fais mon boulot, moi, et c'est tout ! Si tu préfères les combattre à l'épée, fais-moi signe à l'avance la prochaine fois.
Peu habitué à se retrouver dans ce genre de situation, le Ranger improvisa une réponse :
— Heu... Bon, ben... D'accord.

Le Nain et le Barbare déboulèrent à leur tour. Ils râlèrent un moment, car ils n'avaient pu prendre part au combat. La Magicienne leur expliqua le problème du poison et l'Elfe se rangea de son côté. Finalement, il s'avéra que personne ne voulait terminer la journée en vomissant et en agonisant dans les spasmes d'un incurable empoisonnement. L'affaire fut donc classée.

Ils progressèrent dans la salle, à l'affût du moindre mouvement. Ils examinèrent les six alcôves à la lueur du bâton, mais elles ne contenaient rien d'autre que des amas de toile et des ossements. Il n'y avait plus de danger par ici.

Le Nain se pencha sur un reste d'araignée carbonisée. Il interpella la Magicienne :
— Y a un truc bizarre quand même ! Elles n'ont pas l'air très grandes finalement ces saloperies. Et pas très résistantes quand on y pense. Une allumette dans le trou de balle, et zou ! Y a plus personne !
— C'est vrai ! convint la Magicienne en s'approchant à son tour du cadavre. Mais je me souviens de mes cours à l'université. Il paraît que les plus petites sont les plus venimeuses. Il en existe des plus balaises, comme la mygale des cavernes, mais elles ont surtout des capacités d'attaque avec leurs griffes et leurs mandibules.
— Oh ! là là, geignit l'Elfe. Moi, je les trouve déjà horribles à cette taille !
— Hé, pourtant c'est la nature ! railla le Nain. Je croyais que t'étais copine avec les animaux !
La Magicienne intervint :
— Les araignées géantes n'ont rien à voir avec la nature. Elles sont issues d'expériences magiques !
— Et toc ! ponctua l'archère en tirant la langue.
— Pfft ! ronchonna le courtaud. M'en fiche, j'ai raison quand même.

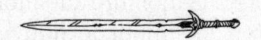

BULLETIN CÉRÉBRAL DU RANGER

Alors, moi, je vais essayer de faire quelque chose d'intelligent, au lieu de rester avec les autres à musarder. Comme disait l'oncle Tulgar, il faut se concentrer sur ce qui est utile. C'est clair que je n'ai pas de boules de feu dans les manches pour cramer les araignées, mais j'ai un cerveau ! Je fais le tour de la salle, et je vérifie qu'il n'y a pas de dalle branlante ou de détail pouvant signaler qu'on aurait caché un mécanisme ou une trappe secrète. Pendant ce temps, je regarde s'il n'y a pas un trésor caché. Il paraît que ça se fait beaucoup, de planquer des objets dans les salles des monstres. Des fois, ils mettent une clé ou un petit coffre avec des pierres précieuses. C'est un copain qui m'a dit ça, un jour où il avait lu un livre sur l'aventure. Bon, là y a rien. Là non plus… Et dans cette alcôve-là ? Pfff… Rien non plus. Et aucune pierre ni aucun levier à actionner. Tant pis.

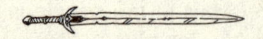

— J'ai fouillé la salle ! annonça le Ranger en replaçant son épée dans son étui. Il n'y a aucun trésor ici, et aucune porte secrète !

— Mince alors ! regretta le Nain. Même pas un coffret ?

— Kligudu zomva ! gronda l'Ogre un peu plus loin.

Les compagnons interloqués portèrent leur attention sur la grande créature, car de son côté provenait un fort bruit de raclement. L'Ogre tenait à la main une torche éteinte mais bizarrement tordue dans son support mural, et devant lui s'ouvrait le mur de pierre.

— Enfin ! Aucune porte secrète à part celle-ci, bien sûr ! se rattrapa immédiatement le rôdeur. Hé hé hé !

Personne ne lui prêta la moindre attention, cependant, et ils s'avancèrent pour examiner le nouveau couloir qui s'offrait à eux. Un corridor de pierre qui s'enfonçait dans l'ombre et qui menait à une porte.

La Magicienne y avança son bâton pour l'éclairer jusqu'au fond. Il ne semblait donc pas piégé.

— Vous savez ce qui me gêne finalement ? dit-elle en se retournant vers ses camarades.

— T'as un caillou dans ta godasse ? proposa le Nain.

— C'est l'odeur ? suggéra l'Elfe.

— Mais non ! En fait, cet endroit ne ressemble pas à l'idée que je me faisais de la tour d'une dame de la haute société.

— Je ne vois pas pourquoi tu dis ça, ronchonna le rôdeur. Ce donjon m'a l'air tout à fait classique.

— Justement ! insista l'érudite. Ce serait normal d'y rencontrer des laquais, des gardes, des statues bizarres comme on voit sur les temples ! Et puis heu… Les bourgeoises sont connues pour avoir des pratiques assez… chaleureuses en général. On devrait trouver des salles avec des coussins, des couches, une piscine…

— Et pourquoi pas un buffet gratuit ! grogna le Nain. C'est un donjon, c'est pas une kermesse !

L'Elfe tenta de matérialiser le concept de pratiques chaleureuses, mais n'y arriva pas. Elle fronça les sourcils :

— Je ne comprends rien à tes histoires !

La Magicienne hocha la tête et resta pensive quelques instants. Voyant que le Barbare s'impatientait, elle s'excusa :

— Bon ! Ce n'est sans doute pas très important. Continuons la mission !

— Ouais ! braillèrent en chœur ses compagnons.

Le Nain s'avança en premier cette fois. Il se plaignait d'être toujours bloqué en arrière, de ne jamais rien voir à cause du Ranger qui lui bouchait la vue. Comme il disposait d'une bonne armure et d'une énergie vitale importante, c'était plutôt une bonne idée de l'envoyer en avant-garde pour changer.

— Tu fais gaffe aux pièges, hein ? souffla le rôdeur.
— T'inquiète !

Il fit de son mieux pour poser ses pieds le plus lentement possible afin d'inspecter les murs et le sol, sans se laisser emporter par la vitesse de ses bottes. La Magicienne le suivait en retrait pour lui éclairer le passage.

— Moi, j'ai pas besoin de bâton lumineux ! chuchota l'Elfe au Ranger.

— Je sais… soupira celui-ci en louchant sur son décolleté.

Finalement, le Nain atteignit la porte suivante.

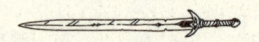

BULLETIN CÉRÉBRAL DU NAIN

Hé hé, j'aime bien ça ! C'est trop classe, un passage secret dans une salle avec des monstres. C'est sans doute très bien pour cacher un trésor. Je le sens, il est là juste derrière cette porte ! Après tout, je ne vois pas à quoi ça servirait de mettre un passage secret si le mec n'a pas de trésor à cacher. Des pièces d'or, des bijoux, et des vieux objets précieux qui ont appartenu à des rois ou des gens importants. Et tout ça, on peut le revendre une fortune à des commerçants, et s'acheter des haches ou des armures solides. Et si je suis le premier à les trouver, je vais pouvoir garder les meilleurs pour moi ! Mais bon, je sais bien que les autres vont encore me chanter le couplet du partage et de la camaraderie, et tous ces machins d'elfes. Pfff, c'est pourri ça. Bon, je tire sur la poignée. Tiens, c'est ouvert. Ah, mince.

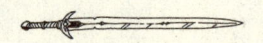

— Alors ? s'impatienta le rôdeur à l'entrée du couloir. Tu vois quelque chose ou bien ?

— Mon cul ! répondit le Nain.

— Il voit son derrière ? s'interrogea l'Elfe. Mais comment fait-il ?

— Mais non, c'est une expression ! lui souffla le Ranger.

Le Nain donna deux coups de pied dans la porte et s'énerva :

— C'est pas possible que cette pièce soit vide ! Bordel de chiotte de saloperie !

La Magicienne le bouscula et inspecta la petite pièce à son tour, en s'aidant de son bâton. Elle confirma que la niche était désespérément vide.

— Je vais regarder aussi ! déclara l'Elfe en se frayant un chemin dans l'étroit corridor.

Les aventuriers se succédèrent pour contrôler la petite pièce sans obtenir le moindre résultat. Ils furent bientôt de retour dans la salle des arachnides, aussi dépités que furieux.

— Mais quel crétin est capable d'installer un passage secret pour rien ? se plaignit le courtaud. Y a vraiment des gens qui n'ont que ça à faire !

— C'est n'importe quoi, confirma la Magicienne.

— Moi, ça me rappelle le coffret inutile de Zangdar ! ajouta le Ranger. On s'était pris une boule de feu dans la tronche, et au final on a seulement trouvé un parchemin avec des gribouillis !

L'Elfe se concentra pour fouiller dans sa mémoire et sembla satisfaite d'y retrouver ce détail insolite :

— Ah oui ! C'était marqué : « Ha ha ha je vous ai bien niqués ! »

— C'est nul ! gronda le Barbare.

— En plus, je ne sais toujours pas ce que ça veut dire !

Ils laissèrent l'archère à ses interrogations métaphysiques et décidèrent de revenir au croisement. Il y avait toujours la porte au bout du couloir de droite, sur laquelle un autre symbole était gravé. Cette fois il s'agissait d'un genre de bestiole à quatre pattes écartées et longue queue.

— Hé ! s'écria le Nain. Mais c'était pas un soleil tordu en fait sur la porte de gauche ! C'était une araignée !

— Bien vu ! s'enthousiasma la Magicienne. Alors ça veut dire que cette gravure nous indique le prochain ennemi.

— Ouais ! rugit le Barbare. Des ennemis !

Le Ranger tempéra son impulsif camarade :

— Hé ! Ça veut surtout dire que nous allons pouvoir élaborer notre stratégie à l'avance !

— Ah…

315

Ils s'approchèrent pour examiner la gravure de plus près.

Le Nain pensait qu'il s'agissait d'un rat, mais on lui fit remarquer que le corps était bien trop mince et qu'il n'avait pas d'oreilles. L'Elfe penchait pour une belette, parce que c'était mignon et qu'elle comprenait leur langage. Elle pourrait leur apprendre à faire des tours. L'Ogre avait déjà mangé des belettes, et trouvait cela très bon une fois qu'on avait enlevé la peau. Le Ranger finit par conclure :

— Ouais. En fait, leur gravure est trop pourrie. Ça ne ressemble à rien ce machin !

— Ou alors c'est un genre de lézard ? risqua la Magicienne.

— Je vais ouvrir la porte ! annonça le Barbare comme si cela risquait de blesser quelqu'un. On verra bien !

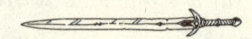

Trottesentier s'énervait. Il était plus de midi, et il n'avait toujours pas retrouvé les aventuriers. De retour au bistrot, il attendait son boudin-purée en pianotant sur la table. Il ne parvenait pas à se débarrasser du mauvais pressentiment qui le hantait.

La jeune serveuse lui avait affirmé qu'il ne s'était rien passé près de la tour de la prêtresse. De son côté, il s'était rendu jusqu'à l'auberge des aventuriers, et le tenancier avait confirmé qu'ils étaient partis depuis bien longtemps. Il avait ensuite couru pour vérifier qu'ils n'étaient pas occupés à chercher la bonne affaire dans les magasins les plus célèbres de la cité. Personne ne les avait vus. C'était l'impasse.

Du coin de l'œil, il surprit un mouvement près de la tour. Il se précipita sur sa longue-vue après avoir vérifié que personne ne l'observait. Deux femmes vêtues de capes jaunes échangèrent quelques mots avec les gardes sous le porche de l'entrée principale, puis quelqu'un leur ouvrit la porte. Un homme en robe, qui attendait visiblement de l'autre côté, les invita à entrer. Il ne semblait y avoir aucun problème et tous ces gens ne montraient aucun symptôme de nervosité.

Trottesentier en tira la conclusion suivante : les aventuriers ne se trouvaient pas dans la tour. Ou alors, ils étaient très forts !

— Vous êtes un genre d'agent secret ? questionna la jeune serveuse en lui apportant son assiette fumante.
Elle rougissait à chaque fois qu'elle lui adressait la parole, et papillonnait des yeux. Ce jeu innocent avait amusé le baroudeur un moment, mais il commençait à le supporter difficilement, à mesure que le stress le gagnait. Il répondit néanmoins :
— Quelque chose comme ça, oui.
— C'est passionnant ! susurra-t-elle avant de répondre à un appel de la patronne.

L'homme au chapeau fouilla dans la poche de son manteau de voyage et en extirpa un autre parchemin ensorcelé. Il n'aimait pas ça, mais il devait le faire. Il devait prévenir *mademoiselle* Eirialis que quelque chose ne tournait pas rond. Il savait qu'il avait de grandes chances de subir son courroux, mais ce serait de toute façon un moindre mal s'ils parvenaient à rétablir la situation avant que cela ne devienne trop compliqué. Il savait également que Morwynn avait choisi de rester à Waldorg pour éviter que *certaines personnes* ne puissent la reconnaître et l'associer à ce qui allait se passer. Faladorn ne disposait pas d'informations plus précises, en tant que simple pion sur l'échiquier des puissants. Un pion bien payé, certes, mais un pion qui risquait de se faire secouer par la faute de quelques aventuriers incapables de faire correctement leur travail.

Il rédigea sur le petit carré de parchemin, choisissant ses mots avec soin :

Problème avec les aventuriers.
Pas dans la tour ? Perdu leur trace.
Suis en planque au Bistrot des Chouettes. *Instructions ?*

Il cacheta violemment le message, et celui-ci s'évapora dans son habituel nuage d'étincelles bleues, accompagné de son routinier chuintement. Il serra les dents en imaginant la tête de ses employeurs au moment où ils découvriraient la missive, ce qui n'était qu'une question de minutes. La téléportation de parchemin avait au moins cet avantage.

De retour des cuisines, la serveuse avait assisté à la scène par-dessus son épaule. Elle se pencha sur sa table, plus rouge que jamais, et gloussa :
— En plus vous faites de la magie ? C'est génial !

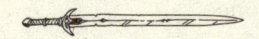

Quelques minutes plus tard, Morwynn ouvrait la porte du bureau de Bifftanaën. Elle portait un ensemble de mage en ce jour particulier : une ample robe d'un bleu profond aux épaulettes ouvragées, décorée de galons dorés. La belle aux cheveux noirs avait cintré le tout dans un corset de cuir et tenait fermement son *Romorfal 10 000*, bâton haut de gamme destiné aux sorciers chevronnés. Il y avait là de quoi impressionner le quidam. De plus, son visage était grave et ses yeux flamboyaient de colère.

Chaque fois qu'elle pénétrait dans le bureau du demi-elfe, elle se faisait la même réflexion : celui-ci semblait l'attendre depuis toujours, dans sa sempiternelle robe rouge sombre, une tasse de thé à la main. Il était comme un tableau vivant et la scène ne variait jamais : elle entrait, son patron tournait toujours la tête dans sa direction de la même façon, lui disait toujours la même chose et remisait sa tasse de thé dans son impeccable coupelle. C'était un peu décourageant, quelque part.

— Qu'y a-t-il, ma chère ? s'alarma le Calvitié en posant effectivement sa tasse dans une coupelle. Vous semblez bien troublée !

— Un petit souci avec nos aventuriers, lâcha-t-elle dans un souffle.

— Expliquez-moi donc.

Elle allait parler quand elle vit qu'un homme aux cheveux gris se tenait avachi dans un élégant fauteuil de cuir. Il était plutôt chétif et disparaissait presque entre les accoudoirs, mais elle le connaissait. Il lui adressa un signe de tête en levant sa tasse, comme s'il voulait porter un toast en son honneur.

Bifftanaën précisa :

— Comme vous le savez, ce cher Nilbonur travaille pour *notre cause*. Vous pouvez y aller.

L'assistante soupira :

— J'ai eu des nouvelles de notre homme de main. Il semble avoir perdu les aventuriers.

Le demi-elfe au crâne luisant s'accorda un claquement de langue agacé. Il repoussa son fauteuil et s'approcha de sa secrétaire :

— Faladorn, c'est bien cela ? Les cheveux longs, un chapeau et une dague ?

Morwynn hocha la tête.

— C'est un de nos meilleurs agents sur le terrain, précisa-t-elle.

Voyant qu'elle lui tendait un petit carré de parchemin, il s'en empara et le parcourut d'un œil blasé. Il en fit une boulette qu'il propulsa d'une pichenette dans un bocal de verre. À peine avait-elle touché le fond qu'elle s'y désintégra dans une minuscule explosion de flammes.

— C'est fâcheux, conclut le dirigeant. Mais faut-il s'alarmer pour si peu ? Nous ne sommes qu'en début d'après-midi.

Morwynn se fendit d'une grimace sceptique :

— Si Faladorn est inquiet, c'est qu'il y a matière. C'est un gars qui marche à l'instinct.

— Et vous dites que le match aura lieu dans deux heures ?

— C'est cela.

Bifftanaën pencha la tête sur le côté et fit deux fois le tour de son bureau, les mains derrière le dos, sans rien dire. Il se remettait ainsi les idées au clair, comme il avait coutume de faire à chaque fois qu'on lui demandait de prendre une décision politique ou stratégique. Il s'installa de nouveau dans son fauteuil.

— Alors ? s'inquiéta Morwynn. Allons-nous rester sans rien faire ?

Le Calvitié pressa les doigts contre ses tempes et résuma :

— Il est impératif de profiter du match pour lancer cette rumeur. Les plus grands notables du pays sont à Glargh en ce moment, et cette prêtresse les connaît tous. Il faut absolument qu'elle arrête les aventuriers dans sa tour aujourd'hui, et qu'elle intercepte notre faux contrat. Nous n'avons pas le temps d'engager quelqu'un d'autre, et nous ne pouvons pas non plus faire de vagues en recherchant les aventuriers. La prêtresse est bien trop futée pour mettre les pieds dans une entourloupe mal ficelée.

— C'est bien mon avis, confirma l'assistant.

Le dénommé Nilbonur avait suivi la conversation en hochant la tête. Il grommela :

— Je vous l'ai déjà dit, mais c'est un peu compliqué votre histoire ! Vous auriez pu trouver quelque chose d'un peu moins tordu tout de même !

Morwynn semblait contrariée. Elle se tourna vers l'homme :

— Vous trouvez ? Une coalition véreuse de Glargh ordonne l'assassinat de la prêtresse du culte chargé de réguler la location du personnel asservi au moment où les sectaires de Tzinntch s'apprêtent à construire un centre de la magie dans une ville où elle est pratiquement interdite, en soudoyant les dirigeants pour s'approprier de la main-d'œuvre bon marché grâce à une vente massive d'esclaves et en profitant de la naïveté de la population ?

— Nous avons déjà monté des projets plus bancals... confirma Bifftanaën tandis qu'elle reprenait son souffle. Je ne vois pas en quoi c'est compliqué.

Le vieil homme acquiesça :

— Bon, admettons. Mais si la prêtresse est aussi malicieuse que vous semblez le dire, elle va se poser des questions.

— On verra cela en temps voulu ! rétorqua le Calvitié en agitant la main. Pour le moment, il nous reste à régler le problème de ces mercenaires disparus.

— Il faut absolument poursuivre la mission, confirma l'assistante. Ils doivent entrer dans la tour dans les plus brefs délais !

Bifftanaën s'appuya sur son bureau et fixa sur elle ses yeux calculateurs :

— Il faut donc régler le problème vous-même, ma chère.

Morwynn durcit son regard, mais elle n'était qu'à moitié surprise. Une partie d'elle-même savait bien qu'on en arriverait là.

— Prenez Nilbonur avec vous, lui conseilla son chef. Cela vous permettra d'économiser de l'énergie astrale dans la téléportation.

L'intéressé s'indigna :

— Quoi ? Mais que voulez-vous que j'aille faire là-bas ? Vous savez bien qu'ils détestent les sorciers, à Glargh !

— On sera deux, se renfrogna Morwynn en considérant sa tenue. Je n'ai pas le temps de me changer.

Le Calvitié semblait s'amuser de la situation. Il sourit à son vieil ami :

— Allez, mon vieux ! Faites cela pour moi, voulez-vous ? Les gens sont occupés avec cette histoire de match grotesque, il est possible qu'ils ne vous voient même pas.

— Il est également possible qu'ils nous jettent des pierres ! maugréa Nilbonur. Je n'aime pas cette ville, et je ne marche pas dans la combine.

Il se leva d'un bond, empoigna son bâton, leur adressa un signe et se dirigea vers la porte d'un pas décidé. Morwynn plissa les yeux et lança en direction de son patron le regard numéro quarante-deux, celui qui voulait dire : « Trouvez quelque chose, par pitié. » Elle ne voulait pas passer la journée à chercher un volontaire, et connaissait la puissance de Nilbonur. On le surnommait « Le Fâché » car c'était un allié de choix.

Bifftanaën parut s'éveiller d'un songe. Il apostropha l'homme avant qu'il n'atteigne la porte :
— Vous préférez qu'on dise que vous êtes une mauviette ?

Nilbonur s'arrêta comme s'il avait reçu trois lances dans le dos. Il baissa la tête et son bâton heurta le sol. Il gronda :
— Personne ne me traite de mauviette, Biff ! Personne !

L'assistante passa une main gantée dans ses cheveux noirs aux curieux reflets bleus tandis qu'un sourire mauvais se dessinait sur ses lèvres. Elle proposa sournoisement :
— Allons-y maintenant. Nous serons de retour pour le souper.
— D'accord, bougonna Nilbonur. Je vais chercher mes bagues de puissance et quelques potions pour la route. En plus, j'ai un cocktail ce soir !

Au même moment, les aventuriers dubitatifs sortaient d'une salle vide et montaient l'escalier vers le troisième étage. Ils avaient cherché tant qu'ils pouvaient, mais la pièce ne contenait aucun monstre, du moins pas ceux qui étaient indiqués sur la porte au moyen de cette curieuse gravure incompréhensible. Ils avaient bien trouvé une araignée dans un coin, mais elle était de taille normale et le Ranger l'avait écrasée sous son talon. L'atmosphère était étouffante, le sol était couvert de paille et quelqu'un avait installé des troncs d'arbres morts un peu partout. L'Elfe pensait que c'était décoratif, mais le concept échappait totalement au Nain. À part ça, ils n'avaient trouvé qu'une caisse en bois protégeant six œufs verdâtres.

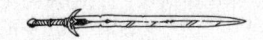

BULLETIN CÉRÉBRAL DE LA MAGICIENNE

Qu'est-ce que c'est que ce donjon bizarre ? Je continue de penser que cela ne répond à aucune logique. Les araignées ne servaient à rien, et les monstres ne sont même pas là. Et pourquoi des œufs ? S'agissait-il d'un genre d'énigme à résoudre ? Un genre de truc où on doit compter les œufs et les placer dans un ordre défini ? Je ne vois pas l'intérêt dans la mesure où la porte de sortie était ouverte. Normalement, les énigmes sont là pour empêcher les aventuriers d'accéder à quelque chose. Et pourquoi faisait-il aussi chaud dans cette salle ? À quoi pouvaient bien servir ces braseros ? Et surtout, quel est le but de tout cela dans la tour d'une dame ? Est-ce qu'elle fait partie d'une secte qui utilise des œufs pour les rituels ? Ou peut-être élèvent-ils des oiseaux pour les sacrifier ? Bon, nous sommes à la porte du niveau trois : je dois rester vigilante. Le groupe a besoin de quelqu'un qui sache réfléchir.

— Tu vas encore utiliser ta baguette ? demanda l'Elfe au Ranger.

L'intéressé posa sa main sur la poignée, à tout hasard. La porte était ouverte.

— Heu… Non, c'est pas la peine.

— C'est super ! gazouilla l'archère. On est déjà au troisième étage !

— Je ne suis pas d'accord ! s'opposa le Nain. On a oublié de retourner à la porte de la salle des araignées ! Si ça se trouve on n'a pas fini de visiter le deuxième étage et on a raté des trésors.

— Il a raison, confirma l'érudite. Il nous faudrait faire preuve de plus de méthode.

— Méthode ? questionna le Barbare. C'est comme la *ruse* ?

Personne ne lui répondit, mais le Ranger fit remarquer à la Magicienne qu'ils avaient procédé de la même façon dans le donjon de Naheulbeuk. Elle se défendit d'un sourire goguenard :

— Tout à fait ! Et d'ailleurs, c'était déjà n'importe quoi. On n'a pas vu la moitié des salles du donjon et on a sans aucun doute laissé la moitié des trésors !

— Et on a passé une bonne partie du temps à fuir... précisa le Nain.

Ils restèrent un moment silencieux, se remémorant cette triste cavalcade. Après avoir mis le feu à la taverne par accident, ils avaient couru droit devant eux jusqu'à pouvoir se réfugier dans une salle abandonnée, au niveau qui abritait le Golbargh. Pour couronner le tout, la plupart d'entre eux se trouvaient en état d'ébriété. C'était un épisode de leur vie d'aventurier qui manquait de panache et que tout le monde voulait oublier. C'était là que le Nain était mort pour la première fois.

— Mais c'est pas grave ! lâcha subitement l'Elfe avec un sourire réjoui. On a eu les statuettes quand même !

— Mouais, grimaça le courtaud.

Il lui semblait encore sentir l'haleine pénible de la liche, au moment où elle s'était penchée sur lui pour l'achever.

Le rôdeur soupira. Il allait répondre quelque chose quand un bruit sourd les figea sur place. C'était un son grave et inquiétant, qui provenait d'un étage supérieur. Il fit trembler légèrement les murs de la tour, et les compagnons furent à même de le ressentir jusque dans leurs entrailles. Gluby baissa les oreilles et couina quelque chose d'incompréhensible.

— C'était quoi ça ? s'alarma le rôdeur.

— Un dragon qui a roté ? suggéra le Nain.

Ils échangèrent des regards paniqués, les dents serrées. L'Elfe s'accrocha au bras du rôdeur :

— Je croyais qu'on n'avait pas le niveau pour les dragons ?

— Mais oui ! se lamenta le jeune homme. C'est justement ça qui m'inquiète !

— Arrêtez de raconter n'importe quoi ! s'emporta l'érudite en tapant du pied. Je vous rappelle qu'on est en pleine ville ! Vous imaginez que le gouvernement local laisserait une bourgeoise élever un dragon en plein cœur de la cité ?

Ses camarades se trouvèrent un peu bêtes et ne surent quoi répondre. Le Ranger fit mine de vérifier ses gantelets et l'Elfe tira sur sa jupe. Le Nain fut le dernier à persister dans son idée :

— Bah ! Si ça se trouve elle a demandé une dérogation.

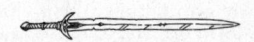

— On fait une pause ? proposa Silgadiz à son cousin fourbu.

Zangdar s'épongea le front et s'appuya sur le guéridon qui servait à soutenir quelques grimoires. Il grimaça :

— Je suis plutôt favorable. Ce dernier sortilège m'a pris tout ce qu'il me restait d'énergie astrale !

Il fallut à Zangdar quelques minutes pour contrôler le tremblement de ses membres. Il venait de puiser dans ses réserves et n'avait pas l'habitude de fournir de tels efforts. Malgré tout, le stage se déroulait assez bien puisqu'il avait réussi à maîtriser la plupart de ses sortilèges.

Son cousin profita de cette période d'inaction pour ranger un peu la salle. Il redressa une table qui avait volé, secoua une tenture pleine de salpêtre, replaça deux crânes sur leur étagère et ralluma ses bougies noires au suint de bouc. Il fronça les sourcils en constatant que son beau tapis représentant un scorpion était taché.

Dans une cage dissimulée dans un coin d'ombre, les deux gobelins se tenaient prostrés le plus loin possible de la grille, la tête entre les genoux. Ils attendaient de savoir s'il était prévu qu'on leur fasse également le coup du rayon bleu qui traverse le corps et du bloc de glace qui emprisonne la tête. Le congénère qui partageait leur cellule auparavant avait été choisi pour de telles expériences et gisait un peu plus loin dans une mare de sang visqueux. Sa langue bleue sortait de sa bouche à la manière d'une limace aventureuse.

Sur le mur du fond, les pierres à moitié disjointes portaient la marque d'un coup puissant, des moellons dont les éclats avaient volé dans toutes les directions.

Silgadiz passa une main sur le mur pour apprécier les dégâts. Il ne comprenait pas d'où venait le problème énoncé par Zangdar, et persistait dans l'idée que ce dernier ne souffrait pas d'un souci technique lié à ses connaissances de la magie. Il commenta en replaçant le mortier dans une jointure :

— C'était très réussi ! Ton marteau de Torchaveth avait la puissance d'un poing de géant !

— J'ai bien vu, mon cousin. Je ne sais pourquoi mes sortilèges sont aujourd'hui plus efficaces que la semaine dernière…

— Tes échecs sont sans doute liés à ton manque d'entraînement sur le terrain et à ton caractère impulsif.

— Quoi ? s'emporta Zangdar, l'œil mauvais. Qui est impulsif ?

Silgadiz s'amusa de la situation :

— Eh bien ! Tu viens juste de nous démontrer que c'était toi.

— Groumph… se renfrogna le sorcier.

Il essaya de chasser de son esprit les noires images qui venaient de s'y former. D'étranges fantasmes dans lesquels il étranglait son cousin en lui plongeant la tête dans un baquet de goudron malodorant. Il n'aimait pas cet homme, finalement.

— C'est l'heure du déjeuner ! lança Silgadiz en se dirigeant vers la porte. Rejoignons la salle à manger, nous en profiterons pour savoir où en est ton assistant !

— Tu as donc donné du travail à cette petite charogne ambulante ?

— Je l'ai envoyé vérifier l'état des travaux. Vois-tu, j'ai des doutes sur l'installation du dispositif piégé au troisième étage.

Zangdar hocha la tête et emboîta le pas de son ténébreux cousin.

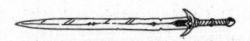

Les aventuriers se trouvaient au même moment dans un couloir éclairé par une lampe à huile, et l'Elfe positionnait avec soin une flèche contre la courbure de son arc. Ils avaient entendu un bruit derrière la porte. Quelqu'un frappait de manière répétitive sur un objet métallique quelconque, en chantonnant.

La Magicienne avait réclamé le silence, un doigt sur les lèvres. Sans faire un bruit, ils échangèrent des regards lourds de sens et diverses gestuelles stratégiques. Le Ranger fit une grimace féroce et mima une position de combat : *Ennemi*. Le Nain agita sa hache : *Attaquer sans tarder parce que ça me gonfle*. Le Barbare leva son genou et fit la grimace : *Ouvrir la porte d'un coup de pied*. L'Ogre se grattait la tête, ce qui n'avait aucune signification et prouvait qu'il n'avait rien compris.

Le bruit métallique cessa et une voix masculine marmonna quelque chose de l'autre côté de la porte.

— Maintenant ! chuchota le rôdeur.

Il eut à peine le temps de se mettre en position que le Barbare se ruait en avant et molestait le panneau de bois d'une énergique ruade. Il révéla ainsi une pièce aux proportions convenables, fort bien éclairée par des coupoles magiques. Un homme s'y trouvait, un croquant bien bâti qui leur tournait le dos et qui tenait un marteau à la main. Il fut surpris par le vacarme et fit volte-face :

— Hé ! Qu'est-ce que c'est que…

Il ne termina jamais sa phrase car l'Elfe paniqua et décocha sa flèche dans le dos du Barbare. Le guerrier hurla de surprise et bondit en avant, gesticulant pour essayer de savoir d'où venait cette sensation cuisante entre ses omoplates. L'Ogre surpris lança son cri de guerre, le Nain poussé par l'adrénaline fit irruption dans la pièce en agitant sa hache et le Ranger le suivit sans vraiment savoir pourquoi.

L'homme fut si surpris par l'intrusion des compagnons qu'il recula et perdit l'équilibre. Il posa le pied sur une dalle branlante, déclenchant ainsi le mécanisme du piège qu'il s'affairait à régler quelques secondes auparavant.

Il y eut un déclic que personne n'entendit à cause du vacarme, puis un genre de crissement. Une lame de près de trois mètres de long surgit entre les pierres à une incroyable vitesse. Elle trancha les deux jambes du bougre en dessous des genoux, si bien qu'il n'eut d'autre choix que de basculer dans une gerbe de sang et un mugissement de souffrance. En fin de chute, son crâne rencontra la pierre froide du sol et c'est ainsi qu'il se fractura le crâne. Il cessa de vivre à cet instant, et se retrouva face à un grand portail étincelant, au *paradis des individus qui réparent des pièges*. Il n'y avait pas grand monde pour l'accueillir, mais un barbu au visage réjoui se trouvait là. Il lui tendait une coupe d'hydromel et agitait deux ailes argentées. Il inclina la tête dans une tentative de contrition :

— Finalement, il marchait plutôt pas mal ce dispositif, non ?

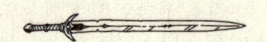

BULLETIN CÉRÉBRAL DU NAIN

Il faut qu'on m'explique, parce que là j'ai *vraiment* rien compris ! Bon, le bourrin a ouvert la porte au moment où on devait aller attaquer un ennemi. Jusque-là, tout allait bien. J'ai entendu un gars dire quelque chose dans la salle, et puis après le Barbare a crié et il a sauté en l'air comme s'il avait marché sur des braises. Du coup, moi j'ai couru dans la pièce pour voir si y avait du danger ! J'ai regardé en arrière parce que l'autre nase a essayé de me dire quelque chose, puis y a eu comme un genre de bruit et quand je me suis retourné j'ai vu le mec tomber par terre. Et là, on dirait qu'il est mort et qu'il a perdu des morceaux de jambes. C'est quoi ça ? Un nouveau sort de la Magicienne ? Je trouve que c'est carrément la flippe ! Et puis dans l'affaire, j'ai même pas eu le temps de lancer ma hache de jet, c'est dommage. Une belle hache presque neuve.

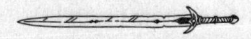

Les aventuriers restèrent pétrifiés par la scène. Ils avaient du mal à réaliser ce qui s'était passé, d'autant plus que certains d'entre eux se trouvaient toujours dans le couloir. Ils se regroupèrent à l'entrée de la salle en fixant craintivement l'homme étendu au sol, la flaque de sang qui s'agrandissait et deux morceaux de jambes qui avaient été propulsés plus loin. Gluby se cacha les yeux derrière ses petites mains et couina. Seul le Barbare gesticulait encore, alors qu'il tentait d'arracher de son dos le projectile qu'il ne pouvait atteindre.

— Mais c'est quoi ce bordel ? gémit le Ranger.

Le Nain désigna l'érudite :

— C'est encore un machin vicelard de l'autre givrée !

— N'importe quoi ! plaida l'accusée. Je n'ai même pas eu le temps de bouger !

— Sale menteuse !

— Mais non ! Je t'assure !

— Ça suffit ! tempêta le rôdeur. Il faudrait qu'on aide le Barbare !

Ils constatèrent qu'une flèche dépassait du dos de leur camarade et tournèrent leurs visages goguenards vers l'Elfe. Cette dernière stationnait toujours dans le couloir, rouge de honte, et n'osait visiblement s'avancer de peur de prendre une baffe.

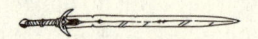

Reivax descendait au même moment un escalier en chantant quelque vieille comptine à base de troll. Il avait finalement réussi à comprendre les plans fournis par Silgadiz, au moment où il s'était décidé à tenir les différents étages dans le même sens. Tout allait bien désormais.

S'étant déjà égaré trois fois dans les niveaux supérieurs, il avait ainsi testé le mécanisme de l'escalier savonné, vérifié la solidité des fixations d'arbalètes murales, mesuré le degré de toxicité de la fontaine de poison du cinquième étage et donné quelques conseils aux ingénieurs en charge de l'installation du canon à clous du couloir ouest. L'assistant avait pris quelques notes et se dirigeait vers le troisième étage, où il devait rencontrer l'installateur de tranchoirs à jambes.

Il traversa une pièce encombrée de meubles, et vérifia son plan : *Future salle des gardes d'élite*. Il n'y avait là aucun piège à contrôler, aussi décida-t-il de continuer sa route en passant par les cuisines. Il espérait bien y trouver quelque saucisse à grappiller.

Hélas, la porte était fermée car l'accès principal se trouvait de l'autre côté de la tour. Il entendait les marmitons s'affairer près des fourneaux. Un sympathique fumet se frayait un chemin sous la porte, des relents de viande rôtie qui creusèrent davantage son appétit. Il lui vint alors à l'esprit que c'était l'heure du déjeuner, et que son maître détestait attendre.

Que faire ? Descendre au niveau trois et prendre le temps de vérifier les tranchoirs ? Il arriverait en retard pour le repas et se ferait sans aucun doute houspiller. D'un autre côté, s'il revenait auprès de Silgadiz sans avoir examiné les tranchoirs, il se ferait tout autant rabrouer par son maître. C'était toujours la même chose dans son boulot. Il lui sembla que sa vie n'était qu'une succession de mauvais choix.

— Autant manger à l'heure ! marmonna-t-il en rebroussant chemin.

Dans sa hâte, il n'entendit pas le chuintement d'une feuille qui s'échappait de sa liasse de documents.

Le plan du quatrième niveau tomba ainsi au beau milieu du couloir.

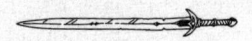

Le rôdeur s'approcha du cadavre :
— Alors c'était un piège ?
— Mais oui ! insista la Magicienne. Regarde ici et là, les interstices entre les pierres ! C'est probablement un genre de lame qui coupe les jambes !
— Mais c'est dégoûtant ! geignit l'Elfe.
Le Nain profita de la perche tendue pour plaisanter :
— C'est toujours plus sympa que d'envoyer des flèches dans le dos des copains !
— Mais moi c'était pas fait exprès !
Le Barbare fixa l'archère d'un œil mauvais. Elle avait heureusement réussi à extraire la flèche de son dos et avait pansé sa blessure, rachetant ainsi partiellement la faute. Le projectile n'avait pas été tiré en puissance et n'avait pas causé d'hémorragie.

BULLETIN CÉRÉBRAL DE L'ELFE

C'est vraiment dommage cette histoire de flèche ! Ça faisait longtemps que je n'avais pas touché un copain, et je crois qu'ils commençaient à me faire confiance. La dernière fois, c'était le Ranger je crois. Ah oui, j'avais tiré dans sa jambe ! Mais c'était sa faute, il était passé devant moi pendant que je visais le troll des collines. Je ne sais pas comment ça s'appelle son style de combat, mais il n'arrête pas de courir dans tous les sens et d'agiter son épée sans vraiment s'approcher des monstres. Et puis sinon, j'avais tiré sur le voleur aussi… À cause d'un couloir qui m'avait fait très peur. Le pauvre, il n'a vraiment pas eu de chance, lui ! Et puis, à l'époque, j'étais moins forte en chirurgie.

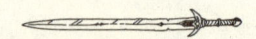

Tandis que le Nain multipliait les quolibets à l'égard de leur camarade sylvestre, le Ranger s'interrogeait sur la présence de l'homme dans cette salle. Il s'approcha de l'érudite et lui glissa :

— C'était quoi comme genre d'ennemi, ça ? Un gars tout seul avec un marteau ?

— Je n'en sais rien, avoua-t-elle. C'est bizarre… Tout a l'air mal fichu dans cette tour.

L'Ogre s'approcha et tira timidement sur sa manche :

— Miam miam zaloss ?

La Magicienne lui jeta un regard furieux :

— Takala zaloss ! Nous avons des provisions plein nos sacs, tu ne vas pas manger les jambes du monsieur ! Et tu vas encore faire vomir l'Elfe !

La grande créature se détourna, penaude.

Le Ranger, qui ne prêtait plus attention au régime de l'Ogre depuis bien longtemps, continua comme si de rien n'était :

— Mais c'est peut-être pas un vrai donjon, en fait ?

— Qu'est-ce que tu veux dire par là ?

— La fille là... Zelita quelque chose... Elle a dit que c'était la tour d'une dame. Elle n'a pas dit que c'était un *vrai* donjon !

— Mais justement, C'EST un donjon ! Y a des monstres, des couloirs, des pièges, des passages secrets...

— Sauf que c'est tout pourri ! coupa le Nain. Y a rien qui tient debout dans ce machin ! Les mecs ne savent pas se battre, et ils sautent même dans leurs pièges !

La Magicienne ôta son chapeau pour aérer un peu sa chevelure. Il faisait chaud là-dessous. Elle examina la salle et constata qu'un escalier montait sur la droite un peu plus loin. Deux portes s'ouvraient dans le mur du fond, mais pour cela il fallait bien sûr passer à travers la zone piégée.

— En fait... Ça ressemble à une parodie de donjon ! conclut-elle.

Ils discutèrent encore un moment des suites à donner à cet étrange incident. L'Ogre avait senti qu'une odeur de graillon provenait de l'escalier, et désirait monter directement à l'étage suivant car c'était là qu'on trouverait la cuisine. Il possédait un instinct sans faille pour détecter les réserves de nourriture.

Le rôdeur n'était pas de cet avis, et recommandait qu'on insiste un peu sur le secteur puisqu'ils avaient à peine entamé la visite du niveau. Le Barbare s'en fichait, du moment qu'il trouvait quelqu'un sur qui taper. Le Nain, de plus en plus agacé, leur tint alors le discours suivant :

— Moi, j'en ai marre ! C'est de la merde ce donjon ! Y a pas un monstre correct, et on a beau fouiller toutes les pièces, on ne récupère jamais rien d'intéressant !

— C'est un peu comme ça depuis le début de l'aventure... soupira l'érudite.

— Eh ben justement ! enchaîna le courtaud. Moi, je propose qu'on monte à la cuisine et qu'on attrape un cuisinier.

L'Elfe se pencha sur le nabot :

— Mais pour quoi faire ? Tu veux lui demander des recettes ?

— Mais non ! se défendit le Nain. Les cuisiniers sont des larbins, alors ils ont forcément des informations à nous donner ! On en chope un, on dit qu'on va lui mettre un tisonnier dans l'œil, et comme c'est pas son boulot de faire le malin, il nous donnera des informations pour qu'on trouve le bidule qu'on doit rapporter. Ensuite on l'attache dans un coin et on n'a plus qu'à se barrer !

— Mais c'est pas comme ça qu'on fait normalement ! s'insurgea l'Elfe.

La Magicienne secoua la tête et se résigna :

— Peut-être… Mais quand on y pense, c'est exactement ce qui s'est passé dans le donjon de Naheulbeuk.

— Et on a récupéré la statuette ! clama le Nain comme si la paternité de l'exploit lui revenait.

— Mais on ne peut pas continuer à torturer les gens ! riposta l'Elfe. C'est méchant !

Les autres compagnons se rangèrent à l'avis du Nain. C'était un peu moche, mais c'était une réalité de la vie d'aventurier : il était nécessaire de s'adapter et de faire fi des conventions. Ce n'était qu'à ce prix qu'on pouvait contourner les obstacles.

— C'est difficile à admettre, déplora le Ranger, mais le nabot a raison. On gagnera du temps à se faire indiquer le chemin plutôt qu'à traîner n'importe où.

— Et toc ! brailla le Nain en montrant son majeur à l'Elfe. Arrache ta culotte et bouffe une carotte !

Sans essayer de comprendre la signification de cette étrange expression, les aventuriers se regroupèrent pour faire face au piège. L'Elfe oublia rapidement ses soucis d'ordre moral pour se concentrer sur un problème qui lui tenait vraiment à cœur : traverser la zone sans se faire couper les jambes.

C'était normalement le Ranger qu'on chargeait de s'occuper de ce genre de détails. Il n'avait cessé de prétendre – depuis le décès prématuré du voleur – qu'il était capable de désamorcer les chausse-trappes, de neutraliser les dardières et autres attrapoires mis en place par l'adversité. Il n'avait toutefois pas eu trop l'occasion de prouver ses dires.

Désamorcer un piège, c'était prendre des risques pour sauver les autres, et finalement ça ne lui plaisait qu'à moitié. Chaque fois qu'on évoquait le sujet, il ne pouvait s'empêcher de grimacer en pensant au cruel sortilège qui avait incinéré leur compagnon cagoulé.

Ils restèrent là cinq bonnes minutes, à observer la salle comme si des pièces d'or pouvaient tomber du plafond. Il ne se passa rien, car chacun d'entre eux attendait qu'un volontaire se décide à agir. Le rôdeur s'éclaircit la gorge et brisa le silence :

— En fait, il faudrait trouver les dalles qui déclenchent le mécanisme.

— Ouais, c'est ça, confirma le Nain.

Puis ils retournèrent à leur contemplation. L'homme étendu dans son sang fixait sur eux ses yeux vitreux et inexpressifs, résumant à lui seul le danger encouru par un imprudent au cours d'une quelconque manœuvre hasardeuse.

Un peu plus tard, le Barbare renifla et commenta :

— C'est chiant.

Gluby tira sur la robe de la Magicienne pour lui montrer quelque chose. Il s'agissait d'un curieux renfoncement près d'un bloc de pierre à l'entrée de la salle. Une sacoche de cuir se trouvait là ainsi que quelques outils.

Ils s'approchèrent pour voir que des rouages et des commandes étaient dissimulés derrière la pierre. Quelqu'un avait dégagé l'emplacement qui cachait le mécanisme du piège. Les compagnons lâchèrent quelques cris de victoire.

— Trop fort ! s'exclama le Ranger. C'est la trappe de manœuvre du dispositif !

— Ouais, c'est marrant ! s'esclaffa le Nain. C'est un peu comme si le mec était là pour faire de l'entretien !

— Ou alors, il n'avait pas encore fini d'installer le piège !

Ils cessèrent de rire à cet instant. Plusieurs d'entre eux furent pris d'un doute au sujet de la tour et de ses singulières embûches. Mais le Ranger se baissa, tira sur le levier d'activation du piège et décréta que la voie était libre et qu'ils ne craignaient plus rien.

— Mouais… maugréa le Nain. Mais je vous préviens, je refuse de passer devant.

Comme personne n'avait le courage d'avancer en premier sur les dalles prétendument inoffensives, le rôdeur s'énerva :
— Mais c'est dingue ça ! Vous ne me faites pas confiance ou quoi ?
— Bah non ! avoua le Nain. Et puis si t'as confiance, toi t'as qu'à y aller.
— Bien, bien…

Comme la situation ne se débloquait pas, ils finirent par confectionner un gros ballot à partir de plusieurs couvertures reliées par une corde. Ils passèrent ensuite dix bonnes minutes à tracter ce mannequin de fortune sur chaque mètre carré du sol jusqu'à l'escalier, pour bien vérifier qu'il n'actionnait aucun tranchoir à jambes. L'expérience fut concluante, et finalement vint le moment où quelqu'un devait se décider à faire le premier pas.

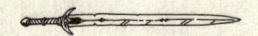

BULLETIN CÉRÉBRAL DU RANGER

Mais pourquoi ils me regardent comme ça maintenant ? C'est bon, j'ai désamorcé le piège ! Alors y a pas de problème, ils peuvent marcher n'importe où. C'est quand même pas toujours à moi de faire face au danger, si ? Déjà, j'ai pris des risques en m'occupant du mécanisme, ça serait bien que quelqu'un se décide à avancer maintenant. Ah mais… C'est vrai que c'est moi le chef du groupe, zut alors. La Magicienne me regarde comme si je devais montrer l'exemple. Et l'Elfe… Qu'est-ce qu'elle fait ? Elle s'approche pour me faire un bisou ! Hum… Non… Pas devant les autres ! C'est pas possible ça ! Bon, ça suffit maintenant, j'y vais. Je suis le meilleur après tout. C'est moi le caïd, le champion, le stratège, le porte-drapeau, le singe, le gros bonnet, le patron, le boss, le meneur, le… Mais ils vont arrêter de me regarder, oui ? J'Y VAIS ! Allez hop, un pas. Un autre pas. Bon sang, ça fait quoi quand on se fait couper les jambes ? Est-ce que ça fait mal ? Est-ce qu'on peut utiliser des points de destin ? Mince… C'est vrai que je n'en ai plus. Pourvu que ça marche… Allez, encore un autre pas. Ouf. Encore deux. J'y suis presque. Encore un. Ouais ! Je suis de l'autre côté ! Ha ha ha !

— Yahaaaaaaa ! crièrent ensemble les compagnons tandis que le rôdeur dansait au pied de l'escalier.
— Vous voyez ! fanfaronna-t-il. Il n'y avait aucune raison de s'inquiéter !
Ils remisèrent les couvertures dans leurs sacs, traversèrent la zone précédemment piégée et s'engagèrent gaillardement vers le quatrième étage.

Quelque part, très loin dans un plan d'existence à la consistance de pâte à crêpes, un dieu qui n'avait rien d'autre à faire observait le groupe depuis le recoin le plus obscur de son extravagante conscience. Il hocha sa grosse tête molle et esquissa l'équivalent d'un sourire. Il savait déjà ce qui allait arriver, et trouvait cela très amusant. Il étendit un de ses tentacules, traversa deux univers et tapota de l'extrémité de son appendice sur l'épaule d'une autre divinité, nommée Xh'uakkuthylllaflorh'ogh. Il lui transmit le message télépathique suivant :
— Hé ! Regarde par ici, on va se marrer.

Faladorn se rongeait les ongles en sirotant son quatrième thé. Il avait hésité à commander une boisson alcoolisée pour se calmer, mais il s'était dit que ce n'était pas une bonne idée. Il était persuadé que la journée se terminerait mal, et qu'il aurait besoin de toutes ses facultés. Son instinct ne le trompait que rarement et de surcroît il avait rendez-vous dès le lendemain pour une autre mission, une histoire avec un groupe de semi-hommes qu'il devait aider dans une quête de recette ancestrale à base de légumes bouillis. Ce n'était pas le moment de déconner.

Il n'y avait toujours aucun mouvement du côté de la tour de la prêtresse. Trottesentier ne comprenait pas comment il était possible de passer à côté de ce gigantesque bâtiment, surtout quand on disposait d'un plan d'accès fourni par Morwynn. Cette diablesse ne laissait rien au hasard ! Ces aventuriers semblaient pourtant si motivés... Pourquoi n'étaient-ils donc pas en train de faire leur boulot ? Plongé dans son anxiété, il scrutait le petit cylindre de verre que lui avait confié Morwynn, un dispositif enchanté qui lui permettait de recevoir des parchemins téléportés où qu'il se trouve. Nulle missive n'était arrivée depuis qu'il avait envoyé son message, et ça ne pouvait avoir qu'une seule explication : quelque chose de fâcheux se préparait.

Et il fallait vraiment qu'il se rende aux toilettes.

Un éclair lumineux déchira brusquement l'air et deux individus se matérialisèrent à une quinzaine de mètres du *Bistrot des Chouettes*. Ils restèrent là sans bouger pendant près d'une minute, attendant de récupérer l'usage de leurs sens. Quelques passants les observaient avec inquiétude et le boulanger qui tenait sa boutique non loin de là ferma sa porte. On n'aimait pas trop la magie, à Glargh.

Trottesentier savait déjà qu'il s'agissait de *mademoiselle* Eirialis dans sa belle robe de mage, mais il ne put s'empêcher de hausser un sourcil à la vue du deuxième sorcier qui l'accompagnait : un petit homme chétif, au cheveu rare et gris, nageant dans une robe de sorcier rouge et porteur d'une grosse besace. Il avait déjà vu ce zigoto quelque part.

Les singuliers voyageurs avisèrent la terrasse du bistrot où se tenait leur contact et s'approchèrent de lui d'une démarche énergique.

— Une très belle téléportation ! leur cria-t-il depuis sa chaise. C'est plus sympa que les voyages en diligence !

Il espérait détendre l'ambiance, mais Morwynn le sermonna :

— Laissez tomber, Faladorn. Vous savez que nous n'avons pas le temps pour les ronds de jambes !

L'homme aux cheveux gris adressa un signe de la main au baroudeur et se présenta :

— Nilbonur Le Fāché, mage de bataille du régiment d'élite de Waldorg, quatorzième niveau. Vous m'avez déjà croisé.

— Vraiment ?

— Oui, il me semble. L'année dernière, à la réception annuelle donnée par le syndicat des charcutiers de Waldorg.

— Tiens donc ! Je me disais aussi.

— Une soirée très amusante ! gloussa Nilbonur. Si mes souvenirs sont bons, la femme de ce vieil escroc de Gutral avait glissé dans une part de gâteau, et...

Morwynn trancha d'une voix glaciale :

— Messieurs ! Nous avons une crise à résoudre !

— Oui, bon, ça va ! marmonna le vétéran. Je vous rappelle que je ne suis pas venu de mon plein gré !

L'impétueuse ignora délibérément Nilbonur et se tourna vers Trottesentier :

— Toujours pas de nouvelles des mercenaires, je suppose ?

— Pas la moindre. Et je n'ai pas quitté la tour des yeux depuis plus d'une heure. Il n'y a aucun signe de leur présence dans l'édifice.

— Par les sept couronnes maudites ! fulmina la belle. Il faut qu'on s'en assure ! Nous n'aurons pas d'autre chance de réussir ce coup avant deux ans !

Elle marqua une pause et sembla réfléchir. Puis ses yeux verts se réduisirent à la taille d'une lame de couteau et elle se pencha sur Faladorn, offrant ainsi le spectacle de son corset généreusement garni. Le baroudeur n'avait pas trop le cœur à la contemplation, hélas.

— Nous allons t'aider à pénétrer dans la tour de la prêtresse, murmura-t-elle. Avec deux ou trois enchantements, tu pourras t'infiltrer facilement !

Trottesentier se tassa sur sa chaise et déglutit :

— Ah ? Heu… Comment cela ?

Nilbonur hocha la tête et fit l'inventaire des sortilèges nécessaires :

— Invisibilité, rapidité, discrétion… Avec un poil de lévitation pour monter jusqu'à la fenêtre. Vous ne risquez rien à tenter l'expérience.

— Parfait ! souffla Morwynn. Au travail !

Le vétéran proposa de contourner le bâtiment par la cour, en passant par la rue Frappe. Ils pourraient ainsi accéder à une fenêtre à l'est.

Trottesentier hésita un moment et considéra qu'il n'avait pas le choix. Il n'était pas question de compromettre la mission pour des considérations personnelles, même si ces dernières étaient en rapport avec sa survie. Il transmit ainsi ses dernières volontés :

— Je peux aller aux toilettes avant ?

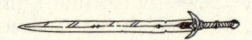

Après avoir gravi l'escalier jusqu'au quatrième étage, les aventuriers empruntèrent un couloir et se retrouvèrent au seuil d'une salle absolument vide, éclairée par six gemmes enchâssées dans la pierre du plafond. De l'autre côté, le couloir continuait.

— De mieux en mieux ! grommela le Nain. Non seulement y a pas d'ennemis, mais y a pas de piège et pas de meubles ! C'est la misère.

— Aucun piège ? se méfia la Magicienne. Qu'est-ce qui te permet de l'affirmer ?

— Bah… On ne voit rien, là comme ça !

— C'est justement le principe d'un piège ! signala le rôdeur. On fait croire que c'est tranquille, et puis hop, on t'arrache une jambe.

— Et puis je n'aime pas trop cet éclairage... rumina la Magicienne.

Le courtaud se pencha en avant pour examiner le sol et les murs. Au terme de son analyse, il insista :

— Moi, je m'y connais en pierres. Et là, je peux vous dire qu'il n'y a rien !

— Mais puisqu'on te dit que...

La Magicienne ne termina pas sa phrase, car l'impatient montagnard avait déjà fait quelques pas. Chaussé des bottes magiques, il se déplaça plus loin qu'il ne l'avait prévu et se retrouva au centre de la salle. Il ne se passa rien. Le Nain se tourna vers le reste du groupe et déclama :

— Aussi bien comprenez, mes fieffés camarades, que la salle n'était point dangereuse en son sol. J'ai glissé jusque-là comme sur une olivade et me retrouve ici sans le moindre bémol !

Les aventuriers ne surent que répondre, et le courtaud porta ses deux mains à sa bouche. Il rougit, même si cela ne se voyait pas trop derrière son teint vineux.

— Qu'est-ce qu'il a dit ? s'inquiéta le rôdeur.

Le Barbare ricana et la Magicienne lâcha dans un souffle :

— Moi, j'ai compris, mais ça n'explique pas pourquoi il commence à parler comme le ménestrel. Il a horreur de ça.

— C'est mignon la poésie ! gazouilla l'Elfe.

Le Nain *(reculant d'un pas, brusquement terrifié)*

Par toutes les enclumes, j'ai l'air d'un imbécile !
Me voilà destiné à faire des phrases idiotes.
Si cela continue, je vais cracher ma bile,
et finirai mes jours au paradis des fiottes !

Le Barbare *(avançant dans la pièce et menaçant le Nain)*

Cesse un peu tes grimaces, imbécile avorton,
ou tu sauras tâter d'un poing sur le museau !
Tu nous ridiculises et nous prends pour des cons !

Le Ranger *(fâché, avançant à son tour)*

Vous méritez des baffes ! Des gnons ! Des rampponneaux !

La Magicienne *(le suivant)*

Arrêtez compagnons, vous n'avez rien compris !
Nous voilà prisonniers d'un sournois maléfice !
Il nous force à rimer…

Le Nain

… d'ailleurs c'est bien pourri !
Je m'en vais de ce pas m'offrir en sacrifice !

L'Elfe *(sautillant dans la pièce)*

Arrête un peu ton char, espèce de sac à vin !

Le Nain

Tu n'étais point conviée, pourtant tu nous agaces !

L'Elfe *(crânant)*

Je fais comme il me plaît, car tu n'es pas malin.
Va mourir en silence !

Le Nain *(montrant son fondement à l'Elfe)*

Va manger des limaces !

La Magicienne fait quelques pas pour s'interposer.

La Magicienne *(brandissant son bâton)*

Cessez donc s'il vous plaît d'étaler vos griefs.
L'heure est grave à présent.
Nous devons réfléchir.

Le Ranger *(méfiant, il se gratte l'oreille)*

Le sort est bien ici dans un coin de la pièce.

Le Barbare *(brandissant son poing)*

Que Crôm nous vienne en aide, ou nous allons périr !

Le Barbare se gratte l'occiput. Le Nain rouge de honte regarde ses chaussures et le rôdeur fait quelques pas dans la salle. L'Ogre se décide à le rejoindre, le gnome des forêts sur son épaule. Les deux créatures ne comprennent rien non plus, mais ça les fait rire.

Le Ranger *(au Barbare)*

Aucun aventurier, aucun guerrier je crois,
n'est jamais mort ainsi de rimes et de bons mots.
Il en faudrait beaucoup...

Le Nain *(dans sa barbe)*

C'est déjà trop pour moi !

Le Ranger *(agacé)*

Mais tu vas la fermer ?

L'Elfe *(désignant le Nain)*

Oublie ! C'est un lourdaud !

Le Barbare dégaine son épée et cherche un ennemi des yeux. Ses camarades s'éloignent de lui.

Le Barbare

J'en ai plein mon cabas ! Il faut sortir d'ici !

Le Nain

Je suis du même avis mais la porte est fermée !

Le Ranger

Mais qu'allons-nous donc faire ? Je suis las…

Gluby *(gesticulant)*

Flibidi !

Le Ranger *(déprimé)*

Et voilà l'autre endive qui vient nous taquiner !

La Magicienne

Puisque nous en parlons, il me vient à présent l'envie de vous poser la question subsidiaire :
l'un de vous aurait-il testé précédemment l'ouverture de la porte installée là derrière ?

Le Nain

Je ne l'ai point touchée ! Ma foi c'est embêtant.

Le Ranger

Il serait plus que temps d'en tourner la poignée !

La Magicienne

Mais vous allez bouger ? Je vous trouve un peu lents !

L'Elfe *(hautaine)*

Tu t'adresses à un Nain !

Le Nain *(avec un bras d'honneur)*

Va donc ! Buveuse de thé !

Le rôdeur soupire et fait trois pas vers la porte, puis tourne la poignée. La porte s'ouvre sur un couloir sombre, d'où parvient une odeur de grillade.

Le Ranger

Allons-y les amis ! Le chemin est ouvert.

Le Barbare

Encore une fois je pars sans user mon épée !

Le Nain

Je ne rêve à l'instant qu'au parfum d'une bière.

La Magicienne *(courant vers la sortie)*

Hâtons-nous ! Sauvons-nous !

L'Elfe *(pinçant son joli nez)*

Et puis ça sent les pieds !

Les coupoles magiques de la salle s'éteignent, et un rideau rouge tombe sur la porte.

Les aventuriers se bousculèrent et reprirent leur souffle à la sortie de l'étrange pièce ensorcelée. Ils se regardaient en chiens de faïence et personne n'osait dire un mot.
— Hum… Tout le monde va bien ? risqua la Magicienne.
— Non ! brailla le Nain. Je n'ai jamais été aussi ridicule de toute ma vie !
— Mais si ! remarqua l'Elfe. Le jour où le Barbare nous a obligés à faire un bisou !
— Ah ! Mince, j'avais oublié ça !
Le Ranger soupira :
— Et y a aussi le jour où des jambes sont sorties de ton…
Le Nain trépigna :

— Bon ! Ça suffit maintenant ! J'aimerais qu'on arrête de parler des moments où j'ai été ridicule !

— Bref ! trancha la Magicienne. Le maléfice est dissipé maintenant, alors nous pouvons continuer.

L'Elfe sautilla :

— Mais moi j'aimais bien ça ! C'était rigolo de parler comme dans les spectacles ! Quelqu'un veut y retourner avec moi ?

Elle posa la main sur la poignée.

— Takala ! rugit l'Ogre.

On s'approchait de la cuisine, il était donc hors de question de lui faire rebrousser chemin.

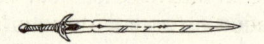

BULLETIN CÉRÉBRAL DU BARBARE

J'ai dit des mots compliqués et j'ai rien compris. C'était comme si quelqu'un parlait dans ma tête. Mais y avait aussi quelqu'un qui comprenait quand les autres parlaient, alors tout le monde a crié des choses. C'est la magie, ça ! Des trucs compliqués et tout le monde qui parle en même temps. Chez les gens de mon clan, on fait pas de magie. C'est celui qui tape le plus fort qui gagne, et tout le monde comprend. Ça fait mal à la tête aussi, mais on sait pourquoi. J'en ai marre.

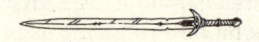

Les compagnons avancèrent dans ce nouveau couloir en échangeant leurs impressions sur cette étrange salle. Personne dans le groupe n'avait jamais entendu parler de ce genre de maléfice. Du moins, personne n'en voyait l'utilité.

Le Nain pensait à une fourberie consistant à faire mourir les gens de honte, mais ça ne marchait pas avec tout le monde alors on était en droit d'en douter. La Magicienne prétendait qu'il s'agissait d'une salle de jeu pour les nobles, et non pas d'un piège. Ils s'y rendaient sans doute pour s'amuser et faire semblant d'être des comédiens. Elle leur confia ses observations techniques :

— N'empêche, c'est pas n'importe quoi comme sortilège. Vers de douze pieds, rimes croisées…

— C'était super sympa ! confirma l'Elfe.

Le Nain agita nerveusement sa hache sous leur nez :

— Hé ! Ça suffit ! Allez vous suicider avec vos poésies !

— Nous approchons d'une porte ! chuchota le Ranger. Sur la gauche !

— Achilika miam ! commenta l'Ogre.

— Il dit que c'est la cuisine…

La traduction de la Magicienne était facultative, car un petit nuage de fumée s'échappait de sous la porte et l'odeur de grillade était assez forte à cet endroit. De plus, l'Ogre dansait d'un pied sur l'autre et faisait preuve d'une grande agitation. L'Elfe se baissa pour ramasser quelque chose.

— Gluby a trouvé un parchemin ! murmura-t-elle en montrant la feuille à ses camarades.

— C'est pour moi ! proclama l'érudite.

Elle s'empara de l'objet, sans laisser à quiconque le temps d'en placer une.

— Et voilà ! bougonna le Nain. Un parchemin par terre… Ça n'arrive jamais avec les haches, ça !

— C'est toujours pareil ! s'emporta le Barbare. On trouve que des machins magiques !

— Et alors ? C'est quoi ? questionna le Ranger.

Il sautillait pour espionner par-dessus l'épaule de la rouquine. Cette dernière écarquilla les yeux et jura :

— Par la moustache de Tholsadūm !

— Mais c'est quoi, bon sang ?

— Le plan du niveau ! bredouilla l'érudite. Regardez ! Quatrième étage ! On voit même l'accès au passage secret qui mène à la salle du trésor !

— Incroyable !

— C'est dingue !

— Ouah !

— Trop fort ! Ha ha !

La Magicienne survoltée retourna le plan pour le placer dans le bon sens de lecture et s'avança dans le couloir.

— Partons d'ici ! suggéra-t-elle. Le couloir secret est au fond à gauche !

Les compagnons la suivirent allègrement, enthousiasmés par la trouvaille. Ils oublièrent l'un d'entre eux, une créature affamée qui se retrouva seule face à la porte qui sentait bon. En plus, elle n'avait pas de poignée.

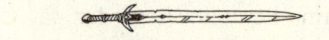

BULLETIN CÉRÉBRAL DE L'OGRE

Achilika miam ? Takala miam ? Aoulka dogo ! Kopaing fluputu, eto gala davul. Achikila ? Snif. Miam ! Kopaing sulu ! Huk huk ! Sprotch ! Eto miam miam ! Sprotch !

Un terrible fracas se fit entendre et les aventuriers sursautèrent. Ils se retournèrent pour constater que l'Ogre était resté loin derrière et qu'il disparaissait à présent au travers de la porte brisée.

— Non ! glapit la Magicienne. Takala ! Takala !
— Merde ! s'exclama le Ranger. On va se faire repérer !
— On est tout près du trésor ! gémit le Nain.

Ils étaient à l'étroit dans ce couloir et ne pouvaient courir efficacement avec tout leur barda, aussi ils arrivèrent trop tard pour empêcher le désastre. Ils entendirent en premier lieu des voix, puis le bruit confus d'une lutte et plusieurs cris accompagnés d'un tintamarre de casseroles qui s'effondraient. Avant qu'ils n'arrivent à la porte, l'Ogre en ressortait, brandissant fièrement son chapelet de saucisses à moitié cuites. Il tenait sa grosse hache couverte de sang à la main.

— Huk huk ! Sprotch !
La Magicienne s'affola :
— Oh non ! Il a massacré les cuisiniers !
— Tirons-nous ! beugla le rôdeur en attrapant l'Elfe par la main.
Il savait qu'elle ne tarderait pas à pleurnicher.

Ils détalèrent dans le corridor, bifurquèrent sur la gauche et s'arrêtèrent au beau milieu du passage. Un peu plus loin, un escalier descendait.
— C'est ici ! affirma l'érudite. Regardez, là ! Cette pierre est un peu plus claire que les autres !
Le Ranger se pencha dessus.
— La vache... Il faut avoir l'œil.
— C'est pas la même roche ! expliqua le Nain. Alors forcément ! Quand on confond du grès micacé avec du granite...
La Magicienne pressa la pierre carrée, interrompant de ce fait la dissertation du géologue. Une partie du mur glissa dans un logement secret, dévoilant une ouverture et quelques marches plongées dans la pénombre.
— L'escalier secret ! chuchota le Ranger.
— Et c'est même pas piégé ! ricana la Magicienne.
Le Barbare fit remarquer qu'en temps normal, on devait se poser la question avant d'appuyer. On lui proposa de passer devant pour éluder cette embarrassante considération.
Il dégaina son épée et gravit lentement les marches, suivi par la Magicienne qui éclairait son chemin. Venaient ensuite le Nain et le Ranger, chacun bousculant l'autre pour passer devant, et l'Elfe qui n'était pas rassurée. Elle avait récupéré Gluby dans la cohue et le gnome s'accrochait à son sac à main. L'Ogre fermait la marche en grignotant des saucisses. Sa hache raclait le mur et produisait un abominable crissement.

Ils oublièrent de refermer le mur derrière eux, ce qui n'était pas forcément une bonne idée mais contribua sans doute à leur sauver la vie. Enfin, c'est ce que prouvera la suite du récit.

L'escalier semblait suivre une courbe, et la Magicienne en conclut qu'il épousait le mur de la tour. Ils devaient se trouver à un étage secret, compte tenu du nombre de marches. Ils arrivèrent ensuite sur un minuscule palier où il était impossible de faire tenir plus de quatre aventuriers. Une petite porte s'encastrait dans un mur, et l'escalier continuait vers un étage supérieur.

— La porte ou l'escalier ? demanda le Barbare.

— La porte ! s'impatienta l'érudite. Il y a comme une vibration magique par ici !

Le Ranger fut soudain plus angoissé :

— Un piège ?

— Je ne pense pas...

Elle examina la serrure avec soin, sans la toucher. Elle posa sa main sur la porte et ferma les yeux.

— Il n'y a rien ici, souffla-t-elle avec emphase. C'est derrière.

— Le piège est derrière ? insista le rôdeur.

— Personne n'a dit que c'était un piège ! bougonna le Nain.

— Et la porte n'a pas de poignée ! constata l'Elfe.

La Magicienne adressa un clin d'œil au Ranger :

— C'est le moment de ressortir ta baguette !

Il s'exécuta, moyennement rassuré. Ses compagnons s'écartèrent, certains d'entre eux furent même forcés de redescendre l'escalier pour lui laisser le champ libre. Et puis personne ne voulait se trouver trop près si par hasard un piège se déclenchait. Une fois en place, le Ranger se tourna vers la Magicienne et chuchota :

— Mais c'est la dernière fois que je peux l'utiliser, non ?

— Oui !

— Et qu'est-ce qu'on va faire après ça si on tombe sur une porte fermée ?

— Je lancerai le sort moi-même. C'est un niveau trois !

— Et pourquoi tu ne le lances pas maintenant ?

La Magicienne se crispa :

— Je te l'ai déjà dit ! C'est pour économiser mon énergie astrale !

— Bon, bon...
Le Nain rouspéta depuis l'escalier :
— Eh ben alors ? Qu'est-ce que tu fous ?
— Voilà ! soupira le Ranger. J'y vais.

Sous la pression, il utilisa son objet magique une fois de plus. L'air vibra, la serrure cliqueta et la porte s'entrouvrit. C'était devenu presque routinier. Le Ranger tendit sa baguette à l'érudite :
— Et je fais quoi avec ce truc maintenant ?
Le Nain lui proposa de la remiser dans une partie de son individu qui lui était tout à fait personnelle, tandis que l'Elfe conseillait de la faire encadrer et de la conserver en souvenir de cette magnifique mission. Le Barbare, quant à lui, suggérait d'allumer du feu avec. La Magicienne décréta :
— Mais on s'en fiche ! Il faut voir ce qu'il y a derrière cette porte !
— C'est tellement mystérieux ! murmura l'Elfe, les yeux brillants.

IX

Les choses se compliquent

Dans une salle carrelée de jaune, à quelque distance de là, se déroulait une scène bien plus tragique. Une femme rousse à la beauté troublante avait posé sa botte de cuir sur le torse d'un homme vêtu de sombre. Le talon fin et pointu blessa cruellement le malheureux. À ce moment, les lèvres sensuelles de la prédatrice esquissèrent un sourire carnassier :

— Sais-tu seulement qui je suis, triste fils d'un bouc incestueux ?

Trottesentier hocha positivement la tête, avec toute l'énergie du désespoir. Allongé sur le sol froid, il se sentait miséreux. Trois colosses à l'air particulièrement vicieux l'entouraient, tandis qu'un quatrième appuyait le tranchant de sa lame sur sa gorge. L'acier froid entamait sa chair à chacun de ses mouvements. Au-dessus de lui, cette femme redoutable le tenait à sa merci. Était-elle seulement humaine ? Les yeux de cette créature semblaient avoir déjà contemplé mille morts, mille plaisirs et mille prodiges. Elle empalait son âme de son seul regard, en même temps qu'elle s'acharnait à lui écraser les parties. Il était hors de question de lui mentir.

Tout s'était passé très vite, beaucoup trop vite en fait. Il avait pénétré dans la tour assez facilement grâce aux enchantements de Nilbonur. Le vétéran l'avait fait léviter jusqu'à la fenêtre après l'avoir rendu invisible et presque aussi indétectable qu'une souris. Il avait éprouvé à cet instant une grande satisfaction, bénéficiant de pouvoirs réservés aux puissants sorciers. Il s'était empressé de visiter la tour, furetant en quête d'une trace du passage des aventuriers. Peut-être avaient-ils eux-mêmes trouvé une entrée secrète ? Étaient-ils passés par les égouts ? Enfin, ce n'était plus très important à présent, car il n'avait pu les dénicher. C'est en arrivant dans une étrange salle décorée de tentures rouges qu'il avait soudainement perdu tous ses pouvoirs. Un flash lumineux l'avait aveuglé, et il s'était retrouvé là, simple humain perdu au milieu d'une bâtisse peuplée de dangereux cultistes. Pris de panique, il avait rebroussé chemin mais s'était fait prendre au détour d'un couloir par un bataillon de gardes d'élite. Les brutes l'avaient promptement traîné jusqu'aux appartements de Tyrcelia d'Ambrebar, grande prêtresse de Slanoush et ambassadrice d'un certain nombre de pratiques douteuses.

Et c'est là qu'il se trouvait à présent, réduit à l'impuissance. Il convenait de jouer la note juste pour rester en vie.

Tyrcelia ricana de plus belle :

— Tu as traversé la salle du *dispel magic*, pauvre imbécile ! Combien d'enchantements vicieux t'ont permis d'arriver jusque-là ? Tu étais sans doute invisible pour avoir échappé à nos gardes ! C'est la guilde des voleurs qui t'envoie ?

Le colosse accentua la pression de sa lame et gronda :

— Tu vas parler, chien putride !

Trottesentier déglutit :

— J'étais en mission ! J'étais juste en mission, et je n'ai pas eu le choix !

— Tu vas nous expliquer tout ça bien sagement ! grogna le plus costaud des cerbères en faisant craquer les jointures de ses mains noueuses.

La prêtresse caressa son bras musculeux et gloussa :

— C'est amusant, non ? Il y a encore des gens assez stupides pour envoyer un espion dans ma tour !

Puis elle s'accroupit, de manière à pouvoir se rapprocher du captif. Elle approcha sa main du visage du baroudeur et dégagea ses cheveux, dans une inquiétante parodie de tendresse fielleuse.

— Pauvre petit espion, susurra-t-elle. Tu es plutôt mignon… Je suppose que tu n'as pas l'intention de subir l'épreuve du pal de Klaatu ? Ni la flagellation des écorchés ?

— Ou les brodequins ? proposa un garde qui avait le sens pratique.

— Vous avez parfaitement raison ! supplia le prévenu. Oui ! Je vais tout vous dire ! J'ai rien fait ! On m'a obligé… J'avais des ordres !

— Amenez-le dans mon bureau ! lança la prêtresse en se redressant.

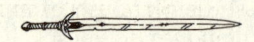

— Nous y sommes ! bredouilla le Ranger sans oser y croire. Et voilà le machin qu'on doit rapporter !

Ils chuchotaient, comme si le fait de parler trop fort pouvait déclencher une quelconque douche de feu. La Magicienne ôta son chapeau pointu avec respect et ajouta :

— L'orbe de Xaraz…

— C'est magnifique ! murmura l'Elfe.

Le Ranger observa l'objet et renifla :

— C'est bizarre, mais je trouve qu'il sent le fumier…

— Non, ça c'est la Magicienne, précisa le Nain en désignant ladite équipière.

Cette dernière menaça de faire brûler la barbe du nabot, ce qui clôtura rapidement l'incident. Elle n'avait pas réussi à éliminer la puanteur de ses vêtements depuis l'incident des rats mutants.

Le Barbare replaça son épée dans son fourreau, et attira l'attention de ses camarades :

— Qu'est-ce qu'on fait maintenant ?

Ils se trouvaient face à la grille épaisse qui protégeait la chambre des intrusions. L'objet de leur convoitise trônait à plus de trois mètres derrière les barreaux, sur un fastueux piédestal de bois sculpté. Il ressemblait à un bel œuf bleu cerclé de métal ouvragé, et dispensait une douce lueur. Malgré son apparence inoffensive, il semblait très ancien et terriblement mystérieux.

Hélas, la porte de la cellule était ornée d'une énorme serrure tarabiscotée, dont la matière même était impossible à reconnaître.

— C'est ça le truc magique ! déclara la Magicienne en avisant l'engin. La serrure !

— Et le machin là-bas, il est pas magique ? s'inquiéta le Nain.

— C'est surtout la serrure ! confirma la Magicienne. Elle recèle un puissant sortilège.

— Misère ! pesta le Ranger. C'était trop facile !

Le Barbare s'approcha des barreaux, mais on lui déconseilla d'y toucher. La Magicienne résuma ainsi la situation :

— Je pense que toute la grille est ensorcelée. Et d'après la vibration, je peux vous dire que c'est pas de la confiture ! Il est possible que le simple fait de toucher un barreau déclenche un torrent de lave ou quelque chose dans le genre.

Le Ranger suggéra l'utilisation du déclencheur de Zorlaki, mais l'érudite répondit négativement :

— C'est inutile ! Ce sortilège ne fonctionne pas sur les dispositifs magiques. Il activera seulement quelque chose de vilain.

— Et si on tape sur la serrure avec une hache ? proposa le Nain.

— Elle provoquera sans aucun doute une explosion ou des éclairs de foudre.

Le courtaud insista :

— On pourrait essayer de faire fondre les barreaux à distance ?

— Je n'ai pas de sortilège assez puissant pour ça, soupira la Magicienne.

— Et si on allume un feu avec des morceaux de chaise ?

Le Ranger leva les yeux vers le plafond et prononça plusieurs mots interdits dans les dictionnaires.

L'érudite avait sorti son *Grimoire des Ordres Néfastes* et tournait fébrilement les pages, tandis que les aventuriers regroupés autour d'elle se lamentaient sur leur triste sort.

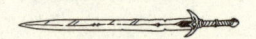

BULLETIN CÉRÉBRAL DE LA MAGICIENNE

Oh ! là là ! Mais bon sang, qu'est-ce qu'on va faire ? Je n'ai pas le niveau pour la téléportation des petits objets... Voyons voir... Téléportation mineure de Fladdu : quatrième niveau ! Zut ! Et je ne maîtrise pas la lévitation, ce serait bien trop facile... Mais pourquoi je n'ai pas choisi la thermodynamique ? Ou la magie de l'Air... Oui, nous aurions pu invoquer un petit élémentaire de l'air. Il n'y a rien d'utile dans mon sac ? Non, décidément, c'est vraiment pas de chance. La peste soit de ces magiciens zélés ! On y était presque ! Il faut qu'on trouve un truc ou bien nous allons passer pour des gros nases.

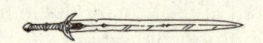

Voyant que la situation s'embourbait, l'Elfe posa sa main délicate sur l'épaule du rôdeur :

— On peut partir maintenant ?

— Mais tu vois bien qu'on travaille !

— Mais on ne va pas rester ici toute la journée ! geignit-elle.

Le pseudo-chef du groupe brandit son gantelet chatoyant sous le joli nez de l'archère et la fustigea :

— T'es chiante à la fin ! T'as rien d'autre à faire que nous emmerder ?

— Mais Gluby nous a ramené le machin !

— Zulibada ! couina le gnome.

Le rôdeur baissa les yeux et vit que Gluby lui tirait la langue. La petite créature peinait sous le poids d'un gros œuf bleu cerclé de métal.

— Mais… Comment… balbutia le Ranger.

La Magicienne s'extasia :

— Bon sang ! Voilà donc à quoi ça sert d'avoir un gnome dans l'équipe !

— Reprenez donc de cet excellent pâté, mon cher cousin !

— J'en ai déjà mangé plus qu'il ne faudrait… s'excusa Zangdar en rotant discrètement.

Dans la salle à manger de Silgadiz, l'ambiance était à la ripaille. On célébrait cette fois les bons résultats de Zangdar lors de cette première session de perfectionnement. On ne célébrait pas, en revanche, les performances mitigées de Reivax en matière d'inspection des pièges. Celui-ci avait expliqué tant bien que mal qu'il avait eu des problèmes, mais malgré sa bonne volonté s'était fait insulter comme il s'y attendait. Ce n'était pas grave, tant qu'il n'était pas privé de dessert et qu'on ne l'obligeait pas à descendre se faire fouetter chez le bourreau. Il n'y avait peut-être pas de bourreau chez Silgadiz ? Il faudrait qu'ils en discutent ensemble.

Les trois hommes avaient parlé un bon moment des aménagements du donjon. Le sujet était vaste, car il était nécessaire de contourner la roublardise des aventuriers aussi bien que les potentiels sortilèges des mages qui les accompagnaient. Toutefois, Silgadiz n'était qu'à moitié satisfait de l'efficacité de certains de ses employés.

— Prenons le cas des cuisiniers… mâcha-t-il. J'avais commandé des saucisses grillées pour ce midi ! Des bonnes saucisses aux herbes ! Nous les attendons toujours. Faudra-t-il que je descende moi-même les chercher ?

— C'est un coup classique des cuisiniers, acquiesça Zangdar. Toujours en retard.

Reivax se versa une coupe de vin, et décida qu'il était temps d'approfondir sa connaissance des lieux. Il questionna Silgadiz sur les aménagements liés à la salle secrète où dormait son plus précieux trésor.

Le maître de la tour ne se fit pas prier, c'était visiblement sa grande fierté :

— Contrairement au reste du bâtiment, cette salle est opérationnelle à cent pour cent. Imaginez un instant qu'un voleur s'introduise ici par erreur ?

Les trois hommes s'esclaffèrent de concert, car l'idée leur semblait tout à fait sotte.

Silgadiz s'humecta le gosier et enchaîna :

— Toujours est-il que j'ai préféré sécuriser cette salle avant toute chose. Vous avez déjà vu qu'il est très difficile de trouver la porte secrète. Il me reste à enchanter l'accès supérieur, mais j'ai déjà installé la plus terrible des serrures sur la grille qui protège l'ensemble.

— Un magnifique objet… confirma Zangdar.

— Triple sécurité ! jubila Silgadiz. Enchantement de niveau douze et accès par mot de pouvoir codé ! Matériau

résistant à toutes les contraintes ! Le moindre contact avec la grille pourrait causer la mort d'un dragon des cavernes !
— Et pouf ! l'aventurier ! plaisanta Reivax.

Ils rirent à nouveau car cette blague était bien bonne, même si elle provenait d'un imbécile de sous-fifre. Puis Zangdar questionna son cousin :
— En imaginant tout de même que des baroudeurs compétents s'emparent de l'objet... Que se passerait-il ?
— J'ai tout prévu ! ricana Silgadiz. Même l'impossible...
Il tira sur la chaînette suspendue à son cou, et leur montra le pendentif qu'elle retenait. C'était un bijou stylisé à motif reptilien, orné d'une pierre rouge.
— Ce médaillon est relié par un sortilège au piédestal de l'orbe, précisa-t-il. Il doit se mettre à briller si jamais l'objet quitte son socle.
Zangdar apprécia la performance :
— C'est bien trouvé, mon cousin !
— Et c'est très joli quand il brille ! commenta Reivax.
— Mais là, il ne brille pas, corrigea Silgadiz en souriant.
— Je vous dis qu'il brille.
— Il est impossible qu'il brille ! s'esclaffa le mage.
— Voyez par vous-même...

Silgadiz retourna le médaillon et pâlit. C'était assez difficile vu la blancheur de son visage, mais il y arriva tout de même.
— Ce machin doit déconner ! s'énerva-t-il en agitant le bijou.
Zangdar se leva précipitamment :
— Ne devrions-nous pas vérifier ?
— Mais voyons ! C'est ridicule !

La porte s'ouvrit alors et un petit homme vêtu d'un tablier blanc pénétra en titubant dans la salle à manger. Il tenait son oreille et du sang avait coulé le long de son bras. Une estafilade marquait son front et il semblait lui manquer deux doigts. Il tomba à genoux, sous les yeux des trois convives abasourdis. Le cuisinier pleurnicha :
— Maître ! Il y a un intrus dans la tour ! Un intrus énorme !

— Comment ? fulmina Silgadiz en renversant son fauteuil.
— C'est horrible ! sanglota le marmiton. Il a dérobé toutes les saucisses !
Puis il s'effondra sur le tapis et s'évanouit.

Silgadiz bondit vers un buffet et ouvrit un tiroir en hâte. Il en extirpa deux flacons de potion qu'il tendit fébrilement à Zangdar :
— Buvez cela, mon cousin, et suivez-moi. Il faut renouveler votre énergie astrale !

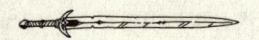

— T'es sûre qu'il ne va pas piquer nos points d'expérience ? demanda le Nain à la Magicienne.
Il dardait un œil méfiant sur le petit Gluby, actuellement écrasé contre la poitrine de l'Elfe et qui se débattait. Elle avait décidé de lui faire un câlin pour le récompenser.
— Mais non ! répliqua la Magicienne. Tu sais bien que l'expérience est attribuée pour l'ensemble du groupe, sauf dans les combats !
— Ouais, mais là c'est différent ! Il a fait le travail tout seul !
Le gnome était passé entre les barreaux sans effort, avait sauté sur le piédestal et s'était emparé de l'orbe. La manœuvre ne lui avait posé aucun problème, car le petit être possédait l'agilité d'une fouine et l'élasticité d'une culotte elfique. C'était le parfait voleur tant qu'il ne s'agissait pas de dérober des enclumes.

Le Ranger tenait l'orbe à hauteur de son visage et n'écoutait pas la conversation. Il exhiba le cerclage métallique à la Magicienne :
— Regarde ici : *Orbe de*… quelque chose *A*, et puis encore un *A*. L'inscription est effacée. Le machin semble très vieux !
— C'est bien l'objet que nous cherchons, confirma la Magicienne. Il n'y a plus de doute possible.

— J'entends du bruit vers le haut ! grogna le Barbare.

— Tirons-nous ! chuchota le rôdeur.

Ils abandonnèrent la chambre de l'orbe, toujours inviolée, et se précipitèrent vers la porte et le minuscule palier. Plus haut dans l'escalier, le raclement de la pierre et le cliquetis d'un mécanisme se faisaient entendre, ainsi que des voix étouffées. Quelqu'un ouvrait une porte secrète.

— Qu'est-ce qu'on fait ? grogna le Barbare.

La Magicienne le poussa de son bâton :

— Descends l'escalier, imbécile ! Tu bloques tout le monde !

— Mais on peut combattre ! insista la brute.

— Mais on a déjà volé l'orbe ! gémit le Ranger. Ça ne sert plus à rien de prendre des risques !

Le Barbare s'entêta :

— Moi, je préfère bastonner !

— On n'a pas le temps de faire les malins ! rouspéta la Magicienne. Tu pourras toujours bastonner quand on sera riches !

Voyant que personne ne soutenait sa brave initiative, le Barbare grogna et dévala les marches en direction du quatrième étage, entraînant ses camarades à sa suite. Compte tenu de leur nombre, la cohue fut immédiate et donna naissance à un joyeux vacarme. Des voix masculines crièrent, un peu plus haut dans l'escalier :

— Vous avez raison ! J'entends des bruits de pas !

— Magnez-vous, mon cousin !

— Maître ! Attendez-moi !

L'Elfe commenta entre deux secousses :

— Y a au moins trois hommes !

L'Ogre trébucha vers la fin de la descente, si bien qu'ils finirent tous par tomber les uns sur les autres. Ils se retrouvèrent dans le couloir du quatrième étage, cul par-dessus tête, gémissant et insultant les grosses créatures maladroites. Le chapelet de saucisses grasses s'était enroulé autour du cou du Barbare.

Le Nain fut le premier à se relever :
— Allez ! C'est pas le moment de pioncer ! Ils vont débouler !
— Mais j'ai cassé une flèche ! pleurnicha l'Elfe.

Ils rassemblèrent en hâte leur équipement, et le Ranger récupéra l'orbe qui avait roulé plus loin dans le couloir. La Magicienne conseilla d'emprunter le même chemin qu'à l'aller pour éviter de se perdre, et montra même l'exemple en courant dans la bonne direction. Elle fut rapidement dépassée par le Nain, qui profitait comme jamais de ses bottes de vélocité.

Un tiers du groupe avait déjà tourné sur la droite lorsqu'une voix derrière eux cria :
— Salauds ! Arrêtez !

Le rôdeur n'avait aucunement l'intention d'obtempérer mais stoppa néanmoins sa course par curiosité. Il voulait voir à quoi ressemblaient leurs poursuivants. L'Elfe cavalait juste devant lui et disparut dans le virage du couloir. L'homme qui l'avait interpellé venait de surgir de l'escalier.

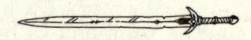

BULLETIN CÉRÉBRAL DU RANGER

Un grand type au visage tout blanc, avec une robe noire. Malédiction ! On a envoyé un sorcier à nos trousses ! Il va falloir courir et se barrer d'ici vite fait ! Ce type a l'air plutôt déterminé, il est certainement d'un meilleur niveau que notre Magicienne à nous. Mais oh ! Le mec lève son bâton… Je dois courir ! Vite !

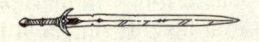

Alors qu'il repartait, il eut le temps de voir un petit homme jaillir en catastrophe de l'escalier secret et bousculer le sorcier noir, le coupant dans son incantation et sauvant malgré lui le rôdeur. L'aventurier eut l'étrange impression de reconnaître quelqu'un, mais il n'avait pas le temps de chercher à en savoir plus. Il courut tant qu'il put et ne vit pas Zangdar, hors d'haleine, qui déboulait à son tour dans le corridor.

Le Ranger tourna sur la droite et constata que ses camarades avaient profité du répit pour prendre une bonne avance, sauf l'Elfe et la Magicienne qui l'attendaient de pied ferme. La première dégageait une flèche de son carquois, et la seconde brandissait son bâton.

— Merci les filles ! cria le rôdeur en les dépassant. C'est sympa de m'attendre !

La Magicienne rétorqua :

— C'est toi qui as l'orbe, imbécile !

L'aventurier se renfrogna. Tant pis pour la camaraderie.

— Y a un sorcier ! clama-t-il néanmoins.

Ils détalèrent sans demander leur reste, dépassèrent la porte ravagée de la cuisine et parvinrent au seuil de la salle de poésie. Le Nain l'avait déjà traversée et il avait laissé la porte ouverte, permettant à l'Ogre et au Barbare de glisser à sa suite. Gluby s'était réfugié dans le sac du guerrier sans que celui-ci ne s'en aperçoive.

— Que personne ne parle en traversant la pièce des rimes ! commanda le rôdeur avant de s'y engouffrer.

L'Elfe ne l'écouta pas. À peine fut-elle entrée dans la zone enchantée qu'elle récita :

— J'y trouvais pour ma part un certain réconfort ! Il m'est toujours plaisant de dire la poésie, même si je n'ai pas le talent d'un mentor. J'y serais bien restée…

— La ferme, on nous poursuit !

Une fois sortie de la salle en trombe, la Magicienne risqua un œil dans leur sillage. Elle distingua la lueur d'un bâton lumineux, mais celle-ci se trouvait encore assez loin dans le couloir.

— On a du bol, ils ne sont pas très rapides !

Ils repartirent de plus belle en direction du prochain escalier.

Parvenus au troisième niveau, ils furent heureux de voir que le reste du groupe les attendait à la sortie de la salle du tranchoir à jambes.

— Vous êtes un peu mous ! grinça le Nain.

— Oui, mais nous on n'utilise pas des bottes qui vont vite ! se défendit l'archère.

— Allez, allez ! s'énerva le Ranger. C'est pas le moment de raconter vos vies !

Ils pressèrent leur course vers la sortie.

Pendant ce temps, à l'ombre d'un hêtre rabougri qui avait survécu à l'urbanisation, Morwynn Eirialis et le mage de bataille grincheux se tenaient embusqués. Ils surveillaient la fenêtre à l'est de la tour de la prêtresse et le temps se faisait long.

— Mais que fabrique-t-il ? s'impatienta la belle. Il devrait déjà être sorti !

Nilbonur renifla :

— Ce Faladorn me semble expérimenté, mais jusqu'à quel point lui faites-vous confiance ?

— Il a travaillé plusieurs fois pour nous. Jamais de problème.

— Il n'a plus que dix minutes pour sortir, résuma le sorcier. Passé ce délai, l'invisibilité disparaîtra.

L'assistante soupira :

— Et nous aussi... Car si jamais cet imbécile est capturé, il ne faudra pas traîner dans le secteur.

— Ça m'arrange ! Voyez-vous, j'ai une invitation pour un cocktail ce soir à Waldorg.

— Mais la mission serait compromise !

— Ce plan est à moitié foireux, je vous l'ai déjà dit !

Morwynn concentra sa surveillance sur la fenêtre en pianotant sur son bâton. Le sorcier fouina dans sa besace, en retira un flacon, le déboucha et en absorba le contenu d'une seule gorgée.

— La vache ! grimaça-t-il. Cette potion noire est plutôt raide !

Il venait ainsi de récupérer une partie de son énergie astrale, prévoyant que les choses pouvaient se corser. Mais les décoctions magiques, à l'instar des médicaments de tous les univers connus, avaient souvent le goût d'une chaussette sale. Le pire, c'est qu'elles coûtaient également la peau des yeux.

Ils entendirent des bruits de pas, des gens qui s'approchaient sur leur gauche en contournant la tour. Ils n'y prêtèrent pas attention sur l'instant, mais finalement Morwynn s'adressa au mage dans un chuchotement :

— On dirait une troupe armée, non ?
— Peut-être…
— Zut !

Le silence de la rue fut alors brisé par une voix féminine et décidée :

— Te voilà, sale pute !

Morwynn tourna la tête. Elle vit la grande prêtresse, aussi belle que dangereuse avec sa combinaison de couleur prune et sa cape bleue, son sceptre libidineux, sa chevelure luisante et ses yeux inquisiteurs. Un savoureux mélange de charisme et de perversion émanait de sa personne, un alliage malsain qui rapprochait d'une certaine façon les deux femmes. Voisines par leur position sociale autant que par leur charme diabolique, elles ne pouvaient que se détester. Elles avaient déjà fait connaissance à l'occasion de troubles sociaux par le passé.

— Voilà ! maugréa Nilbonur. La mission est fichue !

Tyrcelia d'Ambrebar était accompagnée de trois prêtres de Slanoush et d'une bonne dizaine de guerriers du culte. L'un d'eux poussait du bout de son épée le malchanceux Faladorn, qu'on surnommait aussi Trottesentier ou bien

Toto-la-Dague selon l'humeur du moment. Il avait les yeux fort rouges et l'air contrit.

Désirant profiter de l'effet de surprise, l'un des prêtres prononça une conjuration et tendit la main dans leur direction. Il appelait ainsi aux prodiges des dieux, mais Nilbonur avait anticipé. Mû par un réflexe de survie – qui lui avait valu sa longévité au sein de l'armée waldorgaise –, il avait invoqué silencieusement le *dôme de conflagration stipulaire*, protection magique dont l'efficacité n'était plus à démontrer. Quelque chose vibra dans l'air et se heurta au dôme. Des étincelles colorées jaillirent dans toutes les directions.

— Protection magique ! hurla un prêtre longiligne.
— Fumiers ! renchérit un soldat du culte.

Les yeux crachant sa haine, Morwynn attrapa la manche du sorcier :
— On a le temps pour la téléportation ?
— Non ! Ils préparent un truc !

La grande prêtresse riait à présent et brandissait son sceptre dans leur direction. Ses hommes s'étaient écartés pour bénéficier d'une meilleure vue d'ensemble, et deux prêtres gesticulaient déjà en psalmodiant. Il s'agissait sans nul doute d'un nouveau prodige, plus puissant que le précédent. D'autre part, trois gardes équipés d'arcs s'apprêtaient à décocher leurs flèches. Cela faisait beaucoup, même pour deux sorciers chevronnés.

Une flèche traversa la cape de l'assistante de Bifftanaën, éraflant sa jambe au passage. Nilbonur et Morwynn s'enfuirent alors en remontant la rue, non sans avoir lancé derrière eux le très sympathique *cyclone d'énergie de Kugio*. C'était idéal pour occuper les poursuivants.

— Vous allez souffrir ! hurla la prêtresse en les menaçant de son étrange sceptre.

Elle usa d'un charme de protection pour contenir le cyclone d'énergie, mais cela ne se fit pas sans mal. Le maléfice électrocuta deux hommes et déconcentra les prêtres, suspendant temporairement l'invocation des *Morbaks infer-*

naux. Quelques vieillards alertés par le vacarme observaient la scène depuis leurs fenêtres.

Les soldats du culte se lancèrent à la poursuite des fugitifs après avoir tenté un ultime tir de flèches. Une dame qui étendait son linge fut transpercée, s'effondra depuis sa fenêtre sur le pavé gras de la chaussée. Les dommages collatéraux. Elle tendit sa main tremblante vers le ciel en pensant à cette tarte aux pommes qu'elle ne sortirait jamais du four.

Un peu plus loin dans une sombre tour, d'autres gens tentaient de sauver leur peau.
— Il faut tourner à droite ! hurla le Ranger. À droite ! L'escalier est par là !
Les aventuriers débouchèrent à l'intersection de quatre couloirs et s'apprêtaient ainsi à quitter le troisième étage.
— Je les tiens ! s'écria une voix.
Les trois hommes lancés à leur poursuite venaient de faire irruption dans le passage de gauche. Ils avaient sournoisement profité de leur connaissance des lieux pour emprunter un raccourci. Les compagnons restèrent sur place, médusés.
— Ha ha ha ! triompha Silgadiz. Surprise !
Il se tourna vers Zangdar et constata que son cousin semblait paralysé et qu'il fixait les vagabonds avec un air effaré. Reivax avait porté la main à sa bouche comme s'il allait vomir.

Les aventuriers ne bougeaient toujours pas. Ils ouvraient la bouche et la refermaient, jusqu'à ce que l'Elfe manifeste sa surprise dans un cri étranglé :
— C'est Zangdar !
— Qui ça ? questionna le Barbare qui n'était pas physionomiste.
— Mais c'est Zangdar ! répéta la Magicienne.
— Vous ! répondit enfin Zangdar en levant son poing tremblant.

Reivax tomba presque à genoux et geignit :
— Les pilleurs de statuettes !

Silgadiz ne comprenait rien mais il vit que l'un des aventuriers – qui n'avait pas l'air très malin – tenait son trésor serré contre sa poitrine.

— Vous allez me rendre cet objet tout de suite ! ordonna-t-il.
— Jamais ! répondit le Ranger.
— Mais vous ne savez même pas ce que c'est ! insista le maître de la tour.

Le Nain leva sa hache et proclama :
— Ça va nous rendre riches ! Ha ha !
— Vous ne deviendrez pas riches avec ça !
— Sale menteur !

Silgadiz allait protester mais il fut poussé par son cousin. Reprenant ses esprits, Zangdar aveuglé par la haine lança le plus horrible des sortilèges en direction des aventuriers. Il tendit vers eux sa main griffue, et sa voix caverneuse amplifiée par l'effet magique traversa le couloir comme un funeste présage de mort. Les compagnons hurlèrent et se jetèrent au sol.

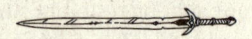

BULLETIN CÉRÉBRAL DE LA MAGICIENNE

Oh ! là là ! Non ! Pas ça ! J'ai déjà entendu cette incantation quelque part, c'est un truc de fou ! Nous allons périr dans les flammes ou dans un truc qui déchire les membres ! Nous allons terminer l'aventure ici, couchés dans nos entrailles fumantes. Mais que fait donc Zangdar ici ? Je n'ai pas le temps de riposter !

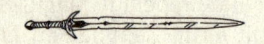

Il ne se passa rien, car le sortilège avait échoué.

— Et merde ! tempêta le sorcier en agitant son sceptre. Raté !

— Tirons-nous ! hurla le Ranger en constatant qu'il était toujours en vie.

Les aventuriers sautèrent sur leurs pieds et s'engouffrèrent dans le couloir en désordre. Tout en clopinant, la Magicienne saisit dans sa besace le parchemin de protection contre les sortilèges qu'elle gardait à portée de main, le déplia et prononça la formule qui s'y trouvait inscrite. Il était plus que temps, car elle fut frappée de plein fouet par un *rayon violet de Shuppuka* lancé par le bâton de Silgadiz. Elle anticipa la souffrance et beugla.

Le trait d'énergie fut heureusement dévié vers le mur, arracha plusieurs pierres et brûla deux poutres. Les débris s'envolèrent dans toutes les directions.

— Saloperie ! s'écria le Nain en esquivant deux moellons.

— Mes cheveux ! s'indigna l'Elfe.

Plus loin, le Ranger et le Barbare atteignaient l'escalier. Ils conseillèrent aux autres de se dépêcher.

Dans le fond du couloir, Silgadiz maudissait les fabricants de parchemins. Il accéléra dans le couloir à la poursuite des infâmes canailles, des abjects forbans, des méprisables scélérats qui gagnaient le large avec son précieux trésor.

— Mais le donjon n'est pas encore ouvert ! vociféra-t-il comme si cela pouvait changer quelque chose.

Il devait rattraper les crapules, même s'il lui fallait pour cela les poursuivre à travers toute la ville. Il comptait bien les avoir au prochain coup, et réfléchissait à un nouveau sortilège destructeur capable de les démembrer.

— Rattrapons-les, Maître ! supplia Reivax. Ces salopards doivent payer pour tout ce qu'ils nous ont fait !

Zangdar et son sous-fifre se précipitèrent à la suite du malveillant cousin.

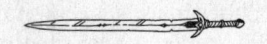

BULLETIN CÉRÉBRAL DU NAIN

C'est dingue comme je cours vite avec mes super bottes ! Bon, je me suis pris un mur dans le virage, mais mon casque Lebohaum a amorti le choc. Il est un peu tordu maintenant, c'est dommage. Y avait des sorciers qui nous couraient après, alors on n'a pas trop fait les malins et on a préféré partir. C'est vrai, la magie c'est déjà pas terrible quand on s'en sert nous-mêmes, mais si d'autres gens l'utilisent contre nous, là c'est carrément pas cool. Enfin, je parle de magie, mais ça ne concerne pas mes bottes, parce qu'elles sont vraiment géniales. Et puis confortables et tout ! Bon, ça y est, je suis arrivé à la porte de la tour, je fais quoi maintenant ? Tiens, j'ai envie de pisser.

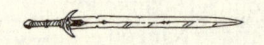

BULLETIN CÉRÉBRAL DU RANGER

Nous avons couru comme des dératés jusqu'à la sortie du donjon. Le Nain est parti devant comme une flèche, et je me suis demandé s'il allait retrouver le chemin ! Un genre de projectile magique est passé à côté de ma tête à un moment, mais j'ai préféré continuer droit devant sans me retourner. Nous avons traversé le deuxième niveau en coupant à travers la salle avec les œufs verts et l'Ogre a foncé tout droit, il a d'ailleurs marché dans la caisse et il a tout écrabouillé. Tant pis, de toute façon on n'a jamais compris à quoi ça servait. La Magicienne a lancé un sort sur une grosse porte, elle a dit que c'était un verrou magique ou quelque chose dans le genre. C'était fait pour empêcher les autres de passer. Ensuite nous avons descendu un autre escalier, celui qui sentait le fumier de rats mutants. J'ai glissé sur quelque chose de mou jusqu'au bas de l'escalier, mais je n'ai pas lâché l'orbe de Xaraz. Ma super veste en cuir renforcé a absorbé les chocs mais je me suis fait mal au genou. Nous sommes enfin arrivés au rez-de-chaussée où nous attendait le Nain, bizarrement occupé à uriner contre un mur, et nous avons foncé dehors. Hourra !

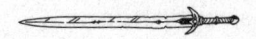

Les compagnons jaillirent en pleine rue et furent à moitié aveuglés par la clarté ambiante. Les couloirs de la tour, bien que souvent éclairés par des lampes à huile ou des gemmes ensorcelées, n'étaient pas très lumineux. Le Ranger compta ses camarades pendant qu'ils clignaient des yeux, et fut rassuré de voir que personne ne manquait. Le Nain achevait de rajuster son pantalon en grognant.

— Filons d'ici ! conseilla la Magicienne.

Ils allaient partir mais l'Ogre désigna deux individus qui couraient à perdre haleine dans leur direction :

— Kopaing ?

— Hé ! s'écria le Ranger. C'est la patronne !

— Coucou madame ! pépia l'Elfe en sautillant sur place.

Morwynn et Nilbonur arrivaient en effet à hauteur de la tour de Silgadiz. Un édifice qui portait le numéro 4, qui était rond et qui possédait un petit jardinet ainsi que deux dépendances rectangulaires. En dépit des nombreux points communs à la description du plan qu'elle avait fourni aux aventuriers, ce n'était pas la tour de la prêtresse qui, elle, se situait au 44. L'assistante aurait très bien pu passer devant ce bâtiment sans jamais le voir, surtout qu'elle se trouvait à l'instant pourchassée par un bataillon de cultistes de Slanoush et par sa prêtresse en furie.

Mais la rue était presque déserte, et la diablesse ne put faire autrement que voir les aventuriers qui se tenaient là, en sueur et débraillés. Les mercenaires qu'elle avait envoyés en mission une semaine plus tôt et qui n'avaient rien à faire devant ce donjon. L'Elfe lui faisait de grands signes avec son habituelle expression niaise, et l'Ogre mangeait une saucisse qui avait traîné dans un endroit pas très propre.

— Mais qu'est-ce que vous foutez là ? s'écria-t-elle en fonçant vers la compagnie.
— On a trouvé l'orbe ! cria triomphalement le Ranger.
Il brandissait un œuf bleu cerclé de métal.
— C'était facile ! ajouta le Nain.
Morwynn fulmina :
— Quoi ? Mais vous n'étiez pas dans la bonne tour, bande d'abrutis !
— Comment ? s'inquiéta le rôdeur.

Ils n'eurent pas le temps d'en discuter car une flèche passa au-dessus du groupe et ricocha contre un mur. À ce moment, les compagnons virent la troupe en armes qui se précipitait vers eux.
— Qu'est-ce que c'est que ce bidzouf ? s'alarma l'érudite.
— Fuyez, pauvres fous ! s'égosilla Nilbonur.
Il se retourna et invoqua en quelques mots le *blizzard infernal de Gluk* en direction de leurs poursuivants. Une flèche se planta dans son épaule, mais le sort était parti quand même.

Une tornade d'échardes de glace descendit brusquement du ciel entre les deux pâtés de maisons. Elle se précipita vers les gardes d'élite de Slanoush qui fonçaient en première ligne, ainsi que vers les prêtres et les Morbaks infernaux qui se pressaient derrière. Les hommes frappés de stupeur se couvrirent les yeux, hurlèrent et firent de leur mieux pour éviter le maléfice. Le vent glacial charriait de la neige et empêchait toute visibilité, produisant également d'insoutenables sifflements. Le tourbillon s'élargissait et se rapprochait des aventuriers.
— Qu'est-ce qu'on fait ? paniqua le rôdeur.
— Je ne comprends plus rien ! gémit l'érudite. Mais il faut se tirer ! Les sorciers vont finir par trouver le chemin de la sortie !
— Cassons-nous ! confirma le Nain. C'est trop le bordel !
Nilbonur arracha la flèche de son épaule et cria quelque chose.

La grande prêtresse, visiblement protégée par quelque artifice divin, traversait la tourmente en marchant, son sceptre libidineux tendu vers ses proies. Ses lèvres remuaient comme si elle tentait de parler à sa conscience. Morwynn ne fut pas en mesure cette fois de contrer le prodige de la *flagellation sadique*. Elle n'eut que le temps de se protéger derrière ses bras, alors qu'une gigantesque lanière invisible et cruelle entaillait sa chair et ses vêtements. C'était un fouet mystique provenant d'un plan d'existence peuplé de créatures abjectes.

Elle fut projetée au sol dans un râle de souffrance, sa chair meurtrie et dénudée depuis la cuisse jusqu'à l'épaule. Le sang s'échappait déjà par de multiples déchirures cutanées et détrempait les lambeaux de sa robe.

Le mage de bataille lança une bordée d'injures et se précipita sur elle pour lui porter assistance. D'un geste, il invoqua une coupole de protection assez large pour protéger le groupe.

À ce moment, la porte de la tour s'ouvrit et Silgadiz furieux se précipita hors de son logis, suivi de près par Zangdar et son assistant. Ils avaient perdu un temps fou à contourner le *verrou de Klonur* et pensaient avoir perdu la trace des fugitifs. Ils furent surpris de voir que les aventuriers se trouvaient encore là et comprirent immédiatement que quelque chose clochait. Un vent chargé de glace déchiquetait la moitié de la rue, des hommes armés vagissaient, et de petites créatures noires et velues fonçaient dans leur direction.

— Oh ! là là ! gémit Reivax. C'est la guerre ici !

Mais Zangdar n'avait d'yeux que pour les aventuriers. Il tendit son sceptre et hurla :

— Périssez, êtres inférieurs !

Il prononça des mots anciens et noirs, des mots qui sentaient le soufre et les aisselles d'orques. Un serpentin noir aux reflets irisés s'échappa de son sceptre et se dirigea vers le groupe à une vitesse inquiétante.

— Concentrez-vous ! brailla Silgadiz.

Le sortilège du *serpent de mort de Jaruk* ricocha sur la coupole invoquée par Nilbonur. Reivax trépigna :

— Malheur ! Ils sont encore protégés !

Zangdar respira à fond et affirma sa prise sur son sceptre de pouvoir. Il savait qu'il était possible de traverser la coupole. Si seulement il parvenait à rester concentré encore quelques secondes…

Reivax s'écarta en hurlant :
— Maître ! Attention !

Une créature noire échappée de la meute sauta sur la jambe de Zangdar et planta vingt-deux crocs aiguisés dans sa cuisse. Le sorcier rugit de douleur et perdit le contrôle du sortilège.

Et ce fut l'horreur.

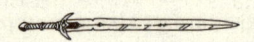

BULLETIN CÉRÉBRAL DE LA MAGICIENNE

Plus vite ! Il faut fuir cet endroit, c'est l'apocalypse ! J'ai vu Zangdar sortir de la tour, et il a lancé quelque chose contre nous. Cette fois je crois que ça a marché ! Heureusement qu'on était protégés par le vioque. Une créature noire a sauté sur Zangdar et j'ai vu des tas d'éclairs violets. Je crois que son sortilège est devenu entropique ! Le vieux fou en robe rouge a crié qu'on devait courir, car la coupole de protection ne pouvait pas tenir plus longtemps face à ce genre de maléfice. Un bâtiment s'est effondré et nous avons profité du nuage de poussière pour détaler. Le vieux mage s'est envolé en emportant dame Gwenila dans une magnifique démonstration de *lévitation sublime de Kugio*. C'est une magicienne elle aussi ! Elle possède un Romorfal 10 000, c'est vraiment la classe. Mais qui est cette mystérieuse femme rousse qui lui court après ? Elle n'a pas l'air commode !

BULLETIN CÉRÉBRAL DU NAIN

Bon, c'est n'importe quoi cette mission ! On a trouvé le bidule qu'on devait ramener, on est sortis de la tour… Et là, j'ai plus rien compris. Y avait la chaudasse de Waldorg avec un type tout vieux et tout maigre en robe rouge. J'ai cru qu'elle venait nous féliciter parce qu'on avait récupéré son œuf ! Mais c'était pas ça en fait. Y avait une armée qui lui courait après ! Des gardes et des bestioles noires, comme des chiens mais ronds avec les dents plus longues. Ils ont fait venir du vent glacé comme on a dans les Montagnes du Nord. Les gens ont crié des trucs, après y a eu de la lumière et la dame a été touchée par un truc qui a presque arraché ses fringues. On nous a dit de partir, mais après on ne pouvait plus à cause du truc de protection. Zangdar a gueulé, une maison a failli nous tomber dessus et au final on s'est carapatés. C'est comme d'habitude, en fait, mais en plus dangereux.

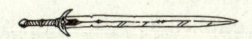

Le quartier du palais, près duquel se trouvait la rue Tibidibidi, était surveillé plus efficacement que le reste de la cité. Des patrouilles sillonnaient les rues à un kilomètre à la ronde et décourageaient les cambrioleurs, les assassins, les empoisonneurs, les égorgeurs et autres malfaisants désireux d'écourter la vie des dirigeants.

C'est ainsi qu'une patrouille, dirigée par un sergent zélé, parvint rapidement sur les lieux du désastre. Alertés par le vacarme et les cris, ils parcoururent au pas de course la rue de la Prise de Glargh et s'approchèrent de la rue sinistrée. Un mur impénétrable de neige, de cendres et de poussière réduisait à néant la visibilité.

— Ça ressemble à de la magie ! s'alarma l'un des soldats.
— Putain ! Encore ! gronda le sergent.
— Je vois quelqu'un ! signala un grand chauve.

Ils croisèrent effectivement un Nain, particulièrement véloce. Celui-ci heurta l'un des gardes, trébucha et se rattrapa de justesse, trotta de plus belle en slalomant d'étrange manière.

— On aurait dû l'arrêter, non ? suggéra le capirol de l'escouade.

— C'est inutile ! s'opposa le sargent. Je pense qu'il fuyait quelque chose de plus dangereux. Concentrons-nous sur le danger !

Deux gardes qui s'étaient avancés pour repérer les lieux rapportèrent :

— Il y a comme du *blizzard* dans la rue !
— On y voit pas plus loin que la lance !
— J'ai vu des éclairs violets à travers la poussière !

L'Ogre surgit du nuage de particules à la vitesse d'une locomotive, flanqué du Barbare qui semblait presque chétif à ses côtés. La Magicienne, l'Elfe et le Ranger les suivaient de près. Le petit Gluby s'accrochait au sac à main de l'archère et crachait du sable.

— Chef ! hurla le capirol. Qu'est-ce qu'on fait ?

Le sargent n'eut que quelques secondes pour prendre sa décision :

— Demandez-leur ce qui se passe !

Un des gardes héla le Barbare alors qu'il passait à sa hauteur :

— Magiiiie ! répondit ce dernier sans s'arrêter.

Et le Ranger, voyant que la réponse n'était pas satisfaisante, ajouta :

— Ils sont cinglés ! Cinglés !

Les aventuriers dépassèrent les gardes, et le sargent se retourna vers l'étonnante nébuleuse. Il entendit un grésillement et deux hurlements, en plus du vacarme. Que se passait-il donc ici ?

Un type en robe rouge jaillit à son tour du nuage, et le sargent pensa tenir le coupable. Mais deux détails le chagrinaient : l'individu portait avec difficulté une femme blessée et il *volait*.

— Qu'est-ce qu'on fait ? répéta le capirol complètement dépassé.

— Rhaaa ! Mais fichez-moi la paix ! s'emporta le sargent.

Puis, levant la tête, il apostropha le mage :

— Hé ! Vous ! Descendez de là !

Mais Nilbonur dévia sa course, gagna de la hauteur et leur cria :

— Ne restez pas là, tas d'imbéciles !

Puis il s'échappa vers un toit voisin en emportant son fardeau gémissant.

Le capirol dégaina son sabre et se rangea aux côtés de son supérieur :

— On l'arrête ?

— Mais vous avez fini, oui ? beugla le sargent. Comment voulez-vous faire pour arrêter un gars qui vole !

— Moi, j'ai une arbalète ! s'exclama fièrement un garde.

Le mage avait déjà disparu.

Le blizzard retomba de l'autre côté de la nébuleuse, en même temps que le sortilège entropique s'évanouissait dans une gerbe d'étincelles. Les gardes entendirent alors des cris et de curieux grognements accompagnés d'étranges couinements de bêtes. Mais ils ne pouvaient voir.

Quelque chose bougea enfin, quelque chose de noir qui courait vers eux et progressait par bonds.

L'escouade se rassembla pour faire face. Trois autres boules noires se matérialisèrent ainsi que des silhouettes humaines, visiblement armées. Ils convergeaient tous vers les gardes.

— En position ! hurla le sargent.

— *Rha'Mulukk !* cria une voix masculine depuis le brouillard.

Un vrombissement retentit au-dessus de l'escouade. Le capirol leva les yeux, mais il n'y avait rien à voir.

— C'est quoi cette merde ? s'exclama un garde barbu.

C'est alors que les *lames rotatives de Slanoush* s'abattirent sur les braves défenseurs de l'ordre.

Ce prodige de violence mystique était à l'image du *tourbillon de Wazaa* bien connu des mages de bas niveau. C'était un ennemi aussi imparable qu'invisible. En quelques secondes il avait ouvert des dizaines de plaies, déchiré les tabars, arraché les bottes et dépeigné les gardiens de la paix. La plupart des soldats avaient lâché leurs armes dans un réflexe de panique et se retrouvaient au sol, la lèvre tremblante. Le prodige disparut comme il était venu, laissant le champ libre à la meute de Morbaks infernaux. Les prêtres lancèrent l'ordre d'attaquer.

— Des bestioles ! s'exclama le capirol.

— Qu'on nous envoie un mage, merde ! brailla un soldat désemparé.

Les cauchemars velus s'abattirent sur l'escouade désarmée et les hommes en débâcle s'enfuirent là où c'était possible.

Un prêtre de Slanoush et ses familiers de bataille

Tyrcelia d'Ambrebar, toujours aussi furieuse, s'avança et contempla les gardes réduits à l'impuissance. Il ne restait à son escorte que six guerriers et deux prêtres, car un étrange sortilège à base d'éclairs violets avait eu raison des survivants du blizzard. Elle ignorait qui en était responsable, mais penchait en faveur de cette magicienne rousse au chapeau ridicule. De plus, l'espion Faladorn en avait profité pour s'échapper. Elle passait une mauvaise journée.

— Allez ! ordonna la grande prêtresse. Rattrapons ces cancrelats !

Les cultistes rassemblèrent leurs bestioles et s'élancèrent à la poursuite des aventuriers, fermement persuadés qu'ils étaient de mèche avec la redoutable Morwynn. Ils n'avaient pas tort, en un sens.

Quelques secondes plus tard, trois hommes vêtus de sombre s'avancèrent à leur tour à travers la poussière, longeant les murs avec prudence. Ils constatèrent qu'il s'était passé quelque chose, car la rue était pleine de pièces d'équipement et de gardes blessés.

— Mais c'était qui ces malades ? s'inquiéta Reivax.

Silgadiz soupira :

— Des gens d'une secte. Ils sont bizarres.

Zangdar n'arrivait plus à parler. Son échec lui était resté en travers de la gorge et sa colère avait décuplé. Il avait réussi à protéger leur petit groupe de l'accident magique en ayant recours une fois de plus à sa sphère d'invincibilité parfaite. Il gronda, tourna son visage aigri vers son cousin et lui adressa son regard le plus *venimeux*.

— Tu as raison, chuchota Silgadiz comme s'il avait dit quelque chose d'intelligible. Nous devons retrouver ces bâtards !

— Mais c'est affreusement dangereux ! geignit Reivax.

Un peu plus loin, le sargent tentait de se relever. Son bras droit était en charpie, il dut s'essuyer le visage avec sa manche gauche car du sang avait coulé dans ses yeux. Alors qu'il recouvrait la vue, il vit trois hommes s'enfuir dans la rue de la Prise de Glargh. Deux types en noir avec des bâtons et des robes de sorcier, et un petit avorton qui tourna vers lui son visage verdâtre et lui adressa un bras d'honneur.

— Putain ! soupira le soldat. Je déteste *vraiment* la magie !
Puis il s'évanouit.

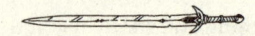

Sur un toit voisin, Nilbonur finissait d'administrer à son équipière un soin des blessures majeures. Morwynn crachota, toussa à plusieurs reprises et finit par ouvrir les yeux. Ses plaies se refermaient.

Elle redressa son buste en s'aidant de ses bras et se contenta de respirer pendant presque une minute sans rien dire. Son sein gauche s'échappait de son bustier déchiré, mais il y avait tellement de sang sur sa robe que ce détail ne pouvait choquer personne.

Nilbonur profita de ce répit pour examiner la plaie de son épaule. La flèche avait déchiré la chair mais ne s'était pas brisée, c'était plutôt bon signe. Il s'octroya une petite potion de soin et fit claquer sa langue. Un bon cru.

Voyant que Morwynn était par trop silencieuse, il la questionna :

— Qu'est-ce qu'on fait maintenant ? C'est un beau merdier !

— Je ne sais pas, souffla la belle en contemplant les toits. Cette salope a bien failli me tuer !

Le vétéran vit l'étincelle de haine qui luisait dans l'œil de son équipière. Tout cela ne lui disait rien de bon. Cela ne pouvait signifier qu'une chose : l'impétueuse réclamait vengeance. Et lui, bonne pomme, se trouvait encore embarqué dans une histoire à la noix alors qu'il avait rendez-vous pour un cocktail avec des gens normaux. Une soirée paisible où l'attendaient les petits fours et la sangria. Pour tenter de la sauver, il murmura :

— La mission est foutue, vous savez. Nous n'avons plus rien à faire ici…

— Parlez pour vous ! le coupa Morwynn en crispant sa jolie mâchoire. Moi, j'en connais une qui va regretter le jour de sa naissance !

— Vous voulez courir après la prêtresse ?

Morwynn ricana :

— Bien sûr ! Et je veux aussi retrouver ces crétins ! Ils se sont payé nos têtes !

— Et merde, soupira Nilbonur.

Il regrettait à présent le moment où il avait répondu : « Personne ne me traite de mauviette. » En même temps, il n'avait rien contre un peu d'exercice.

BULLETIN CÉRÉBRAL DE L'ELFE

Nous avons couru longtemps pour essayer de nous éloigner des sorciers vilains. Au début, on allait au hasard parce qu'on n'avait pas le temps de décider d'une direction. Nous avons traversé une énorme place avec un gros palais, et c'était très joli. Malheureusement nous n'avions pas le temps de regarder les jardins ! Le Nain nous attendait car il avait peur de courir trop vite et de se perdre. La place était presque déserte et nous avons essayé de nous cacher dans un temple, mais au moment où on allait entrer les méchants nous ont vus depuis l'autre côté de la place ! Le Barbare a dit que c'était le temple de son dieu, et il a dit aussi que ceux qui passaient leur temps à prier étaient des bouffons qui ne savaient rien faire avec leurs poings. Donc nous avons encore couru et la Magicienne a dit qu'on était dans la rue des Cogneurs. Je trouve que toutes les rues ont des noms assez moches dans cette ville, sauf la rue Tibidibidi. Ensuite nous avons trouvé cette énorme construction en pierre et en bois, et il y avait plein de monde et beaucoup de bruit. Le Ranger a dit qu'on pourrait essayer de se cacher au milieu des gens.

— Tu crois qu'on les a semés ? cria le Ranger en s'arrêtant.

La Magicienne manqua de lui rentrer dedans. Elle essaya de reprendre son souffle et haleta :

— Ça m'étonnerait ! Ils ont des bestioles bizarres qui nous suivent à la trace !

— Alors qu'est-ce qu'on fout là ? s'énerva le Nain. Il faut se barrer !

— On n'en peut plus ! gémit le Ranger. J'en ai marre de courir !

Le Barbare n'attendait que ça. Il se campa sur ses jambes et rugit :

— Alors on va combattre !

— Mais t'es pas dingue ? brailla le courtaud excédé. T'as vu les sortilèges là-bas ? Ces malades peuvent nous arracher la tête à dix mètres !

— Golo ! approuva l'Ogre sans vraiment savoir de quoi il retournait.

Il avait hâte de terminer la discussion pour s'intéresser aux étalages.

— Il n'y avait pas *que* de la magie, précisa l'érudite. Il y avait aussi des prodiges et des invocations.

— Ça fait quelle différence quand on a la tête arrachée ? maugréa le Ranger.

Ils examinèrent leur nouvel environnement. Il y avait pas mal de monde sur la place. Des badauds, mais aussi beaucoup de camelots qui avaient installé leurs échoppes itinérantes. Une odeur lourde flottait entre les tentes, un mélange de grillade et d'huile de frites qui ouvrait l'appétit. Un brouhaha monstrueux s'échappait du grand édifice au pied duquel ils se trouvaient.

Autour de l'entrée principale du stade, un peu plus haut sur le Cours des Vaincus, un bon millier de gens se pressaient encore pour assister au match de l'année. Le gros de la foule était déjà en place à l'intérieur de l'arène. Dehors, des fanatiques de sport insultaient les partisans de l'équipe adverse, tandis que d'autres plus pacifiques chantaient ou dépliaient de gigantesques banderoles, dansaient sur un pied, s'échangeaient des cruchons. L'ambiance était électrique, mais la présence d'un service d'ordre considérable avait de quoi calmer les esprits échauffés. Les aventuriers se trouvaient également rassurés par la présence de tous ces gens, car les rues désertes ne leur semblaient pas très sûres. Ils pensaient en outre que les cultistes ne viendraient pas leur chercher des noises au milieu des citoyens rassemblés.

— Il faudrait retrouver la dame de Waldorg ! proposa l'Elfe. Elle pourrait nous sortir de là.

La Magicienne approuva. Personne ne savait où Gwenila était passée depuis que le sorcier rouge s'était envolé avec. Le Ranger aurait bien aimé lui remettre l'orbe de Xaraz, mais il se souvint qu'elle avait parlé d'un problème. De son côté, l'Elfe espérait que la dame aux yeux verts n'était pas morte, car elle avait pris un mauvais coup.

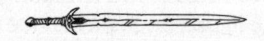

BULLETIN CÉRÉBRAL DU RANGER

Qu'est-ce qu'elle a dit déjà ? Vous n'étiez pas dans la bonne tour ? J'ai dû mal comprendre… C'est complètement ridicule. Nous avons trouvé l'orbe. Comment serait-il possible qu'on se trompe de tour alors que l'objet de la quête s'y trouvait ? Elle a sans doute pété les plombs. Ou alors elle a dit autre chose ? Cachez-vous dans la tour ? Éloignez-vous de la tour ? Oui, peut-être savait-elle que Zangdar était là et qu'il nous attendait pour se venger. Mais quel rapport a-t-il avec cette histoire ? Il se trouve à cent kilomètres de sa maison. J'ai l'impression qu'il nous en veut vraiment, alors qu'on a seulement récupéré ses statuettes. Il ferait mieux de s'occuper de ses affaires !

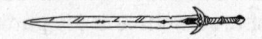

— Bon, alors qu'est-ce qu'on fait ? s'impatienta le Barbare. Ça me gave !

Le Ranger leur fit part de ses réflexions :

— Je ne sais pas comment retrouver la dame alors le mieux serait de se cacher quelque part où il y a beaucoup de monde. Comme ça, les animaux renifleurs n'arriveront pas à nous retrouver.

Il était fier de cette idée, car ses compétences liées à la connaissance des animaux servaient enfin à quelque chose.

— Du coup, on est bien ici… compléta le Nain.

Le Barbare désigna le chariot d'un cuistot ambulant :

— En plus, y a du jambon grillé !

— Goloooo !

— On n'a qu'à rentrer pour voir le match ? suggéra l'Elfe.

— Trop tard ! s'alarma la Magicienne. Courez !

La grande prêtresse venait d'apparaître à la sortie de la rue des Cogneurs, accompagnée de sa belliqueuse troupe. Elle avait fait vite, et elle avait l'air tout aussi fâchée qu'auparavant. Elle constata la présence du service d'ordre et grinça des dents. Un petit contretemps…

De leur côté, les compagnons filèrent dans la direction opposée sans se poser de questions. Ils bousculèrent quelques flâneurs et l'Ogre renversa l'échoppe d'un marchand de sucreries. Des cris de protestation s'élevèrent immédiatement, attirant l'attention des gardes.

— Par ici ! hurla le Nain. Y a une porte avec presque personne devant !

Le stade possédait de nombreuses entrées au pied de son mur d'enceinte – celle-ci en particulier était réservée aux invités de marque et aux sportifs. Deux vigiles à l'expression neutre gardaient l'accès d'un escalier qui descendait. Ils étaient en pleine discussion et ne semblaient pas s'intéresser au désordre qui régnait sur la place. C'était tant pis pour eux.

— Presque personne ? s'angoissa le Ranger en rejoignant le courtaud. Ils sont armés !

— C'est pas grave ! rugit le Barbare.

Il dégaina sa lame et continua sa course, amorçant une trajectoire courbe pour arriver sur leur flanc. C'était la technique d'approche des gens de son peuple lorsqu'ils chassaient les grands prédateurs. L'avantage, c'est qu'il laissait ainsi le champ libre aux projectiles.

Le Nain s'empara de sa Durandil de jet et houspilla l'Elfe :
— Tire donc une flèche, toi, au lieu de bâiller !
— Heu... D'accord !

Elle s'interrogea pour savoir quel projectile elle devait choisir. Une flèche de sommeil ? Une belle flèche d'Elfe Sylvain ou une plus classique ? Et quelle couleur pour l'empennage ?

Pendant qu'elle réfléchissait, la Magicienne expédia la gifle de Namzar sur le vigile de gauche. C'était l'un de ses sortilèges préférés, une bricole de premier niveau mais qui avait le mérite de bien fonctionner. Le soldat décolla du sol et fut projeté contre le mur, s'étala dans un amas de caisses en laissant son camarade en proie à la panique. Ce dernier se retourna juste assez vite pour voir une hache de jet se planter dans son bouclier.

— Ah, merde ! jura le Nain en fonçant vers sa cible.

L'homme encaissa tout de même le casque d'un nabot dans les parties génitales, et tous deux tombèrent à la renverse dans l'escalier.

Le deuxième vigile venait de se relever quand il vit le Barbare fondre sur lui, la bave aux lèvres. Il ne put parer le premier coup et déplora la perte d'un avant-bras, d'une chemise et d'un gantelet tout neuf. L'homme se préparait à faire front quand il fut frappé à la tête par l'Ogre.

— Ils arrivent ! gémit le Ranger en risquant un regard à l'arrière.

Il n'avait toujours pas dégainé son épée mais comptait bien le faire dans un délai raisonnable.

Tyrcelia courait dans leur direction, juste derrière les cinq boules de fourrure noire. La panique s'empara de la populace qui traînait là, des malheureux déjà malmenés par le passage des aventuriers. Des gens s'effondraient, saisis de spasmes, au moment où la redoutable prêtresse s'approchait d'eux.

Les prodiges de Slanoush opéraient, et rien ne semblait pouvoir les arrêter.

L'Elfe avait choisi une flèche dans son carquois et constata qu'elle ne pouvait plus tirer sur les gardes, faute de cible. Elle changea d'avis et la décocha en direction de leurs poursuivants. Le trait ricocha contre le chaudron d'un marchand de soupe et se planta dans l'œil d'un prêtre de Slanoush qui s'approchait en courant.

— Mais zut ! pesta l'archère. C'est pas lui que je visais !
— Dépêche-toi ! s'excita le Ranger en l'attrapant par la main.

Ils fuirent tous deux en direction de l'entrée dégagée. Ils passèrent à côté de la Magicienne qui lisait un parchemin, évitèrent de justesse une énorme boule incendiaire. Deux secondes plus tard, des hurlements confirmèrent que le projectile avait touché quelque chose. Ils ne voulaient pas savoir qui, ou quoi, car ils dévalaient les marches en essayant de ne pas tomber. Ils arrivèrent en bas et constatèrent que le Nain sautait à pieds joints sur le visage du deuxième garde en proférant des mots grossiers.

Dehors, la boule de feu avait incendié le chariot renversé du marchand de bonbons, provoquant une explosion de sucre embrasé. L'Ogre balança le cadavre du vigile dans les flammes et le Barbare en fit de même avec une caisse de vêtements sales. L'enfer se déchaînait, des gens hurlaient de peur tandis qu'un pauvre homme, transformé en torche vivante, errait sans but au milieu du désastre. Les deux guerriers suivirent la Magicienne dans l'escalier et tout le groupe fut bientôt dans les coulisses du stade.

Sur le parvis, un bataillon était finalement arrivé sur le lieu du drame et les gardes tentèrent de bloquer l'implacable Tyrcelia. Une nouvelle bataille s'engagea. La prêtresse hurla quelque chose et plusieurs gardes se précipitèrent dans la foule, les yeux fous. On pouvait difficilement résister au prodige de *frénésie humide*, du moins tant qu'on ne disposait pas des amulettes adéquates. Les guerriers cultistes attaquèrent les rescapés, appuyés par leurs Morbaks infernaux.

Silgadiz et ses deux acolytes profitèrent de la diversion pour longer le mur du stade en catimini. Ils se dirigèrent vers la porte désormais sans surveillance.
— Les bâtards sont entrés par ici ! cria Zangdar.
— Ils n'iront pas bien loin ! ricana son cousin. Le stade est bourré de gardes !
— Nous n'aurons plus qu'à récupérer les morceaux ! ajouta Reivax.
— Et je veux mon orbe ! insista Silgadiz.

La traversée des coulisses par les aventuriers ne fut que panique, souffrance, larmes et confusion. Il serait abusé de dire qu'ils se perdirent dans les corridors : en effet, les théoriciens de la Terre de Fangh précisent qu'on ne peut se perdre que lorsqu'on a déjà une idée de l'endroit où l'on désire se rendre. Or, dans ce cas précis, ils couraient dans le seul objectif de s'éloigner au plus vite de l'entrée. Les sous-sols du stade, à l'origine prévus pour loger des prisonniers destinés aux sacrifices et aux jeux brutaux du Premier Âge, formaient un véritable dédale.

Ils rencontrèrent à plusieurs reprises de la résistance. En premier lieu, deux femmes de ménage leur conseillèrent de rebrousser chemin et terminèrent la tête dans un seau. Ils croisèrent un garde qui se rendait aux toilettes, et celui-ci mourut figé dans un cône de glace, avec une flèche dans la jambe. Un peu plus loin, deux autres factionnaires furent massacrés. Les compagnons administrèrent en hâte une potion de soin à la Magicienne car elle avait pris une armoire sur la tête.

Ils traversèrent les entrepôts et les réserves de bière et durent cette fois lutter contre l'Ogre et le Nain. Les deux incorrigibles buveurs proposaient d'emporter quelques tonneaux vite fait en passant. Le Ranger précisa qu'ils auraient bientôt gagné de quoi s'acheter chacun une brasserie pour leur usage personnel et cela s'avéra suffisant pour les convaincre.

Un manutentionnaire pris de panique s'enferma tout seul dans un cachot désaffecté, évitant ainsi l'agression. Il ne le savait pas, mais il était sans aucun doute l'être humain le plus sensé de l'histoire même si on ne le retrouva qu'après deux jours de jeûne. Plus loin, ce furent deux chiens de garde qui terminèrent éventrés par les guerriers du groupe. Malgré leur évidente hostilité, l'Elfe pleura tout de même la fin des pauvres bêtes.

Au terme d'une course effrénée, ils s'orientèrent dans un grand couloir peint en rouge et tombèrent face à une porte gardée par quatre hommes.

— C'est sans doute une sortie ! cria le Ranger.

Il n'en fallut pas moins lutter contre les factionnaires. L'un d'eux tenta de s'enfuir avec l'évidente intention de ramener des renforts. Il fut frappé dans le dos par une *flèche d'acide pénétrante* de la Magicienne et s'effondra sur le dallage, en proie à d'atroces convulsions. Le combat pouvait commencer !

Les trois adversaires s'emparèrent de leurs masses d'armes, mais ils furent déstabilisés par l'équilibre des forces. Ils redoutaient la silhouette écrasante de l'Ogre en particulier, avec son casque à pointes menaçant et sa hache démesurée. L'un d'eux semblait plus que paniqué par la présence de la jeune fille aux cheveux roux, celle qui venait d'abattre leur copain Nanar et qui avait un bandage sur la tête. Le Ranger dégaina son épée et proclama :

— J'ai les gantelets de Yori-Barbe-Sale ! Ha ha !
— Yahaaaaaa ! rugit le Nain.

Il expédia sa hache de jet sur le plus gros des vigiles, donnant ainsi le signal de l'assaut. Le Ranger s'avança pour en découdre, mais l'Ogre fit un faux mouvement et lui asséna un coup du manche de sa hache dans la tempe. L'aventurier s'effondra.

La suite ne fut qu'un concert de cris, de chocs, de bruits gluants, de tranchages, d'os broyés, de gémissements et de halètements. L'un des gardes s'écroula, les deux autres tentèrent de prendre la fuite mais ils furent promptement rattrapés par les guerriers bourrés d'adrénaline. Il ne resta bientôt plus personne pour leur barrer l'accès à la porte.

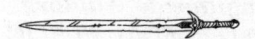

BULLETIN CÉRÉBRAL DU RANGER

Quelle violence ! J'ai voulu combattre les hommes qui gardaient la porte, et j'ai pris un mauvais coup. Je ne l'ai même pas vu arriver ! C'est vraiment comme ça la guerre ? Il faut vraiment que je m'entraîne, je crois. En tout cas j'espère qu'on a gagné... Comment je vais faire si jamais tout le monde a été tué ? Peut-être que j'ai été capturé ? On va me jeter en prison et je vais finir mes jours comme un mendiant. Je ne reverrai plus jamais mes parents ! Et puis du coup, je ne pense pas que j'entrerai dans la légende. Bon, j'ai l'impression que quelqu'un me secoue. Allez, j'ouvre les yeux. Pourvu qu'on ait gagné !

— Qu'est-ce que t'as encore glandé ? grogna le Nain en soulevant le rôdeur par le col. Allez, c'est pas le moment de faire ta chochotte !

— Tu n'as pas l'air blessé... constata l'Elfe.

L'intéressé ne sut que répondre. Il se retrouva sur ses jambes et quelqu'un lui rendit son épée. Ce n'était pas encore en ce jour qu'il pourrait se vanter d'avoir combattu correctement.

— Allez ! rugit le Barbare. Je vais ouvrir !
— Nous avons assez traîné ! confirma la Magicienne.

Le chevelu tourna la poignée, repoussa la porte avec violence et s'élança. Ses compagnons lui emboîtèrent le pas. La porte se referma derrière eux.

On pouvait lire sur une petite plaque :

Vestiaire des filles-pompons
Équipe de Waldorg
INTERDIT AU PUBLIC

Le Barbare fit quelques pas, et constata en premier lieu qu'il ne se trouvait pas dehors. Il courait dans une grande pièce propre et carrelée de blanc, couverte de blasons et de gravures sportives. Des bancs, des coffres et des étagères en bois meublaient l'ensemble. Il s'arrêta.

Face à lui, une douzaine de femmes entièrement nues l'observaient avec une certaine animosité. Elles avaient suspendu leurs activités, et parfois tentaient de masquer leur anatomie derrière leurs mains ou des serviettes. Certaines d'entre elles étaient occupées à se passer de l'huile sur le corps, alors que d'autres procédaient à des ablutions dans des bacs d'eau parfumée. Leurs uniformes étaient pendus à des patères le long du mur, ainsi que de nombreux pompons colorés. Elles avaient en commun des physiques de rêve, des formes parfaites et la peau satinée.

— Crôm ! murmura la brute en lâchant son épée.

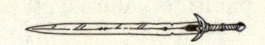

BULLETIN CÉRÉBRAL DU BARBARE

C'est quoi ici ? C'est le paradis des guerriers ? Y avait un piège derrière la porte et je suis mort, c'est ça ? Réponds-moi, Crôm ! Feignasse ! Tu ne réponds jamais quand je te parle ! Pourtant c'est toi le dieu des gens de mon clan. C'est le paradis des guerriers, avec toutes ces belles femmes qui m'attendent pour me masser, me faire à manger et chasser pour moi. Mais y a pas de sanglier à la broche, c'est quoi l'arnaque ? Et pourquoi elles n'ont pas l'air contentes de me voir, t'avais oublié de les prévenir ? Crôm ? Tu vas répondre ? Ah zut, le nabot est là aussi. C'est pas le paradis, en fait, c'est juste une salle avec des filles nues. Groumpf.

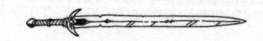

BULLETIN CÉRÉBRAL DU NAIN

Par le bouclier triangulaire de Goltor ! Qu'est-ce que c'est que ça ? Des femmes ! Des femmes partout ! Et elles n'ont pas de vêtements ! Sapridiouche, ça n'a rien à voir avec les femmes naines ça ! Et tous ces… Et ces paires de machins ! Et là, pourquoi elles n'ont pas de poils ? Je n'ai jamais rien vu d'aussi beau ! Même pas la réserve d'or de mon oncle ! Même pas les haches toutes neuves. J'aimerais bien rester là pour discuter avec ces femmes, mais ça n'a pas l'air facile parce qu'elles font une drôle de tête. Je pourrais bien rester là pendant plusieurs années, en fait. Est-ce qu'elles ont de la bière aussi ? Oh ! là là, c'est beau. C'est encore mieux que l'Elfe quand elle part à la baignade. Mais qu'est-ce que je raconte, moi ? L'Elfe ne peut pas être belle, c'est une elfe.

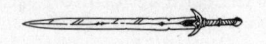

BULLETIN CÉRÉBRAL DE L'ELFE

C'est l'heure de la baignade ici ! Moi aussi j'aimerais bien prendre un peu la fraîcheur mais je crois qu'on n'a pas le temps. C'est génial, on dirait qu'on est chez les Elfes ! Quand c'est l'été tout le monde enlève ses vêtements et on prend des bains avec les loutres. Mais bon, c'est rigolo, alors je ne comprends pas pourquoi ces filles nous font la tête. Peut-être qu'on aurait dû apporter des serviettes ?

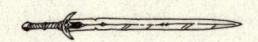

Une grande fille brune, plus ou moins habillée d'un linge de taille modeste, s'approcha du Barbare avec dédain et lui cracha :

— Vous êtes venus pour nous violer, c'est ça ?
— Bande de salauds ! s'exclama une blonde depuis son baquet.
— Crôm ! répéta le Barbare.

Le Nain près de lui déglutit, ne parvenant pas à fixer son regard sur quelque chose de précis. Derrière lui, le Ranger était rouge et sa lèvre inférieure pendait. La Magicienne se pinça l'arête du nez. Elle n'aimait pas trop cette situation.

L'Elfe s'avança, légère et guillerette comme une chanson printanière :

— Bonjour bonjour ! On aimerait bien prendre un bain avec vous mais en fait on n'a pas le temps ! Nous cherchons la sortie !

La brune se tourna vers une autre fille :

— Mais c'est qui ces abrutis ?
— La compagnie des Fiers de Hache ! scanda le Nain dans un réflexe.

L'une des filles désigna le couloir qui partait vers la gauche et soupira :

— La sortie c'est par là ! Fichez le camp, débiles !

D'autres filles, la surprise passée, protestèrent en balançant aux aventuriers des serviettes ou des savons :
— Et la prochaine fois, vous pourrez quand même frapper !
— Salauds !
— On peut vous envoyer les gardes !
— On n'approche pas comme ça les filles-pompons !
— En plus ils nous violent même pas !
— Dégonflés !
Le rôdeur balbutia :
— Heu… Voilà, c'est ça ! Merci et bonne journée !
— Connard ! s'égosilla la grande brune alors qu'il s'éloignait.

X

La bête aux cinq cents yeux

Les compagnons suivirent le couloir et parvinrent à une porte. Un brouhaha s'intensifiait à mesure qu'ils avançaient, comme le chuchotement de milliers de voix.
— On ouvre ? questionna le Barbare.
— Mais oui ! gronda la Magicienne. Et doucement cette fois !
— J'arrive pas à croire ce que j'ai vu ! marmonna le Nain.
— C'étaient les filles-pompons ! s'excita le Ranger.
— Toutes nues !
— Par Crôm !
— LE SUJET EST CLOS ! rouspéta l'érudite.

Derrière la porte se trouvait un genre de sas, une grande pièce vide qui comportait une autre issue. Deux soupiraux laissaient filtrer la lumière du jour. De là, le bruit de foule était beaucoup plus fort.
— C'est la sortie ! jubila le Ranger. Nous voilà sauvés !

La grosse porte à double battant s'ouvrit sous la poussée du Nain et ils se retrouvèrent dehors. Le soleil leur blessa cruellement les yeux, mais ils virent qu'ils étaient à l'intérieur du stade. Ils foulaient de l'herbe verte et s'en trouvaient fort soulagés. La foule cessa de hurler et le brouhaha se changea en murmure. Autour d'eux, des milliers de gens étaient rassemblés sur des gradins.

Et ces gens les observaient.

Un vigile assigné à la surveillance de la porte bondit vers eux, totalement stressé. Il n'était pas armé mais le Barbare était déjà prêt à lui asséner un coup d'épée quand l'homme les apostropha :
— Qu'est-ce que vous attendez ? Avancez !
— Mais… Où ça ? s'inquiéta le Ranger.
— Mais sur le terrain, voyons ! Les gens ne vont pas vous attendre pendant dix ans !
La Magicienne allait dire quelque chose, mais c'était trop tard.

Les aventuriers firent quelques pas sur l'herbe. Une voix grave, amplifiée par un quelconque procédé magique, tonna :
— Et maintenant, chers amis… Voici…
La voix hésita quelques secondes. L'Elfe sourit et adressa un signe de la main à des gens qui gesticulaient dans les tribunes. Le murmure s'intensifia et la voix conclut :
— L'attraction surprise ! Messieurs-dames !

Les compagnons restèrent là, les cheveux au vent et l'air bête. Le vigile ne cessait de les houspiller :
— Allez, allez ! Vous avancez maintenant ! Faites votre spectacle !
Abasourdis par l'épisode du vestiaire et à moitié sonnés par la lumière, les compagnons titubèrent sur la pelouse boueuse. Le murmure s'intensifia et se changea en clameur impatiente.
— Un spectacle ? s'alarma le Ranger. Mais quel spectacle ?
Le Nain observa les gradins et grogna :
— C'est quoi cette carambouille !
— Mais c'est génial ! pépia l'Elfe. Nous allons devenir célèbres !

Alors qu'ils réfléchissaient à la conduite à tenir, une autre porte fut poussée sous les gradins, à une vingtaine de mètres. Ils virent trois silhouettes sombres se ruer sur le terrain, et la foule hurla de plus belle.

— Ils sont là ! tonna Zangdar en désignant les compagnons éberlués.

— Bande de chiens galeux ! ajouta Reivax.

Silgadiz ne perdit pas un instant. Il tendit son bâton et prononça quelque chose. Un rayon lumineux frappa le Ranger à l'épaule, projetant le malheureux à plusieurs mètres et arrachant une moitié de sa veste renforcée. La foule acclama le prodige alors que l'aventurier se tordait sur le sol en gémissant. La Magicienne poussa l'Elfe en direction du blessé :

— Donne-lui ta potion de soin ! Vite !

Les trois dangereux individus s'étaient approchés à portée de voix. Le ténébreux cousin leva son bâton et proclama :

— Vous avez volé un objet qui m'appartient ! Rendez-le-moi ou périssez !

— Allez vous faire cuire une gaufre ! rétorqua le Nain.

Zangdar s'avança et rugit :

— Vous allez mourir de toute façon !

Son assistant lui tira sur la manche :

— Maître ! Attention quand même à ce que vous faites... Nous sommes en public.

— Nous attendons votre réponse ! s'impatienta Silgadiz.

Dans les tribunes, deux hommes d'un certain âge discutaient.

— C'est nouveau ça ? Les batailles magiques avant les matchs ?

— Ils ne savent plus quoi inventer pour distraire les gens...

— Moi, j'attends surtout les filles-pompons !

— C'est le moment de faire quelque chose d'intelligent ! murmura la Magicienne en s'approchant du Nain.

Mais elle réalisa qu'elle ne s'adressait sans doute pas à la bonne personne. Le courtaud avait dégainé sa hache et se préparait à faire face, sans réfléchir plus que ça. Le Barbare et l'Ogre étaient déjà en position de combat. Hélas, il n'y avait pas grand-chose à faire à leur niveau pour contrer les maléfices de deux puissants sorciers. Derrière eux, l'Elfe s'était portée au chevet du rôdeur et lui administrait une potion.

— Tu peux pas leur balancer un sort ? suggéra le Nain entre ses dents.

— Mais tu sais bien que Zangdar est protégé contre ça !

Voyant que la discussion piétinait, le Barbare tourna vers eux son visage crispé :

— On a encore des bombes qui font du feu ?

— Bien joué ! glapit la Magicienne.

Elle glissa quelques mots à l'Ogre et celui-ci s'écarta pour fouiller dans son sac. Le Nain se déplaça de toute la vitesse de ses bottes pour éviter un autre rayon énergétique qui brûla trois mètres de pelouse.

La foule cria « Hoooooolééééééé ». La voix du commentateur ajouta :

— Et encore un magnifique rayon bleu !

Zangdar insulta les aventuriers de plus belle. Il réfléchissait à un sortilège capable de les faire disparaître dans la souffrance, mais devait attendre que son cousin récupère son trésor. Il risquait de briser l'objet dans une trop puissante décharge d'énergie.

Leur attention fut détournée car quelqu'un hurla de l'autre côté du stade. Un vigile s'effondra, transpercé par une lance, et une porte vola. Les cultistes de Slanoush ainsi que leur charismatique dirigeante firent leur entrée sur le terrain. Ils avaient trouvé l'accès réservé à l'équipe de Glargh.

— Par les tétons de la Grande Courtisane ! jura la prêtresse. Il y a du grouillot par ici !

— On risque de nous reconnaître ! chuchota le prêtre rescapé à son oreille. Il vaut mieux filer !

Tyrcelia contempla les gradins. Il y avait quelque part des officiels qui la connaissaient bien, car ils fréquentaient les

orgies du temple. Il valait mieux laisser tomber avant que l'affaire ne se corse. Elle fulmina :
— Chiotte ! C'est foutu pour aujourd'hui…

Elle ne vit pas Morwynn et Nilbonur, fermement décidés à en découdre, qui s'approchaient par-derrière dans l'ombre du couloir.
— Vous savez ce que vous faites ? s'inquiéta le mage.
— Cessez vos jérémiades, par pitié !

De l'autre côté du stade, Zangdar et les aventuriers se demandaient quel serait le dénouement de cette triste affaire. Ils disposaient d'un délai avant que la prêtresse ne soit à leur portée, mais restaient de toute façon la proie des sorciers noirs.
— Rendez-moi l'orbe ! insista Silgadiz.
— L'orbe de Xaraz est à nous ! claironna la Magicienne.
— Quoi ?
Le sorcier fronça les sourcils. Qui était donc ce Xaraz ?
— Prenez ça ! gronda le Barbare en profitant de sa perplexité.
Le chevelu projeta la bombe alchimique dans leur direction, le cadeau involontaire légué par le défunt Gontran Théogal. Il visa plutôt bien cette fois et la sphère fonça droit sur Zangdar.

Hélas, la Magicienne avait oublié que la sphère d'invincibilité parfaite de Zangdar était active tant qu'il ne lançait pas de sortilège. Ce dernier écarta les bras pour la renforcer, et le projectile fut renvoyé vers les gradins au lieu d'exploser sur leur petit groupe.

Il monta gracieusement en cloche, sous les yeux du public ravi. C'était magique ! C'était comme un ballon !

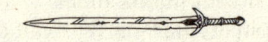

BULLETIN CÉRÉBRAL DE LA MAGICIENNE

Nom d'une éprouvette ! C'est pas bien ! C'est pas bien du tout ça ! C'était l'idée la plus pourrie de la journée ! Aïe, aïe, aïe ! On va tous nous coller en prison ! C'est horrible !

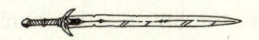

— Oh ! là là ! s'écria l'Elfe.

La bombe alchimique s'écrasa au milieu du public, dans les mains d'un pauvre type qui tentait de la rattraper. La tempête de flammes se déchaîna, et des centaines de spectateurs se transformèrent en autant de torches. De l'autre côté dans les gradins, la foule cria de nouveau : « Hoooooo-léééééééé ». Le commentateur jugea bon de fermer son clapet car il commençait à douter.

Zangdar éclata de rire et montra du doigt les aventuriers. Les organisateurs du match, installés dans de confortables fauteuils, bondirent sur leurs pieds. Cette attraction surprise ne semblait pas se dérouler comme prévu ! Les gardes commencèrent à courir en tous sens, on appela des mages, des guérisseurs, des responsables de la sécurité, des sauveteurs. Les spectateurs comprirent peu à peu que quelque chose ne tournait pas rond et commencèrent à refluer vers les sorties. Le Chaos s'empara du stade et des animateurs se précipitèrent vers les aventuriers pour arrêter le spectacle.

— C'est quoi cette merde ? gémit le Ranger en courant vers ses compagnons.
— Mais ça s'est mal goupillé ! hurla la Magicienne.
— Rendez-moi l'orbe ! répéta Silgadiz pour la quatrième fois. Je vous répète que vous ne pouvez pas l'utiliser !
— Est-ce que je dois tirer des flèches ? pleurnicha l'Elfe. Je ne comprends plus rien !

À l'autre bout du terrain, une bataille s'engagea entre les cultistes et les envoyés du Concile de Waldorg. Les deux femmes s'échangeaient des maléfices pendant que Nilbonur malmenait l'escorte de la prêtresse en usant de ses sortilèges de bataille préférés. Tout cela n'était plus du ressort des aventuriers pour le moment.

— Arrêtez ! Arrêtez ! criait un entraîneur en fonçant vers les compagnons.
Le rôdeur attrapa la Magicienne par la manche :
— Il faut se barrer ! Vite !
— Mais les sorciers vont nous tuer !
Le Nain, l'Ogre et le Barbare craquèrent à ce moment : ils chargèrent les sorciers en question, brandissant leurs armes et braillant des insanités.

Zangdar eut un sourire mauvais. Voyant que la distance était raisonnable, il abandonna sa sphère d'invincibilité et lança le *cyclone de destruction majeure* pour arrêter les guerriers. Il était dans un tel état d'excitation que le sortilège lui échappa instantanément et s'abattit sur la tribune officielle. Des gens hurlèrent une fois de plus au moment où le gigantesque vortex de violence s'abattait sur eux.
Les combattants fonçaient sur Zangdar, mais son cousin conjura un *mur de flammes* et stoppa momentanément leur course.
— Ah, putain ! On les avait presque ! s'exclama le Nain.
Une flèche survola l'obstacle et se planta dans la jambe de Reivax, ajoutant un couinement supplémentaire au vacarme ambiant. La Magicienne décida d'expédier un *tourbillon de Wazaa* sur leurs ennemis, mais son sortilège se dissipa dans l'air ambiant. C'était l'échec.

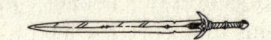

BULLETIN CÉRÉBRAL DU RANGER

Je ne comprends plus rien, c'est la panique totale ! Que doit faire un chef de groupe dans ces conditions ? On est coincés là, et les gens meurent par dizaines ! On va nous arrêter d'une seconde à l'autre, et si ça n'arrive pas c'est un sorcier qui va nous tuer. La Magicienne est complètement dépassée et les autres font n'importe quoi ! Est-ce que j'ai le droit de m'évanouir ? C'est trop de responsabilités ! On a juste volé un œuf, nom d'un chien ! Un œuf ! C'est pas la peine de déclencher des trucs pareils ! Ah, tiens, ça sent bizarre...

Quelque chose brûlait sur le Ranger. Il crut qu'il avait été touché par un autre rayon énergétique, mais un bref coup d'œil à sa ceinture lui confirma l'origine de la sensation : son escarcelle de voyage fumait. Il y avait rangé l'orbe pour éviter qu'il ne glisse dans la course et s'imagina donc que le bidule prenait feu. Il le dégagea de son étui et se retrouva l'objet en main, sans savoir ce qu'il pouvait en faire. Grâce à ses gantelets doublés, il bénéficiait d'un répit avant d'être brûlé.

L'orbe était à présent si lumineux qu'il n'arrivait plus à distinguer son contour. Il pouvait sentir sa chaleur même à travers le cuir. Il hurla en direction de la Magicienne :

— Le machin commence à brûler tout seul ! Qu'est-ce que je fais ?

L'érudite était occupée à éviter les sortilèges de Silgadiz. Elle se jeta dans la boue pour esquiver un rayon violet et ne prêta aucunement attention à sa question. Plus loin, le Nain était aux prises avec un garde du stade, tandis que le Barbare et l'Ogre couraient après Zangdar, leurs armes à la main. L'Elfe tirait des flèches dans toutes les directions et les spectateurs hurlaient, alors que des centaines de personnes envahissaient le terrain, cherchant à s'éloigner des foyers incendiaires, à trouver des sorties ou seulement un endroit où se cacher pour pleurer. Tous ces gens étaient désormais hors de contrôle.

De rage, le Ranger empoigna l'orbe et le balança vers le milieu du terrain. L'objet rebondit trois fois et termina sa course dans la boue. Son éclat s'était fait plus intense et blessait les yeux. Des gens qui couraient non loin de là s'écartèrent en pensant à un nouveau maléfice, ce en quoi ils avaient raison. Puis il y eut le plus horrible des craquements, un bruit qui ressemblait au glissement d'une montagne et qui couvrit sans aucun mal la cacophonie ambiante. C'était le tonnerre au pays des dieux, la cataracte des enfers, la forge des titans. Une bonne moitié des gens s'arrêtèrent pour reluquer le centre du terrain, là où venait d'apparaître une colonne de lumière. Silgadiz vit la chose et murmura :

— Par les ténèbres ! C'est arrivé !

Il y eut ensuite un vrombissement, et la colonne de lumière s'élargit, dévoilant en son centre une surface rouge et brillante, à l'image d'un lac de sang vertical. Le ronflement s'accentua en s'accompagnant de milliers de petits crissements. La zone rouge s'élargit encore et encore, jusqu'à prendre la taille d'une maison.

Les mages et les érudits qui assistaient au match commencèrent à trouver le problème très inquiétant. Partout les gens reculaient avec prudence, s'éloignant de l'épicentre du phénomène. Fuir les maléfices des sorciers devint secondaire.

Le Nain s'approcha du Ranger en claudiquant. Le garde contre qui il se battait avait fini par prendre la fuite, car il n'estimait pas être payé pour affronter des sorciers fous et des Nains féroces.

— Hé ! l'apostropha le courtaud. Ce serait pas le moment de se barrer ?

— J'ai plus de flèches ! cria l'Elfe. Je fais quoi maintenant ?

— Mais j'en sais rien ! gémit le Ranger.

Un autre craquement retentit, et la foule tressaillit. Puis quelque chose d'énorme, quelque chose de noir et de pointu traversa la surface brillante. Une patte s'enfonça dans l'herbe, comme pour en apprécier la texture. Une grosse pince luisante la suivit, accompagnée d'un sifflement des plus horribles. C'était une créature qui s'approchait, qui traversait les mondes pour festoyer. Une créature que l'histoire pensait avoir laissée derrière elle, mais qui renaissait grâce à l'objet qui avait contenu son essence primale à travers les siècles. Elle franchit la porte dimensionnelle d'un bond, dévoilant toute l'horreur de sa résurrection.

C'était le Sombre Katakak.

Une bête qui avait servi dans les vieilles guerres aux côtés de Gzor l'Ignoble. Un monstre semi-arachnéen gigantesque, issu d'un monde que personne ne pouvait concevoir hormis quelques génies dérangés. Long de près de douze mètres, il agitait huit pattes tranchantes et quatre pinces boursouflées, et l'ensemble de son corps était si noir qu'il aurait pu sortir d'un encrier. Ses deux paires de mandibules s'agitèrent au moment où cinq cents yeux malveillants contemplèrent le formidable festin qui s'offrait à lui. Partout des humains, des humains juteux et nombreux, faibles et désarmés. Il avait faim, depuis le temps. Les gens hurlèrent et paniquèrent de plus belle.

— Le Katakak... cria Silgadiz. Ma créature !

Il s'avança vers l'apparition, la main tendue et les yeux larmoyants. Reivax ne tenta pas de l'en dissuader, car il avait toujours pensé qu'il fallait laisser les fous se débrouiller avec leurs problèmes. Il avait perdu son maître des yeux et souffrait d'une blessure à la jambe, c'en était trop pour lui. Il recula vers les coulisses du stade et se fit happer par un flot de spectateurs terrifiés.

La créature était rapide malgré sa taille. Ses multiples pattes s'agitaient avec une incroyable vélocité. Elle se précipita vers ses victimes et attrapa plusieurs personnes qui estimaient pourtant avoir respecté la *distance de sécurité*. Les malheureux disparaissaient entre ses mandibules avant d'avoir eu le temps de réfléchir à leur déveine. Des flèches ricochaient déjà sur l'épaisse carapace, et des mages s'étaient avancés pour déchaîner contre elle leurs plus puissants sortilèges. Hélas, elle semblait absorber le feu, la glace et la foudre avec la même indifférence. Elle n'était pas de ce monde, et ses turpitudes n'avaient pas prise sur elle. Dans un angle du stade, un clipitaine hors d'haleine rassemblait ses troupes pour mener l'assaut contre la bête.

Silgadiz s'élança vers le monstre en l'implorant :

— Viens à moi ! Tu es à moi ! Je t'ai invoqué !

Le Katakak se retourna, comme s'il avait entendu l'appel. Il ne s'agissait probablement que d'une coïncidence car le vacarme était insoutenable. Sans même y prêter attention, il avança une pince vers le cousin de Zangdar et lui brisa la cage thoracique. Puis d'un geste si vif qu'il était difficile à voir, il porta l'inconscient sorcier à l'orifice qui lui servait de bouche et l'engloutit.

Avant de mourir, Silgadiz pensa qu'il avait oublié de prononcer la formule qui permettait à l'invocateur de contrôler le Katakak. C'était bien dommage.

Pendant ce temps, les aventuriers s'étaient rassemblés. La Magicienne à court de sortilèges semblait épuisée et avait perdu son chapeau. Le Barbare souffrait d'une entaille au bras gauche et l'Ogre avait une vilaine plaie à l'estomac et une flèche dans l'épaule. De son côté, le petit Gluby terrifié se cramponnait à un sac à dos et couinait d'incompréhensibles propos dans sa langue de gnome.

Le Ranger compta rapidement les membres de l'équipe et hurla :

— Tout le monde est là ! On se barre !

— Mais dans quelle direction ! paniqua le Nain.

La Magicienne pointa son doigt tremblant vers la masse noire qui s'approchait :

— Attention ! Il arrive !

— Foutons le camp !

Ils crièrent en voyant que le Katakak se dirigeait vers eux.

N'ayant plus de flèches à tirer et ne sachant que faire de ses dix doigts, l'Elfe toujours indemne avait sorti de son sac la *Fiole de Glimed*. Elle se souvint des paroles prononcées par Norelenilia de Nilnerolinor, la reine du clan des Lunelbar : elle avait dit qu'il fallait garder cette fiole pour une occasion désespérée. Il s'agissait en fait d'un baume tonifiant pour le visage, capable de sublimer le charisme. La situation étant *tout à fait* désespérée, l'Elfe pensa qu'il était temps d'utiliser cet objet qu'elle traînait dans son sac à main depuis des jours. Elle décapsula le flacon et posa quelques gouttes de produit sur ses doigts, puis elle appliqua le baume sur son front. Elle se sentit soudain inondée de bien-être et sourit en levant son visage vers le ciel.

Plus loin, le Katakak éventrait, piétinait, sectionnait les braves citoyens sur son passage, et s'approchait des aventuriers de son impensable démarche. Le Nain signala que leur retraite était coupée par un mur de pierre de plus de trois mètres de haut et qu'ils allaient par conséquent finir en charpie. C'était foutu. Les compagnons s'apprêtèrent à mourir, leurs armes à la main. C'était surtout pour la forme.

Mais l'archère s'avança, son visage irradiant de toute la grâce elfique. Elle voulait faire quelque chose d'utile aujourd'hui. Le Ranger eut seulement le temps de lui crier :
— Mais qu'est-ce que tu fabriques ?

Les cinq cents yeux du Katakak contemplèrent la beauté ultime de ce monde quand il se retrouva face à l'Elfe. La créature n'était pas préparée à cela. C'était quelque chose qu'elle ne pouvait concevoir : tout son champ de vision était occulté par ce visage blanc et souriant, ces cheveux soyeux, ces yeux rieurs. Le monstre agita ses mandibules.
Le Nain se fendit tout de même d'un commentaire :
— Vous croyez qu'elle va lui faire gouzi-gouzi ?
Mais ses camarades pétrifiés ne répondirent pas. C'était trop bizarre.

Le Katakak s'ébroua comme s'il avait pris un seau d'eau dans la figure. Puis il recula de plusieurs mètres et se détourna. Son cerveau tarabiscoté décida qu'il serait moins dangereux de manger les gardes qui chargeaient dans sa direction depuis l'autre côté du stade. Il avança ses pinces et se déplaça vers son nouveau menu.

Les aventuriers se réunirent autour de l'Elfe. Elle était si radieuse qu'ils en pleuraient de bonheur. Le Barbare avait l'impression de vivre une hallucination à base de champignons.
— C'était formidable ton truc ! s'extasia le rôdeur.
— Heu… Ouais ! balbutia le chevelu.
— J'en suis restée comme une patate ! ajouta la Magicienne.
Le Nain ne répondit rien. Il avait déjà assez honte de lui-même du fait qu'une larme était apparue au coin de son œil.

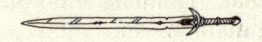

BULLETIN CÉRÉBRAL DE L'ELFE

Et voilà ! J'ai réussi un truc ! Bon, c'est vrai que la grosse bête m'a fait peur... Avec tous ces bras qui piquent et sa grosse bouche pleine de sang. Quand je pense qu'il existe quelque part un pays avec des bestioles pareilles ! C'est pas comme dans la forêt, on a des écureuils, des lapins et des poneys et tout le monde est gentil. Et des ours aussi des fois, ça c'est moins sympa. Mais grâce au pouvoir des elfes, l'affreuse bête est partie ! Et maintenant mes copains veulent me faire des bisous !

Comme la bataille était loin d'être terminée, ils s'enfuirent en longeant le mur, dans l'espoir de ne pas revivre immédiatement cette expérience. Ils tombèrent nez à nez avec le vieux Tulgar, toujours vêtu de sa sempiternelle robe grise et qui courait dans leur direction.

— Ah, bravo ! les apostropha-t-il. Vous avez vraiment du talent pour le merdier !

— C'est pas ma faute ! s'excusa immédiatement le Ranger, se désignant ainsi comme le principal fautif. Mais qu'est-ce que tu fais là ?

— C'est Tonton Tutul ! railla le Nain.

L'ancêtre gratifia le Nain d'un regard mauvais et s'expliqua :

— Les collègues m'ont offert un billet pour assister au match ! Mais je ne pensais pas que le sport était devenu si dangereux !

— On voulait juste le trésor ! s'excusa le Ranger.

— Suivez-moi ! brailla Tulgar.

Il vit alors l'Elfe qui lui souriait. Un bref moment, il fut persuadé d'avoir franchi les portes d'un temple dédié à la déesse de la beauté. Il commençait à glisser dans un matelas de béatitude quand le Barbare le bouscula, et ils s'engagèrent ainsi le long du mur.

Toutes les issues étaient engorgées par des centaines de gens en proie à la panique, des citoyens qui s'efforçaient de sauver leur peau mais qui se piétinaient les uns les autres et ne faisaient que compliquer les choses. Les compagnons échappèrent à la cohue en suivant l'oncle Tulgar et se glissèrent entre deux murets. Ils terminèrent ainsi dans les gradins, derrière une rangée de sièges qui n'avaient pas brûlé. Ils observèrent le champ de bataille.

Les gardes et les mages désespérés s'acharnaient à blesser le Katakak. Ils encerclaient la créature, la criblaient de projectiles, la piquaient de leurs lances et tentaient d'entamer sa carapace. Beaucoup d'entre eux finissaient broyés, lacérés ou dévorés. Les moins courageux rebroussaient chemin en pleurant.

— Vous pouvez me dire ce que c'est ? réclama Tulgar.

— Une saloperie ! certifia le Nain.

— Un genre de démon ? proposa la Magicienne.

Personne n'avait d'autre idée à l'instant présent. Ils restèrent donc silencieux un moment et crispèrent les mâchoires, impuissants face au triste spectacle qui se déroulait en contrebas.

— Je pensais que vous le saviez, souffla Tulgar. Après tout, c'est vous qui l'avez invoqué, ce bordélosaure !

— On n'a pas fait exprès ! s'insurgea le Ranger. C'est à cause du machin qu'on a volé.

Puis la Magicienne ajouta :

— J'ai entendu Silgadiz crier quelque chose à propos d'un certain Katak !

— Le Katakak ! s'écria Tulgar. Mais oui ! C'est sans doute ça !

Le Nain risqua un œil par-dessus les sièges. Cela ne se passait pas bien du tout, en bas. Il se tourna vers Tulgar :

— Et alors ? Ça change quoi si c'est le Katakak ? C'est quand même une grosse pourriture !

— Tu connais cette horreur, mon oncle ?

Le vieux fonctionnaire cligna de ses yeux fatigués. Il expliqua brièvement au rôdeur :

— L'histoire mentionne que Gzor a utilisé cette créature comme une machine de guerre au temps des grandes batailles contre le Chaos. C'était un engin redoutable qui n'a jamais trouvé son égal, et qui n'a jamais été défait. Le prédateur ultime du genre humain !

— Mais c'est horrible ! pleurnicha l'Elfe. Ça veut dire qu'il va tuer tous les gens de la ville ? Et tous les gens du monde entier ?

Tulgar passa une main sur son visage, comme s'il avait décidé de se cacher à tout jamais. Il se demandait comment son neveu arrivait à se coller dans des situations pareilles, alors que lui n'avait jamais réussi à se mettre en danger de toute sa vie. Mais bon, il était surtout resté dans son bureau.

La Magicienne sollicita l'ancien :
— On sait comment le Katakak a disparu ? Il s'est bien passé quelque chose, après tout !
— Quelqu'un l'a poussé dans un précipice ? suggéra le Nain.
— Je ne sais plus... soupira Tulgar. Cela fait bien longtemps que je n'ai pas potassé les livres d'histoire.
— Les livres c'est chiant ! trancha le Barbare.
— Et puis y a pas de précipice par ici... soliloqua le Nain.

Ils observèrent encore un moment le désastre. Le Sombre Katakak taillait, blessait, broyait, écrasait, dévorait sans relâche ses assaillants. L'Elfe pleurait en silence, ainsi que le petit Gluby qui avait pris place sur son épaule et s'accrochait à ses cheveux. Ses larmes finirent par dissoudre l'onguent de Glimed et elle retrouva sa beauté naturelle.

BULLETIN CÉRÉBRAL DU BARBARE

Jamais vu de créature comme ça ! Forte, puissante ! Un vrai combat pour les braves ! Elle est plus dangereuse que les ouklafs géants qu'on a dans nos plaines. Le vieux du village disait qu'il fallait vingt barbares pour tuer un ouklaf.

Mais je ne sais pas combien ça fait, vingt barbares. Est-ce que c'est plus que les doigts des deux mains ? Et combien il faut de guerriers pour attaquer ça ? Ils sont déjà nombreux là-bas. Mais, par Crôm, ils sont nuls ! Des gringalets !

— Pour le moment, je ne vois pas ce que nous pouvons faire… se lamenta le Ranger.
— C'est bien vrai ! confirma Tulgar. Et quand on ne sait pas quoi faire, le mieux c'est encore d'éviter de faire des conneries !

Les compagnons interprétèrent cette vérité d'une façon toute personnelle. Ils décidèrent qu'il était préférable de ne faire aucun commentaire.

— Attendez ! s'exclama l'érudite. J'ai l'impression qu'il se passe quelque chose !

Ils redoublèrent d'attention. La bête était toujours là, et les gens mouraient tout autant. De leur point de vue quelque peu distant, il n'était pas évident de constater la moindre amélioration.

— Quelque chose comme quoi ? marmonna le Nain.
— Le monstre ralentit ! attesta l'Elfe. On dirait qu'il se traîne !

Tulgar s'abrita les yeux de sa main noueuse et fit de son mieux pour examiner la scène, mais le monstre n'était pour lui qu'une boule noire un peu floue. Il s'excusa :
— Hélas, ma vue n'est pas aussi bonne que la vôtre !
— C'est parce que je suis une Elfe ! Hi hi !

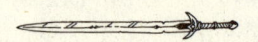

Sur le terrain, la situation n'était pas brillante pour les braves qui avaient décidé de s'opposer à la créature. Les gardes avaient été décimés, il ne restait plus que le clipitaine

Janbur et deux hommes grièvement blessés. Des guérisseurs s'acharnaient à leur prodiguer des soins tandis qu'ils discutaient entre eux d'une stratégie. Les sorciers avaient fini par quitter le terrain, désabusés.

Quelques prêtres étaient arrivés en renfort et se tenaient à bonne distance du monstre. Ils agitaient des reliques en psalmodiant, désirant ainsi s'attirer les bonnes grâces de leurs divinités puisque la magie restait sans effet. Ils étaient convaincus que seul un dieu pourrait arrêter une telle abomination. C'est ainsi que deux prêtres d'Yrfoul exécutaient la danse de la *Flatulence démentielle*, alors qu'un vicaire de Bloutos agitait un tapis cousu main. Il y avait là trois paladins de Braav', le dieu loyal-bon, et ils étaient en grande conversation :

— Mais c'est vilain de tuer un animal !
— Cette bête a déjà massacré des dizaines d'innocents, frère Bidibul !
— Je regrette, mais l'enseignement de Braav' nous apprend que les animaux sont innocents également. Ils tuent pour se nourrir !
— Mais on ne sait même pas si c'est un animal !
— Et puis il a sans doute assez mangé…
— Cela ressemble à un gros animal. Un très gros animal qui a très faim.
— Vous êtes désespérant, frère Bidibul…

Quoi qu'il en soit, le Katakak se mouvait désormais avec moins d'aisance. Il semblait indécis, et ne se précipitait plus sur ses victimes comme auparavant. Parfois, un morceau de cadavre sortait de son orifice buccal et s'écrasait sur la pelouse dans un bruit spongieux. Mais pour les hommes qui l'encerclaient, il demeurait une abomination aussi menaçante qu'indestructible.

Le clipitaine Janbur en avait assez d'attendre, assez d'envoyer ses hommes à l'abattoir. Il savait qu'il ne pourrait plus jamais dormir après cette journée. Il repoussa le guérisseur qui tentait d'éponger le sang de son oreille et s'avança vers le monstre, sans écouter les supplications de ses hommes. Il empoigna son sabre de toute sa force et se retrouva bientôt dans l'ombre du Katakak. Son visage pâle et grave se refléta dans près de cinq cents yeux noirs et luisants.

Une partie de la conscience de Janbur ne cessait de lui répéter : « Mais que fais-tu donc, imbécile ! »

Le monstre avança mollement l'une de ses pinces pour broyer l'attaquant, et celui-ci se jeta de côté, poussé par son instinct de survie. Il porta un coup à l'appendice, de toute sa force. Son sabre explosa sous le choc, et une onde de douleur remonta le long de son bras depuis son poignet brisé.

Il s'étala dans la boue sanglante et attendit la Mort. Mais elle ne vint pas. Elle avait sans doute autre chose à faire ailleurs : étendre ses caleçons par exemple, ou bien travailler sur le décor de son train électrique.

Le Katakak chancela, recula maladroitement sur ses huit pattes griffues. Il vomit un flot de choses diverses et heureusement impossibles à décrire, et tomba sur le côté. Ses pattes s'agitèrent un moment, et il ne bougea plus.

Le clipitaine Janbur se redressa péniblement. Il ramassa la poignée de son sabre de sa main valide et contempla l'objet. Son grand-père lui avait légué ce sabre, en lui conseillant d'y faire attention. Était-il possible qu'il soit magique ? Il avait réussi à tuer le monstre à lui tout seul. C'était fantastique !

Autour de lui le silence s'était installé. La foule avait fini par fuir le lieu du drame mais il restait sur le terrain plus d'une centaine de personnes. Des gens qui murmuraient à présent et le montraient du doigt. Janbur s'approcha de la masse noire : une boule de haine gigantesque, vaincue par son sabre magique.

— Vive le clipitaine Janbur ! cria l'un de ses hommes en applaudissant frénétiquement.

— Le héros de la ville ! clama un prêtre.
— Il a tué le monstre !
— Vive Janbur !

Les gens se précipitèrent alors sur le soldat pour le porter en triomphe. Quelques érudits néanmoins se posaient diverses questions. Ce revirement de situation leur semblait pour le moins bizarre.

Un peu plus loin, deux femmes étaient insensibles à cette scène de liesse. Elles avaient roulé dans la boue et s'acharnaient à s'envoyer des claques, à s'arracher les cheveux, à se griffer le visage, à s'insulter et à se tordre les bras. N'ayant plus d'énergie astrale depuis un moment, la grande prêtresse et l'assistante de Bifftanaën ne pouvaient s'envoyer de sortilèges et devaient en venir aux mains pour régler leur problème d'ego.

À quelques mètres de là, le mage Nilbonur se tenait appuyé contre un entassement de gravats. Il appréciait le combat féminin en récupérant son souffle. Il avait triomphé des cultistes mais se retrouvait avec un bras cassé et une moitié de ses cheveux brûlée. Ce n'était pas trop grave : il en avait vu d'autres. En attendant, les deux femmes avaient déchiré presque tous leurs habits, et c'était plutôt une bonne chose. Chaque malheur avait son lot de compensations.

Pour le reste, la mission était foutue, mais ça n'était que partie remise. On avait toujours le temps pour les complots. Il fouilla dans sa besace à la recherche d'une potion de soin.

Un type qui avait survécu au massacre vint s'asseoir près de lui et lâcha le plus long des soupirs. Nilbonur renifla et lui adressa un signe de tête fatigué.

Le citoyen désigna les deux furies et chuchota :

— Vous pariez sur laquelle ?

XI

L'apprentissage de la vie

Les aventuriers quittèrent leur abri et descendirent un peu plus bas dans les gradins. Ils assistèrent ainsi de plus près à la joyeuse sarabande qui s'organisait autour du défunt Katakak.

— Alors c'est fini ? pépia l'Elfe. La grosse araignée moche a été tuée ?

— On dirait bien... marmonna Tulgar.

— Et regardez-moi ça ! s'énerva le Ranger. Ils sont en train d'acclamer ce type comme si c'était un héros !

— C'est pas à nous que ça arriverait ! grogna le Nain.

— C'est vrai ! approuva l'érudite. Nous autres, quand on sauve le monde, on a seulement le droit de se faire attaquer par des paysans.

— C'est la misère !

Tulgar descendit quelques marches et parla comme s'il s'adressait au vent :

— Vous avez raison sur un point : il n'a pas tué la créature. Ce monstre a succombé à autre chose.

— C'est rien qu'un sale petit profiteur ! cria le Nain. Il fait son malin mais...

L'ancêtre lui coupa la parole :

— *Mais* lui, il était là ! Au bon endroit et au bon moment. C'est quelque chose qui vous manque, les jeunes.

Les compagnons contemplèrent tristement les gens qui s'étaient rassemblés autour du valeureux clipitaine. Ils le portèrent en triomphe autour du Katakak, criant son nom et chantant ses louanges. Des spectateurs abasourdis sortaient maintenant des souterrains et se joignaient au cortège. Dans un coin du stade, les joueurs des deux équipes discutaient avec les arbitres pour savoir si le match était maintenu.

— Nous devrions partir d'ici ! conseilla le Ranger. Si jamais ces types nous tombent dessus, ça va encore faire des problèmes.
Le Nain tendit vers lui un doigt accusateur. Il prétendit que tout était sa faute, car c'est lui qui avait jeté l'orbe au milieu du terrain alors qu'il n'était même pas le vrai chef du groupe. Le rôdeur rétorqua que ça ne serait pas arrivé si le Barbare n'avait pas jeté la bombe alchimique à Zangdar. Le guerrier précisa que c'était la Magicienne qui la lui avait donnée et la discussion s'envenima.
— Ce n'est la faute de personne ! rouspéta Tulgar. Il s'est passé quelque chose de tout à fait étrange et maintenant nous allons nous tirer d'ici ! J'ai besoin d'une bonne bière !

Ils décidèrent de s'éclipser vers la sortie, quand un message télépathique fut adressé aux aventuriers. C'était un procédé qu'ils connaissaient bien, désormais, et qui de curieuse façon prenait systématiquement la forme d'une voix éthérée :
— *Pour avoir survécu à l'attaque d'un monstre de catégorie douze : l'Elfe gagne un niveau.*
— La vache ! s'écria le Ranger.
— Ouiiiiiiiiii ! s'enthousiasma l'archère.
— *La Magicienne gagne un niveau.*
— Trop la classe !
— *Le Barbare gagne un niveau.*
— Crôm !
— *Le Ranger gagne...*
La liste se déclina ainsi jusqu'à ce qu'on mentionne le petit Gluby. Le Nain fronça les sourcils et lui jeta un regard méchant, mais considéra finalement que l'heure était à la

bonne humeur. Et puis, de toute façon, personne ne connaissait le niveau du gnome.

Ils se congratulèrent sous les yeux blasés du vieux Tulgar. Le vieil homme n'avait pour sa part entendu aucun message, mais il n'était pas né de la dernière moisson. Après toute une vie passée à la Caisse des Donjons, il savait reconnaître la GCA, la *gratification collective d'aventure* selon le code administratif en vigueur. Il soupira et jeta un œil en contrebas : des gens commençaient à les montrer du doigt, et ça n'était pas bon signe. Il se trouverait bien dans ces individus quelqu'un pour reconnaître les redoutables prestataires de l'*attraction surprise*, ceux qui avaient déclenché tout ce pataquès. Il entraîna les jeunes compagnons vers la taverne du *Chapon Doré*.

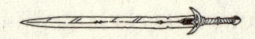

BULLETIN CÉRÉBRAL DU BARBARE

Ouais ! J'ai gagné un niveau ! Je suis encore plus fort qu'avant ! Et bientôt, je vais pouvoir attaquer tout seul les monstres géants ! J'ai pas tout compris aujourd'hui mais c'est pas grave. Ce qui est important, c'est que j'ai toujours mon épée et que j'ai gagné un niveau. Et puis j'ai toujours des pièces d'or pour acheter du jambon, parce que j'aime bien le jambon.

BULLETIN CÉRÉBRAL DE L'ELFE

Quelle journée ! J'ai envie d'aller prendre un bain dans la rivière, et d'ailleurs ça serait bien que tout le monde vienne avec moi parce que nous sentons mauvais sous les bras. Déjà, y en a certains dans le groupe qui puent sans rien faire, alors c'est carrément l'horreur quand on a passé la journée à courir. Mais bon, j'ai eu mon quatrième niveau ! On attendait ça depuis longtemps quand même. La Magicienne a dit que cette fois je n'aurai pas les seins qui grossissent, parce que ça s'arrête au niveau trois. Tant pis, de toute manière ça n'aurait pas été très pratique pour tirer à l'arc !

BULLETIN CÉRÉBRAL DE L'OGRE

Golooooo ! Azoul dilib ekalak, chupu d'akrol. Eto levelo kala ! Huh huh huh ! Akala glouglou.

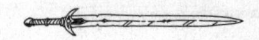

BULLETIN CÉRÉBRAL DE LA MAGICIENNE

Je ne sais pas si on doit vraiment célébrer ce quatrième niveau. Après tout, notre mission est un échec ! Nous n'avons pas rapporté l'orbe de Xaraz aux sorciers de Waldorg, dame Gwenila a disparu et nous n'aurons jamais notre part du trésor. Enfin, c'est tout de même sympa de gagner quelque chose après cette journée de malade. Après avoir glandé pendant des jours dans une diligence, nous avions besoin de nous dégourdir les jambes et nous avons été servis ! Hé ! J'y pense ! Avec le niveau quatre, je peux lancer le sortilège de pétrification. Et la *lévitation de Brenna* ! Bon sang, je peux voler ! Voler, c'est dingue ! Et je sais enchanter des flèches et fabriquer des potions moi-même. Quelle économie quand on y pense !

BULLETIN CÉRÉBRAL DU NAIN

Bon, c'est vrai que j'ai un peu râlé, mais c'est une bonne journée finalement. Au lieu de rester à rien faire, on a quand même utilisé nos talents ! Moi, par exemple : j'ai tiré plusieurs fois avec ma hache Durandil, et j'ai même touché un type. On s'est fait un donjon, ça nous a bien occupés pendant la matinée. C'est vrai qu'il était un peu pourri, on aurait dit qu'il n'était pas fini, le machin ! Enfin bref, j'ai combattu à la hache, j'ai gagné un niveau, et puis j'ai drôlement bien amorti mes bottes magiques. Je suis le Nain le plus rapide de toute la Terre de Fangh ! C'est vrai que ça fait des pieds un peu gros, parce que c'est pas tellement ma pointure, mais c'est pas grave : c'est le résultat qui compte !

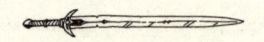

BULLETIN CÉRÉBRAL DU GNOME

Flibidi ! Yakli doulou ! Hi hi hi hi !

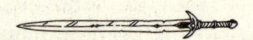

BULLETIN CÉRÉBRAL DU RANGER

Nous avons foiré la mission. Je ne sais pas ce qui a pu se passer, nous avions pourtant fait attention à tout ! Nous avons écouté les indications de la dame de Waldorg, nous n'avons pas picolé avant d'entrer dans le donjon et nous avons même fait une réunion stratégique. Et finalement, quelque chose n'a pas fonctionné et nous n'aurons jamais le trésor car l'orbe a disparu. Peut-être est-ce la faute de Zangdar ? Il est peut-être venu jusque-là pour nous mettre des bâtons dans les roues, à cause des statuettes qu'on a piquées dans sa tour ? Il a échangé l'orbe contre un faux ?

Je ne comprends rien à toute cette histoire. Et qui était donc ce maniaque en noir qui l'accompagnait ? Et la femme rousse avec ses bestioles noires ? Et puis d'où sortait cette créature géante ? Et c'était quoi cet œuf bleu finalement ? Rhaaaaaa ! J'ai besoin d'une bonne bière, moi aussi. Et puis c'est vrai que j'ai quand même eu mon quatrième niveau. C'est vraiment sympa que ça nous arrive aujourd'hui, mais je ne sais pas pourquoi, je trouve un peu dommage que ça se passe comme ça.

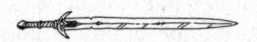

Le Chapon Doré était plutôt calme en cette fin d'après-midi. Les forces de l'ordre étaient à présent rassemblées autour du stade pour aider les gens à tirer au clair cette affaire de monstre géant. Des centaines de curieux se pressaient sur les lieux, pour avoir le privilège de voir le cadavre de *la bête aux cinq cents yeux*. D'infortunés spectateurs cherchaient au milieu des décombres leurs amis décédés, et les officiels rescapés du désastre criaient des ordres contraires dans toutes les directions en essayant de gérer la crise. Allongé sur un brancard, le clipitaine Janbur racontait son histoire en boucle à son auditoire captivé, tandis qu'une fille-pompon lui massait les épaules et qu'une autre lui servait des jus de fruits.

Assis autour d'une table, les compagnons restaient le nez dans leur verre et savouraient sagement leurs tartines gratinées. Ils avaient pansé leurs blessures à la va-vite, rajusté leur tenue, débarbouillé leur nez, mais le chapeau de la Magicienne était perdu pour de bon. La fatigue avait fini par les rattraper.

— Qu'est-ce qui s'est passé alors ? demanda le rôdeur à son oncle.

— Les sacrifices ! murmura l'ancêtre. Tous ces gens qui ont brûlé à proximité de l'orbe ont sans doute activé un genre de rituel à la con. Qu'est-ce que j'en sais ? Je ne suis pas un spécialiste du sujet. À mon avis, il y a quelque part un dieu malveillant qui a ouvert une porte après avoir senti que des dizaines d'âmes étaient offertes à l'œuf du Katakak. Et c'est comme ça qu'on a récupéré l'affreux.

— C'est pas vraiment ma faute alors ?
— Pas vraiment... Enfin, je crois.
— Mais quel est le rapport avec la dame de Waldorg ? questionna l'érudite à son tour.

Tulgar avait écouté le récit des aventuriers. Il avait fini par comprendre quelque chose à leur histoire en étudiant le plan de Waldorg et en recoupant sa propre connaissance de la cité avec les informations données par Gwenila. Il défroissa le plan de Glargh qu'il gardait dans sa poche, et l'étala sur la table.

— Vous voyez ici ? C'est la tour de la prêtresse de Slanoush. C'est sans doute chez elle que vous a envoyés cette mystérieuse bonne femme.
— Ah bon ?
— Seulement, vous avez visité cette tour-là.

L'ancêtre montra du doigt un autre bâtiment qui semblait identique sur le plan. Il se trouvait un peu plus haut dans la rue Tibidibidi.

— Mais c'était la même tour ! gronda le Nain. Elle était ronde, avec un jardin et tout !
— Pas tout à fait. Mais si vous voulez mon avis, c'est sans doute tant mieux pour vous.

La Magicienne reposa son gobelet et chuchota :
— Vous avouerez que c'est bizarre ! Une tour identique dans laquelle on trouve aussi un orbe dans une salle secrète !
— Et cet enfoiré de Zangdar... ajouta le Ranger en soupirant.

Tulgar hocha la tête :
— C'est tout à fait bizarre, mais je crois que personne ne vous attendait là-bas. Et quand on y pense, vous avez sauvé vos miches et vous avez sans aucun doute encore une fois sauvé la Terre de Fangh.

Le Ranger s'imagina qu'une fille-pompon lui massait le dos.

— C'est vrai ? gazouilla l'Elfe. On est des héros ?

— Je n'irai pas jusque-là... toussota l'ancien. Mais il y a quelque part des dieux qui s'amusent à vous jouer des tours, et cette mission n'était pas claire. Vous n'auriez sans doute jamais réussi à cambrioler la tour de la prêtresse, c'est une vraie peau de vache et son personnel est efficace. Elle n'est pas nuisible pour la société, d'ailleurs elle a même un rôle disons... plutôt indispensable. En revanche, le type qui gardait cet objet capable d'invoquer le Sombre Katakak, lui, c'est un maniaque de la pire espèce !

— C'était ! triompha le Nain. Il s'est fait bouffer !

— C'est une bonne nouvelle. Ça nous fait un problème de moins.

— Et puis c'était un copain de Zangdar ! précisa la Magicienne. C'était forcément un salaud.

— Pour en finir avec cette histoire, conclut Tulgar. Si vous n'aviez pas contribué à l'invocation accidentelle du monstre aujourd'hui, peut-être que ce dingue l'aurait lâché sur la Terre de Fangh. Il avait sans doute prévu quelque chose pour le contrôler, et peut-être même qu'il savait comment pallier... son problème d'indigestion.

— C'est bête quand on y pense, commenta le Ranger. Un truc aussi puissant qui meurt bêtement parce qu'il a trop mangé.

La Magicienne lui montra la page de son *Guide des créatures légendaires en Terre de Fangh*.

— C'est pourtant ce qui est arrivé pendant la guerre contre Gzor. C'est marqué ici ! Il a dévoré tout un bataillon d'orques et il a fini par en crever.

L'Elfe gloussa :

— Ça pourrait bien arriver à l'Ogre ! Il a mangé ta tartine !

— L'enfoiré !

— Huh huh huh !

Les compagnons s'esclaffèrent en voyant la mine déconfite de l'érudite.

Tulgar profita de la diversion pour repousser sa chaise et se lever. Il vérifia l'heure à l'horloge de l'auberge et s'excusa :

— Je vais glisser un mot de l'affaire à mes anciens collègues. En attendant, je vous conseille de ne pas traîner trop longtemps à Glargh... Votre petit *spectacle* a quand même été suivi par des milliers de gens, et vous aurez du mal à leur expliquer que tout cela est arrivé parce que vous vous êtes trompés d'adresse.

— On s'est trompés d'adresse ? s'inquiéta l'Elfe. Quand ça ?

Le Nain s'esclaffa tandis que le Ranger toisait l'archère :

— Mais tu peux faire un peu attention à ce qu'on raconte ? C'est dingue ça !

Le vieil homme allait s'éloigner, mais il se ravisa. Il baissa vers la tablée son visage grave :

— Il faut que je vous dise autre chose : je vous conseille tout de même d'arrêter l'aventure. Vous allez finir par vous attirer des ennuis.

— Ah ? répondit le Ranger avec une mine dépitée.

— Merde alors... murmura le Nain.

— Et fais la bise à ta mère ! lança Tulgar à son neveu tout en se dirigeant vers la porte.

Les compagnons restèrent un moment à contempler leur godet. Le Barbare termina sa tartine en se concentrant pour essayer de comprendre tout ce que le vieux avait raconté. Ce type parlait trop, décidément.

Le Ranger soupira et s'empara d'une cruche pour remplir son gobelet. Hélas, la cruche était vide. Le sort s'acharnait décidément sur lui. Il chercha des yeux quelque chose à manger, peine perdue. L'Ogre était passé par là, et Gluby s'était emparé des miettes. Finalement, le pseudo-chef du groupe résuma la situation :

— C'est vrai qu'on avait parlé d'arrêter l'aventure...

Il se passa encore une minute. Chacun ruminait ses pensées. Le Nain finit par lâcher :

— Ouais, mais c'est con tout de même. Maintenant qu'on a le niveau quatre…

La porte du *Chapon Doré* s'ouvrit alors avec une certaine violence. Deux archers vêtus de capes vertes s'engouffrèrent dans la salle commune. Ils examinèrent rapidement les tablées, puis un rictus anima leur visage et ils s'avancèrent prestement vers les compagnons.
— Mince ! chuchota le Ranger. Vous croyez qu'on nous recherche ?
Le Nain grommela :
— Si c'est pour qu'on donne des pièces d'or, je vous jure que ça va chier !
— On attaque ? suggéra le Barbare.
Mais les types contournèrent la table et s'inclinèrent près de la chaise de l'Elfe. Celle-ci s'enthousiasma :
— Hé ! Mais je vous reconnais ! Vous habitez dans ma forêt !
L'un des archers replia sa capuche, dégageant ainsi ses cheveux fins et ses oreilles pointues. Il posa une main sur sa poitrine et s'inclina de nouveau :
— Oui, Votre Altesse ! Vous devez nous suivre !
Son compagnon de voyage posa un genou à terre, comme s'il souhaitait renforcer le caractère dramatique de la demande :
— La situation est grave à Folonariel !

Les aventuriers échangèrent des moues d'incompréhension et le Nain se lissa la barbe. Ils espéraient tous avoir mal compris. Cependant, l'Elfe semblait encore plus choquée que le reste du groupe. Elle rougit et chuchota :
— Mais… C'est quoi cette histoire ? Je ne suis pas Votre Altesse du tout ! C'est ma cousine Selenia la reine du clan !
L'un des archers baissa la tête et sanglota :
— Hélas… Toute la famille régnante a été tuée !
— Vous êtes à présent notre reine… souffla l'agenouillé. Vous devez rentrer avec nous car notre territoire est en guerre !

L'Elfe se tourna vers le Ranger abasourdi, puis sa lèvre trembla et elle se mit à pleurer. Le Barbare la considéra avec méfiance tandis que la Magicienne tirait nerveusement sur ses manches.

Le Nain déglutit et chercha quelque chose sur la table. Ne trouvant rien qui lui convienne, il râla :
— C'est quoi encore cette histoire ? J'ai besoin d'une bière !

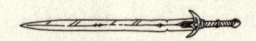

Très loin de là, dans un appartement luxueux du palais de Waldorg, Morwynn s'épongeait le front au-dessus d'un baquet rouge de sang. Elle contempla son visage dans la glace à maquillage, et grimaça :
— Cette salope m'a déchiré la lèvre !
— C'est ça l'amour ! commenta Nilbonur dans un ricanement.
Un regard mauvais le dissuada de continuer sur ce terrain glissant, mais l'assistante finit par se radoucir.
— Je vous remercie de m'avoir ramenée, souffla-t-elle. Je n'aurais pas pu aller bien loin dans cette tenue !
Le mage apprécia la tenue en question, et hocha la tête :
— Je confirme.
— Ce n'est pas la peine de me reluquer comme ça !
Nilbonur fit quelques pas dans la chambre de Morwynn et fixa son reflet dans le grand miroir. Il ne ressemblait plus à rien lui non plus, mais il était beaucoup moins sexy. Le poids de l'âge. Il vérifia l'horloge et soupira :
— Je vais devoir vous laisser expliquer tout ça à votre patron, ma chère. Vous savez que j'ai un cocktail ce soir, et je ne compte pas y aller dans cette tenue.
— J'ai sans doute perdu mon boulot... fulmina l'assistante. Cette affaire est devenue tellement foireuse que le Biff va me faire la tête au carré !
Nilbonur regarda ses chaussures et Morwynn s'énerva :

— Et tout ça à cause d'une bande de débiles incapables de suivre un plan ! Les membres du conseil vont me démolir !

— Vous pourrez toujours leur faire les yeux doux, lança le mage. Ça sera plus difficile pour moi !

Il se dirigea vers la porte et s'éloigna en chantonnant un vieil hymne militaire.

Quand il fut loin, Morwynn se défit de ses derniers vêtements et ronchonna :

— Quelle mauviette ce mec !

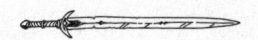

— C'est vous, Maître ?
— Oui, imbécile ! Approche !

Dans une ruelle sombre proche du stade glarghien, une silhouette claudicante et geignarde s'approcha d'une forme noire.

— Je vous ai cherché pendant des heures ! chuchota Reivax.

— Pas moi ! J'étais occupé à m'enfuir et j'ai pris une flèche dans le dos !

— Moi, j'en ai pris une dans la jambe !
— Ça m'importe peu !
— Bon, bon…

Zangdar ôta son capuchon, montrant ainsi qu'une vilaine estafilade barrait sa joue. Reivax porta la main à sa bouche :

— Maître ! Vous avez mauvaise mine !

— Un cadeau de cet imbécile de Barbare ! rumina le sorcier. Après ça, j'ai récupéré ma sphère d'invincibilité et j'ai réussi à m'éloigner.

— Vous avez bien fait ! La créature de Silgadiz a décimé tous les gardes. On aurait pu nous accuser, vous savez.

Ils reniflèrent dans le courant d'air de la ruelle. Quelqu'un faisait cuire un poulet dans une maison adjacente. La vie reprenait son cours à Glargh, la cité la plus ancienne de la Terre de Fangh. Même un monstre issu d'un plan d'existence aberrant ne pouvait entamer sa bonhomie. Une femme cria sur un chat qui venait d'uriner dans ses plantes. Un gamin pleura. Quelqu'un brisa une assiette.

— Alors qu'est-ce qu'on fait ce soir ? ronchonna Zangdar. On mange au restaurant ou à la taverne ?

Reivax fouilla dans sa poche et en extirpa une clé rutilante :

— J'ai piqué les clés du donjon de votre cousin, juste au cas où.

— Crapule !

— Oui, je sais !

Zangdar s'avança dans la ruelle et gronda :

— Allons-y ! Il reste peut-être encore des saucisses en cuisine !

Annexes

Notes de voyage par Glibzergh Moudubras

J'ai pu voir au cours de mon périple d'étude en Terre de Fangh un certain nombre de faits, d'objets, de créatures ou de lieux qui peuvent sembler mystérieux au voyageur non averti. Voici quelques définitions pour aider les aventuriers les plus ~~foire~~ novices.

Arbre cogneur de Morzak (sortilège, magie de la Terre)

Si le combat se déroule en milieu forestier (sous un arbre ou assez proche), le mage de la Terre peut disposer d'un allié supplémentaire le temps d'un combat. L'arbre se transforme en machine à baffes, et frappera de ses branches basses tout ennemi du mage passant à portée. Les dégâts sont rarement considérables, en revanche il attaque plusieurs fois par assaut, selon le nombre de branches disponibles. Les alliés du mage sont épargnés, du moins tant que celui-ci est conscient. L'idéal est donc de rassembler toute l'équipe sous l'arbre en question et d'attendre que les ennemis s'approchent.

Bazar de Gurdu-la-Jaille (Waldorg)

Cet immense magasin se trouve dans la partie sud de la cité, sur la Promenade des Blaireaux. Gurdu est l'un des plus grands receleurs d'objets bizarres de toute la région, et même si son négoce n'est pas toujours bien vu par les autorités, il jouit d'une bonne réputation dans tous les milieux commerciaux. Les aventuriers et les mages viennent fouiner dans ses nombreux étalages thématiques et en profitent pour revendre les objets glanés au fil de leurs pérégrinations. Il est préférable de ne pas traiter avec le patron dans le cas d'une vente : Gurdu est un roublard et vous n'arriverez jamais à faire de bénéfices sur son dos. Il est possible en revanche de rouler un stagiaire, le magasin est si grand que le patron n'est pas capable de tout surveiller.

Bloutos (divinité)

Il s'agit d'un vieil esprit, connu comme le Maître des Carpettes. Il est plat et vit au-dessus du sol. Depuis longtemps il était appelé à surveiller les entrées des maisons pour faire trébucher les voleurs et provoquer la peur chez les femmes adultères. C'est ainsi que sont nés les paillassons, il semblerait. On a du mal à s'accorder sur les origines de Bloutos, mais il serait né d'une soirée divinement arrosée, lorsque Lafoune, déesse des choses de l'amour au sens pratique, voulut tester la figure 2908 de son *Manuel Divin des Pratiques Sexuelles Entre Divinités* alors qu'elle avait invité Hammakk, le démon de la sieste, pour une honnête partie de cartes. La légende raconte qu'ils auraient testé la figure sur le tapis du palais divin.

Caddyro (divinité)

Par un hasard sans doute dû à quelque conflit divin échappant au monde des humains, Caddyro s'est avancé comme le dieu du commerce et des champignons. Il apporte les bonnes affaires et la fortune et aide à trouver les girolles dans les sous-bois. Il semble qu'il préside aussi à l'apparition des mycoses sur les doigts de pied. L'intérêt stratégique de ce dieu est bien entendu limité, mais le sujet reste largement débattu par quelques spécialistes, parmi lesquels on peut compter la célèbre Nak'hua Thorp.

Chemin mortel de Guldur (sortilège, magie de la Terre)

Grâce à ce sortilège bien pratique issu de l'école de magie de la Terre, le jeteur de sorts peut faire jaillir du sol un certain nombre de pics sur une zone définie. Ces pieux chaotiques causent des blessures et handicapent sévèrement les victimes, mais ne font pas dans le détail. Il convient de s'assurer qu'aucun équipier ne se trouve dans le voisinage de la zone, par exemple au cours d'un combat au corps à corps. Les pics rentrent dans le sol au bout d'une quinzaine de secondes, mais les blessures restent…

Courgeole (nature, végétal)

Ce légume est très facile à faire pousser en zone humide. Il est vert et allongé comme la plupart des légumes, n'a aucun goût à moins qu'on en fasse des beignets (auquel cas il a surtout le goût d'un beignet) mais constitue un apport de vitamines non négligeable pour certains paysans défavorisés. Ce qui est bien dommage, c'est qu'on ne peut pas faire de frites avec.

Cyclone d'énergie de Kugio (sortilège, magie de combat)

À l'origine, ce sort était prévu pour ranger les chambrées d'étudiants en magie car son inventeur le destinait à remettre de l'ordre dans les gourbis infâmes des jeunes mages. Il s'agit d'une colonne d'énergie rotative capable de purifier l'air ambiant tout en aspirant la poussière et les immondices. Les rebuts sont destinés à être grillés par l'énergie magique. Le premier test mené par Kugio eut pour effet la destruction de l'aile ouest de l'internat de l'école de magie de Waldorg et la désintégration de la totalité des affaires des deux cents élèves y résidant. Aujourd'hui, le sort est étudié en cours de « Magie de Destruction Massive » par des praticiens de haut niveau. Lorsqu'il est utilisé, le sort provoque la création d'un cyclone d'énergie aspirant tous les petits objets dans un rayon de quinze mètres. Les êtres vivants pris dans ce maelström sont quant à eux cruellement blessés par les rayons électriques et voient leur équipement de petite taille désintégré avant d'être recraché aux alentours. Le vent se dissipe assez rapidement et laisse un joyeux désordre. Le cyclone émet une entêtante odeur de lavande sur son passage et polit les armures. Comme quoi à toute chose malheur est bon…

Déclencheur de Zorlaki (sortilège, magie généraliste)

Parfois, on n'a pas envie de se retrouver coincé par une maudite porte ou une bête serrure de coffre. Ce sortilège fait sauter la plupart des mécanismes utilisés pour fermer quelque chose, à condition qu'il ne soit pas de nature magique. Il est souvent à la base de conflits au sein des compagnies d'aventuriers, quand se retrouvent en confrontation les talents des voleurs et ceux des mages. Il est plus facile d'éviter les serrures piégées avec ce sortilège qu'avec un crochetage ordinaire, c'est pourquoi les voleurs se retrouvent souvent dénigrés par leurs camarades et s'en vont bouder dans l'ombre de leur capuche, seuls et incompris.

Flèche d'acide pénétrante (sortilège, magie de combat)

Tout comme son homologue de niveau deux, ce projectile magique va endommager l'armure de l'adversaire et lui causer des blessures. L'avantage de cette version élaborée, c'est qu'elle perce l'armure dans un premier temps et l'endommage dans un deuxième, causant ainsi plus de dégâts. C'est fou ce que les mages sont inventifs quand il s'agit de sauver leur peau !

Friduf (nature, végétal)

Il s'agit d'un piment cultivé par les Elfes dans les forêts les plus chaudes, au sud du pays. Il n'est pas très bon en cuisine mais ses grains possèdent un grand pouvoir chauffant. Les Elfes préparent avec cet ingrédient des huiles essentielles aux vertus curatives. Fort heureusement, ils ignorent tout de son pouvoir aphrodisiaque et c'est pourquoi quelques humains leur achètent à prix dérisoire ces piments depuis des siècles. Ces trafiquants revendent les grains dix fois plus cher que leur valeur et s'empressent de dépenser les bénéfices dans les biens de consommation de luxe, tels que l'alcool et les filles faciles.

Gardien de l'essence primale (rituel, magie de la Terre)

Dans certains cas, vous aurez besoin de garder un cadavre « au frais » pour le ressusciter. Prenons le cas du décès d'un partenaire, qui n'aurait pas perdu son intégrité physique (qui n'aurait pas été victime, par exemple, d'un *Claptor de Mazrok*). Le rituel en question vous permet de garder son corps en l'état, jusqu'à ce que vous soyez en mesure de lancer un sort de résurrection (ou d'acheter les services d'un mage compétent dans ce domaine). Il faut néanmoins près de deux heures de rituel, car la préparation se fait à chaud et la décoction magique doit être appliquée sur tout le corps (préalablement dévêtu) du moribond. La durée de la conservation dépendra du niveau du jeteur de sorts. Vous avez besoin d'un certain nombre d'ingrédients : de l'huile, du gui, et la fameuse herbe grise du marais. Ne décédez jamais trop loin d'un marais.

Géant des collines (nature, monstre)

Doit-on considérer les géants comme des monstres ? Oui et non. Après tout ils sont humanoïdes, mais leur taille les rend particulièrement dangereux, et ils sont tout à fait infréquentables. La partie nord des collines d'Altrouille a été colonisée par ces géants il y a bien longtemps. Ils sont rares et fort heureusement casaniers, mais efficaces lorsqu'il s'agit de détruire un édifice construit par un inconscient qui aurait oublié de lire les panneaux plantés à la va-vite et qui délimitent le pourtour de leur territoire. L'aventurier se soucie peu du géant, dans la mesure où celui-ci n'amasse pas de trésors et qu'il est difficile d'en venir à bout. Il laisse cependant un bon paquet de points d'expérience si on arrive à l'achever, mais il faut avoir envie de risquer sa tête. Il combat avec ce qu'il trouve à portée de sa main, des choses qui sont en général peu pratiques mais relativement contondantes.

Glaciation des pieds (sortilège, magie de l'eau)

Dans un genre tout aussi vicieux que le chemin mortel de Guldur, ce sort est idéal pour bloquer un adversaire. La cible se retrouve avec deux pieds figés dans un bloc de glace, et ce pendant plusieurs minutes. Le froid intense cause des dégâts, mais surtout il est impossible de bouger. Très utile en combinaison avec un archer.

Glomburz (nature, mammifère)

Cet animal ressemble à l'idée qu'on pourrait se faire d'une biche maigre, avec des cornes longues et pointues et une agilité bien plus développée. Il n'est pas rare d'en voir sautiller dans les plaines herbeuses ou dans les sous-bois de la partie tempérée de la Terre de Fangh. Sa chair est très prisée car elle développe un petit goût de noisette et on peut la cuisiner de diverses façons. L'animal est hélas parfaitement stupide et ne doit la survie de son espèce qu'à sa vélocité. Les humains parviennent aisément à le piéger, c'est pourquoi en définitive nous en mangeons plus souvent que les ours ou les coyotes.

Gratification Collective d'Aventure (expérience, administration)

Certains disent qu'il s'agit du plus grand moment dans une vie d'aventurier. Cet instant précieux représente un passage de niveau lié à un événement vécu récemment par tous les membres d'une compagnie. Le *comité en charge de l'attribution des niveaux*, organisme plus ou moins spirituel lié à la Caisse des Donjons d'une manière qui reste encore mystérieuse, procède à chaque obtention de points d'expérience aux calculs afférents et s'en vient signaler aux aventuriers qu'ils ont gagné un niveau à l'occasion d'une action d'éclat donnée. On rapporte que les Nains préfèrent quand ils sont seuls à gagner un niveau, mais cela n'arrive que rarement, et ce pour une raison qui demeure inconnue.

Inversion des polarités flakiennes (sortilège, magie généraliste)

Un sortilège tout bête : il s'agit de retourner l'attaque envoyée par un autre sorcier, avec une chance égale au triple du niveau sur une base de cent majorée par la moitié du niveau de l'ensorceleur adverse auquel on déduit le malus de son état de fatigue et la différence du niveau du sortilège et de son propre niveau. Cela donne au final une confrontation d'intelligence des deux sorciers. Mais il faut faire attention, ça ne fonctionne pas si la lune est pleine.

Klipish (nature, végétal)

Le klipish est un genre de grosse noix. C'est le fruit d'un arbre immense qui ne pousse que dans certaines forêts : le klipishier. Ce fruit est utilisé sous de nombreuses formes telles que la farine, l'huile ou encore la liqueur. Les jeunes Elfes s'amusent bien souvent à se bombarder de klipish au travers d'innocents jeux, mais hélas cela finit souvent très mal car ce fruit est lourd et dense. De nombreux Elfes ont ainsi perdu leur descendance.

Klokolium (nature, minéral)

Les Nains revendiquent la découverte d'une bonne centaine de minéraux différents, des minéraux sur lesquels ils exercent par ailleurs un système complexe de marché basé sur l'offre et la demande. C'est ainsi qu'ils sont devenus riches à travers les siècles. Il fut une époque où les humains les montraient du doigt en ricanant, pensant qu'aucun de ces barbus grincheux ne pourrait jamais sortir du lot, mais ils ont largement déchanté depuis. Le klokolium est parmi leurs multiples richesses, une pierre jaune qui à la lumière du jour se pare de somptueux reflets irisés. Il est majoritairement utilisé pour la bijouterie, les œuvres d'art et l'ornementation d'armes légendaires. Porter un pendentif en klokolium donne un bonus au charisme, paraît-il, mais ça n'a jamais fonctionné sur les Nains. Bizarre, bizarre.

Marteau volant de Torchaveth (sortilège, magie de combat)

Les mages qui en ont assez de faire couler le sang et de lancer des sorts prétentieux peuvent se réfugier dans l'utilisation du marteau de Torchaveth. Il s'agit d'une onde de choc qui prend la forme d'un marteau éthéré provenant du ciel et fonçant sur sa cible en développant une énergie cinétique considérable. Il est ainsi relativement similaire à la Gifle de Namzar, mais beaucoup plus puissant et n'est pas réservé au combat. Les dégâts infligés à un ennemi sont bien entendu conséquents mais on peut l'utiliser pour démolir un mur, enfoncer une porte ou bien tout simplement pour planter un énorme piquet dans le sol. Certains mages s'en servent pour prêter main-forte à des entreprises de construction.

Mulfido (Waldorg)

C'est la meilleure adresse de toute la Terre de Fangh pour ce qui concerne les potions. On y trouve absolument de tout, un stock considérable à des prix relativement attractifs. À la fin de l'hiver et au début de l'automne, l'échoppe met en valeur ses promotions pour encourager les aventuriers à partir à l'aventure. Le magasin se trouve au 15, rue de la Chute de Gzor. Notez que Gzor n'est jamais vraiment tombé mais les mages persistent à croire qu'il ne reviendra pas casser les pieds des humains après sa dernière défaite. Personnellement, j'en doute.

Perlinpin (nature, végétal)

On retrouve ces grands arbres à aiguilles dans toute la partie nord du pays. Les Elfes n'y construisent jamais de cabanes car le feuillage est piquant et sa densité les empêche de voir la lumière du soleil. De plus, il sécrète une résine qui colle aux cheveux de manière irrémédiable, ce qui oblige à les couper. Vous imaginez comme c'est désagréable pour eux.

Poudre de Graddik (sorcellerie, ingrédient)

Un ingrédient magique assez rare employé pour mener à bien certains rituels. Cette poudre peut se vendre aussi cher qu'une *Brebis Morte de Honte* (un autre ingrédient magique, hélas), du *Sang d'Elfette Vierge* ou encore une *Oreille de Gnome des Forêts du Nord*. Pendant de nombreuses années, les célèbres gobelins archers des collines de l'Est avaient réussi à s'emparer de la plupart des stocks de la Terre de Fangh et s'en servaient comme appât pour attirer les aventuriers. Le plus curieux dans tout cela, c'est que personne n'est capable de dire précisément ce qu'est (ou qui était) ce fameux Graddik. Une étrangeté de plus à porter au crédit des mages.

Rayon d'Alkantarade (sortilège, magie de combat)

Parlons de ce magnifique rayon énergétique accessible à partir du niveau trois. Il s'agit d'une arme puissante, à ne pas prendre à la légère aussi bien du côté des ennemis que chez les alliés. Le mage fait jaillir de sa main ou de son bâton un rayon de la couleur de son choix (c'est l'option « chromothérapie »), qui traverse l'armure de l'adversaire pour brûler directement sa chair et ses organes. Tout ce qui est pris entre le lanceur et la cible subira également des dégâts, c'est pourquoi il est vital de bien étudier le terrain. Le jeteur de sorts consciencieux pourra viser le dernier ennemi dans un couloir et faire ainsi une belle brochette. Les dégâts augmentent avec les niveaux et il existe ainsi des mages puissants qui l'utilisent toujours malgré son côté rustique.

Roustillon (nature, oiseau)

Cet oiseau brun-roux se nourrit essentiellement des vers qui vivent sous l'écorce des arbres. Il est assez mignon et plutôt gras, et il arrive que des inconscients le dégomment au lance-pierre en espérant s'en faire une petite grillade. Ils font rarement l'expérience deux fois car sa chair est toxique et provoque des diarrhées pouvant durer plus d'une semaine. Moralité : le roustillon, c'est pas bon.

Thritil (nature, minéral)

C'est un minerai plus ou moins rare avec lequel on peut fabriquer des armes et des objets métalliques à la fois solides et légers. Quand on dit « plus ou moins rare », c'est qu'on a récemment découvert que les Nains avaient caché pendant des siècles l'existence de filons gigantesques afin de s'enrichir sur le dos des autres peuples. Il est utilisé depuis longtemps comme monnaie officielle (un lingot de thritil équivalant à 100 pièces d'or) et reste très difficile à travailler. C'est pourquoi, malgré sa prétendue rareté, les objets fabriqués à base de thritil se vendent une véritable fortune. Ils sont toujours plus chers s'ils sont vendus par un Nain, mais c'est une sorte de principe. Le gros avantage de ce matériau est qu'il ne rouille pas, ainsi les armes légendaires sont forgées dans ce métal pour leur permettre de résister à l'action du temps et de l'humidité. Il n'y a rien de plus frustrant qu'une épée légendaire qu'on retrouve dans sa cave, à moitié ruinée à la suite d'une bête infiltration.

Tourbillon de Wazaa (sortilège, magie de combat)

Ce tourbillon est une magnifique invention ! Bien que grand consommateur d'énergie astrale, il est souvent très prisé par les débutants. Une fois l'invocation lancée, il se forme un vortex constitué de courants d'air violents armés de griffes. Le vent s'acharne à soulever les victimes et à les agiter dans tous les sens, les empêchant de fuir. Pendant ce temps, les griffes lacèrent les chairs et causent de nombreux dommages. Ce tourbillon touche n'importe qui dans le périmètre de son action, c'est une chose à savoir.

Transparence de Piaros (sortilège, magie généraliste)

C'est le premier sortilège d'invisibilité disponible pour tous. Il est très efficace, mais se voit affligé d'une limitation : une fois détecté, le jeteur de sort redevient visible. Ainsi donc, il n'est pas compatible avec des techniques de combat rapproché ou à distance. À réserver plutôt pour les missions d'infiltration et d'espionnage, pour frapper un ennemi dans le dos ou pousser quelqu'un du haut d'une falaise. Une fois l'ennemi décédé, on se fiche bien d'être à nouveau visible.

Trois Princes Perfides (Waldorg)

Cet établissement fait partie de la liste des nombreux clubs privés réservés aux bourgeois et aux notables de la cité. Comme tous les commerces de luxe, les prix ne sont pas affichés sur les cartes et c'est à la fin de la soirée que les convives découvrent la note. Cependant, la plupart des gens s'en moquent : ils viennent là pour profiter de la sécurité, du personnel attrayant et de l'absence totale de paysans. L'établissement tient son nom d'un événement historique, puisque avant d'être un club cette grande bâtisse appartenait à la famille régnante et que des générations de comploteurs l'ont utilisée pour préparer des coups d'État et des assassinats. Rien n'a changé par ailleurs : les notables qui fréquentent l'établissement ne se gênent pas pour y organiser les pires combines.

Verrou de Klonur (sortilège, magie généraliste)

Le verrou de Klonur est une technique magique de fermeture. Elle peut bloquer une porte, un coffre ou tout autre mécanisme assimilé par le biais d'une incantation chiffrée basique, pour laquelle le jeteur de sorts possède un code. Le verrou reste maintenu un certain temps, sauf si quelqu'un d'autre arrive à trouver le code ou à briser le sortilège. En montant de niveau, le code devient plus difficile à percer et la durée du blocage plus longue. Les Nains n'ont absolument pas confiance en ce procédé et préfèrent utiliser des verrous en fer pour garder leurs coffres.

Yrfoul (divinité)

Il est le dieu de la mauvaise odeur et des choses puantes, un esprit mineur qui donna à certains animaux leur unique moyen de défense. C'est un dieu bon dans l'ensemble, mais son rôle est ingrat car il fait fuir. Dans sa grande miséricorde, il accepte parfois d'aider l'humain en détresse pour peu qu'on l'invoque correctement et qu'on sache utiliser les bons ingrédients. Il est ainsi possible d'éloigner votre belle-mère sans utiliser de sortilège. Malgré sa faible importance dans le panthéon fanghien, on lui trouve des adorateurs et même des *prêtres*. Les humains sont parfois difficiles à comprendre.

Rapport d'incident urbain

Garnison Intérieure de Sécurité de Glargh
Section Centre

Année 1498 (CW)
Troisième jour de la Décade des Bonnes Résolutions

Rapporteur : Jarnak Francis, sargent de la quatrième escouade

Situation géographique de l'incident :
Partie supérieure de la rue Tibidibidi sise au croisement de la rue de la Prise de Glargh.

Situation horaire de l'incident :
Période post-digestive afférente au repas du milieu de journée.

Revue détaillée de l'incident :
La quatrième escouade se trouvait en chemin pour sa troisième ronde journalière autour du palais, ainsi qu'il est prévu dans la circulaire 44 *bis* du Code de Surveillance du Centre de la Cité.

Nous avons alors entendu plusieurs manifestations sonores parfaitement inhabituelles provenant de la partie basse du secteur. J'ai ordonné à l'escouade de rejoindre la zone au pas de course et nous avons constaté que nous nous trouvions face à un incident de type catastrophe, incluant l'éventualité d'une participation active de citoyens pratiquant la magie. La visibilité sur place était quasiment nulle et j'ai immédiatement manifesté mon plus vif mécontentement. Nous avons noté que cette calamité paranormale entrait dans la catégorie des sortilèges réfrigérants de grande intensité et que des tiers s'y trouvaient prisonniers pour des raisons inconnues. Nous avons également constaté la présence d'une masse importante de poussière et de multiples débris provenant d'une construction démantelée.

Un individu de petite taille, appartenant visiblement à la minorité ethnique des Montagnes du Nord, s'est précipité vers nous avec une grande vélocité. Il a causé la chute de l'agent Nuira mais celui-ci n'a souffert d'aucun traumatisme. Nous avons laissé l'individu s'éloigner car il ne présentait pas de caractéristique magique et que son déplacement semblait motivé par un sentiment de panique.

Nous avons fait face par la suite à une seconde vague comportant cette fois plusieurs individus. Le capirol Ploubichu a proposé l'interception mais j'ai choisi de concentrer nos forces sur une recherche ciblée des responsables du sinistre. Les personnes en action de fuite nous ont révélé que nous avions affaire à de dangereux citoyens à la santé mentale défaillante.

Un homme âgé de faible stature a survolé nos lignes en utilisant un sortilège non répertorié dans nos manuels et nous n'avons pas été en mesure de l'appréhender. Il soutenait une femme d'âge indéterminé, grièvement blessée et dont les vêtements laissaient voir des marques de lutte. Nous n'avons pas choisi d'engager des poursuites à son égard car la manifestation magique a pris fin et que l'arrestation des responsables du sinistre devait rester notre priorité.

Alors que nous n'avions pas encore menacé les contrevenants, nous avons été l'objet d'une agression caractérisée en deux étapes. Primo, un sortilège invalidant qui nous a pris par surprise et nous a causé de nombreux traumatismes ainsi que des dégâts matériels importants. Secundo, la charge d'un grand nombre d'animaux à fourrure, de taille moyenne mais volontairement non muselés. L'agent Badine a émis la suggestion qu'un personnel maîtrisant les pratiques magiques était nécessaire pour combattre efficacement ce type de menace. Nos agents ont entamé un mouvement de repli et c'est ainsi que les terroristes ont traversé nos lignes sans éprouver de difficultés. Les témoignages des recrues font état de la présence de six hommes armés, de deux individus en robe jaune et d'une femme, soit neuf criminels dont le signalement figure en annexe du présent rapport. Les terroristes ont quitté pédestrement la zone en direction du nord de la ville.

J'ai pour ma part noté la présence de trois mystérieux citoyens en robe noire dont la présence ne saurait être imputée au hasard. Ils ont profité de l'incertitude momentanée des agents pour échapper à notre vigilance. Le plus petit d'entre eux a manifesté à mon égard un geste outrageant et les trois individus ont quitté le périmètre avant que nous ne soyons en mesure de procéder à leur interception.

La fouille de la zone sinistrée a révélé la présence de plusieurs cadavres humains, dont la plupart ont succombé à des violences physiques ou des brûlures de forte intensité. L'identification des corps a été confiée aux services compétents.

Nous avons toutefois procédé à l'arrestation d'un témoin retrouvé dans une ruelle par le capirol Ploubichu. Il s'agit d'un humain n'appartenant pas à la communauté de voisinage et dont les vêtements semblent indiquer qu'il exerce le métier d'aventurier ou d'éclaireur. L'individu, bien que fortement commotionné et blessé à la partie supérieure de la jambe gauche, sera interrogé dans les plus brefs délais et apportera sans aucun doute des éclaircissements à cette affaire. Il n'a cessé pour le moment de donner à l'enquêteur des noms différents et semble souffrir d'un problème de personnalité.

L'agent Nuira sera chargé d'enquêter auprès des personnes âgées vivant sur place, et ce dès qu'il sera sorti du bloc opératoire.

Rapport de sécurité du conseil

Session extraordinaire du conseil de Glargh

Incident concerné : Troubles survenus à l'occasion
d'une rencontre sportive

Année 1498 (CW)
Quatrième jour de la Décade des Bonnes Résolutions

<u>Conclusions de Ronflon Pirouic,
responsable de la sécurité intérieure</u>

Mesdames et messieurs,

L'enquête menée par nos services n'a pas permis d'identifier avec certitude les responsables du sinistre survenu hier à l'occasion de la rencontre sportive annuelle opposant notre ville à la cité de Waldorg.

La piste de fanatiques sportifs a été écartée en raison des nombreux phénomènes magiques associés à la catastrophe. Qui plus est, aucun joueur n'a été blessé. Les danseuses de l'équipe de Waldorg ont affirmé de leur côté n'avoir subi aucune violence malgré l'intrusion dans leur vestiaire d'un groupe terroriste.

Concernant les motivations des terroristes en question, il a été avancé les théories suivantes :

— Ce pourrait être une nouvelle guilde installée à Glargh, un syndicat désirant s'opposer aux manifestations sportives. Vous savez que de nombreux discours négatifs circulent à propos du bien-fondé de ces rencontres et de l'intérêt qu'elles suscitent chez nos compatriotes. La crédibilité et les motivations du gouvernement sont parfois discutées.

— Il peut s'agir d'un mouvement revendicatif ayant pour but de réhabiliter l'usage des pratiques magiques dans la cité de Glargh. Malgré la présence de l'Université de Magie – relativement tolérée – dans les murs de la cité, la magie n'a jamais regagné sa réputation auprès de nos citoyens depuis les incidents du second âge. Il est clair qu'après cela, nos contribuables n'en seront que plus méfiants. La présence à l'occasion du match de nombreux citoyens de Waldorg, eux-mêmes favorables à la magie, doit être prise en compte.

— La possibilité d'une confrontation entre les responsables de cultes religieux est à prendre au sérieux. Une fois de plus, des cultistes ont été clairement identifiés mais nul ne sait de quel bord ils étaient dans cette triste affaire. De nombreux témoins ont rapporté que les cultistes « s'étaient engagés contre des mages dans une bataille farouche ». D'autres ont rapporté avoir eu du mal à saisir combien de factions différentes s'affrontaient sur le terrain.

— Le « spectacle surprise » serait une diversion imaginée par l'esprit retors des criminels pour pouvoir accéder au terrain sans être appréhendés par la sécurité. De nombreux affrontements ont eu lieu dans les coulisses du stade et plusieurs décès sont à déplorer malgré les mesures de sécurité en place. Nous avons recommandé au personnel du stade de s'équiper de portes plus solides.

— Un rapport nous a été transmis concernant un incident magique survenu dans l'ouest du quartier du palais – incluant des violences physiques volontairement infligées au personnel de loi – et les signalements de certains terroristes concordent avec les témoignages recueillis dans l'enceinte du stade. Les deux événements seraient donc liés par un curieux hasard. Un témoin est actuellement interrogé par le sergent Jarnak et saura peut-être apporter de nouveaux éléments.

— La créature démoniaque ayant dévoré plusieurs dizaines de citoyens a été identifiée par quelques érudits comme étant un clone du « Sombre Katakak », machine de guerre historiquement liée aux agissements de Gzor, l'ennemi du genre humain. Une commission d'enquête doit s'assurer dans les plus brefs délais que cette catastrophe n'était pas le point de départ d'une nouvelle campagne d'invasion de la Terre de Fangh attribuée à Gzor. Un détachement sera envoyé prochainement dans les Montagnes du Nord. Pour l'heure, nous suggérons qu'une médaille soit attribuée au clipitaine Janbur, brave soldat de notre garnison qui aurait défait à lui seul le monstre à l'aide du sabre enchanté par son grand-père. Des experts ont été chargés d'étudier l'arme en question.

— Une femme à la tenue vestimentaire négligée a été retrouvée inconsciente sur la pelouse du stade. Elle prétend être la grande prêtresse de la Confession Réformée de Slanoush et avoir été l'objet d'une honteuse manipulation. Deux témoins affirment qu'elle aurait pris part aux affrontements. Une enquête est en cours à ce sujet et la citoyenne a été placée sous bonne garde.

Pour finir, je pense pouvoir affirmer que nous tenons ici l'un des grands mystères de la saison et qu'il nous faudra du temps pour tirer cette affaire au clair. Après les troubles récents liés aux sectes et cette histoire de prophétie de Dlul, je crains que nos citoyens n'en viennent à se questionner sur notre efficacité et notre capacité à lui assurer un avenir serein.

N'oublions pas qu'ils devront bientôt payer leur impôt annuel.

9503

Composition Nord Compo
Achevé d'imprimer en Slovaquie
par Novoprint.
le 9 février 2011.
Dépôt légal février 2011 EAN 9782290025994

Éditions J'ai lu
87, quai Panhard-et-Levassor, 75013 Paris
Diffusion France et étranger : Flammarion